ROTE LILIEN

Band 1: Blüte der Tage
Band 2: Dunkle Rosen
Band 3: Rote Lilien

Über die Autorin:

Nora Roberts wurde 1950 in Maryland geboren. Ihren ersten Roman veröffentlichte sie 1981. Inzwischen zählt sie zu den meistgelesenen Autorinnen der Welt. Ihre Bücher haben eine weltweite Gesamtauflage von 400 Millionen Exemplaren überschritten. Mehr als 170 Titel waren auf der New-York-Times-Bestsellerliste, und ihre Bücher erobern auch in Deutschland immer wieder die Bestsellerlisten. Nora Roberts hat zwei erwachsene Söhne und lebt mit ihrem Ehemann in Keedysville, Maryland.

NORA ROBERTS

Rote Lilien

ROMAN

Aus dem Amerikanischen von
Bea Reiter

Weltbild

Die amerikanische Originalausgabe erschien 2005 unter dem Titel
Red Lily
bei Penguin Group (USA) Inc., New York.

Besuchen Sie uns im Internet:
www.weltbild.de

Genehmigte Lizenzausgabe für Verlagsgruppe Weltbild GmbH,
Steinerne Furt, 86167 Augsburg
Copyright der Originalausgabe © 2005 by Nora Roberts
Copyright der deutschsprachigen Ausgabe © 2006 by
Wilhelm Heyne Verlag, München,
in der Verlagsgruppe Random House GmbH
Übersetzung: Bea Reiter
Umschlaggestaltung: Johannes Frick, Neusäß
Umschlagmotiv: www.shutterstock.com (© Konstanttin)
Gesamtherstellung GGP Media GmbH, Pößneck
Printed in the EU
ISBN 978-3-95569-017-5

2016 2015 2014 2013
Die letzte Jahreszahl gibt die aktuelle Lizenzausgabe an.

Für Kayla, Kind meines Kindes,
und die Lichter, die noch nicht angezündet waren,
als dies hier geschrieben wurde.

Beim Pfropfen und Okulieren kombiniert man zwei verschiedene Pflanzen miteinander, damit eine starke, gesunde Pflanze entsteht, die jeweils die besten Eigenschaften der Elternpflanzen in sich trägt.

American Horticulture Society
Pflanzenvermehrung

Jugend schwindet, Liebe welkt,
Freundschaften vergehen,
einer Mutter stille Hoffnung aber bleibt bestehen.

Oliver Wendell Holmes

Prolog

Memphis, Tennessee, Januar 1893

Sie war verzweifelt, verarmt und verwirrt.

Früher einmal war sie eine schöne Frau gewesen, eine kluge Frau mit einem ehrgeizigen Ziel: Luxus. Und sie hatte ihn bekommen, weil sie ihren Körper zum Verführen und ihren Kopf zum Rechnen benutzt hatte. Sie war die Geliebte eines Mannes geworden, der zu den Reichsten und Mächtigsten in Tennessee gehörte.

Ihr Haus war ein Schmuckstück gewesen, eingerichtet nach ihrem Geschmack und mit Reginalds Geld. Ihre Bediensteten hatten jeden ihrer Wünsche erfüllt, ihre Kleider hatten jedem Vergleich mit der Garderobe der gefragtesten Kurtisane in Paris standgehalten. Schmuck, amüsante Freunde, eine eigene Kutsche.

Sie hatte fröhliche Gesellschaften gegeben. Man hatte sie beneidet und begehrt.

Sie, die Tochter eines gefügigen Hausmädchens, hatte alles gehabt, was ihr habsüchtiges Herz begehrt hatte.

Auch einen Sohn.

Das neue Leben in ihr, das sie zuerst gar nicht haben wollte, hatte sie verändert. Es war zum Zentrum ihrer Welt geworden, zum Einzigen, das sie mehr liebte als sich selbst. Sie hatte Pläne für ihren Sohn gemacht, hatte von ihm geträumt. Hatte ihm vorgesungen, während er in ihrem Leib schlummerte.

Sie hatte ihn unter Schmerzen, großen Schmerzen, aber auch mit Freude in die Welt geboren. Freude darüber, dass sie, wenn die quälenden Schmerzen vorbei waren, ihren Sohn in den Armen halten würde.

Doch sie hatten ihr gesagt, es sei ein Mädchen.

Und es sei tot geboren worden.

Sie hatten gelogen.

Sie hatte es damals schon gewusst, als sie vor Gram rasend geworden und immer tiefer in ihrer Verzweiflung versunken war. Damals, als sie verrückt geworden war, hatte sie gewusst, dass es eine Lüge gewesen war. Dass ihr Sohn lebte.

Sie hatten ihr das Kind genommen. Sie hielten ihren Sohn gefangen. Wie konnte es anders sein, wenn sie seinen Herzschlag so deutlich spürte wie ihren eigenen?

Aber nicht die Hebamme und der Arzt hatten ihr das Kind genommen. Reginald hatte sich geholt, was ihr gehörte. Er hatte sein Geld benutzt, um sich das Schweigen derer zu erkaufen, die ihm zu Diensten waren.

Sie konnte sich noch gut daran erinnern, wie er in ihrem Salon gestanden hatte, bei seinem ersten Besuch nach Monaten voller Gram und Kummer. Er war fertig mit ihr, dachte sie, während sie mit zitternden Fingern das graue Kleid zuknöpfte. Es war zu Ende, jetzt, nachdem er hatte, was er wollte. Einen Sohn, einen Erben. Das Einzige, das ihm seine prüde Frau nicht hatte geben können.

Er hatte sie benutzt und ihr dann ihren einzigen Schatz

genommen, so selbstverständlich, als hätte er das Recht dazu. Und als Gegenleistung hatte er ihr Geld und eine Passage nach England geboten.

Er wird bezahlen, bezahlen, bezahlen, dröhnte es in ihrem Kopf, während sie ihre Frisur richtete. Aber nicht mit Geld. O nein. Nicht mit Geld.

Sie war jetzt so gut wie mittellos, doch sie würde schon einen Weg finden. Natürlich würde sie einen Weg finden, wenn sie ihren kleinen James erst wieder in den Armen hielt.

Ihre Bediensteten – Ratten, die das sinkende Schiff verließen – hatten einen Teil ihres Schmucks gestohlen. Da war sie sich ganz sicher. Von dem, was übrig geblieben war, hatte sie fast alles verkaufen müssen, und dabei hatte man sie auch noch betrogen. Aber etwas anderes hatte sie von dem schmallippigen, hageren Juwelier gar nicht erwartet. Schließlich war er ein Mann.

Lügner, Betrüger, Diebe. Jeder Einzelne von ihnen.

Sie würden bezahlen. Alle.

Sie konnte die Rubine nicht finden – das Armband mit Rubinen und Diamanten, herzförmige Steine, wie Blut und Eis. Reginald hatte es ihr geschenkt, als sie ihm gesagt hatte, dass sie schwanger sei.

Gefallen hatte es ihr eigentlich nie. Es war zu feingliedrig, zu *klein* für ihren Geschmack. Doch jetzt wollte sie es unbedingt haben, und sie suchte wie eine Wilde in dem unaufgeräumten Chaos ihres Schlafzimmers und Ankleidezimmers danach.

Als sie stattdessen eine Saphirbrosche fand, weinte sie

wie ein Kind. Während sie ihre Tränen trocknete und die Brosche umklammert hielt, vergaß sie das Armband und das unbändige Verlangen danach. Sie vergaß, dass sie danach gesucht hatte, und lächelte die funkelnden blauen Steine an. Das Geld, das sie für die Brosche bekam, würde reichen, um ihr und James einen neuen Anfang zu ermöglichen. Sie wollte ihn fortbringen, aufs Land vielleicht. Bis sie wieder gesund, wieder bei Kräften war.

Eigentlich war es ja ganz einfach, stellte sie mit einem gespenstischen Lächeln auf den Lippen fest, während sie sich im Spiegel ansah. Das graue Kleid wirkte dezent und würdevoll – genau das Richtige für eine Mutter. Dass es wie ein nasser Sack an ihr herunterhing, dass die Taille nicht richtig saß, daran konnte sie nichts ändern. Sie hatte keine Bediensteten mehr, keine Schneiderin, die es ändern konnte. Wenn sie für sich und James erst einmal ein nettes kleines Häuschen auf dem Land gefunden hatte, würde sie mit Sicherheit ihre schöne Figur zurückbekommen.

Sie hatte ihr lockiges blondes Haar aufgesteckt und mit einigem Bedauern auf Rouge verzichtet. Ein zurückhaltendes Äußeres war besser, fand sie. Ein zurückhaltendes Äußeres wirkte beruhigend auf ein Kind.

Sie würde ihn jetzt holen. Sie würde nach Harper House fahren und sich holen, was ihr gehörte.

Die Fahrt von der Stadt zum Herrenhaus der Harpers war lang, kalt und teuer. Sie hatte keine eigene Kutsche mehr, und bald, sehr bald, würden Reginalds Handlanger wiederkommen und sie aus dem Haus werfen, wie sie es ihr beim letzten Mal angedroht hatten.

Aber die Privatkutsche war ihren Preis wert. Wie sollte sie den kleinen James sonst nach Memphis zurückbringen, wo sie ihn die Treppe zum Kinderzimmer hochtragen, zärtlich in sein Bettchen legen und in den Schlaf singen würde?

»Lavendel ist blau, Lalilu«, sang sie leise, während sie ihre dünnen Finger ineinanderflocht und nach draußen auf die winterlichen Bäume starrte, die die Straße säumten.

Sie hatte die Decke mitgebracht, die sie für ihn aus Paris hatte kommen lassen, und das süße kleine Mützchen mit den dazu passenden Schühchen. Für sie war er immer noch ein Neugeborenes. In ihrem verwirrten Geist existierten die sechs Monate nicht, die seit seiner Geburt vergangen waren.

Die Kutsche rollte langsam über die lange Auffahrt. Vor ihr tauchte Harper House in all seiner Pracht auf.

Vor dem wolkenverhangenen grauen Himmel wirkten der gelbe Stein und die weißen Zierelemente warm und elegant. Stolz und stark ragte das zweistöckige Gebäude vor ihr auf, umgeben von Bäumen und Sträuchern und weiten, gepflegten Rasenflächen.

Früher einmal, so hatte sie gehört, seien Pfauen auf dem Anwesen gehalten worden, die ihre bunt schillernden Schwanzfedern zu einem Rad ausgebreitet hätten. Doch Reginald sei ihr durchdringendes Kreischen auf die Nerven gegangen, und nachdem er der Herr von Harper House geworden sei, habe er die Vögel wegschaffen lassen.

Er herrschte wie ein König. Und sie hatte ihm seinen Prinzen geschenkt. Eines Tages würde der Sohn den Vater vom Thron stoßen. Dann würde sie zusammen mit James über Harper House herrschen. Zusammen mit ihrem süßen James.

In den leeren Fensterhöhlen des großen Hauses, die wie kalte Augen auf sie herabstarrten, spiegelte sich die Sonne, doch sie stellte sich vor, wie sie dort mit James lebte. Wie sie ihn umsorgte, mit ihm im Garten spazieren ging, wie sein Lachen durch die hohen Räume schallte.

Eines Tages würde es so weit sein. Das Haus war sein Eigentum, und daher gehörte es auch ihr. Sie würden glücklich und zufrieden dort leben, nur sie beide. So, wie es sein sollte.

Sie stieg aus der Kutsche – eine blasse, dünne Frau in einem schlecht sitzenden grauen Kleid – und ging langsam auf den Haupteingang zu.

Das Herz schlug ihr bis zum Hals. James wartete auf sie.

Sie klopfte an die Tür, und da ihre Hände nicht stillhalten wollten, faltete sie sie energisch vor der Brust.

Der Mann, der ihr öffnete, trug einen gediegenen schwarzen Anzug, und obwohl er sie von Kopf bis Fuß musterte, verriet sein Gesichtsausdruck nichts.

»Kann ich Ihnen behilflich sein, Madam?«

»Ich komme, um James zu holen.«

Seine linke Augenbraue ging fast unmerklich in die Höhe. »Es tut mir leid, Madam, aber hier wohnt kein James. Wenn Sie sich nach einem Bediensteten erkundigen möchten, der Dienstboteneingang befindet sich hinter dem Haus.«

»James ist kein Diener.« Wie konnte er es wagen? »Er ist mein Sohn. Er ist Ihr Herr. Ich will ihn holen.« Trotzig trat sie über die Schwelle.

»Ich glaube, Sie haben sich in der Adresse geirrt, Madam. Vielleicht …«

»Sie werden ihn nicht vor mir verstecken können. James! James! Mama ist hier.« Sie stürzte auf die Treppe zu und kratzte und biss, als der Butler sie am Arm packte.

»Danby, was ist hier los?« Eine Frau, die ebenfalls in das Schwarz der Dienstboten gekleidet war, kam durch die große Eingangshalle auf sie zu geeilt.

»Diese Frau, sie ist etwas … überreizt.«

»Das ist wohl noch untertrieben. Miss? Miss, ich bin Havers, die Haushälterin. Bitte beruhigen Sie sich und sagen Sie mir, um was es geht.«

»Ich will James holen.« Ihre Hände zitterten, als sie ihre Frisur glatt strich. »Sie müssen ihn mir sofort bringen. Es ist Zeit für sein Schläfchen.«

Havers hatte ein gütiges Gesicht und lächelte sie freundlich an. »Ich verstehe. Bitte setzen Sie sich doch einen Moment und beruhigen Sie sich.«

»Aber dann bringen Sie mir James, nicht wahr? Sie geben mir meinen Sohn.«

»Vielleicht im Salon? Dort brennt ein schönes Feuer im Kamin. Es ist ja so kalt heute, finden Sie nicht auch?« Der Blick, den sie Danby zuwarf, veranlasste ihn, Amelia loszulassen. »Ich zeige Ihnen den Weg.«

»Das ist ein Trick von euch. Noch ein Trick.« Amelia rannte auf die Treppe zu und schrie im Laufen nach James. Sie schaffte es bis in den ersten Stock, doch dann gaben ihre Beine nach, und sie stürzte zu Boden.

Eine Tür öffnete sich, und heraus trat die Herrin von

Harper House. Sie wusste, dass dies Reginalds Frau war. Beatrice. Sie hatte sie einmal im Theater gesehen und in einigen Geschäften.

Sie war schön, obwohl sie etwas streng wirkte, mit Augen wie Splitter aus blauem Eis, einer schmalen Nase und vollen Lippen, die sich jetzt angewidert verzogen. Sie trug ein Morgenkleid aus dunkelrosa Seide mit einem hohen Kragen und einer eng geschnürten Taille.

»Wer ist diese Kreatur?«

»Entschuldigen Sie, Ma'am.« Havers, die schneller zu Fuß war als der Butler, erreichte die Tür des Wohnzimmers zuerst. »Sie hat ihren Namen nicht genannt.« Instinktiv kniete sie nieder und legte Amelia den Arm um die Schultern. »Sie scheint in einer Notlage zu sein – und bis auf die Knochen durchgefroren.«

»James.« Amelia hob die Hand, und Beatrice schwenkte rasch ihre Röcke zur Seite. »Ich will James holen. Meinen Sohn.«

Über Beatrice' Gesicht huschte ein Ausdruck des Verstehens, und ihre Lippen wurden zu einem schmalen Strich. »Bringen Sie sie hier herein.« Sie drehte sich um und ging ins Wohnzimmer zurück. »Und warten Sie draußen.«

»Miss.« Havers sprach leise, während sie der zitternden Frau beim Aufstehen half. »Sie brauchen keine Angst mehr zu haben. Niemand wird Ihnen etwas tun.«

»Bitte holen Sie mein Baby.« Ein flehentlicher Ausdruck stand in ihren Augen, als sie Havers Hand ergriff. »Bitte bringen Sie mir meinen Sohn.«

»Jetzt gehen Sie erst einmal hinein und sprechen mit Mrs Harper. Ma'am, soll ich Tee servieren?«

»Ganz gewiss nicht«, fuhr Beatrice sie an. »Und machen Sie die Tür zu.«

Sie ging zu einem hübschen Kamin aus Granit und drehte sich um, sodass das Feuer hinter ihr loderte. Ihre Augen blieben kalt, als die Tür leise geschlossen wurde.

»Sie sind … *waren*«, korrigierte sie mit einem verächtlichen Zug um den Mund, »eine der Huren meines Mannes.«

»Mein Name ist Amelia Connor. Ich will …«

»Ich habe Sie nicht nach Ihrem Namen gefragt. Er interessiert mich genauso wenig wie Ihre Person. Eigentlich hatte ich angenommen, dass Frauen wie Sie, die sich nicht als gewöhnliche Flittchen, sondern als Mätressen betrachten, genug Verstand und Manieren besitzen, um das Haus des Mannes, den sie ihren Beschützer nennen, zu meiden.«

»Reginald … Ist Reginald hier?« Wie benommen sah sie sich in dem schönen Raum mit seinen bemalten Lampenschirmen und Samtkissen um. Sie konnte sich nicht mehr genau daran erinnern, wie sie hierhergekommen war. Wahnsinn und Wut hatten sich verflüchtigt. Ihr war kalt, und sie wusste nicht, wo sie war.

»Er ist nicht zu Hause, und Sie sollten sich glücklich schätzen, dass dem so ist. Ich weiß von Ihrer … Beziehung, und ich weiß auch, dass er diese Beziehung beendet und Sie großzügig entschädigt hat.«

»Reginald?« Ihr verwirrter Geist sah ihn vor sich, wie er an einem Kamin stand, nicht diesem, nein, nicht diesem. An ihrem Kamin, in ihrem Salon.

17

Hast du etwa geglaubt, ich würde meinen Sohn von so einer wie dir großziehen lassen?

Sohn. Ihr Sohn. James. »James. Mein Sohn. Ich will James holen. Draußen in der Kutsche liegt seine Decke. Ich werde ihn jetzt mit nach Hause nehmen.«

»Wenn Sie glauben, dass ich Ihnen Geld gebe, um Ihr Schweigen in dieser unziemlichen Angelegenheit zu erkaufen, haben Sie sich geirrt.«

»Ich … ich will James holen.« Ein zitterndes Lächeln lag auf ihren Lippen, als sie mit ausgestreckten Armen vortrat. »Er braucht doch seine Mutter.«

»Der Bankert, der von Ihnen geboren und mir aufgezwungen wurde, heißt Reginald, nach seinem Vater.«

»Nein, ich habe ihn James genannt. Sie haben gesagt, er wäre tot, aber ich höre ihn doch weinen.« Ein besorgter Ausdruck lag auf ihrem Gesicht, als sie sich im Zimmer umsah. »Hören Sie ihn denn nicht weinen? Ich muss ihn finden, ich muss ihn in den Schlaf singen.«

»Sie gehören in eine Irrenanstalt. Fast könnte ich Mitleid mit Ihnen haben.« Das Feuer im Kamin hinter Beatrice loderte auf. »Sie haben in dieser Angelegenheit genauso wenig eine Wahl wie ich. Aber ich habe wenigstens keine Schuld. Ich bin seine *Frau*. Ich habe ihm Kinder geboren, eheliche Kinder. Ich habe den Tod einiger meiner Kinder zu beklagen, und mein Verhalten ist über jeden Zweifel erhaben. Was die Affären meines Mannes angeht, so habe ich mich taub und blind gestellt und ihm keinen einzigen Grund zur Klage gegeben. Aber ich habe ihm keinen Sohn geschenkt, und *das* ist meine Todsünde.«

Beatrice wurde wütend, und ihre Wangen röteten sich. »Glauben Sie, ich hätte gewollt, dass man mir Ihren Bankert unterschiebt? Diesen Bankert einer Hure, der mich Mutter nennen wird? Der das alles einmal erben wird?« Sie breitete die Arme aus. »Das alles hier … Ich wünschte, er wäre in Ihrem Leib gestorben und Sie mit ihm.«

»Geben Sie ihn mir, geben Sie ihn mir zurück. Ich habe doch seine Decke.« Amelia sah auf ihre leeren Hände herab. »Ich habe doch seine Decke. Ich werde ihn mitnehmen.«

»Es ist nicht mehr zu ändern. Wir sind in der gleichen Falle gefangen, aber Sie haben Ihre Strafe wenigstens verdient. Ich habe mir nichts zuschulden kommen lassen.«

»Sie können ihn doch nicht behalten, wenn Sie ihn nicht wollen. Sie können ihn nicht haben.« Mit weit aufgerissenen Augen rannte sie auf Beatrice zu. Der harte Schlag auf ihre Wange ließ sie das Gleichgewicht verlieren und zu Boden stürzen.

»Sie verlassen jetzt sofort dieses Haus.« Beatrice sprach leise und beherrscht, als würde sie einem Bediensteten einen unwichtigen Auftrag geben. »Sie werden kein Wort mehr über diese Angelegenheit verlieren, oder ich werde dafür sorgen, dass Sie in einer Irrenanstalt landen. Ich werde nicht zulassen, dass mein guter Ruf durch Ihre Hirngespinste ruiniert wird. Sie werden nie wieder hierherkommen, nie wieder einen Fuß in Harper House oder auf den Besitz der Harpers setzen. Sie werden das Kind nie wieder sehen – das wird Ihre Strafe sein, obwohl das meiner Meinung nach bei Weitem nicht genug ist.«

»James. Ich werde hier mit James leben.«

»Sie sind verrückt«, erwiderte Beatrice leicht belustigt. »Treiben Sie nur weiter Ihre Hurerei. Ich bin sicher, dass Sie einen Mann finden werden, der Ihnen noch einen Bankert macht.«

Beatrice ging zur Tür und riss sie auf. »Havers!« Sie wartete und ignorierte das verzweifelte Schluchzen hinter sich. »Danby soll diese Kreatur aus dem Haus werfen.«

Sie kam trotzdem zurück. Man trug sie hinaus und befahl dem Fahrer, sie wegzubringen. Doch sie kam wieder, mitten in der kalten Nacht. Ihr Geist war verwirrt, doch noch einmal gelang es ihr, zu Harper House zu fahren, dieses Mal mit einer gestohlenen Pferdekarre. Der Regen hatte ihr Haar durchweicht, und das weiße Nachthemd klebte ihr am Leib.

Sie wollte alle töten. Sie in Streifen schneiden, in Stücke hacken. Dann konnte sie James mitnehmen, ihn in ihren blutigen Händen wegtragen.

Aber das würden sie nie zulassen. Sie würden nie zulassen, dass sie ihr Kind in die Arme nahm. Dass sie sein Gesicht sah.

Es gab nur eine Möglichkeit.

Sie stieg vom Karren, während Mondlicht und Schatten über Harper House huschten, die schwarzen Fensterhöhlen schimmerten und die Menschen hinter seinen Mauern schliefen.

Der Regen hatte aufgehört; der Himmel war wieder klar. Nebelschwaden krochen über den Boden, graue Schlangen, die sich unter ihren nackten, frierenden Füßen teilten.

Der Saum ihres Nachthemds schleifte über die feuchte Erde, während sie ein Schlaflied summend weiterging.

Sie würden bezahlen. Teuer bezahlen.

Sie war bei der Voodoo-Priesterin gewesen und wusste, was getan werden musste. Sie wusste, wie sie das, was sie wollte, für immer bekommen würde. Für immer.

Sie ging durch den winterlichen Garten bis zum Kutscherhaus, wo sie finden würde, was sie brauchte.

Sie sang, während sie es mit sich trug und in der feuchten Luft auf das Herrenhaus zuging, auf dessen gelbem Stein das Mondlicht schimmerte.

Lavendel ist blau, sang sie. Lavendel ist grün.

1. Kapitel

Harper House, Juli 2005

Hayley war müde bis auf die Knochen und gähnte, bis ihr Kiefer knackte. Lilys Kopf lag schwer an ihrer Schulter, doch jedes Mal, wenn sie aufhörte zu schaukeln, zuckte das Baby wimmernd zusammen und grub seine kleinen Finger in das knappe Baumwoll-T-Shirt, in dem Hayley schlief.

Versuchte zu schlafen, korrigierte Hayley sich, während sie ihre Tochter leise murmelnd beruhigte und den Schaukelstuhl wieder in Bewegung setzte.

Es war fast vier Uhr morgens, und sie war jetzt schon zweimal aufgestanden, um die unruhige Lily wieder in den Schlaf zu schaukeln.

Gegen zwei Uhr morgens hatte sie versucht, sich mit dem Baby zusammen ins Bett zu legen, um wenigstens etwas Schlaf zu bekommen. Doch Lily gab sich mit nichts zufrieden. Sie wollte in den Schaukelstuhl.

Und so schaukelte und döste Hayley vor sich hin. Gähnend fragte sie sich, ob sie jemals wieder acht Stunden am Stück schlafen würde.

Sie konnte sich einfach nicht vorstellen, wie andere Mütter zurechtkamen. Vor allem alleinerziehende. Wie wurden sie damit fertig? Wie schafften sie es, den Ansprüchen ge-

22

recht zu werden, die ein Kind emotional, geistig, körperlich und finanziell an sie stellte?

Wie wäre sie zurechtgekommen, wenn sie mit Lily ganz allein gewesen wäre? Welches Leben würden sie jetzt führen, wenn es niemanden geben würde, der all die Sorgen, Mühen und Freuden des Mutterseins mit ihr teilte? Allein schon der Gedanke daran machte ihr Angst.

Sie war so hoffnungslos optimistisch und zuversichtlich gewesen – und *dumm*, dachte sie.

Hayley rief sich in Erinnerung, wie sie, im fünften Monat schwanger, ihre Stelle gekündigt, die meisten ihrer Sachen verkauft, den Rest in ihre alte Klapperkiste gepackt und die Stadt verlassen hatte.

Wenn sie gewusst hätte, was danach alles kommen würde, hätte sie es nie getan. Und so hatte es vielleicht auch sein Gutes, dass sie es nicht gewusst hatte. Denn sie war nicht allein. Sie schloss die Augen und legte ihre Wange auf Lilys weiches, dunkles Haar. Sie hatte Freunde – nein, eine Familie. Menschen, die sich um sie und Lily kümmerten.

Und sie und ihre Tochter hatten nicht nur einfach ein Dach über dem Kopf, sondern das wunderschöne Dach von Harper House. Hayley hatte Roz, eine entfernte Cousine – noch dazu angeheiratet –, die ihr ein Zuhause, einen Job und eine Chance gegeben hatte. Sie hatte Stella, ihre beste Freundin, mit der sie reden und lästern konnte.

Roz und Stella waren beide alleinerziehend – und wurden damit fertig, sagte sich Hayley. Sogar sehr gut. Stella war Mutter von zwei kleinen Jungen, die sie allein großzog. Roz hatte drei Kinder, die schon erwachsen waren.

Und sie saß hier und fragte sich, ob sie jemals mit *einem* Kind zurechtkommen würde, obwohl es immer jemanden im Haus gab, der bereit war, ihr zur Hand zu gehen.

Da war David, der den Haushalt führte und alle Mahlzeiten kochte. Und noch dazu eine Seele von Mensch war. Was würde sie tun, wenn sie jeden Abend nach der Arbeit kochen müsste? Wenn sie einkaufen, putzen, aufräumen müsste, alles *zusätzlich* zu ihrem Job und der Betreuung eines vierzehn Monate alten Kindes?

Sie war froh, dass sie sich darum nicht zu kümmern brauchte.

Dann war da Logan, Stellas frisch angetrauter, blendend aussehender Mann, der ihr altes Auto reparierte, wenn es wieder einmal bockte. Und Stellas Jungs, Gavin und Luke, die nicht nur bereitwillig mit Lily spielten, sondern Hayley auch einen Vorgeschmack darauf gaben, was ihr in den nächsten Jahren so alles bevorstand.

Und Mitch, der kluge, nette Mitch, der Lily auf seine Schultern setzte und sie mit sich herumtrug, während sie vor Vergnügen jauchzte. Wenn er und Roz aus den Flitterwochen zurück waren, dachte sie, würde er auch offiziell hier wohnen.

Es war so schön gewesen zu erleben, wie Stella und Roz sich verliebt hatten. Sie hatte mit den beiden gefühlt – all die Aufregungen, die Veränderungen, das Größerwerden ihrer neuen Familie.

Roz' Heirat bedeutete natürlich, dass sie sich jetzt endlich einen Ruck geben und eine eigene Wohnung suchen musste. Frisch Verheiratete brauchten ihre Privatsphäre.

Sie wünschte, sie könnte eine Wohnung ganz in der Nähe finden. Vielleicht sogar auf dem Gelände des Anwesens. Ideal wäre natürlich so etwas wie das Kutscherhaus. Harpers Haus. Sie seufzte leise, während sie mit der Hand über Lilys Rücken strich.

Harper Ashby. Rosalind Harper Ashbys Erstgeborener und eine ausgesprochene Wohltat für das Auge. Das kam ihr natürlich nicht in den Sinn, wenn sie an ihn dachte. Jedenfalls nicht oft. Er war Freund, Kollege und die erste Liebe ihrer Tochter. Und allem Anschein nach wurde diese Liebe auch erwidert.

Sie gähnte wieder, da sie von dem regelmäßigen Schaukeln und der Stille des frühen Morgens genauso in den Schlaf gewiegt wurde wie Lily.

Harper war einfach großartig im Umgang mit Lily. Geduldig, lustig und liebevoll. Insgeheim war er für sie Lilys Ersatzvater – obwohl er gar nicht mit Lilys Mutter liiert war, was sie sehr schade fand.

Manchmal malte sie sich aus, wie es mit ihm sein würde, und dabei ging es ihr nicht um den Vater, sondern nur um den Mann. Schließlich würde jedes gesunde amerikanische Mädchen – vor allem, wenn es gerade unter akutem Sexentzug litt – angesichts eines großen, dunkelhaarigen und unverschämt gut aussehenden Mannes ins Schwärmen geraten, vor allem, wenn dieser Mann auch noch ein umwerfendes Lächeln, wunderschöne braune Augen und einen knackigen, zum Kneifen verleitenden Po besaß.

Natürlich hatte sie ihn noch nie in den Po gekniffen. Sie hatte es sich nur vorgestellt.

25

Und intelligent war er auch noch. Er wusste alles, was es über Pflanzen zu wissen gab. Sie beobachtete ihn gern bei seiner Arbeit im Veredelungshaus des Gartencenters, konnte sich nicht sattsehen daran, wie seine Hände ein Messer hielten oder Bast verknoteten.

Er brachte ihr vieles bei, und sie war ihm dankbar dafür. So dankbar, dass sie sich zurückhielt und nicht wie eine ausgehungerte Katze über ihn herfiel. Aber schließlich war ja nichts dabei, wenn sie es sich vorstellte.

Sie brachte den Schaukelstuhl zum Stehen, hielt den Atem an und wartete. Lilys Rücken unter ihrer Hand hob und senkte sich rhythmisch.

Gott sei Dank.

Langsam stand sie auf und schlich sich leise und verstohlen zum Kinderbett, wie eine Frau, die gerade aus dem Gefängnis ausbricht. Mit schmerzenden Armen und benommen vor Müdigkeit beugte sie sich über das Bettchen und legte Lily so vorsichtig wie möglich auf die Matratze.

In dem Moment, in dem sie die Decke über sie zog, zuckte Lily zusammen. Ihr Kopf schoss nach oben, und sie fing an zu weinen.

»O Lily, bitte, jetzt schlaf doch endlich.« Hayley tätschelte und streichelte ihre Tochter, obwohl sie fast nicht mehr stehen konnte. »Sch! Jetzt schlaf schon. Gönn deiner Mama doch mal eine Pause.«

Das Streicheln schien zu funktionieren – solange ihre Hand auf Lilys Rücken lag, blieb der kleine Kopf unten. Daher setzte sich Hayley auf den Fußboden und steckte den Arm durch die Gitterstäbe des Bettchens. Und streichelte. Und streichelte …

Irgendwann schlief sie ein.

Der Gesang weckte sie. Ihr Arm war eingeschlafen und blieb es zunächst auch, als sie die Augen aufschlug. Im Zimmer war es kalt; die Stelle auf dem Boden, auf der sie an das Kinderbett gelehnt saß, fühlte sich wie ein Stück Eis an. In ihrem Arm krabbelten Millionen Ameisen von der Schulter bis zu den Fingerspitzen, als sie sich umdrehte und die Hand schützend auf Lilys Rücken ließ.

Im Schaukelstuhl saß eine Gestalt in einem grauen Kleid und sang leise ein altmodisches Wiegenlied. Ihre Blicke trafen sich, doch die Frau fuhr fort, zu singen und zu schaukeln.

Der Schock ließ Hayley jede Müdigkeit vergessen. Das Herz klopfte ihr bis zum Hals.

Was sagte man zu seinem Geist, den man seit einigen Wochen nicht gesehen hatte?, fragte sie sich. Hallo, wie geht's? Willkommen daheim? Wie sollte man in einer solchen Situation reagieren, vor allem, wenn besagter Geist einen Sprung in der Schüssel hatte?

Hayley spürte die Kälte auf ihrer Haut, als sie langsam aufstand, damit sie sich zwischen den Schaukelstuhl und Lilys Bettchen stellen konnte. Nur für den Fall. Da sich ihr Arm anfühlte, als würde er gerade mit Tausenden von Nadeln gestochen werden, presste sie ihn an sich und rieb mit der Hand darüber.

Merk dir jedes Detail, sagte sie zu sich selbst. Mitch wird alle Einzelheiten wissen wollen.

Für einen durchgeknallten Geist wirkte sie ziemlich ruhig, dachte Hayley. Ruhig und traurig, so wie beim ersten Mal, als sie die Harper-Braut gesehen hatte. Aber sie hatte sie auch schon mit weit aufgerissenen Augen und vor Wut verzerrtem Gesicht erlebt.

»Ähm, sie ist gestern geimpft worden. Und in der Nacht darauf ist sie dann immer etwas unruhig. Aber ich glaube, jetzt haben wir das Schlimmste überstanden. In zwei Stunden muss ich sie wecken, und dann wird sie vermutlich beim Babysitter rumquengeln, bis es Zeit für ihr Schläfchen ist. Aber … aber jetzt schläft sie ja. Du kannst ruhig wieder gehen.«

Die Gestalt verschwand, doch der Gesang war noch ein paar Sekunden lang zu hören.

David machte ihr Blaubeerpfannkuchen zum Frühstück. Sie hatte ihm gesagt, dass er für sie oder Lily nicht zu kochen brauche, solange Roz und Mitch weg seien, aber das ignorierte er einfach. Und da er so süß aussah, wenn er in der Küche herumfuhrwerkte, versuchte sie erst gar nicht, ihn davon abzubringen.

Außerdem waren seine Pfannkuchen ein Gedicht.

»Du siehst ein bisschen spitz um die Nase aus.« David kniff Hayley in die Wange, dann wiederholte er die Geste bei Lily, um sie zum Lachen zu bringen.

»Ich habe in letzter Zeit nicht viel geschlafen. Und letzte Nacht hatte ich Besuch.«

Sie schüttelte den Kopf, als seine Augenbrauen in die Höhe schossen und ein anzügliches Grinsen auf seinem Ge-

28

sicht erschien. »Es war kein Mann – so viel Glück habe ich nicht. Amelia.«

Er wurde sofort ernst und setzte sich ihr gegenüber an den Tisch in der Küche. »Hat sie Ärger gemacht? Ist alles in Ordnung mit dir?«

»Sie hat nur im Schaukelstuhl gesessen und gesungen. Als ich ihr gesagt habe, dass es Lily gut geht und sie ruhig gehen kann, ist sie verschwunden. Es war vollkommen harmlos.«

»Vielleicht hat sie sich ja beruhigt. Hoffentlich. Hast du dir deshalb Sorgen gemacht?« Als er sie prüfend ansah, bemerkte er die dunklen Schatten unter ihren blauen Augen. »Hast du deshalb so schlecht geschlafen?«

»Das dürfte einer der Gründe sein. In den letzten Monaten ist hier eine ganze Menge losgewesen. Und jetzt ist alles so ruhig. Das ist fast noch gruseliger.«

»Aber ich bin doch hier.« Er beugte sich vor und strich ihr mit seinen langen, schlanken Pianistenfingern über die Hand. »Außerdem kommen Roz und Mitch heute zurück. Dann ist das Haus schon nicht mehr so groß und leer.«

Sie seufzte erleichtert. »Dir ist es genauso gegangen. Ich habe nichts gesagt, weil ich nicht wollte, dass du denkst, deine Anwesenheit reicht mir nicht. So ist es nämlich nicht.«

»Das gilt auch umgekehrt, mein Schatz. Aber wir sind ganz schön verwöhnt worden, nicht wahr? Ein Jahr lang hatten wir das Haus voll.« Er sah zu den leeren Stühlen am Tisch. »Ich vermisse die Jungs.«

»Werd jetzt nur nicht sentimental. Wir sehen sie doch ständig, jeden Tag. Aber du hast Recht – es ist schon komisch, wenn alles so ruhig ist.«

Als hätte sie ihre Mutter verstanden, warf Lily ihre Schnabeltasse in die Luft. Sie prallte gegen die Kücheninsel und landete mit einem lauten Knall auf dem Boden.

»Gut gemacht, Herzchen«, sagte David.

»Und weißt du was?« Hayley stand auf, um die Tasse aufzuheben. Sie war groß und schlaksig, und zu ihrer Enttäuschung hatten ihre Brüste inzwischen wieder die Größe, die sie vor der Schwangerschaft gehabt hatten. Für sie war es Körbchengröße A minus. »Ich glaube, so langsam wird meine Laune immer schlechter. Es ist nicht so, dass ich den Eindruck hab, mich auf ausgefahrenen Gleisen zu bewegen, weil mir die Arbeit in der Gärtnerei wirklich Spaß macht. Erst letzte Nacht, als Lily zum x-ten Mal aufgewacht ist, hab ich gedacht, wie froh ich bin, hier zu sein und so viele liebe Menschen um uns zu haben.«

Hilflos breitete sie die Arme aus und ließ sie dann fallen. »Ich weiß nicht, was los ist, David, aber irgendwie fühle ich mich so … bäh.«

»Höchste Zeit für einen Einkaufsbummel.«

Sie grinste und holte einen Waschlappen, um Lily den Sirup aus dem Gesicht zu wischen. »Das hilft so gut wie immer. Aber ich glaube, ich brauche eine Veränderung. Eine große Veränderung. Neue Schuhe reichen da nicht.«

David riss die Augen auf und starrte sie mit offenem Mund an. »Gibt es was Besseres als neue Schuhe?«, fragte er mit gespieltem Ernst.

»Ich glaube, ich brauche eine neue Frisur. Was meinst du – soll ich mir die Haare schneiden lassen?«

»Hm.« Er legte den Kopf schief und musterte sie mit seinen hinreißenden blauen Augen. »Du hast tolle Haare, und das glänzende Schwarz sieht umwerfend aus. Aber so, wie du es getragen hast, als du hier eingezogen bist, hat es mir am besten gefallen.«

»Wirklich?«

»Durchgestuft von oben bis unten. Zerzaust, lässig, rassig. Sexy.«

»Wenn du meinst …« Sie fuhr sich mit den Händen durch ihr Haar. Sie hatte es wachsen lassen, bis fast auf die Schultern. Es war eine praktische Länge, weil sie die Haare für die Arbeit in der Gärtnerei und bei der Betreuung Lilys einfach zu einem Pferdeschwanz binden konnte. Vielleicht war das ja das Problem. Sie hatte es sich so einfach wie möglich gemacht, weil sie keine Zeit mehr hatte oder sich keine Mühe mehr geben wollte, sich um ihr Aussehen zu kümmern.

Sie säuberte Lily und holte sie aus dem Hochstuhl, damit sie in der Küche herumlaufen konnte. »Vielleicht hast du ja Recht. Ich werde es mir überlegen.«

»Und neue Schuhe kaufst du dir trotzdem. Das kann nie schaden.«

Im Hochsommer war im Gartencenter nicht viel los. Es gab zwar nie Zeiten, in denen kein Betrieb war, aber im Juli war der Ansturm der Kunden, der gegen Ende des Winters begann und bis weit in den Frühling dauerte, lange vorbei.

Der Westen von Tennessee stöhnte unter der schwülen Hitze, und nur die eifrigsten Gärtner machten sich die Mühe, Neuzugänge in ihren Blumenbeeten zu päppeln.

Hayley nutzte das aus und überredete Stella, ihr für einen Friseurtermin und einen einstündigen Einkaufsbummel freizugeben.

Als sie nach einer verlängerten Mittagspause zum Gartencenter fuhr, hatte sie eine neue Frisur, *zwei* Paar neue Schuhe und erheblich bessere Laune.

David hat immer Recht, dachte sie.

Sie liebte das Gartencenter. Es gab kaum einen Tag, an dem sie das Gefühl hatte zu *arbeiten.* Ihrer Meinung nach konnte es gar keinen besseren Beweis dafür geben, dass einem die Arbeit Spaß machte. Wie gern sie sich das hübsche weiße Gebäude ansah, das eher wie ein sorgsam gepflegtes Privathaus wirkte als wie das Verkaufsgebäude eines Gartenbaubetriebs, mit nach Jahreszeit bepflanzten Beeten vor der Veranda und vielen blühenden Topfpflanzen an der Tür.

Auch die Gartenbauabteilung auf der anderen Seite des großen, mit Kies bestreuten Freigeländes gefiel ihr – der angehäufte Torf und Mulch, die Pflanzkübel und das Bauholz. Die Gewächshäuser mit ihren vielen Pflanzen, die Lagerschuppen.

Wenn viele Kunden da waren, die über die geschwungenen Wege gingen, Wägelchen mit Pflanzen und Töpfen hinter sich herzogen und von Neuigkeiten und Plänen erzählten, sah das Gartencenter eher wie ein kleines Dorf aus.

Und sie war ein Teil davon.

Sie betrat das Gartencenter und drehte sich für Ruby, die

weißhaarige Angestellte, die an der Kasse saß, einmal um die eigene Achse.

»Sieht flott aus«, meinte Ruby.

»Und genau so fühle ich mich auch.« Sie fuhr mit den Fingern durch ihr kurzes, stufiges Haar. »Ich habe seit einem Jahr nichts mit meinen Haaren gemacht. Länger. Ich wusste schon gar nicht mehr, wie es ist, in einem Friseursalon zu sitzen und geschnitten zu werden.«

»Mit einem Baby hat man für so was eben keine Zeit mehr. Wie geht es denn unserer Süßen?«

»In der Nacht war sie ziemlich quengelig, weil sie geimpft worden ist. Aber heute Morgen war schon wieder alles in Ordnung. Ich war hundemüde. Aber dafür habe ich jetzt Muskeln.« Zum Beweis spannte sie die Arme an und zeigte Ruby die kleinen Beulen ihres Bizeps.

»Das trifft sich gut. Stella möchte, dass alles gegossen wird – und ich meine wirklich *alles*. Außerdem kommt gleich eine große Lieferung mit Pflanzkübeln. Wenn sie da sind, müssen sie ausgezeichnet und in die Regale geräumt werden.«

»Kein Problem.«

Sie fing draußen in der schwülen, drückenden Hitze zu arbeiten an und wässerte die Beetpflanzen, die Einjährigen und die Stauden, die noch keine Käufer gefunden hatten. Die Pflanzen erinnerten sie an jene ungeschickten Kinder in der Schule, die beim Sport nie für eine Mannschaft ausgewählt wurden. Daher hatte sie auch eine Schwäche für die armen Dinger und wünschte, sie hätte ein Haus, wo sie sie einpflanzen könnte, damit sie blühten und gediehen.

Eines Tages würde sie ein eigenes Haus haben. Sie würde einen Garten anlegen und das, was sie hier gelernt hatte, in die Praxis umsetzen. Sie würde etwas Schönes, etwas ganz Besonderes schaffen. Und natürlich würden Lilien in ihrem Garten wachsen. Rote Lilien wie jene, die Harper ihr mitgebracht hatte, als sie mit Lily in den Wehen gelegen hatte. Ein großes Beet mit duftenden, leuchtend roten Lilien, die Jahr für Jahr wiederkommen und sie daran erinnern würden, wie viel Glück sie hatte.

Der Schweiß lief ihr über den Rücken, und das Wasser tropfte auf ihre Segeltuchschuhe. Der Wasserstrahl ärgerte die Bienen, die auf den Fetthennen saßen. Dann kommt eben wieder, wenn ich fertig bin, dachte Hayley, als sie mit einem wütenden Summen davonflogen. Schließlich wollen wir hier alle das Gleiche. Sie ging langsam weiter und goss, in Gedanken versunken, die schon recht ramponiert aussehenden Pflanzen auf den Tischen.

Wenn sie eines Tages einen Garten hatte, würde Lily dort auf dem Gras spielen. Mit einem Hündchen, beschloss sie. Ihre Tochter sollte einen Welpen bekommen, mit weichem Fell und dickem Bäuchlein. Und was sprach dagegen, einen Mann hinzuzufügen? Einen Mann, der sie und Lily liebte, jemand, der lustig und klug war und ihr Herz schneller schlagen ließ, wenn er sie ansah …

Er konnte ruhig gut aussehen. Schließlich hatte es keinen Sinn, von einem Mann zu träumen, der hässlich wie ein Molch war. Groß sollte er sein, mit breiten Schultern und langen Beinen. Braune Augen und jede Menge dichtes dunkles Haar, in das sich ihre Finger krallen konnten. Markante Wangenknochen, solche, an denen sie sich entlangknabbern konnte, bis sie seinen vollen, erotischen Mund erreicht hatte. Und dann …

»Großer Gott, Hayley, das Mädchenauge ersäuft ja.«

Sie zuckte zusammen und fuhr mit der Spritzbrause in der Hand herum. Nach einem erschreckten Aufschrei riss sie den Schlauch zur Seite, doch es war schon zu spät – sie hatte Harper erwischt.

Volltreffer, dachte sie, hin- und hergerissen zwischen verlegenem Schweigen und völlig unangebrachtem Kichern. Harper sah resigniert an seinem durchnässten Hemd und der tropfenden Jeans herunter.

»Wer hat dir eigentlich erlaubt, den Gartenschlauch anzufassen?«

»Tut mir leid! Aber du hättest dich nicht so anschleichen dürfen.«

»Ich habe mich nicht angeschlichen. Ich bin ganz normal gegangen.«

Obwohl er sich etwas gereizt anhörte, klang seine Stimme immer noch so weich, wie das für die Gegend von Memphis typisch war. Wenn sie sich aufregte oder ärgerte, schlich sich immer ein scharfer Unterton in ihre Stimme. »Dann musst du nächstes Mal eben lauter gehen. Aber es tut mir wirklich leid. Ich habe meine Gedanken wohl etwas zu sehr schweifen lassen.«

»Die Hitze verführt dazu, die Gedanken schweifen zu lassen und sich dann für ein Schläfchen hinzulegen.« Er hielt sich das nasse Hemd vom Bauch weg. An seinen Augenwinkeln bildeten sich kleine Fältchen, als er sie mit zusammengekniffenen Augen ansah. »Hast du was mit deinen Haaren gemacht?«

Instinktiv hob sie die Hand und fuhr sich mit den Fingern durchs Haar. »Ich habe sie schneiden lassen. Gefällt's dir?«

»Ja, sicher. Sieht gut aus.«

Ihre Finger an der Spritzbrause des Schlauchs zuckten. »Hör auf. Bei so überschwänglichen Komplimenten werde ich immer rot.«

Er lächelte. Sein Lächeln war so hinreißend – irgendwie lässig, sodass es seine Gesichtszüge völlig veränderte und in seinen dunkelbraunen Augen aufleuchtete ... Beinahe hätte sie ihm verziehen.

»Ich geh nach Hause, zumindest für eine Weile. Mutter ist wieder da.«

»Sie sind wieder da? Wie geht es ihnen? Waren die Flitterwochen schön? Ach, das weißt du ja nicht, weil du noch nicht drüben warst. Sag ihnen, dass ich darauf brenne, sie zu sehen, und dass hier alles in bester Ordnung ist. Roz soll sich um Himmels willen keine Sorgen machen und nicht gleich herkommen und mit der Arbeit anfangen, wo sie doch gerade erst zur Tür hereingekommen ist. Und ...«

Er hakte die Daumen in die Hüfttaschen seiner uralten Jeans und sah sie belustigt an. »Soll ich mir das alles aufschreiben?«

»Hau schon ab.« Doch sie lachte, als sie ihn wegscheuchte. »Ich sag's ihnen selbst.«

»Bis später.« Tropfend ging der Mann ihrer Tagträume davon.

Sie war sich nicht einmal sicher, ob sie überhaupt eine

neue Beziehung eingehen wollte – jetzt schien ein schlechter Zeitpunkt dafür zu sein. Lily war das Wichtigste in ihrem Leben, und gleich nach Lily kam ihre Arbeit. Sie wollte, dass ihre Tochter glücklich, gesund und geborgen war, und sie wollte noch mehr lernen, noch mehr Verantwortung im Gartencenter übernehmen. Je mehr sie lernte, desto schneller würde sie Karriere machen.

Es machte ihr nichts aus, ihr Bestes zu geben, aber sie wollte mehr erreichen.

Und außer Lily, ihrem Job und der Familie, die sie hier gefunden hatte, gab es ja auch noch das faszinierende und etwas unheimliche Projekt, die Identität Amelias, der Harper-Braut, herauszufinden und dafür zu sorgen, dass sie endlich zur Ruhe kam.

Dabei spielte Mitch natürlich eine große Rolle. Er war Ahnenforscher und von allen – Stella ausgenommen – am vernünftigsten. Es war so aufregend gewesen, wie er und Roz sich ineinander verliebt hatten, nachdem Roz ihn beauftragt hatte, den Stammbaum der Familie zu erstellen, um auf diese Weise herauszufinden, wer Amelia gewesen war. Allerdings hatte es der Geisterfrau gar nicht gefallen, dass die beiden ein Paar geworden waren. Sie war stocksauer gewesen.

Es konnte gut sein, dass sie wieder gefährlich wurde, dachte Hayley. Jetzt, da die beiden verheiratet waren und Mitch in Harper House wohnte. Amelia hatte sich eine Weile sehr zurückgehalten, aber das hieß beileibe nicht, dass es immer so bleiben würde.

Wenn es wieder losging, wollte Hayley darauf vorbereitet sein.

2. Kapitel

Hayley betrat Harper House mit Lily auf der Hüfte. Sie setzte ihre Tochter ab und warf dann Handtasche und Wickeltasche auf die unterste Stufe der Treppe, damit sie die Sachen beim Hinaufgehen nachher gleich zur Hand hatte. Am liebsten hätte sie sofort geduscht – zwei oder drei Tage lang –, um gleich darauf ein eiskaltes Bier auf einen Zug hinunterzustürzen.

Doch als Erstes wollte sie Roz begrüßen.

In dem Moment kam Roz aus dem Wohnzimmer. Sie und Lily schrien entzückt auf, als sie sich sahen. Lily änderte die Richtung und lief wankend auf Roz zu, während diese zu ihr rannte und sie in die Arme nahm.

»Da ist ja meine kleine Maus.« Sie drückte Lily an sich und gab ihr einen Kuss auf den Nacken, dann hob sie den Kopf, lächelte Hayley an und hörte mit gespieltem Erstaunen dem unverständlichen Gebrabbel des kleinen Mädchens zu. »Ich kann gar nicht glauben, dass in einer Woche so viel passiert ist! Das ist aber schön, meine Süße, dass du mir den ganzen Tratsch erzählst.« Sie lächelte wieder Hayley an. »Und wie geht's der Mama?«

»Großartig.« Hayley ging zu ihnen und umarmte die beiden. »Willkommen daheim. Wir haben dich ganz fürchterlich vermisst.«

»Gut. Es gefällt mir, wenn man mich vermisst. Was haben wir denn da?« Sie strich mit den Fingern durch Hayleys Haar.

»Der Schnitt ist ganz neu. Ich hab ihn heute erst machen lassen. Beim Aufstehen hat mich wohl der Hafer gestochen. Roz, du siehst großartig aus.«

»Ach, hör auf.«

Doch es stimmte. Roz war eine bildschöne Frau, und nach der einwöchigen Hochzeitsreise in die Karibik schien sie von innen heraus zu leuchten. Die Sonne hatte ihre blasse Haut leicht golden getönt, was ihre schmalen dunklen Augen noch besser zur Geltung brachte. Das kurze glatte Haar umrahmte ein Gesicht, dessen Züge jene klassische, zeitlose Schönheit besaßen, um die Hayley sie glühend beneidete.

»Die neue Frisur gefällt mir«, meinte Roz. »Sie sieht so jung und lässig aus.«

»Ich brauchte unbedingt eine kleine Aufmunterung. Lily und ich haben eine anstrengende Nacht hinter uns. Sie ist gestern geimpft worden.«

»Mein armes Kleines.« Roz drückte Lily noch einmal an sich. »Das macht natürlich gar keinen Spaß. Dann wollen wir mal sehen, wie wir das wiedergutmachen können. Komm mit, Schätzchen.« Sie kuschelte sich an Lily, während sie mit ihr ins Wohnzimmer ging. »Sieh mal, was wir dir mitgebracht haben.«

Das Erste, was Hayley auffiel, war eine riesige Puppe mit zerzausten roten Haaren und einem breiten Grinsen im Gesicht. »Oh, die ist aber niedlich! Und fast so groß wie Lily.«

39

»Deshalb haben wir sie gekauft. Mitch hat sie gesehen, und dann war sofort klar, dass wir sie Lily mitbringen müssen. Was meinst du dazu, Süße?«

Lily bohrte ein paarmal mit dem Finger in die Augen der Puppe, zog an ihren Haaren und ließ sich dann auf den Boden setzen, damit sie sich mit ihr anfreunden konnte.

»In einem Jahr oder so wird sie der Puppe einen Namen geben, und dann wird sie bis zum College auf ihrem Bett sitzen. Vielen Dank, Roz.«

»Ich bin noch nicht fertig. Wir haben ein kleines Geschäft gefunden, in dem es ganz entzückende Kleidchen gab.« Sie holte ein Kleidchen nach dem anderen aus einer Einkaufstüte, während Hayley die Augen aufriss. Gesmokte Baumwolle, gerüschte Spitzen, bestickter Jeansstoff. »Sieh dir diesen Spielanzug hier an. Ich konnte einfach nicht nein sagen.«

»Die Sachen sind fantastisch. Du bist fantastisch. Aber du verwöhnst sie viel zu sehr.«

»Das ist auch meine Absicht.«

»Ich weiß gar nicht, was ich … Sie hat doch keine Groß… niemanden, der sie verwöhnen könnte.«

Roz zog die Augenbrauen hoch, während sie den Spielanzug zusammenlegte. »Du kannst das böse Wort ruhig aussprechen, Hayley. Ich werde schon nicht vor Entsetzen in Ohnmacht fallen. Außerdem halte ich mich sowieso für Lilys Großmutter ehrenhalber.«

»Lily und ich sind richtige Glückspilze.«

»Warum fängst du dann an zu heulen?«

»Ich weiß auch nicht. Aber in letzter Zeit habe ich über

so vieles nachdenken müssen.« Sie schniefte und wischte sich die Tränen aus den Augen. »Wie ich hierhergekommen bin, wie es mir ergangen wäre, wenn ich mit Lily so allein gewesen wäre, wie ich es erwartet hatte.«

»Über so etwas nachzudenken bringt dich nicht weiter.«

»Ich weiß. Ich bin nur so froh darüber, dass ich zu dir gekommen bin. Letzte Nacht habe ich gedacht, dass ich anfangen sollte, mir eine Wohnung zu suchen.«

»Wozu brauchst du eine Wohnung?«

»Zum Wohnen.«

»Gefällt es dir hier nicht?«

»Es ist das schönste Haus, das ich je gesehen habe.« Und sie, Hayley Phillips aus Little Rock, Arkansas, wohnte darin. Sie wohnte in einem Haus mit einem Salon, der mit wunderschönen Antiquitäten und bunten Kissen eingerichtet war und riesige Fenster hatte, hinter denen ein prachtvoller Garten lag. »Ich sollte mir eine Wohnung suchen, aber eigentlich will ich das ja gar nicht. Jedenfalls nicht sofort.« Sie sah auf Lily hinunter, die sich alle Mühe gab, die Puppe durch den Raum zu tragen. »Aber du musst es mir sagen, wenn ich ausziehen soll. Wir sind so gute Freunde, dass das möglich ist.«

»In Ordnung. Ist die Sache damit erledigt?«

»Ja.«

»Willst du dir nicht ansehen, was wir dir mitgebracht haben?«

»Ich bekomme auch was?« Hayley hatte vor Aufregung glänzende Augen. »Ich *liebe* Geschenke, und ich schäme mich auch gar nicht, es zuzugeben.«

»Hoffentlich gefällt es dir.« Roz holte eine kleine Schachtel aus der Einkaufstüte und hielt sie ihr hin.

Hayley vergeudete keine Zeit und nahm den Deckel der Schachtel ab. »Oh, oh! Die sind ja traumhaft!«

»Ich dachte, die roten Korallen würden dir am besten stehen.«

»Sie sind genau das Richtige!« Hayley nahm die Ohrringe aus der Schachtel, hielt sie sich an die Ohren und eilte zu einem der antiken Spiegel, um sich anzusehen. Jeweils drei rote Korallenkugeln hingen an einem schimmernden Dreieck aus Silber. »Sie sind fantastisch. Du meine Güte, ich habe etwas aus Aruba. Ich glaub's einfach nicht.«

Sie lief zu Roz und umarmte sie. »Sie sind wunderschön. Vielen, vielen Dank. Ich kann es kaum erwarten, sie zu tragen.«

»Wenn du möchtest, hast du heute Abend Gelegenheit dazu. Stella, Logan und die Jungs kommen vorbei. David will ein Willkommensessen für uns kochen.«

»Oh, aber du wirst doch sicher müde sein.«

»Müde? Bin ich etwa schon achtzig? Ich komme gerade aus dem Urlaub.«

»Aus den Flitterwochen«, korrigierte Hayley mit einem breiten Grinsen. »Ich könnte wetten, dass du nicht viel zum Schlafen gekommen bist.«

»Wenn du es genau wissen willst – wir haben jeden Morgen ausgeschlafen.«

»In diesem Fall ist eine Party genau das Richtige. Lily und ich gehen jetzt nach oben und machen uns schön.«

»Ich helfe dir, die Sachen hinaufzutragen.«

»Danke. Roz?« Hayley war plötzlich wieder mit sich selbst im Reinen. »Ich bin so froh, dass du wieder da bist.«

Es machte solchen Spaß, die neuen Ohrringe anzulegen, Lily in eines der hübschen neuen Kleidchen zu stecken und sich und ihre Tochter ein wenig fein zu machen. Hayley schüttelte den Kopf, nur um zu spüren, wie ihr Haar fiel und die Ohrringe hin und her baumelten.

Na also, dachte sie, keine Rede mehr von schlechter Laune und Lustlosigkeit. Da ihr nach Feiern zumute war, zog sie auch noch ihre neuen Schuhe an. Die schwarzen Riemchensandalen mit den hohen, dünnen Absätzen waren fürchterlich unpraktisch und überflüssig. Und genau deshalb perfekt.

»Außerdem waren sie runtergesetzt«, sagte sie zu Lily. »Neue Schuhe wirken besser als Prozac und dieses ganze Zeug.«

Es fühlte sich großartig an, ein Kleid – mit einem kurzen Rock – und hochhackige Schuhe zu tragen. Eine neue Frisur. Knallroten Lippenstift.

Vor dem Spiegel drehte sie sich einmal um die eigene Achse und stemmte dann die Hände in die Hüften. Sie war dünn wie ein Besenstiel, aber daran ließ sich eben nichts ändern. Trotzdem sahen die meisten Sachen recht gut an ihr aus. Als wäre sie so eine Art Kleiderbügel, dachte sie. Zusammen mit der neuen Frisur, den neuen Ohrringen und den neuen Schuhen war der Eindruck gar nicht einmal so schlecht.

»Meine Damen und Herren, ich glaube, ich bin wieder da.«

43

Im Wohnzimmer hatte es sich Harper mit einem Bier in der Hand in einem der Sessel bequem gemacht. Er beobachtete, wie Mitch immer wieder seine Mutter berührte – ihr Haar, ihren Arm –, während die beiden Logan, Stella und den Jungs von ihren Flitterwochen erzählten.

Er kannte das meiste davon, da er am Nachmittag für eine Stunde ins Haus gekommen war, und eigentlich hörte er ihnen gar nicht zu. Er saß nur da und sah die beiden an, während er dachte, wie gut es war, dass seine Mutter endlich jemanden gefunden hatte, der bis über beide Ohren in sie verliebt war.

Harper freute sich für sie – und er war erleichtert. Seine Mutter kam zwar sehr gut allein zurecht und hatte dies auch mehr als einmal bewiesen, trotzdem war es für ihn ein Trost, dass sie jetzt einen klugen, kompetenten Mann an ihrer Seite hatte.

Wenn Mitch nach dem, was im letzten Frühjahr passiert war, nicht bei Roz eingezogen wäre, hätte Harper es getan. Aber mit Hayley im Haus wäre das wohl etwas problematisch geworden.

Er war der Meinung, dass es für alle Beteiligten einfacher war, wenn er weiterhin im Kutscherhaus wohnen blieb. Geografisch gesehen war es natürlich keine große Entfernung, aber vom psychologischen Standpunkt her war es am besten so.

»Ich habe ihm gesagt, dass er verrückt ist«, fuhr Roz fort und gestikulierte mit dem Weinglas in der einen Hand, während ihre andere Mitchs Oberschenkel tätschelte. »Windsurfen? Warum um alles in der Welt sollten wir uns auf ein wackeliges Stück Holz stellen, an dem ein Segel befestigt ist? Aber er wollte es unbedingt ausprobieren.«

»Ich habe es auch schon mal probiert.« Stellas rotes Haar fiel ihr über die Schultern, als sie sich setzte. »Als ich noch auf dem College war. Wenn man den Dreh erst mal raus hat, macht es viel Spaß.«

»Das habe ich auch gehört«, murmelte Mitch.

Roz fing an zu lächeln. »Er ist immer wieder auf das Ding geklettert, aber jedes Mal hat es nach zwei Sekunden platsch gemacht, und er lag im Wasser. Er stellt sich auf das Brett, ich denke schon, jetzt hat er es kapiert, aber dann – platsch.«

»Das Brett war kaputt«, behauptete Mitch, während er Roz einen Finger zwischen die Rippen stieß.

»Ja, natürlich.« Roz verdrehte die Augen. »Eines muss man Mitch aber lassen – er ist ganz schön hartnäckig. Ich weiß nicht, wie oft er sich aus dem Wasser auf dieses Brett gehievt hat.«

»Sechshundertzweiundfünfzigmal.«

»Und wie ist es bei dir gelaufen?« Logan, der neben Stella noch größer und breiter wirkte, wies mit dem Bierglas auf Roz.

»Oh, ich will mich nicht selbst loben.« Roz musterte eingehend ihre Fingernägel.

»Doch, sie will.« Mitch trank einen Schluck von seinem Mineralwasser und streckte seine langen Beine aus. »Sie will. Und wie.«

»Mir hat es Spaß gemacht.«

»Sie ist einfach …« Mitch fuhr mit der Hand durch die Luft, um die Bewegung zu veranschaulichen. »Davongesegelt, als wäre sie auf einem dieser verdammten Dinger geboren worden.«

»Wir Harpers sind in der Regel sehr sportlich veranlagt und besitzen einen hervorragend ausgeprägten Gleichgewichtssinn.«

»Aber sie will sich ja nicht selbst loben«, unterstrich Mitch. Als er das Klicken von Absätzen auf dem Parkett hörte, hob er den Kopf.

Harper tat das Gleiche, und er spürte, wie ihn sein gerade noch gepriesener Gleichgewichtssinn im Stich ließ.

Sie sah einfach umwerfend aus. Das knappe rote Kleid und die hohen Schuhe ließen ihre Beine endlos lang aussehen. Beine, die jeden Mann auf dumme Gedanken brachten. Ihre neue Frisur war verdammt sexy, und ihr Mund leuchtete verführerisch in einem kräftigen Rot.

Sie trägt ein Baby auf dem Arm, ermahnte er sich. Er sollte, wenn sie Lily bei sich hatte, nicht darüber nachdenken, was er mit diesem Mund, diesem Körper anstellen wollte.

Logan stieß einen langen, bewundernden Pfiff aus, der Hayley zum Strahlen brachte.

»Hallo, meine Schöne. Du siehst ja zum Anbeißen aus. Du siehst aber auch gut aus, Hayley.«

Sie lachte ihr heiseres Lachen, stöckelte zu Logan und setzte ihm Lily auf den Schoß. »Das hast du jetzt davon.«

»Möchtest du ein Glas Wein?«, fragte Roz.

»Eigentlich hätte ich lieber ein Bier.«

»Ich hol dir eins.« Harper war schon aus dem Sessel und auf dem Weg in die Küche, bevor sie antworten konnte. Er hoffte, dass der Gang in die Küche und zurück seinen Blutdruck wieder auf ein normales Maß senken würde.

Sie war so etwas wie seine Cousine, ermahnte er sich. Und eine Angestellte. Hausgast seiner Mutter. Mutter eines Kindes. Jedes einzelne dieser Argumente bedeutete: Hände weg. Zählte man sie zusammen, war Hayley absolut tabu für ihn. Außerdem waren die Gefühle, die sie für ihn hegte, alles andere als romantisch.

Wenn ein Mann unter solchen Umständen mit einer Frau zu flirten begann, war das der beste Weg, eine schöne Freundschaft zu zerstören.

Er holte ein Pils aus dem Kühlschrank. Als er das Bier in ein Glas goss, hörte er ein lautes Kreischen und das Klappern von Absätzen auf Holz. Er drehte sich um und sah Lily, die in die Küche gerannt kam, Hayley dicht auf den Fersen.

»Will sie etwa auch ein Bier?«

Lachend hob Hayley ihre Tochter auf, doch Lily wurde knallrot im Gesicht und wollte von ihr weg. »Sie will kein Bier. Sie will dich. Wie immer.«

»Komm her, Kleines.« Er nahm ihr das Kind ab und warf es in die Luft. Sofort hellte sich das trotzig verzerrte Gesichtchen auf, und Lily fing an zu lachen. Hayley tat so, als wäre sie beleidigt, und goss den Rest ihres Biers ein.

»So viel zur Qualität der Mutter-Kind-Beziehung.«

»Du hast das Bier, ich das Kind.«

Lily umarmte Harper und legte ihren Kopf an seine Wange.

Hayley nickte und hob ihr Glas. »Den Eindruck habe ich auch.«

Es war schön, wieder einmal alle um sich zu haben, mit der ganzen Familie, wie Hayley ihre Freunde nannte, am Tisch zu sitzen und Davids in Honig glasierten Schinken zu genießen.

Hayley hätte gern eine große Familie gehabt, doch sie war ganz allein mit ihrem Vater aufgewachsen. Nicht dass sie das Gefühl hatte, etwas verpasst zu haben. Sie und ihr Vater waren ein Team, eine Einheit gewesen, und er war der freundlichste, lustigste und warmherzigste Mann gewesen, den sie jemals kennen gelernt hatte.

Aber Mahlzeiten wie diese hatten ihr immer gefehlt – ein voll besetzter Tisch, lautes Stimmengewirr, selbst die Streitereien und Eifersüchtelein, die ihrer Meinung nach in großen Familien an der Tagesordnung waren.

Lily würde damit aufwachsen, denn Roz hatte sie und ihre Tochter in Harper House aufgenommen. Und daher würde Lily viele, viele Mahlzeiten wie diese erleben, mit Onkeln, Tanten und Cousins. Großeltern, dachte Hayley, während sie einen verstohlenen Blick auf Roz und Mitch warf. Und wenn Roz' Söhne oder Mitchs Sohn Josh zu Besuch kamen, würde die Familie komplett sein.

Eines Tages würden Roz' Söhne und Josh heiraten. Und vermutlich eine ganze Horde Kinder bekommen.

Ihr Blick wanderte zu Harper, und sie zwang sich, den kleinen Stich zu ignorieren, der sie bei dem Gedanken daran quälte, dass er heiraten und Kinder bekommen würde, mit einer Frau, deren Gesicht sie sich nicht vorstellen konnte.

Natürlich würde sie ausnehmend hübsch sein. Vermutlich blond, kurvenreich und aus einer reichen Familie. Das Miststück.

Wer auch immer sie sein würde, egal, wie sie aussehen oder welchen Charakter sie haben würde, Hayley beschloss, ihre Freundin zu werden. Selbst wenn es sie umbrachte.

»Stimmt was nicht mit den Kartoffeln?«, murmelte David neben ihr.

»Hm … Nein, nein, sie sind fantastisch.«

»Ich habe mich nur gefragt, warum du ein Gesicht machst, als müsstest du bittere Medizin runterschlucken.«

»Oh, ich habe nur an etwas gedacht, dass ich erledigen muss und am liebsten liegen lassen würde. Es gibt so viele unangenehme Dinge im Leben. Aber diese Kartoffeln hier gehören eindeutig nicht dazu. Vielleicht kannst du mir ja mal bei Gelegenheit einige deiner Gerichte beibringen. Ich kann recht gut kochen. Daddy und ich habe uns die Arbeit in der Küche geteilt, und die Grundlagen haben wir beide ganz gut beherrscht – manchmal habe ich sogar etwas Komplizierteres zustande gebracht. Aber Lily wächst mit deiner Art zu kochen auf, und daher sollte ich in der Lage sein, ihr selbst was zu machen, wenn es mal sein muss.«

»Oh, ein Kochlehrling. Jemand, den ich zu meinem Abbild formen kann. Mit Vergnügen!«

Als Lily anfing, ihr Essen auf den Boden zu werfen, sprang Hayley auf. »Ich glaube, du bist fertig, meine Süße.«

»Gavin, Luke, könntet ihr mit Lily nach draußen gehen und eine Weile mit ihr spielen?«, fragte Stella ihre Söhne.

»Nein, nein.« Hayley schüttelte den Kopf. »Sie brauchen doch nicht auf Lily aufzupassen.«

»Klar, machen wir«, meldete sich Gavin. »Sie läuft so gern hinter dem Ball und dem Frisbee her.«

»Also, wenn ihr unbedingt wollt …« Gavin war fast zehn und recht groß für sein Alter. Sein Bruder Luke war gerade acht geworden. »Ich habe nichts dagegen, und Lily würde es großen Spaß machen. Aber wenn ihr keine Lust mehr habt, bringt ihr sie wieder rein.«

»Und als Belohnung bekommt ihr nachher einen Eisbecher.«

Davids Ankündigung wurde mit begeistertem Gebrüll aufgenommen.

Nach einer Weile brachten die Jungs Lily wieder herein und stürzten sich auf ihre Eisbecher. Danach stand Hayley auf, um ihre Tochter nach oben zu tragen und ins Bett zu bringen. Stella schickte Gavin und Luke in das Wohnzimmer, in dem sie früher gewohnt hatten, damit die beiden fernsehen konnten.

»Roz und Mitch möchten mit dir über Amelia reden«, meinte Stella. »Ich weiß allerdings nicht, ob sie schon was zu dir gesagt haben.«

»Nein, aber das ist schon in Ordnung. Ich bin gleich wieder unten.«

»Brauchst du Hilfe?«

»Dieses Mal nicht, danke. Ihr fallen schon die Augen zu.«

Hayley freute sich, als aus dem Wohnzimmer das gedämpfte Wummern und Krachen irgendeiner Sciencefiction-Serie und die aufgeregten Kommentare der Jungs zu ihr nach oben drangen. Nach Stellas Heirat hatte sie diese Geräusche vermisst.

Sie legte Lily ins Bett und überprüfte Babyfon und Nachtlicht. Als sie nach unten ging, ließ sie die Tür weit offen.

Sie fand die Erwachsenen in der Bibliothek, wo ihre Gespräche über die Geisterfrau fast immer stattfanden. Die Sonne war noch nicht untergegangen, und der Raum war mit einem Licht erfüllt, das einen leichten rosa Schimmer hatte. Im Garten draußen standen die Sommerblüher in voller Blüte; die prächtigen Stängel des lavendelfarbenen Fingerhuts ragten zwischen den weißen Farbflecken des Fleißigen Lieschens empor, das durch die elegant herabhängenden Zweige pinkfarbener Fuchsien belebt wurde.

Hayley konnte die hellgrünen Blätter des Betonienkrauts sehen, die Begonien mit ihrem zerbrechlichen Charme, die nach unten hängenden Blütenblätter des roten Sonnenhuts mit seinen stachligen braunen Köpfen. Ihr fiel ein, dass sie ihren Abendspaziergang mit Lily vergessen hatte, und sie nahm sich vor, ihre Tochter am nächsten Tag mit in den Garten zu nehmen.

Aus reiner Gewohnheit ging sie zu dem Tisch, auf dem neben einer Vase blutroter Lilien der Empfänger des Babyfons stand.

Nachdem sie sich vergewissert hatte, dass er eingeschaltet war, wandte sie sich den anderen zu.

»Da wir gerade alle hier sind«, begann Mitch, »dachte ich, das wäre eine gute Gelegenheit, um euch in Bezug auf meine Nachforschungen auf den neuesten Stand zu bringen.«

»Du willst mir doch nicht das Herz brechen und mir erzählen, dass du in euren Flitterwochen gearbeitet hast«, warf David ein.

»Will ich nicht, aber wir haben es geschafft, ein wenig Zeit zu finden, um über verschiedene Theorien zu sprechen. Ich habe einige E-Mails von einem Kontakt in Boston bekommen. Es handelt sich dabei um die Nachfahrin der Haushälterin, die in Harper House gearbeitet hat, als Reginald und Beatrice hier gewohnt haben.«

»Hat sie was rausgefunden?« Harper hatte die Sessel verschmäht und sich bäuchlings auf den Boden gelegt. Jetzt richtete er sich auf und nahm eine sitzende Haltung ein.

»Ich habe ihr erzählt, was wir wissen, und auch, was wir in Beatrice' Tagebüchern über deinen Urgroßvater gefunden haben, Harper. Dass er nicht ihr Sohn war, sondern der Sohn von Reginalds Mätresse – von der wir annehmen, dass sie Amelia war. Bis jetzt hat sie allerdings keine Briefe oder Tagebücher von Mary Havers, der Haushälterin, entdeckt. Aber sie hat Fotos gefunden, die sie für uns kopieren lässt.«

Hayley sah zur Galerie der Bibliothek, zu dem Tisch, auf dem Mitchs Bücher und Laptop lagen. »Was bringt uns das?«

»Je mehr Bildmaterial wir haben, desto besser«, erwiderte er. »Sie wird auch mit ihrer Großmutter reden. Es geht ihr zwar nicht sehr gut, aber hin und wieder hat sie ein paar lichte Momente. Die Großmutter behauptet, sie könne sich noch daran erinnern, wie ihre Mutter und eine Cousine, die zu der Zeit ebenfalls hier gearbeitet hat, über ihre Zeit in Harper House gesprochen haben. Meistens ging es dabei um große Gesellschaften und ihre Arbeit.

Aber sie erinnert sich auch daran, wie ihre Cousine einmal den jungen Herrn – so wurde Reginald junior genannt – erwähnt und gemeint hat, der Storch habe ein Vermögen verdient, als er den Kleinen ablieferte. Und dass ihre Mutter daraufhin ihre Cousine zum Schweigen ermahnt und gesagt habe, das Kind könne ja schließlich nichts für das Blutgeld und den Fluch. Als sie gefragt hat, was das zu bedeuten habe, wollte ihre Mutter nichts mehr sagen und meinte lediglich, sie habe der Familie Harper gegenüber nur ihre Pflicht getan und müsse jetzt damit leben. Aber der glücklichste Tag in ihrem Leben sei der Tag gewesen, als sie Harper House für immer verlassen habe.«

»Sie wusste, dass mein Großvater seiner Mutter weggenommen worden war.« Roz beugte sich vor und legte Harper eine Hand auf die Schulter. »Und wenn die Erinnerung dieser Frau nicht trügt, hat Amelia ihn nicht freiwillig hergegeben.«

»Blutgeld und ein Fluch«, wiederholte Stella. »Wer wurde bezahlt, und wer wurde verflucht?«

»Es muss einen Arzt oder eine Hebamme gegeben haben, möglicherweise auch beides, die Amelia bei der Geburt geholfen haben.« Mitch breitete die Hände aus. »Ich bin mir ziemlich sicher, dass man ihnen Geld gegeben hat. Vielleicht sind auch einige der Dienstboten hier bestochen worden.«

»Ich weiß, dass das schrecklich klingt«, warf Hayley ein. »Aber das würde man doch nicht Blutgeld nennen, oder? Eher Schweigegeld.«

»Du hast den Nagel auf den Kopf getroffen«, stimmte Mitch ihr zu. »Wenn es Blutgeld war, wo war das Blut?«

»Amelias Tod.« Logan beugte sich vor. »Ihr Geist geht in diesem Haus um, also ist sie auch hier gestorben. Bis jetzt hast du keine Dokumente darüber finden können, also müssen wir davon ausgehen, dass ihr Tod vertuscht wurde. Und das geht am besten mit Geld.«

»Der Meinung bin ich auch.« Stella nickte. »Aber wie ist sie hierhergekommen? In Beatrice' Tagebüchern wird sie mit keinem Wort erwähnt. Nirgendwo ist der Name von Reginalds Mätresse zu finden, und es gibt auch keinen Beleg dafür, dass Amelia je in Harper House gewesen ist. Beatrice hat über das Kind geschrieben, und wie sie sich gefühlt hat, als Reginald es hierher gebracht und von ihr verlangt hat, dass sie es als ihr eigenes ausgibt. Hätte sie nicht mit der gleichen Empörung reagiert und es auch in ihren Tagebüchern erwähnt, wenn er Amelia ins Haus geholt hätte?«

»Das hätte er auf keinen Fall getan«, wandte Hayley leise ein. »Nach dem, was wir über ihn wissen, hätte er eine Frau ihres Standes, eine Frau, die er ausnutzte, die er als Mittel zum Zweck ansah, niemals in das Haus gebracht, auf das er so stolz war. Er hätte sie nicht in der Nähe seines Sohnes haben wollen – des Sohnes, den er als sein eheliches Kind ausgab. Es hätte ihn nur ständig daran erinnert.«

»Guter Einwand.« Harper streckte die Beine aus und schlug sie übereinander. »Aber wenn wir annehmen, dass sie hier gestorben ist, müssen wir doch auch davon ausgehen, dass sie hier war.«

»Vielleicht hat sie hier gearbeitet«, schlug Stella vor. Der Ehering an ihrer Hand schimmerte sanft in dem schwächer

54

werdenden Licht, als sie heftig gestikulierte. »Wenn Beatrice sie nicht gekannt hat, wenn sie nicht gewusst hat, wie sie aussieht, könnte es Amelia doch gelungen sein, eine Stellung im Haus anzunehmen, um in der Nähe ihres Sohnes zu sein. Sie singt den Kindern im Haus Schlaflieder vor; sie ist sozusagen besessen von den Kindern hier. Wäre ihr das mit ihrem eigenen Kind nicht genauso gegangen?«

»Das wäre eine Möglichkeit«, meinte Mitch. »In den Haushaltsbüchern haben wir ihren Namen zwar nicht gefunden, aber es wäre eine Möglichkeit.«

»Oder sie ist hierhergekommen, um ihn zu holen.« Roz sah zuerst Stella, dann Hayley an. »Eine verzweifelte Mutter, die nicht ganz bei Sinnen ist. Sie ist mit Sicherheit nicht nach ihrem Tod verrückt geworden – das wäre dann doch etwas zu weit hergeholt. Könnte es denn nicht so gewesen sein, dass sie hergekommen ist und dann etwas schiefgelaufen ist? Vielleicht ist sie ermordet worden. Blutgeld, um das Verbrechen zu vertuschen.«

»Dann ist das Haus also verflucht.« Harper sah die anderen fragend an. »Und sie geht darin um, bis sie gerächt wird? Aber wie?«

»Vielleicht geht es nur darum, dass wir herausfinden, wer sie war«, mutmaßte Hayley. »Und ihr Gerechtigkeit widerfahren lassen. Du bist mit ihr verwandt«, sagte sie zu Harper. »Vielleicht braucht es das Blut eines Harper, damit sie Frieden findet.«

»Das klingt logisch.« David schüttelte sich. »Und gruselig.«

»Wir sind logisch denkende Erwachsene, die sich zusammengesetzt haben, um über einen Geist zu sprechen«, erinnerte ihn Stella. »Gruseliger wird's nicht mehr.«

»Letzte Nacht habe ich sie gesehen.«

Alle starrten Hayley an. »Warum hast du uns das nicht gesagt?«, wollte Harper wissen.

»Ich habe es heute Morgen David erzählt«, verteidigte sich Hayley. »Und jetzt erzähle ich es euch. Vor den Kindern wollte ich nichts sagen.«

»Das sollten wir aufnehmen.« Mitch stand auf, um den Kassettenrecorder vom Tisch auf der Galerie zu holen.

»So spektakulär war es nun auch wieder nicht.«

»Nachdem Amelia im letzten Frühjahr gleich zweimal handgreiflich geworden ist, hatten wir doch vereinbart, dass alles aufgenommen wird.« Er kam zurück und stellte den Kassettenrecorder auf den Tisch. »Fang an.«

Hayley hatte Hemmungen, auf Band zu sprechen, doch dann erzählte sie jedes noch so kleine Detail.

»Ich höre sie manchmal singen, aber wenn ich dann ins Zimmer gehe und nachsehen will, ist sie meistens schon wieder weg. Aber ich weiß, dass sie da gewesen ist. Manchmal höre ich sie auch im Zimmer der Jungs – in Gavins und Lukes altem Zimmer. Manchmal weint sie. Und einmal dachte ich …«

»Was?«, half Mitch nach.

»Ich dachte, ich hätte sie draußen im Garten gesehen. In der Nacht, in der ihr in die Flitterwochen gefahren seid, nach der Hochzeitsfeier. Ich bin aufgewacht, weil ich wohl etwas mehr Wein getrunken hatte, als ich sollte, und leichte Kopfschmerzen hatte. Daher habe ich ein Aspirin genommen und nach Lily gesehen. Und da war mir, als würde ich draußen jemanden sehen. Das Mondlicht war so hell, dass ich ihr blondes Haar und das weiße Kleid erkennen konnte. Ich hatte den Eindruck, als würde sie auf das Kutscherhaus zugehen. Aber als ich die Tür aufgemacht habe, um auf den Balkon zu gehen und nachzusehen, war sie weg.«

»Hatten wir denn nicht vereinbart, dass wir alles über die Geisterfrau sammeln, nachdem sie Mutter fast in der Badewanne ertränkt hätte?« Harper klang verärgert. »Du hättest nicht eine ganze Woche warten sollen, um uns davon zu erzählen.«

»Harper«, meinte Roz trocken, »es ist eben passiert. Du brauchst nicht noch darauf herumzureiten.«

»Wir hatten eine Vereinbarung.«

»Ich war mir doch nicht sicher.« Hayley warf Harper einen wütenden Blick zu. »Ich bin es immer noch nicht. Nur weil ich dachte, ich hätte eine Frau gesehen, die auf deine Wohnung zuläuft, heißt das noch lange nicht, dass es ein Geist gewesen ist. Es ist sogar viel wahrscheinlicher, dass sie aus Fleisch und Blut gewesen ist. Was hätte ich denn tun sollen, Harper? Dich im Kutscherhaus anrufen und fragen, ob du Damenbesuch hast?«

»Großer Gott, Hayley.«

»Da hast du's.« Sie nickte befriedigt. »Es ist schließlich nicht auszuschließen, dass bei dir im Kutscherhaus eine Frau übernachtet.«

»Okay, okay. Nur zu deiner Information, in der fraglichen Nacht hat keine Frau bei mir übernachtet – jedenfalls keine aus Fleisch und Blut. Das nächste Mal rufst du mich an.«

»Kinder, jetzt beruhigt euch wieder«, sagte Mitch leise tadelnd, während er mit dem Stift auf sein Notizbuch klopfte. »Hayley, hast du noch etwas gesehen?«

»Es hat doch nur ein paar Sekunden gedauert. Ich stand am Fenster und hoffte, dass das Aspirin endlich wirkt, als ich aus den Augenwinkeln eine Bewegung bemerkt habe. Und dann habe ich eine Frau mit blondem oder sehr hellem Haar gesehen, die etwas Weißes anhatte. Mein erster Gedanke war, dass Harper jemanden aufgerissen hat.«

»O Mann«, murmelte Harper.

»Dann dachte ich, es könnte auch Amelia gewesen sein, aber als ich auf den Balkon gegangen bin, um sie besser zu sehen, war sie verschwunden. Ich erwähne das auch nur, weil ich sie – falls sie es tatsächlich war, wovon ich aber ausgehe – zweimal in einer Woche gesehen habe. Für mich ist das sehr oft.«

»Du warst unter der Woche die einzige Frau im Haus hier«, hob Logan hervor. »Frauen hat sie sich bis jetzt immer häufiger gezeigt.«

»Das klingt logisch.« Und es sorgte dafür, dass es Hayley wieder besser ging.

»Außerdem war es in der Nacht nach unserer Hochzeit«, warf Roz ein. »Sie war mit Sicherheit eingeschnappt.«

»Das ist jetzt das zweite Mal, dass jemand gesehen hat, wie sie in Richtung Kutscherhaus gegangen ist. Es muss was zu bedeuten haben«, sagte Mitch zu Harper.

»Zu mir hat Amelia jedenfalls noch nichts gesagt.«

»Wir suchen weiter. Da wir annehmen, dass sie irgendwo

in der Nähe gelebt hat, können wir wohl davon ausgehen, dass Reginald sie in einem seiner Häuser untergebracht hatte. In diese Richtung recherchiere ich noch«, fuhr Mitch fort.

»Wenn wir ihren Namen wüssten, ihren vollständigen Namen, könntest du dann nicht auch mehr Informationen über sie herausfinden, so wie bei den Harpers?«, meinte Hayley.

»Es wäre zumindest ein Anfang.«

»Vielleicht verrät sie uns, wie sie heißt, wenn wir sie geschickt danach fragen. Vielleicht …« Hayley brach ab, als Gesang aus dem Babyfon drang. »Sie ist bei Lily. Heute Abend ist sie recht früh dran. Ich gehe nur kurz nach oben und sehe nach.«

»Ich komme mit.« Harper stand auf.

Sie widersprach ihm nicht. Selbst nach über einem Jahr jagte ihr die traurige Stimme Amelias noch Schauer über den Rücken. Wie immer hatte sie das Licht in ihrem Flügel eingeschaltet, damit sie ihr Zimmer nicht im Dunkeln betreten musste. Jetzt, da die Sonne schon fast untergegangen war, fand sie die Helligkeit beruhigend, genau wie die Geräusche von Luke und Gavin, die unten im Wohnzimmer spielten.

»Wenn du dich hier zu einsam fühlst, könntest du ja in den anderen Flügel ziehen, näher zu Mutter und Mitch«, schlug Harper vor.

»Das ist genau das, was einem frisch verheirateten Paar gerade noch gefehlt hat. Ein Baby und ich als Anstandsdamen. Ich habe mich inzwischen daran gewöhnt. Oh, sie hört ja gar nicht auf.« Sie senkte ihre Stimme zu einem Flüstern. »Sie hört fast immer auf, bevor ich die Tür erreicht habe.«

Instinktiv griff sie nach Harpers Hand, während sie die Tür aufstieß, die sie immer halb offen ließ.

Es war kalt, aber das hatte sie erwartet. Selbst wenn Amelia gegangen war, hing die Kälte noch eine Weile in der Luft. Doch Lily ließ sich nie davon stören. Als Hayley das vertraute Quietschen des Schaukelstuhls hörte, stieß sie verblüfft die Luft aus, die ein kleines Wölkchen bildete.

Das kann ja heiter werden, dachte sie. Etwas ganz Neues.

Amelia saß im Schaukelstuhl und trug ihr graues Kleid. Ihre Hände lagen ruhig in ihrem Schoß, während sie sang. Ihre Stimme war recht hübsch, ungeschult, aber klar und melodisch. Beruhigend, so, wie eine Stimme, die Schlaflieder sang, sein sollte.

Doch als sie den Kopf drehte und zur Tür sah, gefror Hayley das Blut in den Adern.

Das Lächeln auf ihrem Gesicht war eine verzerrte Grimasse, und ihre rot geränderten Augen traten aus den Höhlen hervor.

Das tun sie dir an. Das machen sie mit dir.

Als sie es ausgesprochen – gedacht – hatte, löste sich die Gestalt auf. Das Fleisch fiel von den Knochen, bis nur noch ein in Lumpen gehülltes Skelett im Schaukelstuhl saß.

Dann war auch das verschwunden.

»Sag mir bitte, dass du das eben auch gesehen hast.« Hayleys Stimme zitterte. »Dass du es auch gehört hast.«

»Ja, hab ich.« Er drückte beruhigend ihre Hand und zog

sie mit sich zu Lilys Bettchen. »Hier ist es wärmer. Spürst du das? Um das Bett herum ist es ganz warm.«

»Sie hat Lily noch nie Angst gemacht. Trotzdem möchte ich jetzt nicht wieder nach unten gehen und sie allein lassen. Mir ist wohler, wenn ich heute Abend bei ihr bleibe. Kannst du den anderen sagen, was passiert ist?«

»Wenn du willst, schlafe ich heute Nacht hier, in einem der Gästezimmer.«

»Schon in Ordnung.« Sie steckte Lilys Decke fest. »Ich komm damit klar.«

Er zog sie mit sich hinaus in den Korridor. »Das hat sie noch nie getan, stimmt's?«

»Ja, das war das erste Mal. Ich werde Albträume haben.«

»Bist du sicher, dass alles in Ordnung ist?« Er strich ihr sanft über die Wange, und ihr schoss durch den Kopf, dass diese Geste auch ein erstes Mal war. Sie standen dicht beieinander; ihre Hand lag in der seinen, seine Finger berührten immer noch ihre Wange.

Sie brauchte nur zu sagen, dass er hierbleiben sollte.

Und was dann? Wenn sie etwas mit ihm anfing, ruinierte sie alles.

»Ja. Schließlich ist sie ja nicht böse auf mich. Sie hat keinen Grund dazu. Lily und mir geht es gut. Du gehst jetzt besser nach unten und erzählst es den anderen.«

»Wenn du Angst bekommst, rufst du mich. Ich komme sofort.«

»Das ist gut zu wissen. Vielen Dank.«

Sie entzog ihm ihre Hand, trat zurück und schlüpfte in ihr Zimmer.

Nein, Amelia hatte keinen Grund, böse auf sie zu sein, dachte Hayley. Sie hatte keinen Freund, keinen Mann, keinen Liebhaber. Der einzige Mann, den sie haben wollte, war tabu.

»Also mach kein Theater«, murmelte sie. »Es sieht ganz danach aus, als würde ich noch eine Weile Single bleiben.«

3. Kapitel

Am nächsten Morgen suchte Harper nach ihr, aber er wusste, dass er es geschickt anstellen musste. Er kannte sie gut genug, um zu wissen, dass sie ihn abblitzen lassen würde, wenn sie den Eindruck bekam, er würde versuchen, ihr zu helfen und sie auf andere Gedanken zu bringen.

Hayley Phillips würde sich eher auf die Zunge beißen als zuzugeben, dass es ihr nicht gut ging.

Und daran gab es auch nichts auszusetzen, dachte Harper. Viele Frauen in ihrer Lage hätten die Großzügigkeit seiner Mutter hemmungslos ausgenutzt – oder sie zumindest für selbstverständlich gehalten. Hayley tat weder das eine noch das andere, und das rechnete er ihr hoch an. Er konnte ihren Standpunkt verstehen – bis zu einem gewissen Grad. Aber sehr oft war sie einfach störrisch wie ein Maulesel.

Daher wollte er es wie Zufall aussehen lassen, selbst dann noch, als er in zwei Gewächshäusern nach ihr gesucht hatte und zum Hauptgebäude gelaufen war, wo er Hayley endlich fand. Sie stellte gerade einen Verkaufstisch mit Zimmerpflanzen zusammen.

Sie trug eine der Latzschürzen der Gärtnerei über schwarzen Shorts und einem knappen Trägerhemdchen mit V-Ausschnitt. Auf der Schürze und ihrem Unterarm war feuchte Erde.

Er schrieb es seiner unterdrückten Begierde zu, dass er das ungeheuer sexy fand.

»Hallo! Wie läuft's?«

»Gar nicht mal schlecht. Es hat einen kleinen Ansturm auf die Tischgärten gegeben. Eine Kundin hat gleich fünf davon als Tischdekoration für ein Treffen ihrer Studentenverbindung gekauft. Und dann habe ich sie überredet, noch eine Sagopalme für ihren Wintergarten zu nehmen.«

»Dann hast du jetzt sicher fürchterlich viel zu tun.«

Sie warf einen Blick über die Schulter. »Eigentlich nicht. Stella will noch ein paar Tischgärten machen, aber sie ist mit Logan zugange – was nicht so sexy ist, wie es sich anhört. Gerade ist ein großer Auftrag reingekommen, und sie hat ihn ins Büro gesperrt und lässt ihn erst wieder raus, wenn sie alle Angaben für den Vertrag hat. Als ich ihn vorhin gesehen habe, sah er nicht sehr glücklich aus ...«

»Das dürfte noch eine ganze Weile dauern. Ich wollte mit dem Okulieren weitermachen und könnte Hilfe gebrauchen, aber wenn du ...«

»Oh, kann ich das machen? Ich nehme eines von den Funkgeräten mit, falls Ruby oder Stella mich brauchen.«

»Ich könnte schon noch ein Paar Hände gebrauchen.«

»Bin gleich wieder da. Warte hier.«

Sie rannte durch die Doppeltür aus Glas und war in dreißig Sekunden wieder da, ohne Schürze und mit dem Funkgerät in der Hand. Als sie es an ihren Hosenbund klemmte, hatte er für einen Moment freie Sicht auf die glatte Haut ihres Bauchs.

»Ich hab mich schon ein bisschen eingelesen, aber jetzt fällt mir nicht mehr ein, was Okulieren ist.«

»Die Methode ist schon sehr alt«, sagte er, während sie nach draußen gingen. »Aber heute wird sie häufiger eingesetzt als früher. Wir nehmen uns einige Ziersträucher vom Freigelände vor. Der Hochsommer ist die beste Zeit dafür.«

Die Hitze traf sie wie eine nasse Wand. »Dass wir Hochsommer haben, kann man nicht verleugnen.«

»Und mit den Magnolien fangen wir an.« Er nahm einen Eimer Wasser, den er vor der Tür hatte stehen lassen. »Sie kommen nie aus der Mode.«

Sie gingen über die Kiesfläche vor dem Verkaufsgebäude und zwischen den Gewächshäusern hindurch in Richtung der Anbauflächen. »Ist gestern Nacht alles ruhig geblieben?«

»Nach dem Zirkus, den sie gestern veranstaltet hat, hat sie keinen Mucks mehr von sich gegeben. Ich hoffe nur, sie plant keine Zugabe. Es war ziemlich übel.«

»Jedenfalls weiß sie ganz genau, wie sie deine Aufmerksamkeit bekommt. So, da wären wir.« Er blieb vor einer großen, belaubten Magnolie stehen. »Ich werde jetzt einige reife Triebe schneiden – vom diesjährigen Holz. Wir brauchen welche, die nicht viel dicker als ein Bleistift sind und gut entwickelte Knospen haben. Siehst du den hier?«

Er griff mit der bloßen Hand nach oben und zog behutsam einen Trieb zu sich herunter.

»Okay. Und was jetzt?«

»Ich schneide ihn ab.« Er zog eine Baumschere aus seiner Werkzeugtasche. »An dieser Stelle hier fängt der untere Teil des Triebs zu verholzen an. Danach suchen wir. Grüne Triebe können wir nicht gebrauchen, sie sind noch zu schwach.«

Nachdem Harper den Trieb abgeschnitten hatte, stellte er ihn in den Wassereimer. »Der Trieb muss feucht gehalten werden. Wenn er austrocknet, gibt es später Probleme beim Anwachsen. Und jetzt suchst du dir einen aus.«

Hayley wollte um die Magnolie herumgehen, doch er nahm ihre Hand. »Nein, es ist besser, auf der sonnigen Seite zu arbeiten.«

»Okay.« Sie kaute auf ihrer Unterlippe herum, während sie angestrengt den Baum musterte. »Wie wär's mit dem da?«

»Gut. Dann schneid ihn jetzt ab.«

Er drückte ihr die Schere in die Hand, und da er so dicht neben ihr stand, konnte er außer den Pflanzen auch ihr Parfüm riechen – sie benutzte immer etwas Leichtes mit einem überraschenden Unterton.

»Wie viele willst du machen?«

»Etwa ein Dutzend.« Er vergrub die Hände in den Taschen, während er sich vorbeugte, um sie zu beobachten und an ihr zu schnuppern. Und sich zu sagen, dass er für eine gute Sache litt. »Mach weiter. Such den Nächsten aus.«

»Ich habe nicht so oft auf den Anbauflächen zu tun.« Sie zog noch einen Trieb zu sich herunter, warf Harper einen fragenden Blick zu und bekam ein Nicken als Antwort. »Die Arbeit hier draußen ist schon etwas anderes als im Verkauf, wo ich immer nur die Waren in die Regale räume und mit den Kunden rede.«

»Aber du bist doch sehr gut darin.«

»Ja, schon, aber hier draußen ist man den Pflanzen doch viel näher. Stella kennt sich hier aus, und Roz weiß sowieso alles. Ich würde es gerne lernen. Je mehr man weiß, desto besser kann man verkaufen.«

»Ich würde mir lieber den Trieb da ins Auge rammen, als jeden Tag im Verkauf stehen zu müssen.«

Sie lächelte, während sie weiterarbeitete. »Aber du bist ja schließlich ein Einzelgänger, oder irre ich mich da? Ich würde verrückt werden, wenn ich so wie du die ganze Zeit im Veredelungshaus arbeiten würde. Ich bin gern mit Menschen zusammen und freue mich, wenn sie mir sagen, was sie suchen, und warum. Verkaufen liegt mir auch. Sie nehmen diese hübsche Pflanze und geben mir Geld dafür, so einfach ist das.«

Sie lachte, während sie noch einen Trieb in den Eimer stellte. »Und genau deshalb brauchen du und Roz jemanden wie mich – damit ihr euch wie die Eichhörnchen in euren Höhlen verkriechen und stundenlang mit den Pflanzen beschäftigen könnt, die ich dann verkaufe.«

»Es scheint zu funktionieren.«

»Das sind genau ein Dutzend. Und was jetzt?«

»Hier drüben habe ich Wurzelschösslinge, die ich durch Anhäufeln von Pflanzen gewonnen habe.«

»Ich weiß, wie man das macht.« Sie starrte auf das Beet mit den schlanken, gerade gewachsenen Schösslingen. »Man häufelt die Erde an, um die Wurzelbildung anzuregen, und schneidet im Winter stark zurück. Wenn die neu gewachsenen Triebe gut bewurzelt sind, schneidet man sie von der Mutterpflanze ab und pflanzt sie ein.«

»Du hast dich informiert.«

»Ich will eben was lernen.«

»Das merkt man.« Es war ein weiterer Grund dafür, warum es bei ihm gefunkt hatte. Bis jetzt hatte sich noch keine Frau, die ihm wirklich gefallen hatte, für das Gärtnern interessiert. »Wir benutzen dazu ein scharfes, sauberes Messer. Damit entfernen wir alle Blätter von den Reisern – den Trieben, die wir gerade geschnitten haben. Aber wir lassen einen kleinen Stummel, etwa drei Millimeter, von der Petiole, dem Blattstiel, stehen.«

»Ich weiß, was eine Petiole ist«, murmelte sie, während sie es sich von Harper zeigen ließ.

Gute Hände, dachte sie. Schnell, geschickt, sicher. Trotz oder vielleicht wegen der vielen kleinen Schnittverletzungen und Schwielen sahen sie elegant und sehr männlich aus. Für Hayley drückten seine Hände genau das aus, was er war – ein Spross einer wohlhabenden Familie, der harte, körperliche Arbeit verrichtete.

»Du schneidest die weiche Spitze oben ab. Und jetzt pass auf.« Er drehte sich zu ihr, damit sie besser sehen konnte, und ihre Köpfe neigten sich zueinander. »Wir brauchen das erste Auge an der Basis des Triebs, daher schneiden wir knapp darunter in den Stiel. Du setzt das Messer im Winkel an und machst einen Schnitt nach unten, dann schneidest du von unten nach oben hinter das Auge. Und dann ...« Behutsam nahm er den Rest des Blattstiels zwischen die Finger, zog das Auge vom Stiel und zeigte es ihr.

»Das kann ich auch.«

»Dann los.«

68

Zu seiner Erleichterung war sie sehr vorsichtig, und er hörte, wie sie bei jeder Bewegung leise flüsternd seine Anweisungen wiederholte.

»Ich hab's geschafft!«

»Gut gemacht. Jetzt den Rest.«

In der Zeit, in der sie drei Augen schnitt, schaffte er sieben, aber das war ihr egal. Dann zeigte er ihr, wie sie sich an die Wurzelschösslinge stellen sollte, um die Seitentriebe und Blätter an den unteren dreißig Zentimeter der Unterlage zu entfernen.

Hayley war sich bewusst, dass es ein Trick war, und vermutlich würde sie später ein schlechtes Gewissen deshalb haben – aber bei ihrem ersten Versuch stellte sie sich mit Absicht sehr ungeschickt an.

»Nein, du musst den Schössling zwischen die Beine nehmen, so etwa.«

Wie erhofft, stellte sich Harper dicht hinter sie und fasste mit den Armen um sie herum. In ihrem Bauch flatterten Schmetterlinge, als sich seine Hände um ihre Handgelenke schlossen.

»Beug dich noch etwas mehr hinunter und bleib ganz locker in den Knien. Ja, genau so.« Er führte ihre Hand, um ihr den Schnitt zu zeigen. »Nur ein kleines Scheibchen von der Rinde«, murmelte er, während sein Atem ihr Ohr streifte. »Siehst du, da ist das Kambium. Ganz unten, an der Stelle, wo das Auge hinkommt, musst du einen kleinen Rand lassen.«

Er roch wie ein Baum, irgendwie warm und erdig. Sein Körper, der dicht an sie gepresst war, fühlte sich fest und muskulös an. Hayley wünschte, sie könnte sich umdrehen und sich an ihn schmiegen. Dann brauchte sie sich nur noch auf die Zehenspitzen zu stellen, damit ihre Lippen sich fanden.

Es war ein Trick, und sie sollte sich dafür schämen, doch sie drehte den Kopf nach hinten und sah ihm tief in die Augen. »Ist es so besser?«

»Ja. Viel besser.«

Wie erhofft, wanderte sein Blick nach unten und blieb an ihrem Mund hängen. Klassischer Schachzug, dachte sie. Klassisches Ergebnis.

»Ich … ich zeig dir, wie der Rest geht.«

Er starrte sie einen Moment lang verständnislos an, wie ein Mann, der plötzlich nicht mehr wusste, was er eigentlich tun wollte. Hayley war begeistert.

Dann trat er einen Schritt zurück und suchte in seiner Werkzeugtasche nach dem Veredelungsband.

Das war schön, dachte sie. Sie war ihm für ein paar Sekunden ganz nah gewesen. Jetzt spielten ihre Hormone zwar verrückt, aber es war ein gutes Gefühl, wieder einmal ein Kribbeln im Bauch zu haben.

Zur Strafe für ihre kleine List verhielt sie sich jetzt mustergültig und spielte die eifrige Schülerin, während sie das Auge so auf der Unterlage platzierte, dass zwischen den beiden Kambiumschichten so wenig Luft war wie zwischen ihrem und Harpers Körper gerade eben.

Sie folgte Harpers Anweisungen und umwickelte das Auge auf der Unterlage mit dem Band.

»Gut. Perfekt.« Er war immer noch ein wenig atemlos,

und seine Handflächen waren so feucht geworden, dass er sie auf den Knien seiner Jeans abwischen musste. »In sechs Wochen oder zwei Monaten wird das Auge angewachsen sein, dann können wir das Band abnehmen. Nächstes Jahr, gegen Ende des Winters, schneiden wir den oberen Teil des Sprösslings genau über dem Auge ab, und im Frühling wächst aus dem eingesetzten Auge ein Trieb. Das war's dann.«

»Macht Spaß, nicht wahr? Man nimmt ein kleines bisschen von der einen Pflanze, ein kleines bisschen von der anderen, und daraus entsteht dann eine neue Pflanze.«

»Genau das ist die Absicht.«

»Zeigst du mir irgendwann mal noch ein paar der anderen Verfahren? Wie die, die du im Veredelungshaus anwendest?« Hayley hatte sich über die nächste Unterlage gebeugt. »Roz und Stella haben mir ein paar Veredelungsmöglichkeiten gezeigt, und ich habe auch selbst schon ein paar Pflanzen in Anzuchtschalen ausgesät. Ich würde gern etwas im Veredelungshaus ausprobieren.«

Dann würde er mit ihr in der feuchten Hitze des Gewächshauses allein sein. Vermutlich würde er sich die Hände auf den Rücken binden müssen, um nicht über sie herzufallen. »Sicher. Kein Problem.«

»Harper?« Sie kniete sich auf den Boden, um das Auge auf der Unterlage anzubringen. »Als deine Mutter die Gärtnerei aufgemacht hat, hast du da geglaubt, dass es je so werden würde wie heute?«

Er musste sich auf das, was sie sagte, konzentrieren und die Reaktion seines Körpers auf sie ignorieren – oder zumindest schweigend erdulden.

Sie war Lilys Mutter, ermahnte er sich. Gast in seinem Haus. Eine Angestellte. Ging es denn noch komplizierter? Großer Gott. Hilfe.

»Harper?«

»Entschuldige.« Er wickelte Veredelungsband um ein Auge. »Ja, hab ich.« Als sein Blick über die Anbauflächen und die Beete hinweg zu den Gewächshäusern und Lagerschuppen ging, wurde er ruhiger. »Vermutlich konnte ich es mir damals schon so gut vorstellen, weil es genau das war, was ich auch wollte. Und wenn Mutter sich etwas in den Kopf gesetzt hat und sich dafür ins Zeug legt, kann man davon ausgehen, dass es genau so wird, wie sie sich das gedacht hat.«

»Wenn deine Mutter die Gärtnerei nicht aufgemacht hätte, was würdest du dann heute machen?«

»Genau das, was ich jetzt mache. Wenn sie keinen Gartenbaubetrieb gegründet hätte, hätte ich es selbst getan. Und sie hätte sich wohl daran beteiligt, weshalb es aller Wahrscheinlichkeit nach genauso geworden wäre wie heute.«

»Roz ist einfach unglaublich, nicht wahr? Und dir ist bewusst, was für ein Glück du hast. Euer Verhältnis ist für euch nichts Selbstverständliches, das merkt man euch an. Hoffentlich ist es bei mir und Lily einmal genauso.«

»Es scheint jetzt schon so zu sein.«

Hayley lächelte. Dann stand sie auf, um zum nächsten Schössling zu gehen. »Glaubst du, das Verhältnis zwischen deiner Mutter und dir – und deinen Brüdern – ist deshalb so gut, weil ihr fast euer ganzes Leben lang keinen Vater hattet? Ich glaube, ich habe meinem Vater auch deshalb so nahegestanden, weil es nur uns beide gegeben hat. Manchmal frage ich mich, ob das tatsächlich der Grund dafür gewesen ist.«

»Vielleicht.« Beim Arbeiten fiel sein dichtes schwarzes Haar nach vorn. Verärgert darüber, dass er seine Baseballkappe vergessen hatte, schüttelte er es aus dem Gesicht. »Ich kann mich noch gut daran erinnern, wie sie und mein Vater miteinander umgegangen sind. Es war etwas ganz Besonderes. Bei Mitch ist es ähnlich – aber nicht genauso. Vermutlich ist es nie genauso; das soll es auch nicht sein. Aber die beiden haben eine ganz besondere Beziehung zueinander. Und das hat sie auch verdient.«

»Stellst du dir manchmal vor, wie es wäre, jemanden zu finden? Jemanden, mit dem du auch so eine ganz besondere Beziehung hättest?«

»Ich?« Sein Kopf schoss nach oben, und um ein Haar hätte er sich mit dem Messer geschnitten. »Nein. Na ja, vielleicht für später. Für irgendwann mal. Warum fragst du? Tust du das etwa?«

Er hörte, wie sie seufzte, als sie zum nächsten Schössling ging. »Für irgendwann mal.«

Nachdem sie mit dem Okulieren fertig waren und Hayley gegangen war, lief Harper zum Teich. Er leerte seine Taschen, warf die Sonnenbrille ins Gras und sprang ins Wasser.

Das tat er seit seiner Kindheit – mit oder ohne Kleidung. An einem schwülheißen Hochsommertag gab es nichts Besseres zum Abkühlen als ein schnelles Bad im Teich.

Um ein Haar hätte er sie geküsst. Und noch etwas ganz anderes mit ihr gemacht, gestand er sich ein, als er zwischen den Seerosenblättern und gelben Schwertlilien untertauchte. Er hatte an mehr gedacht als nur an einen Kuss – einen heißen, gierigen Kuss –, während er sie berührt hatte.

Er musste es verdrängen, so wie er das seit über einem Jahr tat. Sie wollte nur Freundschaft von ihm. Vermutlich sah sie in ihm eine Art Bruder.

Also musste er seine ganz und gar nicht brüderlichen Gefühle für sie unterdrücken, bis es ihm gelungen war, auch noch den letzten Funken auszuschlagen. Oder bis er verbrannte.

Es war wohl am besten, wenn er wieder öfter ausging. Er verbrachte viel zu viel Zeit allein zu Hause. Vielleicht sollte er am Abend in die Stadt fahren – ein paar Anrufe machen, sich mit Freunden treffen. Ein Rendezvous wäre noch besser. Abendessen, schöne Musik. Eine Nacht im Bett einer willigen Frau.

Das Problem dabei war, dass er sich keine willige Frau vorstellen konnte, mit der er zusammen sein wollte. Mit der er zu Abend essen, Musik hören, ins Bett gehen wollte. Und genau das war symptomatisch für den erbärmlichen Zustand seines Liebeslebens. Er hatte keines.

Er war einfach nicht in der Stimmung für das Spiel, das zwischen den Bettlaken endete. Er brachte es nicht über sich, eine andere Frau anzurufen und ihr den glühenden Verehrer vorzuspielen, während die Frau, die er haben wollte, in seinem Haus schlief.

Und für ihn so unerreichbar wie der Mond war.

Er zog sich aus dem Wasser und schüttelte sich wie ein Hund. Vielleicht sollte er wirklich in die Stadt fahren. Er suchte seine Sachen zusammen und steckte sie in seine tropfenden Taschen. Herausfinden, ob einer seiner unverheirateten Freunde Lust hatte, sich mit ihm einen Film anzusehen, ein Steak zu essen, in eine Disco zu gehen. Irgendetwas, um ihn für eine Nacht auf andere Gedanken zu bringen.

Doch als Harper zu Hause war, hatte er keine Lust mehr zum Ausgehen. Er fand alle möglichen Ausreden: Es war zu heiß, er war zu müde, er wollte nicht fahren. Eine Dusche und ein kaltes Bier erschienen ihm weitaus attraktiver. Außerdem war er ziemlich sicher, dass er unter den Resten von Mahlzeiten, die David ihm immer aufdrängte, noch eine gefrorene Pizza finden würde. Und im Fernsehen lief ein Baseballspiel.

Mehr brauchte er gar nicht.

Doch. Einen schlanken, warmen Körper mit endlos langen Beinen und glatter Haut. Volle Lippen und große blaue Augen.

Da das nicht zur Debatte stand, beschloss er, den Wasserhahn in der Dusche auf kalt zu stellen.

Als er mit tropfenden Haaren in die Küche ging, um sich sein Bier zu holen, trug er nur ein Paar uralte, abgeschnittene Jeans.

Die Küche war genauso klein wie der Rest seines Hauses. Er brauchte keine großen Räume – er war in einem Haus mit großen Räumen aufgewachsen. Außerdem fand er seine kleinen Zimmer sehr praktisch. Für ihn war das umgebaute einstöckige Kutscherhauses eine Art Cottage. Es lag ein ganzes Stück vom Haupthaus entfernt, umgeben vom Garten mit seinen gewundenen Wegen und alten, Schatten spendenden Bäumen, was dem Haus die Art von Abgeschiedenheit und Privatsphäre gab, die er so schätzte. Trotzdem lebte er so nah am Haupthaus, dass er sofort zur Stelle war, wenn seine Mutter ihn brauchte.

Wenn er Gesellschaft wollte, brauchte er nur hinüberzugehen. Wenn nicht, blieb er zu Hause. Allerdings musste er zugeben, dass er meistens zu Hause blieb.

Er konnte sich noch gut daran erinnern, wie er vor dem Einzug in das Kutscherhaus verkündet hatte, er wolle lediglich die Wände weiß streichen und sonst nichts renovieren. Sowohl seine Mutter als auch David hatten ihm deshalb die Hölle heißgemacht und erst Ruhe gegeben, als er eingelenkt hatte.

Die beiden hatten Recht gehabt, das musste er zugeben. Die Wände der Küche in silbrig schimmerndem Salbeigrün, die steingrauen Arbeitsplatten und das auf alt getrimmte Holz der Schränke gefielen ihm sehr. Vermutlich war das auch der Grund dafür, warum er die Küche dann mit altem Steinzeug und Porzellan dekoriert hatte und auf den Fensterbänken Kräuter zog.

Es war ein hübscher Raum, selbst wenn er nur ein Sandwich an der Spüle aß. Er stand gern dort und sah auf sein eigenes kleines Gewächshaus und den in voller Blüte stehenden Sommergarten hinaus.

Ihm fiel auf, dass die Hortensien dieses Jahr so groß wie

Fußbälle waren. Das Eisen, mit dem er sie gedüngt hatte, hatte für eine intensive Blaufärbung der Blüten gesorgt. Vielleicht würde er später einige davon abschneiden und irgendwo im Haus in eine Vase stellen.

Unzählige Schmetterlinge flatterten um die Pflanzen, die er und seine Mutter gepflanzt hatten, um sie anzulocken. An den lila Kornblumen, leuchtend gelben Mädchenaugen, duftendem Eisenkraut und zeitlosen Astern blitzte ein Gewirr aus bunten Flügeln auf. Dazwischen schimmerten die eleganten Blüten der Taglilien.

Vielleicht sollte er auch von den Taglilien einige Blüten abschneiden und sie ins Lilys Zimmer stellen. Die Kleine liebte Blumen und freute sich immer sehr, wenn er mit ihr im Garten spazieren ging, damit sie die Pflanzen berühren konnte.

Und wenn er ihr dann die Namen der Pflanzen vorsagte, wurden ihre Augen, die so blau wie die ihrer Mutter waren, immer ganz groß und rund. Ganz so, als würde sie alles verstehen und es sich merken.

Du lieber Himmel. Wer hätte gedacht, dass er einmal derart in ein Kind vernarrt sein würde.

Aber es war so süß, wenn sie mit ihrer kleinen Hand in der seinen durch den Garten marschierte und dann stehen blieb und mit ihrem hübschen Gesichtchen zu ihm aufschaute und ihn anstrahlte, weil sie wusste, dass er sie gleich hochnehmen würde. Und wenn sie ihn umarmte oder sein Haar tätschelte, war er einfach hin und weg.

Es war einfach unglaublich, auf eine so offene, unkomplizierte Art zu lieben und geliebt zu werden.

Er trank einen Schluck Bier und öffnete die Tür des Gefrierschranks, um nach der Pizza zu suchen. Das Klopfen an der Haustür hörte er Sekunden bevor sie geöffnet wurde.

»Ich hoffe, ich unterbreche gerade eine Orgie«, rief David. Als er in die Küche kam, sah er Harper fragend an. »Wo sind die Tänzerinnen?«

»Gerade gegangen.«

»Anscheinend haben sie dir vorher noch die Kleider vom Leib gerissen.«

»Du weißt doch, wie Tänzerinnen sind. Möchtest du ein Bier?«

»Klingt verlockend, aber ich warte lieber auf meinen Martini mit Grey Goose. Ich habe meinen freien Abend und bin auf dem Weg nach Memphis, um mich mit ein paar Freunden zu treffen. Warum verhüllst du nicht deine Brust und kommst mit?«

»Zu heiß.«

»Ich fahre, und das Auto hat eine Klimaanlage. Jetzt zieh dir schon was Nettes an. Später wollen wir uns noch ein paar Discos ansehen.«

Harper wies mit dem Bier auf ihn. »Jedes Mal, wenn ich mir mit dir ein paar Discos ansehe, werde ich angebaggert. Und nicht immer von Frauen.«

»Du bist eben ein Herzensbrecher. Aber ich werde dich beschützen und mich auf jeden stürzen, der dir in den Hintern kneifen will. Was hast du davon, wenn du mit einem Bier und pappigen Nudeln mit Käsesoße hier herumhockst?«

»Pappige Nudeln mit Käsesoße haben noch niemandem geschadet. Aber heute werde ich eine gefrorene Pizza genießen. Außerdem läuft ein Baseballspiel im Fernsehen.«

»Jetzt brichst du *mir* das Herz. Harper, wir sind jung, wir sind heiß. Du bist hetero, ich bin schwul, und das bedeutet, dass wir alles abdecken, was rumläuft, und unsere Chancen verdoppeln. Zusammen können wir alles anbaggern, was auf der Beale Street anzutreffen ist. Weißt du denn nicht mehr, wie es früher war, Harp?« Er packte Harper an den Schultern und schüttelte ihn. »Weißt du denn nicht mehr, wie wir geherrscht haben?«

Harper musste grinsen. »Das waren Zeiten.«

»Es hat sich nichts geändert.«

»Weißt du nicht mehr, wie wir uns im Rinnstein die Seele aus dem Leib gereihert haben?«

»Oh, welch süße Erinnerungen.« David setzte sich auf die Arbeitsplatte und trank einen Schluck von Harpers Bier. »Muss ich mir Sorgen machen?«

»Nein. Warum?«

»Wann hast du dir das letzte Mal das Rohr putzen lassen?«

»Großer Gott, David.« Er trank einen Schluck Bier.

»Früher sind die Mädels vor deiner Tür Schlange gestanden. Aber inzwischen scheinst du es bei der Gartenarbeit auszuschwitzen.«

Er war so nah an der Wahrheit dran, dass Harper nervös wurde. »Ich mach grade 'ne Pause, das ist alles. Wahrscheinlich bin ich es einfach leid«, sagte er mit einem Achselzucken. »Außerdem ist hier seit einer Weile jede Menge los.

79

Die Sache mit der Harper-Braut, dass sie so etwas wie meine Ururgroßmutter ist. Jemand hat ihr übel mitgespielt. Und so, wie es aussieht, war das jemand, der herzlos und gefühllos war. Ich will nicht mehr herzlos und gefühllos sein.«

»Das warst du doch noch nie.« David sprang von der Arbeitsplatte und sah Harper ernst an. »Wie lange sind wir jetzt schon Freunde? Fast unser ganzes Leben lang. Und ich habe noch nie erlebt, dass du jemanden herzlos behandelt hast. Wenn es um Sex geht, bist du der Einzige aus meinem Bekanntenkreis, der auch dann noch ein freundschaftliches Verhältnis zu einer Frau hat, wenn es nicht mehr läuft. Du bist nicht herzlos, Harper. Und nur weil Reginald – sehr wahrscheinlich – ein Scheusal gewesen ist, heißt das noch lange nicht, dass du genauso bist.«

»Ich weiß, und ich nehme es ja auch nicht so wichtig. Ich ziehe nur irgendwie Bilanz, verschnaufe ein bisschen, bis mir klar ist, was ich eigentlich will.«

»Wenn du jemanden zum Reden brauchst, nehme ich das Angebot mit dem Bier gern an und koche uns etwas, das unter Garantie nicht so widerlich ist wie eine gefrorene Pizza.«

»Aber ich esse gern gefrorene Pizza.« David würde es tatsächlich tun, dachte Harper. Er würde eine Verabredung absagen, nur um mit ihm zu Hause herumzuhängen. »Jetzt geh schon. Dein Martini wartet auf dich.« Er schlug David auf die Schulter und begleitete ihn zur Tür. »Mach dir einen schönen Abend.«

»Ich nehme mein Handy mit, falls du es dir anders überlegst.«

»Danke.« Harper machte die Tür auf und lehnte sich an den Pfosten. »Während du in Schweiß gebadet die Beale Street unsicher machst, werde ich hier im Kühlen sitzen und mir ansehen, wie die Braves die Mariners einseifen.«

»Du Langweiler. Erbärmlich, einfach nur erbärmlich.«

»Und Bier in der Unterwäsche trinken, was ein nicht zu verachtender Vorteil ist.« Harper brach ab und spürte, wie sich sein Magen zusammenkrampfte. Durch den Garten kamen Hayley und Lily auf ihn zu.

»Was für ein schöner Anblick.«

»Da hast du Recht. Die beiden sind eine Augenweide.« Lily trug eine Art Spielanzug mit rosa und weißen Streifen und eine kleine rosa Schleife im Haar, das so dunkel war wie das ihrer Mutter. Sie sah aus wie eine Zuckerstange.

Und die Mutter erst – winzige blaue Shorts, endlos lange Beine, nackte Füße. Dazu ein knappes weißes T-Shirt und eine schicke Sonnenbrille. Süß. Sexy. Zum Anbeißen.

Er setzte gerade die Bierflasche an die Lippen, um seine Kehle etwas abzukühlen, als Lily ihn sah. Sie stieß einen entzückten Schrei aus, der eine Mischung aus einem Kreischen und einem Quietschen war, riss sich von Hayley los und stolperte geradewegs auf das Kutscherhaus zu, so schnell, wie ihre kleinen Beinchen es ihr erlaubten.

»Langsam, Herzchen.« David ging ihr entgegen, nahm sie hoch und warf sie in die Luft. Lily tätschelte ihm mit beiden Händen das Gesicht und brabbelte etwas, doch dann streckte sie die Ärmchen nach Harper aus.

»Wie immer. Ich bin abgemeldet, wenn du in der Nähe bist.«

»Gib sie mir.« Harper setzte das Kind auf seine Hüfte, wo es vor Freude mit den Beinen strampelte. »Hallo, kleine Maus.«

Sie strahlte ihn an und legte ihren kleinen Kopf an seine Schulter.

»Verräterin«, meinte Hayley zu ihrer Tochter, als sie am Kutscherhaus angekommen war. »Wir machen einen Spaziergang und führen ein ernstes Gespräch unter Frauen, aber kaum siehst du zwei attraktive Männer, lässt du mich stehen und fängst an zu flirten.«

»Warum lässt du Lily nicht bei Harper, ziehst dir einen scharfen Fummel an und fährst mit mir nach Memphis?«, fragte David.

»Oh, ich …«

»Aber ja.« Harper versuchte, so gleichgültig wie möglich zu klingen, während er Lily auf dem Arm schaukelte. »Sie kann ruhig bei mir bleiben. Und wenn du ihr Reisebett rüberbringst, lege ich sie hin, wenn sie müde wird.«

»Das ist nett von dir, aber es war ein langer Tag. Ich habe keine rechte Lust auf eine Fahrt nach Memphis.«

»Laschen und Luschen, Lily.« David beugte sich vor, um ihr einen Kuss zu geben. »Ich bin von lauter Laschen und Luschen umgeben. Dann mache ich jetzt besser einen Abflug. Bis morgen.«

»Ich pass gern auf sie auf, wenn du ausgehen willst«, beharrte Harper.

»Nein. Ich werde sie heute mal früh ins Bett bringen und mich dann auch gleich schlafen legen. Warum gehst *du* eigentlich nicht?«

»Zu heiß«, erwiderte er, weil diese Ausrede alle Einwände abzudecken schien.

»O ja, das ist es. Aber wenn du noch länger die Tür auflässt, nützt dir die Klimaanlage nichts mehr. Komm her, Lily.«

Doch als sie versuchte, Lily an sich zu nehmen, wich diese zurück und klammerte sich an Harper wie Efeu an einen Baum. Und dann brabbelte sie etwas, das wie »Pa-pa« klang.

Hayley wurde rot und lachte verlegen. »Das hat nichts zu bedeuten. ›Pa‹ lässt sich eben am einfachsten sagen, das ist alles. Zurzeit sind viele Dinge ›Pa‹. Komm schon, Lily.«

Dieses Mal schlang sie die Arme um Harpers Hals, als wollte sie ihn erwürgen, und fing an zu weinen.

»Willst du nicht für eine Weile reinkommen?«

»Nein, nein«, sagte sie schnell. »Wir haben nur einen kleinen Spaziergang gemacht, und sie muss noch baden, bevor ich sie hinlege.«

»Ich gehe mit euch zurück.« Er küsste Lily auf die Wange und flüsterte ihr etwas ins Ohr. Sie lachte und schmiegte sich an ihn.

»Sie kann nicht alles haben, was sie will.«

»Das wird sie noch früh genug lernen.« Er griff hinter sich und zog die Tür zu.

Hayley badete ihre Tochter und brachte sie ins Bett, was sie für eine Weile ablenkte

Zuerst versuchte sie zu lesen, dann setzte sie sich vor den Fernseher. Als sie feststellte, dass sie weder für das eine noch das andere die notwendige Ruhe fand, legte sie ein Yoga-

Video ein, das sie im Einkaufszentrum gekauft hatte. Nach einer Weile ging sie in die Küche hinunter und holte sich ein paar Kekse. Als sie wieder oben war, stellte sie Musik an – und machte sie gleich darauf wieder aus.

Um Mitternacht war sie immer noch nervös und unruhig. Schließlich gab sie es auf und ging auf den Balkon hinaus, um die warme Nacht zu genießen.

Im Kutscherhaus war noch Licht. Vermutlich das Licht in seinem Schlafzimmer, dachte sie. Sie war noch nie im ersten Stock des Häuschens gewesen, den er »mein Loft« nannte. Wo er schlief. Wo er jetzt vermutlich im Bett lag und ein Buch las. Nackt.

Sie hätte nicht ausgerechnet diesen Weg mit Lily nehmen sollen. Es gab so viele Wege im Garten, aber sie musste natürlich geradewegs auf das Kutscherhaus zulaufen. Genauso vernarrt in ihn wie ihre Tochter.

Als sie um die Kurve gebogen war und ihn gesehen hatte, hatte sie weiche Knie bekommen. Seine muskulöse Brust, die sonnengebräunte Haut, das Haar feucht und lockig. Das lässige Lächeln auf seinen Lippen, während er einen Schluck Bier aus seiner Flasche trank.

Er hatte so verdammt sexy ausgesehen, wie er in der Tür des Kutscherhauses gestanden war, umgeben von Blumen und der schwülen Hitze des Nachmittags. Hayley hatte sich gewundert, dass sie überhaupt in der Lage gewesen war, ein paar verständliche Wörter von sich zu geben, obwohl ihr Körper die ganze Zeit über von oben bis unten gekribbelt hatte.

In Harpers Nähe durfte es nicht kribbeln. Das musste

aufhören. Warum konnte es nicht wieder so sein wie früher? Während ihrer Schwangerschaft hatte sie sich in seiner Gesellschaft sehr wohl gefühlt. Und selbst die ersten paar Monate nach Lilys Geburt hatte sie sich ihm gegenüber ganz unbefangen verhalten. Wann hatte sich das eigentlich geändert?

Sie wusste es nicht. Es war einfach passiert.

Aber es durfte nicht sein.

Außer Lily gab es noch jemanden, der nicht alles bekam, was er wollte.

4. Kapitel

Bei der Arbeit fühlte sie sich irgendwie komisch, als wäre sie nicht ganz auf dem Damm. Als wäre ihre Haut zu klein und ihr Kopf zu schwer. Zu viel Yoga fürs erste Mal, dachte sie. Zu viel Arbeit, nicht genug Schlaf. Vielleicht sollte sie Urlaub machen. Ein paar Tage würde sie schon freibekommen, und sie konnte es sich auch leisten. Sie könnte für ein paar Tage nach Little Rock fahren und alte Freunde und Kollegen besuchen. Lily herumzeigen.

Doch dann würde sie Geld von dem Sparkonto abheben müssen, das sie angelegt hatte, um mit Lily an ihrem dritten Geburtstag eine Reise nach DisneyWorld zu machen. Aber schließlich würde es ja nicht allzu viel kosten. Nur ein paar hundert Dollar, und die Abwechslung würde ihr guttun.

Hayley wischte sich den Schweiß von der Stirn. Die Luft im Gewächshaus war schwül und drückend. Und ihre Finger fühlten sich zu dick und ungeschickt an, während sie versuchte, die Tischgärten zusammenzustellen. Sie sah nicht ein, warum ausgerechnet sie diese Arbeit machen musste. Stella oder Ruby hätten es genauso gut selbst machen können. Dann hätte sie an der Kasse sitzen können – um diese Zeit des Jahres schaffte das sogar ein Affe.

Sie hätte sich freinehmen sollen. Man brauchte sie ja gar nicht. Sie hätte zu Hause bleiben können, im Kühlen, und endlich einmal Gelegenheit zum Ausspannen gehabt. Stattdessen stand sie hier rum, schwitzte wie ein Pferd und stopfte Pflanzen in Schalen, weil Stella ihr das aufgetragen hatte. Immer nur Befehle, Befehle, Befehle. Wann würde sie endlich tun können, was sie wollte – und wann sie es wollte?

Die anderen rümpften die Nase über sie, weil sie nicht zur Familie gehörte, weil sie nicht so gebildet war, weil sie nicht die illustre Herkunft hatte, die sie alle so *bedeutend* machte. Aber sie war genauso viel wert wie sie. Mehr wert, weil sie es aus eigener Kraft geschafft hatte. Sie hatte sich von ganz unten nach oben gekämpft, weil …

»He, du brichst der Ludisia ja die Wurzeln ab.«

»Was?« Hayley starrte die Pflanze in ihren Händen an. Ihre Finger erschlafften, als Stella ihr die Orchidee entriss. »Tut mir leid. Hab ich sie kaputtgemacht? Ich weiß nicht, was ich mir dabei gedacht habe.«

»Ist schon okay. Du hast so wütend ausgesehen. Stimmt was nicht?«

»Alles in Ordnung. Ach, ich weiß nicht.« Sie schüttelte sich und wurde rot, als sie an ihre Hasstirade von eben dachte. »Die Hitze macht mich fertig. Ich hab Kopfschmerzen. Tut mir leid, dass ich die Tischgärten noch nicht fertig habe. Ich glaube, ich kann mich nicht richtig konzentrieren.«

»Schon in Ordnung. Ich wollte dir sowieso helfen.«

»Ich schaff das schon alleine. Du hast doch bestimmt noch was anderes zu tun.«

»Hayley, du weißt doch, dass ich jede Gelegenheit ergreife, um meine Finger in Erde zu stecken. Hier.« Stella griff in die Kühltasche unter dem Arbeitstisch und holte zwei Flaschen Wasser heraus. »Nimm dir eine.«

Was hatte sie da eben nur gedacht?, wunderte sich Hayley, als sie einen langen Zug aus der Flasche nahm. Es waren hässliche, kleinliche Gedanken gewesen. Sie konnte sich nicht vorstellen, wie sie auf solche Gedanken gekommen war – sie war doch sonst nicht so gehässig. Aber ein oder zwei Minuten lang war sie es gewesen, und jetzt kam sie sich so gemein vor. »Ach, Stella, ich weiß nicht, was mit mir los ist.«

Stella runzelte die Stirn und legte Hayley mit der klassischen mütterlichen Geste die Hand auf die Stirn. »Vielleicht bekommst du eine Sommergrippe.«

»Nein, ich glaube eher, dass es ein Frustanfall ist. Nicht mal eine ordentliche Depression, nur ein Frustanfall. Das geht jetzt schon eine Weile so, und ich weiß nicht, warum. Ich habe das hübscheste Baby der Welt. Ich liebe meine Arbeit. Ich habe großartige Freunde.«

»Du kannst das alles haben und trotzdem einen Frustanfall bekommen.« Stella nahm eine Schürze vom Haken und band sie um. Dabei musterte sie Hayley aufmerksam. »Du hattest jetzt seit über einem Jahr keine Beziehung mehr.«

»Zwei Jahre kommt eher hin.« Das verlangte einen zweiten Schluck aus der Wasserflasche. »Darüber habe ich auch schon nachgedacht. Es ist ja nicht so, dass ich keine Gelegenheit habe, mit Männern auszugehen. Kennst du Wyatt, Mrs Bentleys Sohn? Vor ein paar Wochen hat er seiner Mutter eine Blumenampel zum Geburtstag gekauft und dabei ziemlich heftig mit mir geflirtet. Er hat mich gefragt, ob ich mit ihm essen gehe.«

»Er sieht gar nicht mal schlecht aus.«

»Ja, und seine Muskeln sind auch nicht zu verachten. Ich wollte schon zusagen, aber dann hatte ich keine Lust, wegen des ganzen Aufwands und so, und habe ihm einen Korb gegeben.«

»Wenn ich mich recht erinnere, bist du diejenige gewesen, die mich fast zur Tür rausgetragen hat, als ich meine erste Verabredung mit Logan wegen des ganzen Aufwands und so absagen wollte.«

»Stimmt.« Hayley lächelte. »Ich reiß den Mund immer viel zu weit auf.«

Bevor sich Stella daranmachte, Pflanzen auszuwählen, band sie ihre lockiges, rotes Haar zu einem Pferdeschwanz zusammen. »Vielleicht bist du ja einfach nur ein bisschen nervös, weil du so lange nicht mit einem Mann ausgegangen bist.«

»Was Verabredungen angeht, war ich noch nie nervös. Ich gehe gern mit Männern aus, das hat zu meinen Lieblingsbeschäftigungen gehört. Und ich weiß auch, dass du oder Roz oder David auf Lily aufpassen würden, wenn ich eine Verabredung hätte.« Und deshalb bekam sie auch gleich wieder Gewissensbisse wegen der gehässigen Gedanken, die ihr durch den Kopf geschossen waren. »Ich weiß, dass es ihr bei euch gut gehen würde, und daher ist das auch keine Entschuldigung. Aber irgendwie kann ich mich einfach nicht dazu aufraffen.«

»Vielleicht hast du hier einfach noch niemanden getroffen, der so ist interessant ist, dass du deinen Hintern in Bewegung setzt.«

89

»Da könntest du Recht haben.« Hayley trank noch einen Schluck aus der Wasserflasche und nahm all ihren Mut zusammen. »Stella, die Sache ist die …«

Als Hayley nicht weitersprechen wollte, sah Stella von dem Tischgarten auf, den sie gerade zusammenstellte. »Was ist los?«

»Zuerst musst du versprechen, nein, *schwören*, dass du niemandem etwas davon erzählst. Nicht einmal Logan. Du darfst nichts sagen.«

»In Ordnung.«

»Schwörst du es?«

»Ich werde nicht in meine Hand spucken, Hayley. Du wirst es mir schon so glauben müssen.«

»Also gut.« Sie ging den Gang zwischen den Tischen hinunter und wieder zurück. »Die Sache ist die: Ich mag Harper.«

Stella nickte ihr aufmunternd zu. »Ja, klar. Ich auch.«

»Nein …« Hayley schämte sich in Grund und Boden, weil sie es aussprechen musste. Sie stellte die Wasserflasche auf den Tisch und schlug die Hände vors Gesicht. »Himmel.«

Stella brauchte fast eine Minute, bis ihr klar wurde, was Hayley sagen wollte. »Oh«, sagte sie, während sie die Augen aufriss. »Oh. Oh«, wiederholte sie, wobei sie jede Silbe in die Länge zog. Dann spitzte sie die Lippen. »Oh.«

»Wenn das alles ist, was du dazu zu sagen hast, werde ich dir jetzt eine scheuern.«

»Ich versuche doch nur, es zu begreifen.«

»Es ist Wahnsinn. Ich weiß, dass es Wahnsinn ist.« Hayley ließ die Hände fallen. »Ich weiß, dass es nicht recht ist.

Es ist völlig undenkbar. Aber ich … vergiss, dass ich was gesagt habe. Lösch es einfach aus deinem Gedächtnis.«

»Ich hab doch gar nicht gesagt, dass es Wahnsinn ist. Es kommt nur so plötzlich. Und was meinst du mit ›es ist nicht recht‹?«

»Er ist der Sohn von Roz. Roz, die Frau, die mich von der Straße geholt hat.«

»Oh, du meinst damals, als du ohne einen Penny in der Tasche, splitternackt und an einer unbekannten, auszehrenden Krankheit leidend, an ihre Tür geklopft hast? Es war eine gute Tat von Roz, dich ins Haus zu holen, dir etwas zum Anziehen zu geben und dich mit Hühnerbrühe zu füttern.«

»Ich darf doch ein bisschen übertreiben, wenn ich mich zum Narren mache, oder?«, fuhr Hayley sie an. »Aber sie hat mich in ihr Haus aufgenommen und mir einen Job angeboten. Sie hat mir und Lily ein Zuhause gegeben, und was tue ich? Ich überlege, wie ich es anstellen soll, ihren Erstgeborenen in mein Bett zu zerren.«

»Wenn du dich zu ihm hingezogen fühlst …«

»Am liebsten würde ich ihm die Kleider vom Leib reißen. Ihm Honig über den ganzen Körper gießen und dann Zentimeter für Zentimeter ablecken. Ihm …«

»Schon gut.« Stella hob abwehrend eine Hand und legte die andere auf ihr Herz. »Du brauchst nicht noch deutlicher zu werden. Einigen wir uns darauf, dass du scharf auf ihn bist.«

»Scharf ist noch untertrieben. Und ich kann nichts dagegen tun, weil wir Freunde sind. Bei Ross und Rachel in

Friends ist es auch nicht gut gegangen. Bei Monica und Chandler ist es natürlich ganz anders gelaufen, aber ...«

»Hayley.«

»Und ich weiß, dass das hier keine Fernsehserie ist«, murmelte sie, während Stella schallend lachte. »Aber das Leben imitiert schließlich die Kunst. Außerdem werden meine Gefühle sowieso nicht erwidert.«

»Sag bloß, er will bei dir keinen Honig ablecken?«

Hayley stöhnte. »O Gott, jetzt werde ich die ganze Zeit daran denken müssen.«

»Das geschieht dir recht. Aber bist du dir ganz sicher, dass er deine Gefühle nicht erwidert?«

»Bis jetzt hat er mich noch nicht angebaggert, obwohl es ja weiß Gott genug Gelegenheit dazu gibt. Und was, wenn ich *ihn* anbaggern würde, und er wäre, na ja, entsetzt oder so was?«

»Und wenn er das nicht wäre?«

»Das wäre vermutlich noch schlimmer. Wir hätten wilden, hemmungslosen Sex, und danach wären wir beide ...« Sie fuchtelte mit den Händen herum. »O Gott, es wäre uns furchtbar peinlich. Und ich müsste mit Lily nach Georgia oder sonst wohin ziehen. Und Roz würde nie wieder mit mir reden.«

»Hayley.« Stella legte ihr die Hand auf die Schulter.

»Das ist jetzt natürlich meine persönliche Meinung, aber ich bin mir ziemlich sicher, Roz weiß, dass Harper Sex hat.«

»Du weißt schon, was ich meine. Es ist eben anders, wenn er Sex mit Frauen hat, die sie nicht kennt.«

»O ja, ich bin sicher, sie findet es toll, dass ihr Sohn Sex mit fremden Frauen hat. Jedenfalls Frauen, die *ihr* fremd sind«, fügte sie mit einem Lachen hinzu. »Und natürlich wäre sie entsetzt, wenn sie wüsste, dass er mit einer Frau im Bett landet, die sie kennt und gernhat. Ja, das wäre ein schwerer Schlag für sie.«

»Es ist so eine Art Verrat.«

»Es ist überhaupt kein Verrat. Harper ist erwachsen, und mit wem er eine Beziehung beginnt, ist seine Sache. Roz wäre die Erste, die das sagen würde, und sicher auch die Erste, die dir sagen würde, dass sie nicht die Absicht hat, eine der Ecken in diesem Dreieck zu sein, das du dir da konstruierst.«

»Ja, vielleicht, aber …«

»Vielleicht! Aber!« Stella wischte das alles so vehement beiseite, dass Hayley erschrocken zusammenzuckte. »Wenn du dich für Harper interessierst, solltest du es ihm auch zeigen. Dann siehst du, wie er reagiert. Außerdem glaube ich, dass er schon die ganze Zeit in dich verknallt ist.«

»Ist er nicht.«

Stella zuckte mit den Achseln. »Den Eindruck habe ich jedenfalls.«

»Wirklich?« Hayleys Herz schlug schneller, als sie darüber nachdachte. »Ich weiß nicht. Wenn er in jemanden verknallt ist, dann in Lily. Aber ich könnte es ja etwas forcieren – nur um zu sehen, was passiert.«

»Denk positiv. Und jetzt sollten wir die Tischgärten fertig machen.«

»Stella?« Hayley bohrte einen Finger in die Erde. »Schwör mir, dass du Roz kein Wort darüber sagst.«

»Herrgott noch mal.« Stella tat das, was ihre Söhne bei solchen Gelegenheiten immer zu tun pflegten: Sie spuckte in ihre Handfläche und hielt sie Hayley hin.

Hayley starrte auf Stellas Hand und sagte: »Iiiih!«

Jetzt ging es ihr schon viel besser. Dass jemand wusste, was sie dachte und fühlte, machte alles viel leichter. Vor allem, da dieser Jemand Stella war. Und sie war kein bisschen schockiert gewesen, erinnerte sich Hayley. Überrascht, ja, aber nicht schockiert, was schon mal nicht schlecht war.

Und es war vielleicht auch nicht schlecht, wenn sie sich jetzt ein paar Tage freinahm und darüber nachdachte. Nachdem sie Lily ins Bett gebracht und sich auf der Couch im Wohnzimmer ausgestreckt hatte, um fernzusehen, kreisten ihre Gedanken bereits wieder um Harper.

Sie zappte eine Weile durch die Kanäle und freute sich, dass sie endlich einmal nichts zu tun hatte. Doch Wiederholungen und der Müll, der im Sommer immer gesendet wurde, waren nicht gerade das, was sie sich unter Unterhaltung vorgestellt hatte.

Sie schaltete auf einen Kanal mit einem alten Schwarzweißfilm, den sie noch nicht kannte. Es schien eine Art romantisches Drama zu sein, in dem die Frauen wunderschöne Kleider trugen und jeden Abend in schicke Nachtklubs mit großen Orchestern und vollbusigen Sängerinnen zum Tanzen gingen.

Und alle tranken Highballs.

Warum nannte man die Drinks eigentlich »Highballs«?, fragte sie sich gähnend, während sie sich in die Sofakissen kuschelte. Weil die Gläser so hoch waren? Sie nahm sich vor, es irgendwann einmal nachzuschlagen.

Wie es wohl wäre, eines dieser unglaublichen Kleider zu tragen und über die Tanzfläche zu schweben, während rundherum Art déco glitzerte? Ihr Partner würde natürlich einen Smoking tragen. Harper sah bestimmt klasse aus in so einem Teil.

Und wenn sie beide in Begleitung kommen und sich dann plötzlich sehen würden? Inmitten all des Flitters treffen sich ihre Blicke. Und sie wissen, dass sie füreinander bestimmt sind.

Sie würden tanzen, und dann würde alles andere um sie herum verschwimmen. So war es in den Schwarzweißfilmen immer. Es musste gar nicht kompliziert sein, alles, was die Liebenden voneinander trennte, konnte aus dem Weg geschafft oder überwunden werden. Und dann würde es nur noch sie beide geben, während die Musik immer lauter wurde.

Sie würden sich in den Armen liegen, ihre Lippen würden sich immer näher kommen und sich dann in einem perfekten Filmkuss treffen. Die Art von Kuss, die man bis in die Fußspitzen spürte, die Art von Kuss, die bedeutete, dass man sich bis in alle Ewigkeit lieben würde.

Ein zärtlicher Kuss, sanft, so sanft, während seine Hand über ihr Haar strich, dann leidenschaftlicher, während sie ihre Arme um seinen Nacken schlang. Auf die Zehenspitzen, damit sie sich an ihn schmiegen konnte.

Ihre Körper passten so wunderbar zusammen.

Nach der Abblende würden sich seine Hände über ihren

Körper bewegen, sie überall dort berühren, wo es kribbelte. Über Seide und Haut streicheln, bis sich ihre Lippen wieder trafen, dieses Mal mit kleinen Seufzern und Geflüster.

Sein Kuss war so wild und zügellos, dass er ihren ganzen Körper erfasste, alles in ihr weckte, ihr Herz schneller schlagen ließ.

Und überall, wo sie sich kalt und erschöpft angefühlt hatte, wurde es warm, weil sie ihn begehrte und begehrt wurde.

Kerzen flackerten. Rauch und Schatten. Der Duft von Blumen erfüllte den Raum. Lilien, es mussten Lilien sein. Die Blumen, die er ihr gebracht hatte, fleischig, rot und sinnlich. Seine dunkelbraunen Augen, in denen sie sich verlor, sagten ihr alles, was sie hören wollte. Dass sie schön war, dass sie ihm alles bedeutete.

Als sie sich gegenseitig entkleideten, bauschte sich ihr Abendkleid zu einer glitzernden weißen Wolke vor dem tiefen Schwarz seiner Smokingjacke.

Nackte Haut auf nackter Haut, endlich. Weich und glatt. Goldstaub und Milch. Ihre Hände glitten über seine Schultern, über seinen Rücken, damit sie spüren konnte, wie sich seine Muskeln anspannten, während sie ihn erregte.

Wie er sie berührte, so voller Begehren, so voller Sinnlichkeit. Sie zitterte vor Erwartung, als er sie mit seinen starken Armen hochhob. Er legte sie auf das große, weiße Bett, dessen Laken so weich wie Wasser waren, und ließ sich neben sie sinken.

Seine Lippen strichen über ihre Kehle und wanderten zu ihrer Brust, was ihre Leidenschaft noch mehr entfachte.

Das Ziehen in ihrem Unterleib wurde immer stärker und ließ sie seinen Namen stöhnen.

Kerzenlicht. Flackernde Flammen im Kamin. Blumen. Keine Lilien, sondern Rosen. Seine Hände waren glatt und weich – die Hände eines Gentlemans. Reiche Hände. Sie dehnte und reckte sich unter ihnen, gab ein leises Schnurren von sich, das tief aus ihrer Kehle kam. Die Männer mochten es, wenn ihre Huren stöhnten und schrien. Sie ließ die Hand prüfend nach unten gleiten. Er ist bereit, dachte sie, mehr als bereit. Aber sie würde ihn noch ein wenig auf die Folter spannen. Die Ehefrauen lagen passiv da und ertrugen stumm, was die Männer mit ihnen anstellten, nur, damit es endlich vorbei war. Sie nicht.

Deshalb kamen sie zu ihr. Deshalb brauchten sie sie. Deshalb zahlten sie.

Sie warf ihre blonden Locken zurück und wälzte sich mit ihm in den Kissen, bot ihm ihre Brüste und ihre Hüften dar, drehte ihn herum, damit sie mit der Zunge an seinem Körper hinuntergleiten konnte, um das zu tun, was seine prüde und ach so anständige Frau nie tun würde.

Sein Keuchen und Stöhnen erfüllte sie mit Genugtuung und Stolz.

Seine Hände hatten sich in ihrem Haar verkrallt und zerrten daran, während sie ihm Lust bereitete. Sein Körper war fest und muskulös, und so hatte auch sie ein gewisses Vergnügen dabei. Doch selbst wenn er so fett wie ein Schwein gewesen wäre, hätte sie ihm eingeredet, dass er ein Gott für sie war. Es war ja so einfach.

Als sie sich mit gespreizten Beinen auf ihn setzte, auf sein attraktives Gesicht herabsah und die verzweifelte Gier in seinen Augen entdeckte, lächelte sie. Sie fing an, sich zu bewegen, immer schneller und schneller, während sie dachte, dass sich nur der Schwanz eines reichen Mannes so gut in ihr anfühlte …

Hayley sprang vom Sofa, als hätte man sie aus einer Kanone geschossen. Ihr Herz hämmerte wie wild in ihrer Brust, wie ein Hammer auf einem Amboss. Ihre Brüste spannten, als wären sie gerade liebkost worden. Ihre Lippen brannten. In panischem Schrecken griff sie sich mit den Händen in die Haare – und weinte fast vor Erleichterung, als sie ihre vertrauten, *eigenen* Haare zwischen den Fingern spürte.

Jemand lachte, und sie taumelte zurück, wobei sie gegen das Sofa stieß und fast hingefallen wäre. Es war der Fernseher, stellte sie fest, während sie schützend die Arme vor die Brust hielt. Nur der Fernseher, nur ein alter Schwarzweißfilm.

Aber was war mit ihr geschehen?

Es war kein Traum gewesen – oder nicht nur ein Traum. Unmöglich.

Sie rannte aus dem Zimmer, um nach Lily zu sehen. Ihre Tochter schlief tief und fest, die Arme um ihren Plüschhund geschlungen.

Hayley mahnte sich zur Ruhe und ging nach unten. Doch als sie vor der Bibliothek stand, zögerte sie. Mitch saß an seinem Schreibtisch und tippte etwas in seinen Laptop. Sie wollte ihn nicht stören, aber sie musste ihn etwas fragen. Sie musste Gewissheit haben. Und bis morgen warten, ging einfach nicht.

Sie trat ein. »Mitch?«

»Hm? Was? Wo?« Er hob den Kopf und blinzelte hinter seiner Hornbrille. »Hallo.«

»Tut mir leid, dich bei der Arbeit zu stören.«

»Ich mache nur meine E-Mail-Korrespondenz. Brauchst du was?«

»Ich wollte nur …« Hayley war weder schüchtern noch prüde, aber sie wusste nicht genau, wie sie das, was sie gerade erlebt hatte, dem Mann ihrer Chefin erzählen sollte. »Ähm, glaubst du, Roz hat gerade Zeit?«

»Ich könnte sie fragen.«

»Ich will sie nicht stören, wenn sie … Doch, es wäre besser. Könntest du sie bitten herunterzukommen?«

»Aber natürlich.« Er nahm den Hörer ab und wählte die Nummer des Apparats im Schlafzimmer, während er Hayley ansah. »Es ist also etwas passiert?«

»Ja. Könnte man so sagen.« Um sich eine ihrer Fragen sofort zu beantworten, ging sie auf die Galerie und musterte die Bilder auf der Pinnwand, die Mitch hinter seinem Schreibtisch angebracht hatte.

Sie starrte auf die Kopie eines Fotos, auf dem ein Mann in einem dunklen Anzug zu sehen war – kantige Gesichtszüge, dunkle Haare, kalte Augen.

»Das da ist Reginald Harper, stimmt's? Der Vater.«

»Genau. Roz, kannst du in die Bibliothek kommen? Hayley ist hier. Sie muss mit dir reden … Genau.« Er legte auf. »Sie ist gleich da. Kann ich dir etwas anbieten – Wasser, Kaffee?«

Sie schüttelte den Kopf. »Nein danke. Mir geht's gut,

ich bin nur ein wenig durcheinander. In der ersten Zeit, in der Stella hier gewohnt hat, hat sie immer geträumt. Damit hat es angefangen, nicht wahr? Das war vor den ... Vorfällen. Erscheinungen. Abgesehen davon ist aber nichts Gefährliches passiert, jedenfalls nichts, von dem Roz gewusst hat. Was die Geisterfrau angeht, meine ich.«

»Es sieht ganz danach aus. Allerdings scheint es eine Art Eskalation gegeben zu haben, als Stella mit ihren Jungs hier eingezogen ist.«

»Und ein paar Wochen später bin dann ich gekommen. Mit mir haben dann drei Frauen in Harper House gelebt.« Ihr war immer noch kalt. Sie rieb sich ihre nackten Arme und wünschte, sie hätte etwas übergezogen. »Ich war schwanger, Stella hatte ihre Jungs, und Roz, nun ja, Roz gehört zur Familie.«

Er nickte. »Sprich weiter.«

»Stella wurde von Träumen geplagt. Sehr intensiven Träumen, die – wie wir annehmen – von Amelia in ihr Unterbewusstsein geschickt wurden. Das klingt jetzt nicht sehr wissenschaftlich ...«

»... trifft es aber.«

»Und als Stella und Logan ...« Sie brach ab, da Roz hereinkam. »Tut mir leid, dass ich dich stören musste.«

»Schon in Ordnung. Was ist passiert?«

»Führ erst einmal deinen Gedanken zu Ende«, schlug Mitch vor. »Eins nach dem anderen.«

»Also – Stella und Logan haben sich ineinander verliebt, was Amelia gar nicht gefallen hat. Stellas Träume wurden immer unheimlicher, und dann fing das mit den gewalttätigen Vorfällen an. Der Höhepunkt war erreicht, als die Geisterfrau uns damals alle aus dem Zimmer der Jungs ausgesperrt hat – an dem Abend, als du, Mitch, zum ersten Mal hier gewesen bist.«

»Das werde ich nie vergessen.«

»In jener Nacht hat sie uns ihren Namen gesagt«, ergänzte Roz. »Stella hat sie irgendwie dazu gebracht, uns ihren Vornamen zu nennen.«

»Ja. Und seitdem hat sie Stella eigentlich in Ruhe gelassen, nicht wahr? Stella hätte es uns gesagt, wenn die Träume wiedergekommen wären oder wenn sonst etwas mit ihr passiert wäre.«

»Der Schwerpunkt verlagerte sich auf Roz«, sagte Mitch.

»Genau.« Hayley war froh, dass die beiden ihr folgen konnten. »Und es war viel intensiver, stimmt's, Roz? Wie Wachträume.«

»Ja, und Amelia wurde immer gewalttätiger.«

»Je enger deine Beziehung zu Mitch wurde, desto verrückter hat sie sich gebärdet. So etwas bringt sie auf die Palme. Um ein Haar hätte sie dich getötet. Aber als es brenzlig für dich wurde, da hat sie dir geholfen. Seitdem, seit eurer Verlobung – seit eurer Hochzeit –, ist Ruhe.«

»Allem Anschein nach ja.« Roz ging zu Hayley und strich ihr tröstend über den Arm. »Jetzt hat sie dich aufs Korn genommen, stimmt's?«

»Ich glaube, ja. Ich glaube, der Umstand, dass wir drei – du, Stella und ich – in diesem Haus gelebt haben, hat sie aus der Bahn geworfen.« Sie sah Mitch an und hob hilflos die Hände. »Ich weiß nicht, wie ich es sagen soll, aber jemand hat den Ball angestoßen, und jetzt wird er immer schneller, wenn du verstehst, was ich meine.«

»Ich verstehe, und was du da erzählst, ist sehr interessant. Ihr drei – drei Frauen in unterschiedlichen Lebensphasen – seid zu dem Zeitpunkt, an dem ihr euch kennen gelernt habt, alle ungebunden gewesen. Das ist ein gemeinsames Merkmal, das auch für die Geisterfrau gilt. Und als sich Stella und dann Roz verliebt haben, hat das dazu geführt, dass Amelia durchgedreht ist.«

»Hayley, hat sie dir etwas getan?«

»Nein.« Hayley presste die Lippen aufeinander und sah von Roz zu Mitch. »Ich weiß, dass wir alles erzählen sollen, damit Mitch es aufschreiben kann, aber mir ist es ein bisschen peinlich. Ich weiß nicht, wie ich es sagen soll.«

»Soll ich rausgehen?«, schlug Mitch vor. »Dann kannst du mit Roz allein darüber sprechen.«

»Nein, das wäre Unsinn – von mir, meine ich. Sie wird es dir ja sowieso erzählen.« Hayley holte tief Luft. »Ich wollte mich mal für ein Stündchen entspannen und habe im Wohnzimmer oben vor dem Fernseher gesessen. Es lief gerade ein alter Schwarzweißfilm, und ich schätze, ich habe angefangen, mit offenen Augen zu träumen. Die wunderschönen Kleider in dem Film, das Kerzenlicht, die feinen Nachtklubs, in denen die Leute getanzt haben, und so weiter. Ich habe mir vorgestellt, wie es wäre, wenn ich ein solches Kleid tragen und mit jemandem ein Rendezvous haben würde.«

Hayley machte eine kleine Pause. Sie brauchte nicht zu sagen, dass der Jemand Harper gewesen war. Das war sicher nicht wichtig.

»Jedenfalls tanzen wir, verlieben uns und dann gibt es natürlich den leidenschaftlichen Filmkuss. Ihr wisst schon, was ich meine.«

Roz lächelte. »Aber natürlich.«

»Und während ich mir ausgemalt habe, was danach passieren könnte, bin ich wohl eingenickt. Wahrscheinlich habe ich dabei gerade an Sex gedacht.« Sie räusperte sich. »Es war nur so eine Fantasie. Kerzenlicht, Blumen, ein großes, weißes Bett. Wie ich mit einem Mann darin liege.« Sie schlug beide Hände vors Gesicht. »O Gott, ist mir das peinlich.«

»Jetzt red doch keinen Unsinn. Ich würde mir Sorgen machen, wenn eine gesunde junge Frau wie du *nicht* an Sex denken würde.« Roz legte ihr die Hand auf die Schulter.

»Es war schön. Romantisch und aufregend. Dann wurde es plötzlich anders. Oder besser gesagt, ich wurde anders. Ich war kühl und berechnend und habe mir überlegt, wie ich am besten vorgehe. Ich konnte alles spüren, seine Haut, seinen Körper, die Wärme. Es waren Rosen im Zimmer. Ich konnte Rosen riechen, dabei hatte ich doch vorher an Lilien gedacht, und im Kamin flackerte ein Feuer. Außerdem waren seine Hände anders – weich und glatt. Reich, habe ich gedacht. Und dass die Frau des Mannes sich weigert, das mit ihm zu machen, was ich mit ihm mache, und er deshalb zu mir kommt. Dass er dafür zahlt. Außerdem waren meine Haare ganz anders. Lang, blond und lockig. Ich habe sie gesehen, als sie mir ins Gesicht gefallen sind, aber nicht so, als würde ich zusehen, sondern als wäre ich tatsächlich dort gewesen. Ich war es selbst. Und ich habe den Mann gesehen. Sein Gesicht.«

Sie drehte sich um und zeigte auf Reginalds Foto an der Pinnwand. »*Sein* Gesicht. Er war in mir, und ich habe sein Gesicht gesehen.« Sie stieß einen Seufzer aus. »So, das war's.«

Nach einem Moment der Stille sagte Roz: »Ich glaube nicht, dass es sehr ungewöhnlich wäre, wenn dein Gehirn zwei Ereignisse miteinander vermischt. Wir verbringen hier sehr viel Zeit damit, über diese Leute nachzudenken und herauszufinden, was damals passiert ist. Wir wissen, dass sie seine Geliebte war, wir wissen, dass sie ihm ein Kind geboren hat, also wissen wir auch, dass er mit ihr geschlafen hat. Und was Amelia angeht, können wir durchaus davon ausgehen – oder zumindest annehmen –, dass es eine Art Geschäftsbeziehung war.«

»Roz, du weißt doch, wie sich dein Körper anfühlt, nachdem du mit einem Mann zusammen gewesen bist. Nicht das leichte Kribbeln, das man nach einem erotischen Traum spürt, sondern die rein körperliche Erregung. Ich habe zwar seit meiner Schwangerschaft mit Lily mit keinem Mann geschlafen, aber keine Frau vergisst, wie sich das anfühlt. Und genau das habe ich gespürt, als ich aufgewacht bin. Roz, ich konnte diese Rosen riechen. Ich weiß, wie sich sein Körper anfühlt.«

Sie musste schlucken. »Ich habe ihn in mir gespürt. Oder besser gesagt, in ihr, aber es hat sich angefühlt, als wäre ich sie. Sie hatte Spaß daran, mit jemandem zu schlafen, der gut aussah und ein erfahrener Liebhaber war. Es hätte ihr nichts ausgemacht, wenn er hässlich wie die Nacht und im Bett eine Niete gewesen wäre, aber so war es ihr lieber.

Wichtig war, dass der Mann reich war – alles andere war eine schöne Zugabe. Ich weiß das, weil ich in ihrem Kopf gewesen bin. Oder sie in meinem. Ich habe es mir nicht eingebildet.«

»Ich glaube dir«, sagte Mitch.

»*Wir* glauben dir«, korrigierte ihn Roz. »Du bist fast so alt wie sie, als sie gestorben ist – jedenfalls vermuten wir, dass sie so alt war. Vielleicht ist das eine weitere Verbindung zu ihr, und durch dich versucht sie uns jetzt zu sagen, wie es ihr damals ergangen ist.«

»Ich glaube nicht, dass ihr Sex viel Spaß gemacht hat – die Macht, die Kontrolle, die sie über den Mann hat, ja, aber nicht der Rest. Es war einfach etwas, das sie getan hat, und seiner, ähm, Reaktion nach zu urteilen, hat sie ihre Sache sehr gut gemacht. Ihr Körper war erheblich kurviger als meiner.«

Mit einem verlegenen Grinsen hielt sie die Hände vor die Brust, um eine größere Oberweite anzudeuten. »Und sie war sehr berechnend. Die ganze Zeit über hat sie nur überlegt, wie sie noch mehr Geld aus ihm herausholen könnte. Und für die Frauen von Männern wie ihm hatte sie nur Hohn und Spott übrig. Ich glaube, das war alles.«

»Kein schöner Charakterzug von ihr. Oder vielleicht doch, aus ihrer Sicht jedenfalls«, meinte Mitch. »Sie hatte alles selbst in der Hand und tat das, was sie wollte. Jung, schön, begehrt von einem mächtigen Mann, der ihr sexuell hörig war. Interessant.«

»Für mich war es eher gruselig. Wenn ich Sex habe, dann bitte mit meinem eigenen Körper. Jedenfalls geht es mir jetzt, nachdem ich euch alles erzählt habe, schon viel besser. Ich glaube, ich gehe jetzt nach oben und mache ein bisschen Yoga. Sie wird mich wohl kaum stören, während ich versuche, mich in die Kriegerposition oder was auch immer zu verbiegen. Danke, dass ihr mir zugehört habt.«

»Wenn noch etwas passiert, erzählst du es uns«, sagte Roz zu ihr.

»Versprochen.«

Roz wartete, bis Hayley gegangen war. »Mitch, ich mache mir große Sorgen um sie.«

»Jetzt mal doch nicht gleich den Teufel an die Wand.« Er nahm ihre Hand. »Fürs Erste dürfte es genügen, wenn wir gut auf sie aufpassen.«

5. Kapitel

Von Stellas Küchenfenster aus sah Hayley die Terrasse, den Garten hinter dem Haus, die Laube und das Baumhaus, das Logan und die Jungs in die Äste einer großen Platane gebaut hatten.

Sie beobachtete, wie Logan Lily auf einer roten Schaukel anschubste, die von einem dicken Ast herunterhing, während die Jungs ihrem Hund Parker einen alten Ball hinwarfen.

Für Hayley sah es aus wie das lebende Porträt eines Sommerabends, das jene Art von träger Zufriedenheit ausströmte, die nur nach einem schwülheißen Sommertag in der Luft lag, kurz bevor man die Kinder zum Abendessen hereinruft und die Lampen auf der Veranda einschaltet. Ein warmes gelbes Leuchten, um die Motten zu verscheuchen und zu sagen: Ja, wir sind zu Hause.

Sie konnte sich noch genau daran erinnern, wie es bei ihr früher gewesen war, als Kind im August, das die Hitze liebte und den ganzen Tag draußen herumrannte, um ja alle Strahlen der Sonne zu erwischen, bevor sie unterging.

Jetzt, so hoffte Hayley, lernte sie gerade, was es bedeutete, Mutter zu sein. Auf der anderen Seite der Tür mit dem Fliegengitter zu stehen. Diejenige zu sein, die das Licht auf der Veranda einschaltete.

»Gewöhnt man sich eigentlich daran, oder stehst du

manchmal hier und denkst, dass du die glücklichste Frau der Welt bist?«

Stella stellte sich neben sie ans Fenster und lächelte. »Beides. Was hältst du davon, wenn wir uns mit einem Glas Limonade auf die Terrasse setzen?«

»Gleich. Ich muss dir etwas sagen. Heute bei der Arbeit wollte ich nicht darüber reden, nicht, weil es während der Arbeitszeit ist, sondern, weil wir dabei noch auf dem Grund und Boden von Harper House sind. Und dort ist *sie*. Hierher kann sie nicht kommen.«

»Roz hat mir erzählt, was passiert ist.« Stella legte Hayley die Hand auf die Schulter.

»Ich habe ihr aber nicht gesagt, dass es Harper war. Ich meine, als ich so vor mich hingeträumt habe, habe ich an Harper gedacht. Ich werde ihr auf keinen Fall sagen, dass ich mir vorgestellt habe, von ihrem Sohn ausgezogen zu werden.«

»Ich glaube, unter diesen Umständen ist die Zensur gerechtfertigt. Ist seitdem noch etwas passiert?«

»Nein, nichts. Und ich weiß auch nicht, ob etwas passieren soll, oder ob es mir lieber wäre, wenn nichts mehr passiert.« Hayley sah zu, wie Logan den zerbissenen, durchweichten Ball, der auf ihn zugerollt kam, stoppte und dann weit von sich wegwarf. Jungen und Hund stürmten dem Ball nach, während Lily auf der Schaukel mit den Beinen strampelte und begeistert in die Händchen klatschte.

»Wenn ich schon im Leben einer anderen auftauchen muss, wäre mir deins eindeutig lieber gewesen.«

»Hayley, ich bin deine beste Freundin, aber bei Sex mit Logan hört die Freundschaft auf.«

Hayley prustete los und stieß Stella mit dem Ellbogen in die Rippen. »Spielverderberin. Ich werde es zwar nie erfahren, aber ich könnte wetten, dass ich was verpasst habe.«

Stella grinste wie eine Katze, die einen Teller Sahne leer geschleckt hatte. »Die Wette würdest du gewinnen.«

»Jedenfalls habe ich gerade überlegt, wie es wäre, wenn jemand so verrückt nach mir ist wie Logan nach dir. Dazu noch zwei großartige Kinder und ein schönes Zuhause, das ihr zusammen geschaffen habt. Wer braucht da noch Träume?«

»Eines Tages wirst auch du haben, nach was du suchst.«

»O Gott, ich höre mich an wie die rothaarige Stieftochter. Ich weiß nicht, was in letzter Zeit mit mir los ist.« Hayley rollte ihre Schultern hin und her, als würde sie ein schweres Gewicht abschütteln. »Ich ertappe mich immer wieder dabei, wie ich in Selbstmitleid versinke. Aber das passt gar nicht zu mir, Stella. Ich bin glücklich. Und selbst wenn ich es nicht bin, suche ich immer nach einer Möglichkeit, das zu ändern. Ich bin nicht der Typ, der ständig am Grübeln ist. Jedenfalls nicht oft.«

»Nein, bist du nicht.«

»Es kann ja sein, dass ich unglücklich in Harper verliebt bin, aber so ein bisschen Frustration reicht doch nicht, um mich in Depressionen versinken zu lassen. Wenn ich das nächste Mal in Selbstmitleid zerfließe, verpasst du mir bitte eine saftige Ohrfeige.«

»In Ordnung. Dazu sind Freunde schließlich da.«

Hayley hatte es wirklich so gemeint. Sie war nicht der Typ, der sich mit einem Blatt Papier in der Hand aufs Sofa setzte und die negativen Seiten im Leben auflistete, um herauszufinden, ob es mehr waren als die positiven. Wenn etwas nicht in Ordnung war, handelte sie. Sie löste das Problem und sah nach vorn. Und wenn das Problem nicht gelöst werden konnte, suchte sie nach einer Möglichkeit, wie sie damit leben konnte.

Als ihre Mutter gegangen war, war Hayley traurig und verletzt gewesen. Aber es war unmöglich gewesen, ihre Mutter zurückzuholen. Also hatte sie ihr Leben ohne ihre Mutter gelebt – und das nicht einmal schlecht, dachte Hayley, während sie zum Harper House zurückfuhr.

Sie hatte gelernt, wie man einen Haushalt führte, und sie und ihr Vater hatten ein gutes Leben zusammen gehabt. Sie waren glücklich gewesen. Hayley war geliebt worden. Und sie hatte sich nützlich gemacht.

Sie war gut in der Schule gewesen. Sie hatte sich einen Job besorgt, um auch ein wenig Geld nach Hause zu bringen. Sie konnte hart arbeiten und hatte Spaß an ihrer Arbeit. Sie lernte gern dazu und genoss es, den Kunden Bücher zu verkaufen, an denen sie viel Freude hatten.

Wenn sie in Little Rock geblieben wäre und weiter in der Buchhandlung gearbeitet hätte, wäre sie irgendwann Geschäftsführerin geworden. Und sie hätte es auch verdient.

Dann war ihr Vater gestorben. Sein Tod hatte ihr Leben in den Grundfesten erschüttert. Er war ihr Fels gewesen und sie der seine. Als er gestorben war, war auf einen Schlag jegliche Sicherheit verschwunden. Ihre Trauer war wie eine offene Wunde gewesen, die einfach nicht hatte heilen wollen.

Und daher hatte sie sich von einem guten Freund trösten lassen – mehr war er wirklich nicht gewesen, gestand sie sich sein, als sie in die Auffahrt von Harper House bog. Ein netter Junge, jemand, der ihr in einer schweren Zeit geholfen hatte.

Aus dieser Beziehung war Lily entstanden – und Hayley schämte sich nicht im Geringsten dafür. Trost war nicht mit Liebe gleichzusetzen, aber es war ein positiver Akt, ein Akt des Gebens. Hätte sie diese Güte etwa dadurch zurückgeben sollen, dass sie den Jungen zu einer Heirat drängte, oder dazu, Verantwortung für das Kind zu übernehmen, obwohl zwischen ihnen schon alles aus gewesen war, als sie die Schwangerschaft festgestellt hatte?

Sie war nicht in Selbstmitleid zerflossen – jedenfalls nicht lange. Sie hatte weder Gott noch die Männer verflucht. Sie hatte die Verantwortung für ihr Tun übernommen, so, wie man sie das gelehrt hatte, und die Entscheidung getroffen, die für sie die richtige war.

Das Kind zu behalten und allein großzuziehen.

Es war nicht ganz so gelaufen, wie sie sich das vorgestellt hatte, dachte sie mit einem Lächeln, während sie das Auto parkte. Little Rock, die Buchhandlung, das Haus, in dem sie mit ihrem Vater gewohnt hatte, waren keine Schutzräume mehr für sie gewesen, als man ihr die Schwangerschaft anzusehen begann. Als es losgegangen war mit den Blicken, den Fragen, den Gerüchten.

Und daher hatte sie woanders noch einmal von vorn angefangen.

Sie stieg aus und ging um den Wagen herum, um die hintere Tür zu öffnen und Lily aus dem Kindersitz zu holen.

Sie hatte alles verkauft, was sich verkaufen ließ, und den Rest in ihr Auto gepackt. Positiv denken, nach vorn schauen. Als sie hierhergekommen war, hatte sie lediglich gehofft, dass Roz einen Job für sie hatte. Stattdessen hatte sie eine Familie gefunden.

Für sie war das nur ein weiterer Beweis dafür, dass es das Leben gut mit einem meinte, wenn man einen Schritt nach dem anderen machte, wenn man hart dafür arbeitete – und wenn man das Glück hatte, Menschen zu finden, die einem die Chance gaben, sein Bestes zu tun.

»Ja, mein Schatz.« Sie hob Lily hoch und bedeckte ihr kleines Gesicht mit Küssen. »Wir sind zwei Glückskinder, nicht wahr?«

Sie hängte sich die Windeltasche über die Schulter und stieß die Autotür mit der Hüfte zu. Doch als sie auf das Haus zugehen wollte, schoss ihr ein Gedanke durch den Kopf.

Vielleicht sollte sie es einfach darauf ankommen lassen.

Wenn man auf etwas wartete, kam es sowieso nie. Doch wenn man handelte, gab es zwei Möglichkeiten: Entweder es ging gut, oder es ging schief. Alles war besser als Stillstand.

Sie ging um das Haus herum und ließ sich Zeit, weil sie herausfinden wollte, ob sie es sich nicht ausreden konnte. Doch die Idee spukte in ihrem Kopf herum, und sie konnte keinen Grund finden, der gut genug war, um sie von ihrem Plan abzubringen.

Vielleicht würde er schockiert oder fassungslos oder sogar entsetzt sein. Aber das war dann sein Problem. Zumindest würde sie endlich Klarheit haben und sich nicht mehr die ganze Zeit fragen müssen, woran sie mit ihm war.

Nachdem sie um die Kurve gebogen war, setzte sie Lily ab und ließ sie zur Tür von Harpers Haus laufen.

Vielleicht war er ja gar nicht zu Hause. Oder – schlimmer noch – er hatte eine Frau zu Besuch. Das wäre blamabel, aber sie würde schon damit fertig werden.

Es war Zeit, dass sie sich Gewissheit verschaffte.

Obwohl es noch nicht völlig dunkel war, schickten die hübschen hellgrünen Laternen, die am Rand des Ziegelwegs als Wegweiser eingesteckt waren, schon ihr warmes Leuchten aus. Ein paar frühe Glühwürmchen blitzten über den Köpfen der Blüten und jenseits der Rasenfläche auf, bis sie sich im Schatten der Bäume verloren.

Hayley sog den Duft der Vanilleblumen, Gartenwicken und Rosen und den etwas stechenden Geruch der Erde ein. Diese Gerüche und die verschiedenen Grüntöne der Pflanzen würden sie für immer an Harper und diesen Ort erinnern.

Sie holte Lily ein und klopfte an die Tür. Einem plötzlichen Einfall folgend, trat sie zurück und machte einen Schritt zur Seite, sodass das kleine Mädchen allein dastand und mit den Händen auf Harpers Tür patschte. An den Stellen, an denen die Lampen auf der Veranda eingeschaltet waren, breiteten sich gelbe Lichtkreise aus.

Als die Tür aufging, hörte sie, wie ihre Tochter mit einer Mischung aus »Ha« und einem entzückten Kreischen Harper begrüßte.

»Wen haben wir denn da?«

Von dort, wo Hayley stand, konnte sie sehen, wie Lilys Arme nach oben schossen und Harper sich bückte. Als er sie hochhob, brabbelte Lily schon aufgeregt und unverständlich vor sich hin.

»Wirklich? Du wolltest nur mal vorbeikommen und sehen, wie es mir geht? Das ist aber nett von dir. Ich würde dir ja gern einen Keks anbieten, aber vielleicht sollten wir erst mal deine Mutter suchen.«

»Bin schon da.« Hayley ging lachend zu den beiden. »Tut mir leid, aber es war so niedlich. Sie kann einfach nicht an deinem Haus vorbeilaufen, ohne dich besuchen zu wollen, also habe ich geklopft und sie da stehen gelassen.«

Sie streckte die Arme aus, doch wie immer, wenn Harper in der Nähe war, schüttelte Lily energisch den Kopf und klammerte sich wie eine Klette an ihren Lieblingsmann.

»Ich hab ihr einen Keks versprochen. Warum kommt ihr nicht rein, dann hole ich ihr schnell einen?«

»Wir stören doch nicht, oder?«

»Aber nein. Ich wollte mir gerade ein Bier aus dem Kühlschrank holen und die Büroarbeit erledigen. Den Teil mit dem Papierkram verschiebe ich mit Freuden.«

»Ich komme immer sehr gern hierher.« Sie sah sich im Wohnzimmer um, während er mit Lily auf dem Arm in die Küche ging. »Für einen heterosexuellen Junggesellen bist du ziemlich ordentlich.«

»Das liegt vermutlich an der Erziehung meiner Mutter.« Mit Lily auf der Hüfte griff er in einen Schrank und holte die Schachtel mit den Tierkeksen heraus, die er extra für sie gekauft hatte. »Schau mal, was ich hier gefunden habe.«

Er machte die Schachtel auf und hielt sie der Kleinen hin. »Willst du ein Bier, Hayley?«

»Gern. Ich bin nach der Arbeit bei Stella vorbeigefahren und so lange geblieben, bis es Hamburger vom Grill gab, aber den Wein dazu habe ich abgelehnt. Ich trinke nicht so gern Alkohol, wenn ich noch fahren muss – und wenn ich Lily dabeihabe, trinke ich keinen Tropfen.«

Er drückte ihr ein Bier in die Hand und holte noch eines für sich selbst aus dem Kühlschrank. »Wie geht's dir?« Als sie statt einer Antwort fragend den Kopf auf die Seite legte, zuckte er mit den Achseln. »Es hat sich schon herumgesprochen. Und da es uns alle betrifft, sollte es sich auch herumsprechen.«

»Ich finde es ein bisschen peinlich, wenn sich herumspricht, dass ich von Sex träume.«

»So war es doch gar nicht. Außerdem ist doch nichts dabei, wenn man einen erotischen Traum hat.«

»Mir wäre lieber, wenn der nächste erotische Traum ausschließlich *meiner* Fantasie entspringen würde.« Sie trank einen Schluck Bier und musterte Harper aufmerksam. »Du siehst ihm ein bisschen ähnlich.«

»Wem?«

»Reginald – vor allem jetzt, nachdem ich ihn in einer Situation gesehen habe, die man wohl als ›sehr persönlich‹ bezeichnen kann. Erheblich persönlicher als ein altes Foto.

Du hast den gleichen dunklen Teint wie er, und dein Gesicht und dein Mund haben die gleiche Form wie bei ihm. Aber er ist nicht so muskulös wie du.«

»Aha.« Er setzte die Flasche an den Mund und trank.

»Er war schlank, aber er hat sich ziemlich weich angefühlt. So weich wie seine Hände. Und er war älter als du, mit grauen Strähnen im Haar und tiefen Falten um den Mund und die Augen herum. Trotzdem hat er sehr gut ausgesehen. Sehr männlich.«

Sie holte Lilys Schnabeltasse mit Saft und ihren Musikwürfel aus der Windeltasche. Dann nahm sie Harper das Kind ab und setzte sie mit dem Spielzeug und der Tasse in der Hand auf den Boden.

»Du hast breitere Schultern und keine Spur von einem Bauchansatz da.« Sie stieß ihm einen Finger in den Bauch.

»Aha.«

Lily spielte mit ihrem Musikwürfel herum und schaltete von einem Lied zum anderen.

»Das ist mir alles nur aufgefallen, weil wir splitternackt und verschwitzt waren«, fuhr Hayley fort.

»Ich verstehe.«

»Mir ist vor allem die Ähnlichkeit zwischen euch aufgefallen – die Gemeinsamkeiten und die Unterschiede zwischen euch, denn als ich mir ausgemalt habe, wie ich mit einem Mann schlafe, habe ich dabei an dich gedacht.«

»An … an wen?«

Okay, ein wenig schockiert, aber wohl eher verwirrt, dachte Hayley. Sie beschloss, schwerere Geschütze aufzufahren. »Angefangen hat es mit dir. Ungefähr so.«

Sie legte eine Hand auf seinen Nacken und stellte sich auf die Zehenspitzen. Ihre Lippen waren nur noch Millimeter von den seinen entfernt. Sie genoss den Moment, in dem ihr der Atem stockte und ihr Herz zu stolpern begann.

Und dann küsste sie ihn.

Sein Mund war so weich, wie sie sich das vorgestellt hatte. Und warm. Sein Haar war ein seidenweiches Streicheln auf ihrem Handrücken, sein Körper hart und muskulös.

Er blieb stocksteif stehen. Nur sein Herz hämmerte wie wild auf ihrer Haut. Dann spürte sie seine Hand auf ihrem Rücken, die Faust, zu der sich seine Finger ballten, während sie sich in den Stoff ihrer Bluse krallten. Lilys Musikwürfel gab ein triumphierendes Gekreische von sich.

Hayley zwang sich, einen Schritt zurückzutreten. Immer schön eins nach dem anderen, ermahnte sie sich. Obwohl sie Schmetterlinge im Bauch spürte, trank sie so lässig wie möglich einen Schluck Bier, während er sie mit seinen dunklen Augen anstarrte.

»Und? Was meinst du?«

Er hob eine Hand und ließ sie gleich darauf wieder sinken. »Ich glaube, ich kann nicht mehr klar denken.«

»Wenn's wieder geht, musst du es mir unbedingt sagen.«

Sie drehte sich um, um ihrer Tochter das Spielzeug aus der Hand zu nehmen.

»Hayley.« Er streckte die Hand aus, packte den Bund ihrer Jeans und zog daran. »O nein.«

Ihr Herz tat einen kleinen Sprung. Sie warf einen Blick über die Schulter. »Und das heißt?«

»Das ist die Kurzfassung von ›du glaubst doch wohl nicht, dass du hier hereinspazieren, mich so küssen und dann wieder gehen kannst?‹ Eine Frage: Sollte das eben nur eine Demonstration sein, um mich in Sachen Amelia auf dem Laufenden zu halten, oder steckt da was anderes dahinter?«

»Ich habe mich nur gefragt, wie es sein würde. Also habe ich beschlossen, es herauszufinden.«

»Okay.« Er drehte sie zu sich herum, sah einmal kurz nach unten, um sich zu vergewissern, dass Lily immer noch mit ihrem Spielzeug beschäftigt war, und drückte sie gegen die Küchentheke.

Seine Hände lagen auf ihren Hüften, als er seinen Mund auf ihre Lippen presste. Und als sich seine Zunge in ihren Mund schob, wanderten seine Hände höher und verursachten kleine heiße Explosionen unter ihrer Haut.

Dann trat er einen Schritt zurück und strich mit dem Daumen über ihre brennenden Lippen. »Ich habe mich auch schon gefragt, wie es sein würde. Jetzt wissen wir's wohl beide.«

»Sieht ganz danach aus«, keuchte sie.

Als Lily zu ihm krabbelte und an seiner Hose zupfte, hob er sie hoch. »Jetzt dürfte es kompliziert werden.«

»Ja, so einfach ist es nicht. Wir müssen es langsam angehen lassen, jeden Schritt genau überlegen.«

»Genau. Oder wir sagen, das ist uns egal, und ich komme später zu dir rüber.«

»Ich … am liebsten würde ich ja sagen«, erwiderte sie impulsiv. »In meinem Kopf schreit es ja, ja, aber ich weiß nicht, warum kein Ja aus meinem Mund kommt. Dabei ist es genau das, was ich will.«

»Das berühmte ›Aber‹«. Er nickte. »Ist schon in Ordnung. Wir sollten uns Zeit lassen. Damit wir uns sicher sind.«

»Damit wir uns sicher sind«, wiederholte Hayley, während sie sich daranmachte, Lilys Sachen aufzusammeln. »Ich muss jetzt gehen, sonst vergesse ich das mit dem ›Zeit lassen‹ und dem ›sicher sein‹, weil du so verdammt gut küssen kannst. Außerdem muss ich Lily ins Bett bringen. Harper, ich will nichts Falsches tun. Ich will auf gar keinen Fall was Falsches tun.«

»Das wollen wir doch beide nicht.«

»Es geht einfach nicht.« Sie nahm Lily auf den Arm, obwohl diese bitterlich zu weinen begann, weil sie Harper loslassen musste. »Wir sehen uns dann morgen bei der Arbeit.«

»In Ordnung. Aber ich kann euch doch nach drüben begleiten.«

»Nein.« Sie rannte zur Tür, während Lily auf ihrem Arm strampelte und weinte. »Sie wird sich schon wieder beruhigen.«

Das Weinen steigerte sich zu einem ausgewachsenen Wutanfall mit heftig strampelnden Beinchen und ohrenbetäubendem Kreischen. »Himmel, Lily, morgen siehst du ihn ja wieder. Er zieht schließlich nicht in den Krieg.«

Die Windeltasche rutschte ihr von der Schulter und hing wie ein schwerer Anker in ihrer Armbeuge, während sich ihr niedliches Baby in ein rotgesichtiges Teufelchen aus der Hölle verwandelte. Winzige Laufschuhe mit verstärkten Spitzen trommelten ihr gegen Hüfte, Bauch und Oberschen-

119

kel, während sie neun Kilo pure Wut durch die schwüle Sommerhitze schleppte.

»Ich wäre ja auch gern geblieben.« Hayleys Enttäuschung ließ ihre Stimme schärfer als beabsichtigt klingen. »Aber es geht eben nicht. Also wirst du lernen müssen, damit zurechtzukommen.«

Der Schweiß tropfte ihr in die Augen und ließ alles in ihrem Blickfeld verschwimmen, sodass das schöne alte Haus vor ihr wie eine Fata Morgana flimmerte. Es war wie eine Illusion, die sie nie erreichen würde.

Es würde immer weiter von ihr wegschwimmen, weil es gar nicht existierte. Nicht für sie. Sie hatte eigentlich nie dort hingehört. Es wäre besser, klüger und einfacher, wenn sie ihre Sachen packte und weiterzog. Weder das Haus noch Harper würden ihr je gehörten. Solange sie hierblieb, war *sie* die Illusion.

»Was ist denn mit euch beiden los?«

Als sie durch die flimmernde Hitze und das Zwielicht der Dämmerung Roz sah, wurde das Bild vor ihren Augen wieder scharf. Mit einem Mal hatte sie ein flaues Gefühl im Magen. Ihre tränenüberströmte Tochter warf sich Roz geradezu in die Arme.

»Sie ist wütend auf mich«, stammelte Hayley. Tränen traten ihr in die Augen, als Lily ihre Arme um Roz' Nacken schlang und an ihrer Schulter weinte.

»Das wird nicht das letzte Mal sein.« Roz strich Lily beruhigend über den Rücken und wiegte sie hin und her, während sie Hayley aufmerksam musterte. »Was ist denn passiert?«

»Sie hat Harper gesehen. Und dann wollte sie bei ihm bleiben.«

»Es ist schwer, einen geliebten Mann zu verlassen.«

»Sie braucht ein Bad und muss ins Bett – und das schon seit einer ganzen Weile. Tut mir leid, dass wir dich gestört haben. Wahrscheinlich hat man ihr Geschrei bis nach Memphis gehört.«

»Ihr habt mich nicht gestört. Sie ist nicht das erste Baby mit einem lautstarken Wutanfall, und sie wird mit Sicherheit auch nicht das letzte sein.«

»Ich bring sie nach oben.«

»Nein, ich hab sie doch schon.« Roz schickte sich an, in den ersten Stock zu gehen. »Ihr macht euch jetzt nur gegenseitig fertig. Genau das passiert, wenn sich ein Baby etwas in den Kopf gesetzt hat und die Mutter weiß, dass es etwas ganz anderes braucht. Und irgendwann hat man dann ein schlechtes Gewissen, weil sich die Kleinen benehmen, als würde gleich die Welt zusammenstürzen, und es so aussieht, als hätte man ihnen höchstpersönlich den Boden unter den Füßen weggezogen.«

Hayley kullerte eine Träne die Wange hinunter, und sie wischte sie weg. »Ich enttäusche sie doch so ungern.«

»Und wieso enttäuschst du sie, wenn du nur das tust, was das Beste für sie ist? Sie ist völlig übermüdet«, sagte Roz, während sie die Tür zum Kinderzimmer aufmachte und das Licht einschaltete. »Und verschwitzt. Sie braucht ein Bad, ihren Schlafanzug und Ruhe. Du lässt das Wasser ein, und ich ziehe sie aus.«

»Aber das kann ich doch selbst ...«

»Schätzchen, du musst lernen, wie man teilt.«

Da sich Lily auf Roz' Arm inzwischen beruhigt hatte, ging Hayley ins Bad, um den Hahn aufzudrehen. Sie goss ein wenig Badezusatz ins Wasser, weil Lily so gern mit Schaum spielte, und warf ihre Gummiente und einige Frösche hinein. Und ertappte sich dabei, wie sie ein halbes Dutzend Mal die Tränen unterdrücken musste.

»Na, du nackte Maus?«, hörte sie Roz sagen. »Oh, was haben wir denn da? Einen Bauchnabel, der unbedingt gekitzelt werden muss.«

Lilys Lachen führte dazu, dass Hayley die Tränen wieder herunterschlucken musste, als Roz gleich darauf ins Bad kam.

»Warum stellst du dich nicht schnell unter die Dusche? Dir ist heiß, und du bist schlecht drauf. Lily und ich werden ein bisschen in der Badewanne spielen«

»Aber das brauchst du doch nicht.«

»Du wohnst schon lange genug hier, um ganz genau zu wissen, dass ich das nicht tun würde, wenn ich es nicht wollte. Jetzt geh schon. Kühl dich ein bisschen ab.«

»In Ordnung.« Da Hayley befürchtete, jeden Moment in Tränen auszubrechen, ergriff sie die Flucht.

Hayley hatte sich wieder in der Gewalt, als sie zurückkam und sah, wie Roz der schläfrigen Lily ein kleines Nachthemd aus Baumwolle überzog. Das Kinderzimmer roch nach Puder und Seife, und ihre Tochter war so brav wie ein kleiner Engel.

»Schau mal, Lily, da kommt deine Mama, um dir einen

Gutenachtkuss zu geben.« Roz hob die Kleine hoch, die ihre Arme nach Hayley ausstreckte. »Komm doch noch kurz rüber ins Wohnzimmer, wenn du sie hingelegt hast.«

»In Ordnung.« Hayley vergrub die Nase im Haar ihrer Tochter und atmete ihren Geruch ein. »Vielen Dank, Roz.«

Sie blieb stehen, wo sie war, und drückte ihr kleines Mädchen an sich. »Mama tut es leid. Wenn ich könnte, würde ich dir die Sterne vom Himmel holen und die Sonne für immer strahlen lassen.«

Nachdem sie Lily mit vielen Küssen und leisem Gemurmel in ihr Bettchen gelegt und ihr ihren kleinen Hund in den Arm gedrückt hatte, schaltete sie ein Nachtlicht ein. Dann schlich sie aus dem Zimmer und ging den Korridor hinunter ins Wohnzimmer.

»Ich hab uns zwei Flaschen Mineralwasser aus deinem Kühlschrank geholt.« Roz hielt ihr eine Flasche hin. »Oder möchtest du was anderes?«

»Nein, nein, Wasser ist jetzt genau das Richtige. Ach, Roz, ich komme mir so dumm vor. Ich wüsste gar nicht, was ich ohne dich machen würde.«

»Du würdest auch ohne mich zurechtkommen — zwar nicht so gut wie mit mir, aber das geht allen so.« Roz setzte sich und streckte die Beine aus. Sie war barfuß, und ihre Zehen waren heute in einem leuchtenden Pink lackiert. »Wenn du dir jedes Mal, wenn dein Kind einen Wutanfall bekommt, solche Vorwürfe machst, wirst du in Depressionen versinken, bevor du dreißig bist.«

»Aber ich wusste doch, dass sie müde war. Ich hätte sie

-gleich ins Haus bringen sollen, anstatt zuzulassen, dass sie Harper besucht.«

»Und ich wette, sie hat den Besuch bei ihm genauso genossen wie er. Jetzt schläft sie friedlich in ihrem Bettchen. Es hat ihr also nicht im Geringsten geschadet.«

»Ich bin keine schlechte Mutter, oder?«

»Natürlich nicht. Dieses Kind ist gesund und glücklich und wird geliebt. Lily hat ein nettes, freundliches Wesen. Aber wenn sie etwas haben will, zeigt sie das auch sehr deutlich, was meiner Meinung nach für Charakter spricht. Sie hat ein Recht auf einen Wutanfall, genau wie alle anderen auch.«

»Und was das für ein Wutanfall gewesen ist! Roz, ich weiß einfach nicht, was mit mir los ist.« Hayley setzte die Flasche ab, ohne etwas getrunken zu haben. »Manchmal bin ich empfindlich und zickig, und im nächsten Moment könnte ich wieder Bäume ausreißen. Man könnte meinen, ich wäre wieder schwanger, aber das ist unmöglich – es sei denn, wir haben es mit einer zweiten unbefleckten Empfängnis zu tun.«

»Du bist jung und gesund. Du hast Bedürfnisse, und diese Bedürfnisse werden zurzeit nicht erfüllt. Sex ist nun mal wichtig.«

»Das mag schon sein, aber für jemanden in meiner Situation ist es nicht gerade einfach, in dieser Richtung aktiv zu werden.«

»Ich weiß nur zu gut, wie das ist. Aber wenn du einmal ausgehen möchtest, stehen dir hier jede Menge Babysitter zur Verfügung.«

124

»Ich weiß.«

»Wenn ich so darüber nachdenke, könnte Sex einer der Schlüssel zu Amelia sein.«

»Tut mir leid, Roz, ich würde ja fast alles tun, um zu helfen, aber bei Sex mit Amelia hört es bei mir auf. Geist, weiblich, übergeschnappt. Das ist zu viel auf einmal.«

»Jetzt bist du wieder ganz die Alte«, erwiderte Roz lachend. »Gestern Abend haben Mitch und ich noch eine Weile über das, was dir passiert ist, geredet und alle möglichen Theorien aufgestellt. Amelia hat Sex benutzt, um sich das zu verschaffen, was sie haben wollte – er war sozusagen ihre Handelsware. Schließlich sind wir ja zu dem Schluss gekommen, dass sie Reginalds Geliebte war. Und von ihm ist sie dann auch schwanger geworden.«

»Aber vielleicht hat Amelia ihn ja auch geliebt. Es wäre doch gut möglich, dass er sie verführt hat. Was wir über Amelia wissen, stammt aus Beatrice' Tagebüchern, aber Reginalds Frau ist mit Sicherheit keine objektive Quelle.«

»Ein guter Einwand, und ja, es wäre möglich.« Roz trank einen Schluck Wasser. »Aber trotzdem hat es etwas mit Sex zu tun. Selbst wenn sie in ihn verliebt gewesen wäre und er sie nur benutzt hätte, hat es trotzdem mit Sex zu tun. Reginald ging zu ihr, um seinen Spaß zu haben, und weil er noch etwas von ihr wollte: Sie sollte ihm einen Erben schenken. Einen Sohn. Und daher ist es nicht zu weit hergeholt, wenn wir annehmen, dass Amelia kein sehr gesundes Verhältnis zu Sex hat.«

»Okay.«

»Und jetzt kommen wir drei ins Spiel. Wir wohnen in

diesem Haus. Stella hört und sieht sie – nicht gerade ungewöhnlich, da es dabei um Kinder ging. Doch dann verliebt sie sich in Logan, und damit hätten wir die sexuelle Komponente. Alles beginnt zu eskalieren. Dann ich und Mitch: noch ein sexueller Kontakt, noch mehr Eskalation. Und jetzt du.«

»Ich habe aber keinen Sex.« Noch nicht, dachte sie. Du meine Güte.

»Aber du denkst darüber nach. So wie Stella darüber nachgedacht hat. Und ich auch.«

»Dann glaubst du also, dass sie sich jetzt auf mich konzentriert, weil diese sexuelle Energie wie eine Art Magnet auf sie wirkt? Und dass jetzt wieder alles eskalieren wird?«

»Es könnte durchaus so kommen, vor allem, wenn diese sexuelle Energie mit echter Zuneigung verbunden ist. Mit Liebe.«

»Das heißt also, wenn ich mich in einen Mann verliebe und mit ihm ins Bett gehe, besteht die Gefahr, dass sie ihm etwas tut. Oder Lily. Sie könnte …«

»Moment mal.« Roz legte Hayley beruhigend die Hand auf den Arm. »Sie hat noch nie einem Kind wehgetan. Es gibt absolut keinen Grund dafür anzunehmen, dass sie Lily etwas tun würde. Aber für dich gilt das vielleicht nicht.«

»Sie könnte mir wehtun – oder es zumindest versuchen. Das ist mir schon klar.« Hayley seufzte. »Also muss ich dafür sorgen, dass es nicht so weit kommt. Sie könnte auch jemand anderen verletzen. Dich oder Mitch, David, jeden von uns. Und wenn es jemanden geben würde, der mir wichtig ist, jemanden, mit dem ich zusammen sein will, wäre er doch das wahrscheinlichste Ziel, oder nicht?«

»Vielleicht. Aber man kann sein Leben doch nicht mit solchen Unwägbarkeiten leben. Hayley, du hast ein Recht auf dein Leben. Ich möchte nicht, dass du dich verpflichtet fühlst, hierzubleiben oder weiterhin im Gartencenter zu arbeiten.«

»Du willst, dass ich gehe?«

»Nein.« Der Druck von Roz' Hand verstärkte sich. »Aus einem ganz egoistischen Grund heraus möchte ich, dass du bleibst. Du bist die Tochter, die ich nie hatte. Und dein Kind macht mir so viel Freude wie kaum etwas anderes in meinem Leben. Ich sage dir, dass du gehen sollst, weil du mir so viel bedeutest.«

Hayley holte tief Luft, während sie aufstand und zum Fenster trat. Sie sah in den sommerlichen Garten hinaus, dessen Blumen im dunstigen Halbdunkel leuchteten. Und dahinter lag das Kutscherhaus, auf dessen Veranda die Lampen brannten. »Meine Mutter hat uns verlassen. Mein Vater und ich waren ihr nicht genug, und da ist sie gegangen. Sie hat uns nicht genug geliebt. Als mein Vater gestorben ist, hatte ich nicht einmal eine Adresse von ihr, um ihr seinen Tod mitzuteilen. Sie wird ihre Enkelin nie sehen. Das ist jammerschade für sie. Aber nicht für Lily. Lily hat dich. Und ich habe dich. Ich werde gehen, wenn du sagst, dass ich gehen soll. Ich werde mir eine Wohnung und eine andere Arbeit suchen. Und ich werde mich so lange von Harper House fernhalten, bis ihr das Rätsel um Amelia gelöst habt. Aber dazu musst du mir zuerst eine Frage beantworten – und ich bin mir sicher, dass du ehrlich sein wirst.«

»Einverstanden.«

Sie drehte sich um und sah Roz in die Augen. »Stell dir vor, du wärst an meiner Stelle und müsstest dich entscheiden, ob du die Menschen verlässt, die du liebst – obwohl du ihnen vielleicht helfen könntest –, ob du einen Ort, einen Arbeitsplatz verlässt, den du lieb gewonnen hast. Und dass du diese Entscheidung treffen müsstest, weil vielleicht etwas passieren könnte. Weil du vielleicht Schwierigkeiten bekommen würdest, weil du mit etwas fertig werden müsstest, das vielleicht nicht leicht sein wird. Was würdest du tun, Roz?«

Roz stand auf. »Dann bleibst du wohl.«

»Sieht ganz so aus.«

»David hat einen Pfirsichkuchen gebacken.«

»O je …«

Roz streckte die Hand aus. »Komm, wir holen uns ein großes kalorienreiches Stück. Und dann werde ich dir von der Blumenhandlung erzählen, die ich nächstes Jahr an das Gartencenter anbauen will.«

Im Kutscherhaus hatte Harper seinen Vorrat an eingefrorenen Essenresten inspiziert. Und während er ein Stück von Davids gebratenem Hühnchen aß, dachte er an Hayley.

Sie hatte das Spielfeld gewechselt, und jetzt war er sich nicht sicher, was er mit dem Ball anfangen sollte. Er hatte in den letzten eineinhalb Jahren alles versucht, um seine Gefühle für Hayley zu unterdrücken, und war wegen ihres

Verhaltens und der Signale, die sie ausgesandt hatte, davon ausgegangen, dass sie in ihm einen Freund sah. Oder vielleicht sogar eine Art Ersatzbruder.

Er hatte sein Bestes getan, um diese Rolle zu spielen.

Und auf einmal war sie hier hereinspaziert und hatte heftig mit ihm geflirtet. Hatte ihn so geküsst, dass ihm abwechselnd heiß und kalt geworden war, während Lilys Musikwürfel vor sich hin gedudelt hatte.

Nie wieder würde er die Musik aus diesem verdammten Spielzeug hören können, ohne an diesen Kuss zu denken.

Was zum Teufel sollte er jetzt tun? Mit ihr essen gehen? Er hatte kein Problem damit, mit einer Frau essen zu gehen. Das war etwas völlig Normales für ihn, aber an dieser Situation war nichts mehr normal, nachdem er sich die ganze Zeit über eingeredet hatte, dass Hayley keinerlei Interesse an ihm hatte. Und dass er sein Interesse an ihr gefälligst zu unterdrücken hatte.

Außerdem arbeiteten sie zusammen. Und sie wohnte im Haupthaus bei seiner Mutter. An Lily musste er natürlich auch denken. Es zerriss ihm das Herz, als er daran dachte, wie sie nach ihm geschrien hatte, während Hayley sie hinübergetragen hatte. Was, wenn er und Hayley zusammenkamen, und es ging schief? Würde das auch Lily beeinflussen?

Er musste dafür sorgen, dass es nicht so weit kam, das war alles. Er musste es langsam angehen, musste sich und ihr Zeit lassen.

Was den Plan zunichtemachte, der ihm schon die ganze Zeit im Hinterkopf herumgespukt war, denn eigentlich

hatte er nach Einbruch der Dunkelheit zu Hayley hinübergehen und der Natur ihren Lauf lassen wollen.

Wie immer räumte er die Küche auf, nachdem er gegessen hatte, und ging dann nach oben ins Dachgeschoss, wo sein Schlafzimmer, ein Bad und ein kleines Zimmer, das er als Büro nutzte, lagen. Eine Stunde lang erledigte er Büroarbeiten, und jedes Mal, wenn seine Gedanken zu Hayley wanderten, zwang er sich dazu, sich wieder auf den Papierkram zu konzentrieren.

Dann schaltete er den Sportkanal im Fernseher ein und verbrachte den Abend mit einer seiner Lieblingsbeschäftigungen – Lesen zwischen den Innings. Irgendwann im achten Inning, als Boston zwei Punkte zurücklag und die Yankees ihren Läufer auf dem zweiten Base hatten, nickte er ein.

Er träumte, dass er und Hayley sich in Fenway Park liebten und sich nackt auf dem Gras des Innenfelds wälzten, während um sie herum das Spiel weiterging. Aus irgendeinem Grund wusste er, dass der Schlagmann drei Balls und zwei Strikes gezählt hatte, sogar dann noch, als Hayley ihre langen Beine um ihn schlang und er in sie eindrang. In die Hitze, in diese sanften blauen Augen.

Ein lauter Krach weckte ihn, und der Teil von ihm, der noch träumte, hörte das Geräusch eines Balls auf einem Baseballschläger. Noch während er sich aufsetzte und den Kopf schüttelte, um vollends wach zu werden, dachte er, dass es ein Homerun gewesen sein musste.

Großer Gott! Er rieb sich das Gesicht. Was für ein seltsamer Traum, obwohl zwei seiner Lieblingsaktivitäten darin vorgekommen waren. Sport und Sex. Über sich selbst schmunzelnd, wollte er das Buch beiseiteschieben.

Doch der Krach hielt an. Er kam von unten, klang wie Schüsse aus einer Pistole und war mit Sicherheit kein Traum.

Im Bruchteil einer Sekunde war er aufgesprungen. Er packte den Baseballschläger, den er zu seinem zwölften Geburtstag bekommen hatte, und rannte aus dem Zimmer.

Zuerst dachte er, Bryce Clerk, der Exmann seiner Mutter, wäre aus dem Gefängnis entlassen worden und wollte jetzt noch mehr Ärger machen. Aber das würde ihm noch leidtun, dachte Harper, während er den Baseballschläger umklammert hielt. Adrenalin schoss ihm ins Blut, während er auf das Krachen und Scheppern zurannte.

Als er das Licht einschaltete, sah er gerade noch, wie ein Teller auf ihn zuflog. Instinktiv riss er den Schläger hoch und schlug zu. Der Teller zerbrach in tausend Stücke.

Dann war alles still.

Die Küche, die er blitzblank geputzt hatte, bevor er nach oben gegangen war, sah aus, als wäre sie von einer Horde besonders zerstörungswütiger Vandalen heimgesucht worden. Der Boden war mit zerbrochenem Geschirr, Bierlachen und den Scherben von Bierflaschen übersät. Die Tür des Kühlschranks stand offen, der Inhalt war überall in der Küche verstreut. Arbeitsplatte und Wände waren mit einer zähflüssigen Masse verdreckt, die wie eine Mischung aus Ketchup und Senf aussah.

»Verdammt!« Er fuhr sich durchs Haar. »Musste das jetzt sein?«

Sie hatte Ketchup benutzt – zumindest hoffte er, dass es harmloses Ketchup war, nicht Blut –, um eine Nachricht für ihn an die Wand zu schreiben.

Ich werde nicht ruhen

Er starrte auf das Chaos in der Küche. »Da bist du nicht die Einzige.«

6. Kapitel

Mitch rückte seine Brille zurecht und sah sich die Fotos genauer an. Harper ist gründlich gewesen, dachte er, er hat Bilder aus jedem möglichen Winkel gemacht, dazu Nah- und Weitwinkelaufnahmen.

Der Junge hat eine ruhige Hand und einen kühlen Kopf behalten.

Aber …

»Du hättest uns rufen sollen, als das passiert ist.«

»Es war ein Uhr morgens. Wozu hätte ich euch wecken sollen? Die Fotos reichen doch.«

»Für mich sieht das so aus, als wäre sie stocksauer auf dich. Kannst du dir vorstellen, warum?«

»Nein.«

Mitch breitete die Fotos vor sich aus und fing an, sie zu ordnen, während ihm David über die Schulter sah. »Hast du die Sauerei inzwischen weggeräumt?«, fragte David an Harper gewandt.

»Ja, natürlich.« Harper war so schlecht gelaunt, dass sich seine Schultern verkrampften. »Sie hat keinen einzigen Teller ganz gelassen.«

»Darum ist es nicht schade. Sie waren sowieso potthässlich. Was ist das denn?« David griff sich eines der Fotos. »Smarties? Wie alt bist du, Harper? Zwölf?« David schüttelte mitleidig den Kopf. »Ich mache mir wirklich Sorgen um dich.«

»Ich esse nun mal gern Smarties.«

Mitch hob die Hand. »Könnten wir die Süßigkeitenfrage vielleicht ein anderes Mal ...?«

»Smarties sind die reinsten Zuckerbomben. Von dem Fett und den Konservierungsstoffen fange ich gar nicht erst an«, unterbrach ihn David. Dann versuchte er, Mitch in die Taille zu kneifen.

»Finger weg.« Harper schlug ihm auf die Finger, doch wie beabsichtigt sorgte die kleine Rangelei dafür, dass sich seine Laune etwas besserte.

»Meine Herren«, sagte Mitch milde, »könnten wir jetzt zum Thema zurückkehren? Das Muster hat sich wieder geändert. Bis jetzt ist sie noch nie im Kutscherhaus gewesen, und sie hat dir auch noch nie Probleme gemacht. Habe ich Recht?« Er sah Harper fragend an.

»Ja.« Ein Blick auf die Fotos erinnerte ihn daran, wie lange es gedauert hatte, das Chaos in seiner Küche zu beseitigen. Seine Wut flammte wieder auf. »Aber dafür hat sie ja eine beeindruckende Premiere hingelegt.«

»Ich werde deiner Mutter von der Sache erzählen müssen.«

»Ja, ja.« Harper, der immer noch vor Wut kochte, ging zur Hintertür und starrte in den Morgennebel hinaus. Er hatte mit Absicht gewartet, bis er gesehen hatte, wie seine Mutter zu ihrer morgendlichen Joggingrunde aufgebrochen war. »Schließlich hänge ich an meinem Leben. Aber ich wollte zuerst mit euch reden, bevor ich sie in die Sache hineinziehe.« Er starrte an die Decke und stellte sich vor, wie Hayley oben gerade den Tag begann. »Oder die anderen.«

»Sollen wir uns etwa was einfallen lassen, um das Weibervolk zu beschützen?«, fragte David grinsend. »Ich halte das zwar für eine gute Idee, aber Roz wird dir da etwas ganz anderes erzählen.« Er wies mit dem Daumen zur Decke. »Und sie auch.«

»Ich will nicht, dass sie sich aufregen, das ist alles. Vielleicht könnten wir die ganze Sache etwas herunterspielen. Schließlich war es ja nur ein bisschen Geschirr und Küchenkram.«

»Es war ein Angriff, Harper, nicht auf dich persönlich, aber auf dein Eigentum, in deinem Haus. Und die anderen werden es genauso sehen.« Bevor Harper etwas sagen konnte, hob Mitch abwehrend die Hand. »Wir haben schon Schlimmeres erlebt, und mit so etwas werden wir auch noch fertig. Wichtig ist jetzt, dass wir herausfinden, warum es passiert ist.«

»Vielleicht, weil sie übergeschnappt ist«, fuhr Harper ihn an. »Das wäre doch schon mal ein guter Grund, oder nicht?«

»Wenn er sich aufregt, kommt er ganz nach seiner Mutter«, meinte David entschuldigend. »Bissig und stur.«

»Ist mir auch schon aufgefallen. Amelia ist kürzlich dabei gesehen worden, wie sie auf das Kutscherhaus zugegangen ist.« Mitch lehnt sich an den Tisch. »Als du ein Kind warst, hast du sie auch gesehen. Wir können also davon ausgehen, dass sie zu irgendeinem Zeitpunkt in ihrem Leben schon einmal dort gewesen ist. Ferner können wir davon ausgehen, dass es gewesen sein muss, nachdem Reginald Harper ihr uneheliches Kind hierher gebracht hat, um es als sein eigenes auszugeben.«

»Und wir können davon ausgehen, dass sie nicht alle Tassen im Schrank hatte«, ergänzte David. »Darauf lässt ihr Aussehen schließen.«

»Aber nach allem, was wir wissen, hat sie sich nie dort blicken lassen, seit Harper dort wohnt. Wann bist du dort eingezogen?«

»Ich weiß nicht genau.« Er zuckte mit den Achseln und trommelte mit den Fingern auf seiner abgenutzten Arbeitshose herum. »Nach dem College. Vor sechs, sieben Jahren.«

»Doch jetzt, mit einem Mal, geht sie in das Kutscherhaus und tobt sich in der Küche aus. Sie ist vielleicht verrückt, aber es gibt mit Sicherheit einen Grund dafür. Für alles, was sie getan hat, gibt es einen handfesten Grund. Hast du kürzlich etwas dort hingebracht? Etwas Neues?«

»Ähm, nein.« Doch Mitchs Frage ließ ihn stutzen. Er vergaß für einen Moment seine Wut und überlegte. »Pflanzen. Ich stelle immer wieder andere Pflanzen hin, aber das mache ich schon seit Jahren. Und das Übliche – Lebensmittel, CDs, Kleidung. Nichts Ungewöhnliches.«

»Besuch?«

»Wie bitte?«

»War jemand bei dir, der vorher noch nie im Kutscherhaus gewesen ist? Eine Frau vielleicht?«

»Nein.«

»Oh, wie tragisch.« David legte Harper den Arm um die Schultern. »Liegen dir die Frauen nicht mehr zu Füßen?«

»Ich hab's noch nicht verlernt, wenn du das meinst. In letzter Zeit hatte ich nur viel zu tun.«

»Und wo warst du, als es passiert ist?«

»Ich hab mir oben im Schlafzimmer ein Spiel angesehen und gelesen. Irgendwann bin ich eingenickt, und als es mit dem Krach in der Küche losging, bin ich aufgewacht.«

Harper hörte Lilys fröhliches Kreischen und zuckte zusammen. »Verdammt, da sind sie schon. Mitch, räum die Fotos weg. Versteck sie, bis ...«

Er brach ab und fluchte innerlich, weil er nicht schnell genug reagiert hatte.

Lily kam noch vor Hayley ins Zimmer. Freudestrahlend rannte sie auf ihn zu und streckte die Arme nach ihm aus.

»Sie hat dich gehört«, sagte Hayley, als er Lily auf den Arm nahm. »Und schon hat sie angefangen zu strahlen.«

»Die Frauen liegen ihm immer noch zu Füßen«, bemerkte David trocken. »Aber sie werden immer kleiner.«

»So fängt sie den Tag am liebsten an«, sagte Hayley. Sie ging zum Kühlschrank, um Saft herauszuholen, und als sie sich mit der Flasche und Lilys Schnabeltasse in der Hand umdrehte, sah sie die Fotos. »Was ist das denn?«

»Ach, nichts. Nur ein kleines nächtliches Abenteuer.«

»Um Himmels willen, was für ein Chaos! Hast du gefeiert und uns nicht zur Party eingeladen?« Als sie sich die Fotos genauer ansah, wurde sie blass. »Oh. Amelia. Ist alles in Ordnung mit dir? Hat sie dir was getan?« Sie drehte sich um und ließ Lilys Tasse fallen. »Harper, hat sie dir was getan?«

»Nein.« Er nahm ihre Hand, die über seine Wange fuhr. »Sie hat nur das Geschirr erwischt.«

David bückte sich, um die Plastiktasse aufzuheben. Als er sich wieder aufrichtete, zog er vielsagend die Augenbrauen hoch, sah Mitch an und murmelte: »Aha.«

137

»Aber sieh dir das doch an.« Sie griff sich ein Foto. »Deine schöne Küche. Was ist mit ihr los? Warum ist sie nur so verdammt gemein?«

»Wahrscheinlich geht es ihr auf die Nerven, tot zu sein. Ich glaube, Lily möchte ihren Saft haben.«

»Schon gut, schon gut. Wenn es das nicht ist, ist es irgendetwas anderes – ich rede von Amelia, nicht von Lily. So langsam habe ich es satt.« Sie goss Saft in die Tasse, schraubte den Deckel auf und drückte sie Lily in die Hand. »Da hast du deinen Saft, Lily. Und was sollen wir jetzt dagegen tun?« Sie sah Mitch an.

»Unbeteiligter Zuschauer«, erinnerte er sie, während er abwehrend die Hände hob.

»Das sind wir doch alle, oder nicht? Aber für sie hat das offenbar nichts zu bedeuten. So ein Miststück.« Sie setzte sich und verschränkte die Arme vor der Brust.

»Geht's dir jetzt besser?«, fragte David, während er ihr Kaffee eingoss.

»Frag mich in fünf Minuten noch mal.«

»Es war doch nur Geschirr.« Harper setzte Lily in ihren Hochstuhl. »Und wie David meinte, hässliches noch dazu.«

Hayley zwang sich zu einem Lächeln. »So hässlich war es nun auch wieder nicht. Es tut mir so leid, Harper.« Sie berührte seine Hand. »Es tut mir wirklich leid.«

»Was tut dir leid?«, fragte Roz, als sie hereinkam.

»Und hiermit wäre die zweite Runde eingeläutet.« David deutete auf die Kaffeekanne. »Ich glaube, ich mache euch jetzt ein paar Crêpes.«

Hayley konnte sich einfach nicht konzentrieren. Wie eine Marionette bediente sie die Kunden und gab die Einkäufe in die Kasse ein. Als sie dann so weit war, dass sie glaubte, nicht noch ein albernes Gespräch mit jemandem durchstehen zu können, ging sie in Stellas Büro und bat sie um Hilfe.

»Gib mir irgendwas zu tun, bei dem ich mit den Händen arbeiten kann. Etwas, bei dem ich mich anstrengen und schwitzen muss. Bitte. An der Verkaufstheke halte ich es nicht mehr aus. Ich merke, wie ich zickig werde, und ich möchte auf keinen Fall, dass die Kunden darunter zu leiden haben.«

Stella lehnte sich in ihrem Stuhl zurück und musterte Hayley aufmerksam. »Warum machst du nicht einfach eine Pause?«

»Wenn ich aufhöre zu arbeiten, fange ich an zu denken. Und dann sehe ich wieder die Fotos von Harpers Küche vor mir.«

»Hayley, ich weiß, dass es schlimm ist, aber …«

»Es ist meine Schuld.«

»Warum ist es deine Schuld, wenn Harpers Küche verwüstet wird? Hattest du auch etwas mit der zerbrochenen Vase in meinem Wohnzimmer zu tun? Es will nämlich niemand gewesen sein. Zurzeit muss es wieder jemand ausbaden, der ›Ich weiß nicht‹ heißt.«

»›Ich weiß nicht‹ ist der klassische Prügelknabe.«

»Ihm und seinem Bruder, der ›Ich war's nicht‹ heißt, ist nichts heilig.«

Hayley seufzte und ließ sich auf einen Stuhl fallen. »In

Ordnung, ich mach eine Pause. Eine kurze. Hast du ein paar Minuten Zeit für mich?«

»Sicher.« Stella riss sich von der Tabelle auf ihrem Computerbildschirm los.

»Als ich gestern Abend nach Hause gefahren bin, habe ich noch kurz bei Harper reingeschaut. Ich hatte mir eingeredet, ich müsste jetzt endlich etwas unternehmen und herausfinden, woran ich mit ihm bin. Wenn er in mir nur seine Cousine Hayley oder Lilys Mutter oder was auch immer sieht, ist das in Ordnung. Aber ich wollte endlich wissen, was passiert, wenn ich mit ihm zu flirten anfange.«

»Wow. Und dann?«

»Ich habe mit schwerem Geschütz angegriffen. Ich hab mich in seine Küche gestellt und ihm einen Kuss von der Sorte gegeben, mit der man jemandem zu verstehen gibt, dass er eine Menge verpasst, wenn er nicht endlich was unternimmt.«

Stella musste lachen. »Und? Hat er angebissen?«

»Das könnte man sagen. So, wie er mich geküsst hat, hatte er absolut nichts dagegen, dass ich ihm Tür und Tor geöffnet habe. Sein Mund ist einfach göttlich. Das hatte ich mir zwar schon gedacht, aber nach dem Praxistest ist mir klar, dass ich ihn sogar noch unterschätzt habe.«

»Aber das ist doch genau das, was du gewollt hast.«

»Es geht nicht darum, was ich will. Oder vielleicht doch.« Sie sprang auf, aber das Büro war so winzig, dass sie nicht hin und her gehen konnte. »Vielleicht ist das ja der springende Punkt. Es war in seiner Küche, Stella. Ich habe ihn in

140

seiner Küche geküsst, und ein paar Stunden später hat Amelia alles dort zertrümmert. Man muss kein Mathegenie sein, um zwei und zwei zusammenzuzählen. Ich habe ihm Tür und Tor geöffnet, aber *sie* ist hereingekommen.«

»Du bringst die Metaphern durcheinander. Ich sage ja nicht, dass du mit deiner Vermutung völlig danebenliegst.« Stella bückte sich und öffnete ihren kleinen Kühlschrank, um zwei Mineralwasserflaschen herauszuholen. »Aber du bist doch nicht schuld daran, dass Amelia seine Küche verwüstet hat. Sie ist sehr sprunghaft, Hayley, und keiner von uns ist für das, was sie tut, verantwortlich – oder für das, was mit ihr geschehen ist.«

»Natürlich nicht, aber sag *ihr* das mal«, murmelte Hayley, als Stella ihr eine der Flaschen gab.

»Wir müssen herausfinden, was damals vorgefallen ist, und es irgendwie wiedergutmachen, soweit das überhaupt möglich ist, aber in der Zwischenzeit müssen wir unser Leben weiterleben.«

»Es geht um sexuelle Energie und emotionale Abhängigkeit. Das denkt jedenfalls Roz, und ich glaube, an der Vermutung könnte etwas dran sein.«

»Du hast Roz von dir und Harper erzählt?«

Hayley nahm einen großen Schluck aus der Flasche. »Nein. Das meine ich jetzt nur allgemein. Außerdem gibt es kein ›Ich und Harper‹, jedenfalls nicht, wenn man es genau nimmt. Roz und Mitch glauben, dass sich Amelia von sexueller Energie und aufkeimenden Gefühlen provozieren lässt. Also werde ich jetzt erst einmal ein bisschen von dieser Energie und diesen Gefühlen abarbeiten.«

»Selbst wenn du das könntest, wären da immer noch Harpers Energie und Gefühle.«

»Darum werde ich mich auch kümmern. Es wirkt nur, wenn seine Gefühle auf mich gerichtet sind. Sonst hätte sie ihm schon längst einmal einen Denkzettel verpasst.« Ihre Finger krampften sich um den Hals der Wasserflasche, doch sie ertappte sich rechtzeitig dabei, bevor der Inhalt überfloss. »Du kannst darauf wetten, dass er schon vor gestern Abend einmal eine Frau in seiner Küche gehabt hat, mit der er mehr ausgetauscht hat als nur ein paar feuchte Küsse. Trotzdem ist Amelia vorher nie ausgerastet.«

»Da hast du sicher Recht. Aber wenn das Ganze mit dir und Harper zu tun hat, muss es auch etwas bedeuten. Vielleicht ist es wichtig. Vielleicht ist es so ähnlich wie bei Logan und mir. Und wie bei Mitch und Roz.«

»Ich kann nicht darüber nachdenken. Nicht jetzt. Ich möchte einfach nur arbeiten. Gib mir was zu tun.«

»Na schön, du willst es nicht anders. Der Überschuss aus Gewächshaus eins muss in den Verkaufsraum. Ein Tisch für die Einjährigen, ein zweiter für die Stauden, und bei allen kommen dreißig Prozent vom Preis runter.«

»Ich fang sofort an. Danke, Stella.«

»Vergiss nicht, dass du mich darum gebeten hast, wenn du bei der Hitze vor Erschöpfung zusammenbrichst«, rief Stella ihr nach.

Hayley wuchtete Paletten und Töpfe auf einen Pritschenwagen und schleppte sie in vier Touren vor den Eingang des Gartencenters. Dann trug sie die Tische, die sie sich ausgesucht hatte, vor den Verkaufsraum und stellte sie so auf, dass man sie von der Straße aus im Vorbeifahren sehen konnte. Vielleicht eigneten sich die Pflanzen als Impulskäufe, dachte sie.

Ab und zu musste sie zwar ihre Arbeit unterbrechen, um mit Kunden zu sprechen oder ihnen zu sagen, wo sie das Gewünschte fanden, doch die meiste Zeit über wurde sie in Ruhe gelassen.

Die Luft war schwül und drückend, und ein Gewitter lag in der Luft. Sie hoffte, dass es blitzen und donnern würde. Ein ordentliches Gewitter war genau das, was sie jetzt brauchte. Es würde hervorragend zu ihrer Laune passen.

Die Arbeit lenkte sie ab. Sie spielte ein Spiel und versuchte, die Namen der Pflanzen zu erraten, die sie auf die Tische stellte. Bald schon würde sie die Pflanzen so gut kennen wie Roz oder Stella. Und sie war ziemlich sicher, dass sie viel zu müde sein würde, um noch über etwas anderes nachzudenken, wenn sie mit ihrer Arbeit fertig war.

»Hayley, ich habe überall nach dir gesucht.« Harper runzelte die Stirn, während er auf sie zukam. »Was zum Teufel machst du da?«

»Ich arbeite.« Sie fuhr sich mit dem Unterarm über die schweißnasse Stirn. »Wie immer.«

»Es ist viel zu heiß für diese Art von Arbeit, und die Luftqualität ist erbärmlich. Geh rein.«

»Du bist nicht mein Chef.«

»Streng genommen schon, da ich Miteigentümer des Gartencenters bin.«

Sie war etwas außer Atem, und ständig lief ihr der

Schweiß in die Augen, was sie nur noch gereizter machte. »Stella hat mir gesagt, dass ich die Pflanzen hier hinstellen soll, also stelle ich sie hier hin. Sie ist meine direkte Vorgesetzte.«

»Was für eine schwachsinnige …« Er brach ab und stürmte ins Gartencenter.

Und schnurstracks ins Stellas Büro. »Was zum Teufel ist los mit dir? Warum lässt du Hayley bei der Hitze die schweren Paletten herumschleppen?«

»O je, macht sie das immer noch?« Beunruhigt schob sie ihren Stuhl zurück. »Ich hatte keine Ahnung, dass sie …«

»Gib mir eine Flasche Wasser.«

Stella holte eine aus dem Kühlschrank. »Harper, ich konnte doch nicht ahnen, dass sie …«

Er hob die Hand, um sie zum Schweigen zu bringen. »Nicht jetzt.«

Dann stürmte er aus dem Büro nach draußen, bis er wieder vor Hayley stand. Sie wollte ihn abschütteln, als er sie am Arm packte, doch er zog sie vom Verkaufsgebäude weg.

»Lass mich los. Was machst du da?«

»Zuerst einmal bringe ich dich in den Schatten.« Als sie auf der Rückseite des Gebäudes waren, zerrte er sie zwischen den Verkaufstischen und Containerpflanzen hindurch zu den Gewächshäusern und weiter zu dem im Schatten liegenden Teich.

»Setz dich hin. Trink.«

»So gefällst du mir überhaupt nicht.«

»Das Kompliment kann ich dir zurückgeben. Jetzt trink die Flasche aus und sei froh, dass ich dich nicht in den Teich werfe, damit du dich ein wenig abkühlst. Ich hätte Stella für vernünftiger gehalten«, sagte er, während Hayley das Wasser trank. »Sie ist zwar schon den zweiten Sommer hier, aber es lässt sich nicht verleugnen, dass sie ein Yankee ist. Doch du bist hier geboren und aufgewachsen. Du weißt, was diese Hitze anrichten kann.«

»Und ich weiß auch, wie ich damit umgehe. Und gib bloß nicht Stella die Schuld.« Doch jetzt, nachdem sie aufgehört hatte zu arbeiten, musste sie zugeben, dass ihr ein wenig schwindlig und flau im Magen war. Sie lenkte ein und legte sich auf den Rasen. »Vielleicht hab ich es ein wenig übertrieben. Aber die Arbeit ging mir gerade so gut von der Hand.« Sie wandte den Kopf und sah ihn an. »Und ich mag es nicht, wenn man mich herumkommandiert.«

»Ich kommandiere auch nicht gern Leute herum, aber manchmal muss es eben sein.« Er nahm seine Baseballkappe ab und wedelte damit vor ihrem Gesicht hin und her, um ihr Abkühlung zu verschaffen. »Und da deine Gesichtsfarbe inzwischen wieder mehrere Schattierungen heller als feuerwehrautorot ist, würde ich sagen, dass es bei dir sein musste.«

Es war schwer, mit ihm zu streiten, wenn es sich so gut anfühlte, ausgestreckt auf dem Gras zu liegen. Und es war so süß, wie er ihr mit seiner verschwitzten alten Baseballkappe Luft zufächerte.

Die Sonne stand hinter ihm, doch sie wurde durch die dicht belaubten Äste der hohen Bäume gefiltert und warf ein gesprenkeltes Licht auf ihn, das ihn romantisch und verdammt gut aussehen ließ.

Sein dunkles Haar, das sich an den Enden vor Hitze und Feuchtigkeit ein wenig ringelte. Und seine schmalen schokoladenbraunen Augen, die so … verführerisch waren. Seine Wangenknochen, die vollen, sinnlich geformten Lippen …

Sie könnte stundenlang hier liegen und ihn ansehen, dachte sie. Die Idee war so lächerlich, dass sie zu grinsen begann.

»Dieses Mal kommst du noch ungeschoren davon. Mir ist so viel im Kopf herumgegangen, und körperliche Arbeit hilft mir immer, damit fertig zu werden.«

»Da kenn ich was Besseres.« Er beugte sich zu ihr hinunter, legte dann aber fragend den Kopf auf die Seite, als sie die Hand hob.

»Wir arbeiten gerade.«

»Ich dachte, wir würden eine Pause machen.«

»Arbeitsumfeld.« So anstrengend die Arbeit auch gewesen war, sie hatte ihren Zweck erfüllt. Hayley hatte eine Entscheidung getroffen. Es ging nicht darum, was sie wollte, sondern darum, was richtig war. »Außerdem ist mir klar geworden, dass es keine gute Idee ist.«

»Was ist keine gute Idee?«

»Das mit dir und mir.« Sie setzte sich auf, schüttelte ihr Haar aus dem Gesicht und achtete darauf, ihn anzulächeln. Sie würde in ein tiefes Loch fallen, wenn ihre Freundschaft zerbrach. »Ich mag dich, Harper. Du bedeutest mir – und Lily – sehr viel, und ich will, dass wir gute Freunde bleiben. Wenn wir miteinander ins Bett gehen würden, wäre das für eine Weile sicher sehr schön, aber irgendwann würde es peinlich werden.«

»Das muss nicht so sein.«

»Die Wahrscheinlichkeit ist aber sehr hoch.« Sie strich ihm kurz mit der Hand übers Knie. »Mir war gestern eben nach küssen. Es hat mir gefallen. Es war nett.«

»Nett?« Da sie wusste, dass der Ausdruck auf seinem Gesicht – oder besser die Ausdruckslosigkeit – bedeutete, dass er verärgert war, seine Wut aber unterdrückte, wurde ihr Lächeln noch etwas breiter. »Einen gut aussehenden Mann zu küssen ist immer nett. Aber ich muss auch an später denken, und für mich ist es das Beste, wenn alles so bleibt, wie es ist.«

»Es ist aber nicht mehr so, wie es einmal war. Dafür hast du selbst gesorgt.«

»Harper, eine Knutscherei zwischen Freunden ist doch keine große Sache.« Sie tätschelte seine Hand und wollte aufstehen, doch er packte sie am Handgelenk.

»Es war mehr als das.«

Ihr war klar, dass er allmählich in Wut geriet. Sie hatte zwar nur selten gesehen, wie er die Beherrschung verlor, doch jedes Mal waren die Fetzen geflogen. Es war besser, wenn er wütend wurde, dachte sie schnell. Es war besser für ihn, wenn er eine Weile wütend oder empört oder sogar verletzt war.

»Harper, ich weiß, dass du es vermutlich nicht gewohnt bist, einen Korb zu bekommen, aber ich werde nicht hier rumsitzen und mit dir darüber streiten, ob ich mit dir ins Bett springe oder nicht.«

»Es geht um mehr als das.«

Mehr. Das Wort brachte ihr Herz zum Stolpern. »Nein.

Und ich will auch nicht, dass es irgendwann mal um mehr geht.«

»Was soll das? Ist das eine Art Spiel von dir? Schließlich hast du ja angefangen, mit mir zu flirten. Und jetzt willst du mir weismachen, dass es ganz nett war, du aber kein Interesse mehr hast?«

»Das ist die Zusammenfassung. Ich muss wieder zur Arbeit.«

Seine Stimme klang gefährlich ruhig. »Ich weiß, was du gespürt hast, als ich dich in meinen Armen hatte.«

»Mein Gott, Harper, natürlich habe ich etwas gespürt. Ich hatte seit Monaten keinen Sex mehr.«

Seine Finger an ihrem Handgelenk verstärkten ihren Druck, doch dann ließ er sie los. »Dann hast du also nur jemanden gesucht, der es dir besorgt?«

Dieses Mal reagierte nicht ihr Herz, sondern ihr Magen, der sich schmerzhaft zusammenzog. »Ich habe ganz spontan etwas getan, von dem mir später klar geworden ist, dass ich es nicht hätte tun sollen. Wenn du geschmacklos werden willst – bitte.«

Das Bild vor ihren Augen verschwamm, und sie schien ihn durch flimmernde Hitze hindurch zu sehen. Wut stieg in ihr auf, und sie spürte sie wie ein Brennen im Hals. »Männern geht es doch nur ums Vögeln, ums Lügen und Betrügen und ums Geld. Und wenn sie haben, was sie wollen, ist die Frau nur noch eine Hure, die man wieder benutzt oder in die Gosse stößt. Doch die wahren Huren sind die Männer, die sich schon den Weg zur nächsten Fotze überlegen.«

Ihre Augen hatten sich verändert. Er wusste nicht, warum, aber ihm war klar, dass dies nicht die echte Hayley war. Trotz der Hitze lief es ihm kalt über den Rücken. »Hayley …«

»Willst du das hier haben, Master Harper?« Mit einem berechnenden Lachen legte sie die Hände auf ihre Brüste und streichelte sie. »Und das?« Sie fasste sich zwischen die Beine. »Was zahlst du mir dafür?« Er packte sie an den Schultern und schüttelte sie leicht. »Hayley. Hör auf damit.«

»Soll ich die feine Dame spielen? Das kann ich gut. Gut genug, um dein Kind zu gebären.«

»Nein …« Er musste jetzt ganz ruhig bleiben, obwohl er spürte, wie seine Finger zitterten. »Ich möchte dich genau so, wie du bist, Hayley.« Er legte ihr die Hand unters Kinn und sah sie unverwandt an. »Ich rede mit dir. Wir müssen unsere Arbeit hier erledigen, und dann musst du Lily holen. Du willst doch nicht zu spät kommen, wenn du Lily holst, nicht wahr?«

»Was? He …« Sie runzelte die Stirn und schob seine Hand weg. »Ich hab doch gesagt, dass du …«

»Was hast du gesagt?« Er strich ihr sanft über die Schultern. »Sag mir, was du gerade zu mir gesagt hast.«

»Ich hab gesagt … ich hab gesagt, ich hätte spontan was getan. Ich hab gesagt – o Gott.« Hayley wurde blass. »Das hab ich nicht so gemeint. Ich …«

»Erinnerst du dich daran?«

»Ich weiß nicht. Mir geht es nicht gut.« Sie presste ihre schweißnasse Hand auf ihren Bauch. »Mir ist schlecht.«

»Ich bring dich nach Hause.«

»Ich habe das nicht so gemeint, Harper. Ich war wütend.« Ihre Knie zitterten, als Harper ihr beim Aufstehen half. »Ich sage immer so dummes Zeug, wenn ich wütend bin, aber ich meine es nicht so. Ich weiß gar nicht, warum ich das gesagt habe.«

»Schon in Ordnung«, sagte er grimmig, während er sie stützte und mit ihr um das Verkaufsgebäude herumging. »*Ich* weiß es.«

»Das verstehe ich nicht.« Am liebsten hätte sie sich wieder in den Schatten auf den Rasen gelegt, bis ihr Kopf endlich aufhörte, sich zu drehen.

»Ich bring dich jetzt erst einmal nach Hause, und dann reden wir darüber.«

»Ich muss es Stella sagen ...«

»Das mache ich. Ich habe mein Auto nicht dabei. Wo hast du deine Schlüssel?«

»In meiner Handtasche, hinter der Verkaufstheke. Harper, mir ist irgendwie ... komisch.«

»Ab in den Wagen.« Er öffnete die Tür und half ihr beim Einsteigen. »Ich hole deine Handtasche.«

Stella stand hinter der Theke, als er hereingerannt kam. »Gib mir Hayleys Handtasche. Ich bring sie nach Hause.«

»Oh, geht es ihr nicht gut? Es tut mir so leid. Ich ...«

»Es ist was anderes. Ich erklär's dir später.« Er riss Stella die Tasche aus der Hand. »Sag Mutter, dass sie ins Haus kommen soll. Sag ihr, dass ich sie brauche.«

Obwohl Hayley protestierte und sagte, sie fühle sich schon besser, trug er sie fast ins Haus. Dann wies er mit dem Kinn auf David, der aus der Küche kam. »Bring ihr was. Tee.«

»Was ist denn los mit ihr?«

»Mach einfach Tee, David. Und hol Mitch. Hayley, du legst dich hier hin.«

»Harper, ich bin doch nicht krank. Jedenfalls nicht richtig. Nur etwas überhitzt oder so was in der Richtung.« Aber es war schwer, mit einem Mann zu streiten, der einen wie einen Sack Kartoffeln auf ein Sofa plumpsen ließ.

»Der Teil mit dem ›oder so was in der Richtung‹ beunruhigt mich. Du bist immer noch sehr blass.« Er strich ihr sanft über die Wange.

»Das liegt vielleicht daran, dass es mir so furchtbar peinlich ist. Ich hätte das nicht sagen sollen, Harper, nicht mal aus Wut.«

»So wütend warst du gar nicht.« Er sah sich um, als Mitch hereinkam.

»Was ist los?«

»Es gab einen … Zwischenfall.«

»Hayley, was machst du denn für Sachen?« Mitch ging vor Hayley in die Hocke.

»Es ist nur die Hitze.« Sie fühlte sich schon etwas besser und brachte ein verlegenes Lächeln zustande. »Sie hat mich ein bisschen wirr im Kopf gemacht.«

»Es war nicht die Hitze«, korrigierte Harper. »Und du bist nicht diejenige, die wirr im Kopf ist. Mutter ist unterwegs hierher. Wir werden auf sie warten.«

»Du hast doch nicht etwa Roz rufen lassen? Soll ich mir noch mehr Vorwürfe machen?«

»Sei ruhig«, befahl Harper.

»Ich kann dir ja nicht verdenken, dass du wütend auf mich bist, aber ich werde auf keinen Fall hier liegen bleiben und …«

»Doch, genau das wirst du jetzt tun. Lily muss erst in ein paar Stunden abgeholt werden. Das kann jemand von uns übernehmen.«

Da ihre einzige Reaktion darin bestand, ihn mit offenem Mund anzustarren, drehte er sich zu David um, der gerade mit einem Teetablett in der Hand hereinkam. »Kannst du nachher Lily vom Babysitter abholen?«

»Kein Problem.«

»Da es sich hier um *meine* Tochter handelt, wird sie auch von *mir* abgeholt«, meldete sich Hayley zu Wort.

»So langsam bekommt sie wieder etwas Farbe«, stellte Harper fest. »Trink deinen Tee.«

»Ich will aber keinen Tee.«

»Aber Herzchen, das ist ein ganz toller grüner Tee«, sagte David, als er das Tablett abstellte und ihr eine Tasse einschenkte. »Jetzt sei ein braves Mädchen.«

»Hört ihr jetzt endlich auf, so ein Getue wegen mir zu machen? Ich komm mir so dumm dabei vor.« Sie zog eine Schnute, nahm aber die Tasse von David entgegen. »Aber weil du mich so schön bittest, David, werde ich dir den Gefallen tun.« Sie schmollte immer noch, während sie in kleinen Schlucken den Tee trank, doch als sie hörte, dass Roz in die Eingangshalle kam, fluchte sie innerlich.

»Was ist los? Ist was passiert?«

»Harper randaliert mal wieder«, sagte Hayley.

»Harper, du randalierst?« Roz rieb sich mit der Hand über den Arm, als sie sich an ihm vorbeidrängte und Hayley aufmerksam musterte. »Ich dachte, dafür wärst du inzwischen zu alt.«

»Roz, es tut mir leid, wenn ich dir Umstände mache«, fing Hayley an. »Ich habe zu lange in der Hitze draußen gearbeitet, und dann ist mir ein bisschen schwindlig geworden, das ist alles. Ich werde morgen länger arbeiten, um die versäumte Zeit nachzuholen.«

»Oh, gut, dann brauche ich dich ja nicht zu feuern. Könnte mir jetzt bitte jemand erzählen, was zum Teufel los ist?«

»Sie hat so schwer gearbeitet, dass sie auf dem besten Weg zu einem Hitzschlag war«, sagte Harper zu ihr.

»Ich hab's nur ein bisschen übertrieben, was nicht dasselbe ist wie …«

»Hab ich dir nicht schon mal gesagt, dass du ruhig sein sollst?«

Mit einem Klirren stellte sie die Tasse auf die Untertasse. »Ich weiß wirklich nicht, woher du die Dreistigkeit nimmst, in diesem Ton mit mir zu sprechen.«

Der Blick, den er ihr zuwarf, war genauso wirkungsvoll wie der Ton in seiner Stimme. »Da das nicht zu funktionieren scheint, sag ich dir jetzt einfach, dass du die Klappe halten sollst. Ich hab sie in den Schatten gebracht und ihr Wasser eingeflößt«, fuhr er fort. »Wir haben uns ein paar Minuten unterhalten, dann haben wir zu streiten begonnen. Und mittendrin redete plötzlich nicht mehr sie, sondern Amelia.«

»Nein, so war das nicht. Nur, weil ich so gemeine Sachen zu dir gesagt habe …«

»Hayley, das warst nicht du. Sie klang völlig anders«, sagte er an Mitch gewandt. »Eine ganz andere Tonlage. Und der Akzent war eindeutig aus Memphis. Keine Spur von Arkansas. Und erst ihre Augen. Ich weiß nicht, wie ich es erklären soll, aber sie sahen älter aus. Kälter.«

Hayley stockte der Atem. »Das ist doch nicht möglich.«

»Doch, es ist möglich, und das weißt du auch. Du weißt genau, was passiert ist.«

»Jetzt mal langsam.« Roz setzte sich neben Hayley auf das Sofa. »Was ist passiert, Hayley? So, wie du es erlebt hast.«

»Ich habe mich unwohl gefühlt – wegen der Hitze. Dann haben Harper und ich angefangen zu streiten. Er hat mich provoziert, und da habe ich mich aufgeregt und habe Sachen zu ihm gesagt … Sachen, die …« Sie zitterte, als sie Roz' Hand ergriff. »O Gott, o Gott. Ich habe mich irgendwie ganz weit weg gefühlt, so losgelöst von meinem Körper. Ich weiß nicht, wie ich es sagen soll. Und gleichzeitig hatte ich so eine Wut. Ich wusste nicht, was ich sagte. Es war, als hätte ich aufgehört zu reden. Dann sagte er meinen Namen, und ich war völlig verwirrt. Für kurze Zeit konnte ich mich an nichts erinnern. Mein … mein Kopf fühlte sich so schwer an, als hätte ich ein kleines Nickerchen gemacht. Und mir war ein wenig übel.«

»Hayley, ist das schon mal passiert?«, erkundigte sich Mitch.

»Nein. Ich weiß nicht. Vielleicht.« Sie schloss für einen Moment die Augen. »Aber ich war in letzter Zeit so launisch, was gar nicht zu mir passt. Irgendwie zickig, aber da es sich genau so angefühlt hat, habe ich mir nichts dabei gedacht. Mein Gott, was soll ich denn jetzt machen?«

»Ganz ruhig bleiben«, riet Harper. »Wir kümmern uns schon drum.«

»Du hast gut reden«, fuhr sie ihn an. »Schließlich bist du ja nicht von einem psychopathischen Geist besessen.«

7. Kapitel

»Fast wie in alten Zeiten«, meinte Stella, als sie es sich im Wohnzimmer im ersten Stock mit Roz und Hayley und einer Flasche gekühltem Weißwein gemütlich machte.

»Jetzt würde ich Lily ihr Abendessen machen.«

Roz goss den Weißwein ein und nahm sich ein paar gezuckerte grüne Trauben von der kalten Platte, die David zusammengestellt hatte. »Hayley, du weißt, dass sie in guten Händen ist. Sie bekommt ordentlich zu essen und wickelt die Männer um ihren kleinen Finger.«

»Außerdem kann Logan dann schon mal üben. Wir überlegen gerade, ob wir nicht noch ein Kind wollen.«

»Wirklich?« Zum ersten Mal seit Stunden konnte sich Hayley wirklich freuen. »Das ist ja großartig. Ihr werdet ein wunderschönes Baby bekommen, und Gavin und Luke werden sich über einen Bruder oder eine Schwester sicher furchtbar freuen.«

»Es ist noch nichts entschieden, aber eigentlich sind wir beide der Meinung, dass wir es versuchen sollten.«

»Geht's dir jetzt besser?«, fragte Roz an Hayley gewandt.

»Ja. Tut mir leid, dass ich mich vorhin so habe gehen lassen.«

»Ich glaube, du hast Nachsicht verdient. Und etwas Abstand von der ganzen Sache. Du wolltest ja partout nicht über das reden, was Harper als Auslöser bezeichnet hat –

über was du und Harper euch gestritten habt. Du hast ein bisschen Zeit gebraucht, um dich auszuweinen und dich zu beruhigen, und die hast du auch bekommen.«

»Mehr als zur Genüge. Männer ergreifen sofort die Flucht, wenn eine Frau hysterisch wird.«

»Was ja, glaube ich, genau das war, was du wolltest.« Roz zog die Augenbrauen hoch und nahm sich noch eine Traube. »Mit Mitch wolltest du nicht darüber sprechen. Weder über das, worüber ihr gestritten habt, noch über das, was du zu Harper gesagt hast – oder besser, was Amelia zu ihm gesagt hat.«

Hayley vermied es, Roz in die Augen zu sehen, und starrte so unverwandt auf die Platte, als wäre zwischen den feucht glänzenden Trauben und den fächerförmig aufgeschnittenen Erdbeeren ein Heilmittel gegen Krebs zu finden. »Ich verstehe nicht, warum es so wichtig ist, was gesagt wurde. Wichtig ist doch nur, dass es passiert ist. Ich glaube, wir sollten alle ...«

»Es reicht jetzt mit dem Unsinn.« Roz' Stimme war so mild wie die Nachtluft. »Alles ist wichtig, jedes Detail. Ich habe Harper nicht gedrängt, aber das werde ich schon noch. Allerdings würde ich es lieber von dir hören, da wir in dieser Sache am tiefsten drinstecken. Also schluck deinen Stolz, oder was auch immer es ist, herunter und spuck's aus.«

»Es tut mir so leid, Roz. Ich habe dein Vertrauen missbraucht.«

»Wie das?«

Hayley trank sich mit einem großen Schluck Wein Mut an. »Ich habe mit Harper geflirtet.«

»Und?«

»Und?« Hayley verschlug es für einen Moment die Sprache. »Du hast mich hier aufgenommen, mich und Lily. Du hast uns behandelt, als würden wir zur Familie gehören. Mehr als das. Du hast ...«

»Und bring mich nur nicht dazu, es zu bereuen, indem du Bedingungen daran knüpfst, die ich nie gestellt habe. Harper ist erwachsen und trifft seine eigenen Entscheidungen, und das gilt auch für die Frauen in seinem Leben. Wenn du mit ihm geflirtet hast, hat er mit Sicherheit auch gewusst, ob er es beenden oder mitmachen soll.«

Als Hayley keine Antwort gab, lehnte sich Roz mit ihrem Weinglas in der Hand zurück und zog die Beine an. »Und wenn ich mich in meinem Sohn nicht sehr täusche, hat er wohl begeistert mitgemacht.«

»Es ist in der Küche passiert. Ich habe die Initiative ergriffen. Wir haben uns nur geküsst«, beeilte Hayley sich hinzuzufügen, als ihr klar wurde, wie sich das anhörte. »Lily war auch da, und es war das erste Mal ...«

»In der Küche«, murmelte Roz.

»Ja. Verstehst du jetzt?« Hayley schüttelte sich. »Und in der gleichen Nacht nimmt sie die Küche auseinander. Da ist mir klar geworden, dass so etwas nicht passieren darf, nur weil ich auf ihn ... weil ich mich zu Harper hingezogen fühle. Ich habe ihm gesagt, dass ich kein Interesse mehr an ihm habe, und das hat ihn vermutlich sehr gekränkt. Aber besser, er ist gekränkt, als dass noch etwas passiert.«

»Mhm.« Roz nickte, während sie Hayley über den Rand

ihres Glases hinweg musterte. »Er hat es wohl nicht sehr gelassen aufgenommen.«

»Das könnte man so sagen. Daher habe ich dann so getan, als wäre es keine große Sache.« Sie stellte ihr Glas ab, damit sie mit beiden Hände gestikulieren konnte. »Da ist er geschmacklos geworden, worüber ich mich geärgert habe. Weil es nicht so war. Es war nur ein Kuss. Na ja, zwei vielleicht«, verbesserte sie sich. »Schließlich haben wir uns ja nicht die Kleider vom Leib gerissen und leidenschaftlichen Sex auf dem Küchenboden gehabt.«

»Wäre ziemlich schwierig geworden, da Lily ja da war.«

»Genau. Aber trotzdem, so bin ich nicht, obwohl ich so mit Lily schwanger geworden bin. Und es sieht vielleicht so aus, als wäre ich eine Schlampe, aber …«

»Nein, tut es nicht«, warf Stella ein. »Nicht eine Sekunde. Wir wissen alle, wie es ist, wenn man jemanden braucht. Egal, ob für eine Nacht oder länger. Mir persönlich wäre es egal, wenn du so über eine meiner Freundinnen sprechen würdest – oder über mich.«

Roz lächelte, beugte sich vor und stieß mit Stella an. »Gut gebrüllt, Löwe.«

»Danke.«

»Wo war ich stehen geblieben?«, fragte Hayley nach einem Moment.

»Du hast mit Harper gestritten«, half Stella aus. »Du Schlampe.«

Hayley musste lachen. »Genau. Wir haben uns gestritten, und dann ist es passiert. Ich bin irgendwie in den Hintergrund getreten, und dann kamen Worte aus meinem

Mund, die ich gar nicht sagen wollte. Dass Männer alle Lügner und Betrüger seien, nur mit mir ins Bett wollten und mich wie eine Hure behandelten. Es war gemein, und es hat nicht gestimmt. Vor allem nicht bei Harper.«

»Zuerst einmal musst du dir bewusst machen, dass *du* gar nichts gesagt hast«, erinnerte sie Stella. »Und dass es genau zu dem passt, was wir von ihr wissen, und zu ihrem Verhaltensmuster. Männer sind der Feind, und Sex ist ein Auslöser.«

»Als ihr gestritten habt – bevor Amelia sich eingemischt hat –, hat Harper etwas gesagt, um dich zu verletzen.«

Hayley griff nach ihrem Glas und sah Roz an. »Er meinte es nicht so, wie ich es aufgefasst habe.«

»Du brauchst dich nicht für ihn zu entschuldigen.« Roz legte den Kopf auf die Seite. »Wenn er perfekt wäre, wäre er nicht mein Sohn. Die Sache ist die: Du hast dich billig gefühlt, woraufhin Amelia eingegriffen hat.«

»Roz, ich werde das mit Harper nicht weiterverfolgen. Das zwischen uns.«

»Wirklich?« Roz runzelte die Stirn. »Hast du was an ihm auszusetzen?«

»Nein.« Hayleys Blick huschte zu Stella, die ihr mit einem Lächeln und einem Achselzucken antwortete. »Nein, das ist es nicht.«

»Dann fühlst du dich also zu ihm hingezogen, du hast nichts an ihm auszusetzen, aber du hast Schluss gemacht, bevor es überhaupt richtig angefangen hat. Kannst du mir mal sagen, warum?«

»Na ja, weil er …«

»… mein Sohn ist?«, beendete Roz den Satz. »Dann hast du was an mir auszusetzen?«

»Nein!« Hayley war mit ihrem Latein am Ende und vergrub das Gesicht in den Händen. »Gott, ist das peinlich.«

»Ich gehe davon aus, dass ihr beide das zwischen euch regelt und mich völlig aus der Sache heraushaltet. Allerdings werde ich mir als seine Mutter eine Bemerkung erlauben. Wenn er wüsste, dass du ihn fallen lässt, nur um ihn davor zu schützen, dass ihm vielleicht etwas passiert, würde er dir die Hölle heißmachen. Und ich würde ihm herzlich zu seiner Entscheidung gratulieren.«

»Du wirst es ihm aber nicht sagen.«

»Es ist nicht meine Aufgabe, das zu tun. Das wirst du übernehmen.« Sie stand auf. »Ich werde jetzt nach unten gehen und beim Abendessen mit Mitch über die Sache sprechen. Das gibt dir dann noch etwa eine Stunde Zeit zum Schmollen. Und danach erwarte ich von dir, dass du dich zusammenreißt.«

Stella hob ihr Glas, als Roz den Raum verließ, und trank einen großen Schluck Wein. »Sie ist einfach großartig, nicht wahr?«

»Du warst mir nicht gerade eine große Hilfe.«

»Doch, war ich. Ich stimme dem, was sie am Ende gesagt hat, voll und ganz zu, aber ich habe mir auf die Zunge gebissen. Und deshalb bin ich dir eine große Hilfe gewesen, weil ich den Mund gehalten habe. Du machst das übrigens ganz gut mit dem Schmollen«, fügte sie hinzu. »Obwohl erst ein paar Minuten von der Stunde um sind.«

»Vielleicht solltest du besser wieder den Mund halten.«

»Ich bin deine Freundin, Hayley.«

»Komm, hör auf.«

»Und ich mache mir Sorgen um dich. Wir machen uns alle Sorgen um dich. Und daher werden wir das Rätsel lösen. Im Team. Aber bis dahin musst du entscheiden, was für dich und Harper das Beste ist. Du kannst doch nicht zulassen, dass Amelia das Kommando übernimmt.«

»Das ist ziemlich schwierig, nachdem sie den fahrenden Zug gekapert hat und nun den Lokführer spielt. Stella, sie war in mir *drin*.«

Stella stand auf, ging zum Sofa und setzte sich neben Hayley. Dann legte sie ihr den Arm um die Schultern.

»Ich hab Angst«, flüsterte Hayley.

»Ich auch.«

Hayley fühlte sich, als würde sie auf Eierschalen gehen. Nur dass die Eierschalen so scharf wie Rasierklingen waren. Sie stellte alles in Frage, was sie dachte, sagte oder tat.

Es wirkte alles ganz normal, dachte sie, während sie sich auszog, um ins Bett zu gehen. Beim Abendessen hatte sie Nudelsalat und frische Tomaten gegessen. Es war ihr Kopf, in dem es schmerzhaft pochte, es waren ihre Hände, die Lily in ihr Bettchen legten.

Doch wie lange konnte sie noch so weitermachen, wie lange noch konnte sie jede einzelne Handlung, jeden ihrer Atemzüge beobachten, ohne dabei selbst verrückt zu werden?

Doch es gab einiges, das sie tun konnte, und gleich morgen würde sie damit anfangen. Als Erstes würde sie ihre

Kreditkarte bis zum Maximum belasten und sich einen Laptop kaufen. Im Internet wimmelte es vermutlich nur so von Informationen über Besessenheit.

Denn so nannte man das, was mit ihr geschehen war: Besessenheit.

Alles, was sie darüber wusste, stammte aus Büchern, vor allem aus Romanen. Früher hatte sie solche Geschichten mit einem wohligen Gruseln gelesen. Vielleicht konnte sie einiges von dem, was sie gelesen hatte, auf ihre Situation anwenden. Allerdings war das Erste, was ihr einfiel, Stephen Kings *Christine*. Doch sie war eine Frau, kein Oldtimer, und jetzt, wo sie darüber nachdachte, schien die Lösung, den Wagen in seine Einzelteile zu zerlegen, nicht übertragbar zu sein. Außerdem hatte es in dem Buch auch nicht so richtig funktioniert.

Der Exorzist fiel ihr als Nächstes ein, aber sie war nicht katholisch. Außerdem ging es dabei um Dämonen. Doch wenn es schlimmer wurde, würde sie es auch mit einem Priester versuchen. Genau genommen würde sie in dem Moment zur nächsten Kirche rennen, in dem sich ihr Kopf um dreihundertsechzig Grad drehte.

Vermutlich reagierte sie übertrieben, dachte sie, während sie in ein Trägershirt und Baumwollshorts schlüpfte. Nur weil es einmal passiert war, hieß das noch lange nicht, dass es wieder passieren würde. Vor allem jetzt nicht, da es ihr bewusst war. Vermutlich konnte sie es sogar verhindern. Mit Willenskraft, Konzentration.

Sie musste mehr Yoga machen. Vielleicht war Yoga ja das Heilmittel gegen Besessenheit?

Nein, sie brauchte frische Luft. Das Gewitter, das sie herbeigesehnt hatte, war gerade erst im Entstehen. Der Wind hatte aufgefrischt, und von Zeit zu Zeit spiegelte sich das schwache Leuchten weit entfernter Blitze in den Fenstern. Sie würde die Balkontüren weit aufreißen, um die kühle Luft hereinzulassen. Und dann würde sie etwas Leichtes lesen, einen witzigen Liebesroman vielleicht, und schlafen gehen.

Sie ging zu den Türen, riss sie mit einer weit ausholenden Geste auf.

Und fing an zu schreien.

»Hayley! Hayley!«

Bevor sie den nächsten markerschütternden Schrei ausstoßen konnte, wurde sie von Harper gepackt. »Ich bin kein Axtmörder. Reg dich ab.«

»Abregen? Ich soll mich abregen? Du schleichst hier herum, jagst mir eine Heidenangst ein, und ich soll mich abregen?«

»Ich bin nicht hier herumgeschlichen. In dem Moment, in dem ich klopfen wollte, hast du die Türen aufgemacht und angefangen zu schreien. Ich glaube, mein Trommelfell ist geplatzt.«

»Hoffentlich. Warum bist du denn überhaupt gekommen? Es gibt gleich ein Gewitter.«

»Dafür gibt es zwei Gründe. Der erste: Ich habe Licht bei dir gesehen und wollte ich mich erkundigen, wie es dir geht.«

»Bevor du mich zu Tode erschreckt hast, ging es mir ganz gut.«

»Gut.« Sein Blick glitt an ihr herunter. »Scharfes Outfit.«

164

»Oh, hör auf.« Wütend verschränkte sie die Arme vor der Brust. »Wenn ich mit den Kindern im Garten herumrenne, hab ich auch nicht mehr an.«

»Ja, mir ist schon aufgefallen, wie du im Garten herumrennst. Der zweite Grund: Ich habe darüber nachgedacht, was heute Nachtmittag passiert ist.«

»Harper, ich denke seit Stunden über nichts anderes nach.« Sie fuhr sich durchs Haar und presste dann die Hände an die Schläfen. »Aber jetzt habe ich keine Kraft mehr, um mir noch mehr Gedanken darüber zu machen.«

»Das brauchst du auch nicht. Beantworte mir nur eine Frage.« Als er hereinkommen wollte, stieß sie ihn zurück.

»Ich habe dich nicht hereingebeten. Und ich halte es auch für keine gute Idee, dass du in mein Zimmer kommst, wenn ich so wenig anhabe.«

Während er sich in aller Ruhe an den Türrahmen lehnte, schossen seine Augenbrauen in die Höhe. Als wäre er hier zu Hause, dachte sie. Was natürlich stimmte. Schließlich gehörte ihm Harper House.

»Ich möchte dich darauf hinweisen, dass du jetzt seit etwa eineinhalb Jahren hier wohnst. Während dieser Zeit ist es mir irgendwie gelungen, mich so weit zu beherrschen, dass ich nicht über dich hergefallen bin. Ich glaube, ich werde es auch noch ein paar Minuten länger schaffen.«

»Du kommst dir wahnsinnig witzig vor, stimmt's?«

»Stinksauer dürfte eher hinkommen. Vor allem, wenn du jetzt auf hysterische Tussi machst und darauf bestehst, dass wir dieses Gespräch weiterhin zwischen Tür und Angel führen.«

Als die ersten dicken Tropfen vom Himmel fielen, zog er wieder die Augenbrauen hoch. Genau wie seine Mutter.

Hayley seufzte. »Dann komm rein. Schließlich hat es keinen Sinn, wenn du wie ein begossener Pudel draußen rumstehst.«

»Ich bin dir unendlich dankbar.«

»Aber lass die Türen auf.« Energisch wies sie mit dem Finger auf die Balkontüren, um sich die Illusion zu verschaffen, dass sie die Situation unter Kontrolle hatte. »Du wirst nämlich auf keinen Fall hierbleiben.«

»In Ordnung.« Der Wind fegte herein, gefolgt von einem lauten Donnerschlag. Und er stand einfach nur da, die Daumen lässig in die Taschen seiner zerschlissenen Jeans gehakt … Um ein Haar hätte sie zu sabbern angefangen, obwohl sie fuchsteufelswild auf ihn war.

»Weißt du«, fing er an, »nachdem ich mich mehr oder weniger – eher weniger – beruhigt hatte und noch einmal über alles nachgedacht hatte, so wie du das auch getan hast, ist mir was Interessantes aufgefallen.«

»Willst du eine Rede halten oder eine Frage stellen?«

Er legte den Kopf auf die Seite, was trotz Jeans, T-Shirt und nackter Füße sehr würdevoll aussah. »Seit du hier wohnst, teilst du fleißig Seitenhiebe auf mich aus. Es gibt Gründe dafür, warum ich das mehr oder weniger toleriert habe. Doch damit ist jetzt Schluss. Aber um auf das zurückzukommen, was ich sagen wollte – mir ist der zeitliche Zusammenhang aufgefallen. Du kommst zu mir, flirtest mit mir, ich flirte mit dir. Wir küssen uns, einmal, zweimal. Du willst es langsam angehen, so weit habe ich das schon verstanden. Als wir uns das nächste Mal sehen, sagst du, du hättest eigentlich gar kein Interesse an mir, es sei nur so ein spontaner Einfall gewesen, und faselst davon, dass wir Freunde bleiben sollen ...«

»Genau. Und wenn du mich jetzt fragen willst, ob ich meine Meinung geändert habe ...«

»Will ich nicht. Zwischen diesen beiden Ereignissen bekomme ich Besuch von unserem Hausgeist, der ganz spontan auf die Idee gekommen ist, Kleinholz aus meinem Haus zu machen. Genauer gesagt, aus meiner Küche – dem Schauplatz von Ereignis eins. Meine Frage lautet jetzt: Wie sehr hat dieser Vorfall dein Verhalten bei Ereignis zwei beeinflusst?«

»Ich weiß nicht, was du meinst.«

»Jetzt lügst du.«

Hayley spürte beinahe, wie sich ein gequälter Ausdruck auf ihrem Gesicht ausbreitete. »Ich wünschte, du würdest gehen. Ich bin müde und habe Kopfschmerzen. Das ist ein harter Tag für mich gewesen.«

»Du hast einen Rückzieher gemacht, weil du gedacht hast, Amelia würde es nicht gern sehen, wenn wir zusammen sind. Sie war so sauer, dass sie sozusagen einen Warnschuss abgegeben hat.«

»Warum ich einen Rückzieher gemacht habe, ist meine Sache. Und das sollte genügen.«

»Wenn es wahr wäre, würde es auch genügen. Wenn es nur darum ginge. Ich dränge mich dir nicht auf. Ich dränge mich keiner Frau auf, die mich nicht haben will. Dazu bin ich viel zu stolz und viel zu gut erzogen.«

Er hob das Kinn und machte noch einen Schritt auf sie zu. »Und aus genau diesen Gründen werde ich weder einem Kampf aus dem Weg gehen noch zulassen, dass sich jemand schützend vor mich stellt, wenn es Ärger gibt.«

Er legte wieder den Kopf schief und wippte auf den Zehen. »Also brauchst du nicht einmal im Traum daran zu denken, mir in dieser Sache in die Quere zu kommen, Hayley. Du brauchst nichts aufzugeben, nur um mich vor ihr zu beschützen.«

Sie verschränkte die Arme vor der Brust. »Du hast gesagt, du würdest mich nicht drängen, aber jetzt fühle ich mich von dir gedrängt, und deshalb …«

»Ich habe dich schon in dem Moment gewollt, in dem ich dich zum ersten Mal gesehen habe.«

Hayley ließ die Arme hängen. »Hast du nicht.«

»Es war, als hätte mich ein Blitz getroffen. Als wäre er geradewegs durch mich hindurchgegangen.« Er sah sie an, während er sich mit der Faust auf die Brust klopfte. »Ich glaube, ich habe gestottert. Ich habe kein Wort mehr rausbekommen.«

»O Gott.« Sie presste eine Hand auf ihr Herz und hoffte, dass sie es so an seinem Platz halten konnte. »Das ist jetzt ganz schön unfair von dir.«

»Kann sein.« Seine Lippen zuckten. »Und jetzt werde ich mich noch unfairer verhalten.« Er streckte die Arme aus und zog sie an sich.

»Harper, das sollten wir nicht …« Sie mussten sich irgendwie bewegt haben, dachte Hayley, als sie wieder denken konnte. Mit einer leichten Verlagerung des Gewichts

pressten sich ihre Körper aneinander, von Kopf bis Fuß, sodass der kleine Ruck in jedem Zentimeter ihres Körpers zu
spüren war.

»Oh«, murmelte. »Oh, oh.«

In seinen Mundwinkeln erschien ein Lächeln, und er
presste seine Lippen auf die ihren. Heiß und süß, wie flüs-
siger Zucker. Sein Kuss war eine langsame, unwidersteh-
liche Verführung, eine Betörung all ihrer Sinne. Seine
Hände glitten über ihren Körper, langsam und zärtlich.
Die Berührung eines Mannes, vermochte sie gerade noch
zu denken, der so selbstsicher war, dass er sich Zeit lassen
konnte – der sich sicher war, dass er mehr als genug davon
hatte.

Seine Lippen tasteten so zärtlich über ihre, bis sie den
Eindruck hatte, dass ihr Mund zu glühen begann.

Es fühlte sich an, als würde sie ganz langsam dahin-
schmelzen, als würden sich Körper und Wille, Herz und
Verstand auflösen, bis sie keine andere Wahl mehr hatte, als
sich ihm hinzugeben.

Sie stöhnte und gab ihren Widerstand auf, Schritt für
Schritt, bis die Finger, die ihre Schultern gepackt hatten,
schlaff wurden.

Als er sich von ihr löste, war ihr Blick verschleiert und ihr
Mund halb geöffnet.

»Hayley?«

»Hm?«

»Das ist nicht gerade die Reaktion einer Frau, die kein
Interesse an mir hat.«

Hayley schaffte es, ihre Hand wieder auf seine Schulter

169

zu legen, doch der Zauber war verflogen. »Das ist nicht fair.«

»Warum nicht?«

»Weil … dein Mund.« Unwillkürlich wanderte ihr Blick zu seinen Lippen. »Du bräuchtest eine Genehmigung, um so zu küssen.«

»Wer sagt, dass ich keine habe?«

»Ja, wenn das so ist … Machst du es noch mal, bitte?«

»Das hatte ich vor.«

Während der Wind durch die offenen Balkontüren hereinwehte, entzündete sein Mund zum zweiten Mal kleine knisternde Feuer in ihr. Heiße Zungen aus Feuer, dachte sie, die so lange in ihr brannten, bis sie sich einfach auflöste.

»Harper«, sagte sie, während ihre Lippen auf den seinen lagen.

»Hm?«

»Wir müssen damit aufhören.« Sie konnte sich nicht beherrschen und fing an, an seiner Unterlippe zu knabbern. »Irgendwann.«

»Später reicht auch noch. Sagen wir, nächste Woche.«

Sie musste lachen, doch gleich darauf, als er einen besonders empfindlichen Punkt direkt unter ihrem Ohr gefunden hatte, fing sie an zu keuchen.

»Das ist gut, das ist … erstaunlich. Aber ich glaube, wir sollten wirklich warten, nur noch ein … oh.« Sie ließ ihren Kopf nach hinten fallen, als sein Mund noch eine empfindliche Stelle fand. »Das ist so …«

Sie drehte den Kopf ein wenig, damit er mehr Platz hatte, und ihr verschleierter Blick klärte sich. »Harper.«

170

Als sie in seinen Armen zusammenzuckte, zog er sie noch enger an sich. »Was? Wir haben noch nicht nächste Woche.«

»Harper. O Gott, hör auf. Sieh doch.«

In einer der Balkontüren stand Amelia, das tobende Gewitter im Rücken. Hinter ihr, *durch sie hindurch*, sah Hayley Bäume, deren Zweige im Wind schwankten, und dunkle Wolken, die den Himmel zu ersticken drohten.

Amelias wirres Haar war verfilzt, und an ihrem weißen Gewand schien Schlamm herunterzulaufen, der eine dunkle Lache auf ihren nackten, blutverschmierten Füßen bildete. In der einen Hand hielt sie eine Art Messer mit einer langen, gekrümmten Klinge, in der anderen ein Seil. Ihr Gesicht war eine verzerrte Maske aus Wut.

»Du kannst sie sehen, oder? Du kannst sie sehen.« Hayley zitterte vor Angst und Kälte.

»Ja, ich kann sie sehen.« Mit einer schnellen Bewegung stellte er sich vor Hayley. »Du wirst es akzeptieren müssen«, sagte er dann zu Amelia. »Du bist tot. Wir nicht.«

Der Schlag traf ihn mit solcher Wucht, dass er zwei Meter durch die Luft geschleudert wurde und gegen die Wand prallte. Als sich der Nebel vor seinen Augen lichtete, schmeckte er Blut im Mund.

»Hör auf! Hör auf!«, schrie Hayley. Sie stemmte sich gegen den eiskalten Wind, um zu Harper zu gelangen. »Er ist dein Ururenkel! Er ist von deinem Blut! Du hast ihn in den Schlaf gesungen, als er noch klein war! Du kannst ihm doch jetzt nicht wehtun.«

Sie kämpfte sich weiter, obwohl sie nicht wusste, was sie

tun würde, wenn sie Amelia erreichte. Bevor Harper sie zurückreißen konnte, wurde sie von einem Windstoß von den Beinen gerissen und auf den Boden geschleudert. Sie dachte, sie würde jemanden schreien hören, aus Wut oder Schmerz. Dann war alles still, bis auf das Heulen des Sturms.

»Bist du verrückt geworden?« Harper kniete sich neben sie und half ihr, sich aufzurichten.

»Nein, aber du vielleicht. Schließlich bist du derjenige, dessen Mund blutet.«

Er wischte sich mit dem Handrücken das Blut weg. »Bist du verletzt?«

»Nein. Sie ist weg. Sie ist endlich weg. Mein Gott, Harper, sie hatte ein Messer.«

»Das war eine Sichel. Aber du hast Recht, es war eine Premiere.«

»Dieses Ding ist doch nicht echt, oder? Ich meine, sie ist ein Geist, also kann der Rest von ihr nicht real sein. Sie könnte uns also nicht damit aufschlitzen. Was meinst du?«

»Völlig unmöglich.« Doch insgeheim fragte er sich, ob Amelia einen dazu bringen konnte, sich einzubilden, dass man verletzt war, oder sich selbst zu verletzen, wenn man sich gegen sie zur Wehr setzte.

Hayley blieb auf dem Boden liegen und starrte an ihn gelehnt zu den Balkontüren, während sie versuchte, wieder zu Atem zu kommen. »Als ich hierher gezogen bin und mit Lily schwanger war, ist sie manchmal in mein Zimmer gekommen. Es war ein bisschen unheimlich, aber auch irgendwie tröstlich. Ich hatte den Eindruck, dass sie nur nach mir sehen wollte, dass sie sich vergewissern wollte, ob mit mir alles in Ordnung war. Und damals wirkte sie irgendwie traurig, so, als hätte sie Sehnsucht nach etwas. Doch jetzt ist sie …«

Als sie den Gesang im Empfänger des Babyfons hörte, sprang sie auf und rannte hinaus.

Sie war schnell, doch Harper war schneller und erreichte die Tür von Lilys Zimmer zwei Schritte vor ihr. Er streckte den Arm aus und hielt sie davon ab, das Zimmer zu betreten. »Es ist alles in Ordnung. Wir wollen sie doch nicht wecken.«

Lily schlief in ihrem Bettchen, mit ihrem Plüschhund im Arm. Amelia saß im Schaukelstuhl und sang. Sie trug ihr graues Kleid, ihr Haar war in ordentliche Locken gelegt, und auf ihrem Gesicht lag ein ruhiger, gelassener Ausdruck.

»Es ist so kalt hier.«

»Das macht Lily nichts aus. Mir hat es als Kind auch nichts ausgemacht. Warum, weiß ich nicht.«

Amelia wandte den Kopf und sah sie an. Auf ihrem Gesicht lagen Trauer, Schmerz und – wie Hayley dachte – Bedauern. Sie sang weiter, leise und melodisch, doch jetzt lag ihr Blick auf Harper.

Als das Lied zu Ende war, verschwand sie.

»Sie hat für dich gesungen«, sagte Hayley zu ihm. »Ein Teil von ihr erinnert sich daran, ein Teil von ihr weiß es, und es tut ihr leid. Wie das wohl sein mag, wenn man seit hundert Jahren verrückt ist?«

Zusammen gingen sie zu Lilys Bettchen, wo Hayley die Decke zurechtrückte.

»Es ist alles in Ordnung, Hayley. Lily geht es gut. Komm, wir gehen.«

»Manchmal weiß ich wirklich nicht, ob ich es noch länger in diesem Spukhaus aushalte.« Sie fuhr sich durchs Haar, während sie wieder zu ihrem Schlafzimmer gingen. »In einem Moment schleudert sie uns durch die Luft, und im nächsten singt sie uns Schlaflieder vor.«

»Völlig irre«, fügte er hinzu. »Aber vielleicht hat sie uns damit sagen wollen, dass sie zwar dich und mich angreift, aber nie im Leben Lily wehtun würde.«

»Aber was, wenn *ich* ihr wehtue? Was, wenn sie wieder so etwas tut wie am Teich, und mich dazu bringt, Lily oder jemand anderen zu verletzen?«

»Das würdest du nie zulassen. Setz dich. Soll ich dir was bringen? Wasser oder lieber was anderes?«

»Nein.«

Er drückte sie aufs Bett und setzte sich neben sie. »Sie hat noch nie einen Bewohner dieses Hauses verletzt. Vielleicht hat sie es gewollt. Vielleicht hat sie es ja sogar versucht, aber sie hat nie jemandem wehgetan.« Er nahm ihre Hand, und da sie sich so kalt anfühlte, rieb er sie mit beiden Händen warm. »Das wäre mit Sicherheit in die Familiengeschichte eingegangen. Eine Verrückte greift einen Harper an oder einen Bediensteten. Es wäre irgendwo aufgeschrieben worden, und man hätte sie weggebracht, in ein Irrenhaus oder ins Zuchthaus.«

»Vielleicht. Was ist mit der Sichel und dem Seil? Das soll doch bedeuten, ich werde jemanden fesseln und ihn dann in Stücke schneiden.«

»In Harper House ist noch niemand in Stücke geschnitten worden.« Er stand auf und schloss die Balkontüren.

»Soweit du weißt.«

»Okay, soweit ich weiß.« Er setzte sich wieder aufs Bett. »Wir setzen Mitch darauf an. Er kann sich vielleicht das Strafregister ansehen. Immerhin ist es eine Spur.«

»Äußerlich bist du immer so ruhig«, sagte sie nach einer Weile. »Aber das täuscht, denn darunter brodelt ein kleiner Vulkan. Ich kenne dich doch nicht so gut, wie ich dachte.«

»Womit wir wieder bei dir wären.«

Sie seufzte und starrte auf ihre Hände, während sie Seite an Seite auf ihrem Bett saßen. »Ich kann nicht einfach so mit dir schlafen. Ich dachte, ich könnte es – zuerst. Dann dachte ich, ich darf es nicht. Wenn ich es tue, bekommt er Ärger. Sie wird ihm wehtun.« Sie hob den Kopf und sah ihn an. »Du hast Recht gehabt.«

Er lächelte nur. »Ach nein.«

Sie schlug ihm auf den Arm. »Du hältst dich wohl für sehr klug.«

»Doch nur, weil ich das auch bin. Frag meine Mutter – aber nur, wenn sie gut gelaunt ist.«

»Ich fühle mich in deiner Nähe wohl.« Sie musterte ihn genau und versuchte, all das zu verarbeiten, was sie gerade über ihn herausfand. »Das gefällt mir. Ich meine, es gefällt mir herauszufinden, was unter deinem Äußeren steckt, das im Übrigen eine Wohltat fürs Auge ist.«

»Bereitest du einen tiefen Fall für mich vor, oder warum sagst du so viele nette Sachen zu mir?«

»Nein, darum geht es nicht …« Sie schüttelte den Kopf

und stand auf, um im Zimmer herumzugehen. »Ich habe in letzter Zeit so viele Gefühle unterdrückt – und Bedürfnisse. Es wäre so einfach, das alles auf dich loszulassen.«

»Ich kann mich nicht daran erinnern, dass ich mich dagegen gewehrt habe.«

»Ich wusste doch nicht, dass du so für mich empfindest. Dass ich es jetzt weiß, macht alles nur noch perfekter. Ich bin noch nie in meinem Leben so geküsst worden, obwohl ich schon mit einigen Männern zusammen war, die sehr gut küssen konnten. Wenn Amelia nicht gekommen wäre, würden wir jetzt vermutlich miteinander im Bett liegen.«

»Das macht mir meine Ururgroßmutter nicht unbedingt sympathischer.«

»Mir ist sie auch nicht gerade sympathisch. Aber dieser Zwischenfall hat mir Zeit zum Nachdenken gegeben.« Sie ermahnte sich, vernünftig zu sein – vernünftig genug für sie beide –, und setzte sich auf die Armlehne eines Sessels. »Ich bin nicht gerade schüchtern, wenn es um Sex geht, und ich glaube, wenn du und ich woanders gewesen wären, in einer anderen Situation, könnten wir ohne diese vielen Komplikationen ein Paar sein.«

»Warum denken nur alle, dass es für ein Paar nicht kompliziert sein sollte?«

Sie runzelte die Stirn und schüttelte dann den Kopf. »Das ist eine gute Frage. Ich weiß es nicht.«

»Für mich sieht das so aus«, sagte er, während er auf sie zuging. »Es gibt Affären – und die sind von Natur aus unkompliziert. Daran gibt es nichts auszusetzen. Aber wenn man ein Paar ist, wenn man sich liebt und vorhat, mehr als nur ein oder zwei Nächte lang zusammenzubleiben, sollte das Gewicht haben. Und dann gibt es auch Komplikationen.«

»Du hast Recht, das muss ich zugeben. Aber es gibt eine Menge zu bedenken, bevor wir so einen Schritt unternehmen. Ich glaube, wir müssen uns sicher sein, dass es das Richtige für uns beide ist, bevor wir diesen Schritt tun. Es gibt einiges, was wir nicht voneinander wissen, und vielleicht sollten wir es uns vorher erzählen.«

»Wie wär's mit Abendessen?«

Sie starrte ihn an. »Hast du Hunger?«

»Nicht jetzt, Hayley. Ich will mich mit dir verabreden. Wir fahren in die Stadt, essen zusammen, hören Musik.«

Ihre Schultern entspannten sich wieder, und der dicke Kloß in ihrem Magen verschwand. »Das wäre schön.«

»Morgen?«, fragte er, als er sie vom Bett zog.

»Wenn deine Mutter oder Stella auf Lily aufpassen kann, ist morgen in Ordnung. Aber wir müssen ihnen sagen, was passiert ist. Dass Amelia hier war.«

»Morgen früh.«

»Es ist ein wenig peinlich, weil wir dann ja erklären müssen, was du in meinem Zimmer gemacht hast. Und was wir gemacht haben …«

»Nein.« Er nahm ihr Gesicht in beide Hände und küsste sie. »Das ist es nicht. Alles in Ordnung mit dir?«

»Ja.« Sie sah über seine Schulter hinweg zu den Balkontüren, die er geschlossen hatte. »Das Gewitter ist fast vorbei. Du solltest jetzt gehen, falls es noch mal zu regnen anfängt.«

»Ich schlafe in Stellas altem Zimmer.«

»Das brauchst du nicht.«

»Wir schlafen beide besser, wenn ich dort übernachte.«

Es ging ihr besser, obwohl es ihr nicht gerade beim Einschlafen half, daran zu denken, dass er nur ein paar Meter von ihr entfernt schlief. Oder sich vorzustellen, wie einfach es wäre, auf Zehenspitzen den Korridor hinunterzuschleichen und zu ihm ins Bett zu schlüpfen.

Sie war sicher, dass sie und Harper *so* erheblich besser schlafen würden.

Es war verdammt schwer, verantwortungsbewusst und wohl überlegt zu handeln.

Und noch schwerer, sich darüber klar zu werden, dass er ihr mehr bedeutete, als sie gedacht hatte. Was aber gar nicht schlecht war, dachte sie, während sie sich ruhelos im Bett hin und her warf. Sie war keine Schlampe, die mit einem Kerl ins Bett ging, nur weil er gut aussah und sexy war.

Es gab Leute, die wegen Lily eine ganz andere Meinung von ihr hatten, aber so war es nicht gewesen. Sie hatte Lilys Vater gemocht. Er war ihr Freund gewesen. Gut, sie hatte nicht aufgepasst, aber es war beileibe kein Abenteuer für eine Nacht gewesen.

Und sie hatte das Kind gewollt. Zuerst vielleicht nicht, gestand sie sich ein. Doch nach der Panik und dem Selbstmitleid, nach der Wut und dem Leugnen, hatte sie das Kind gewollt. Noch nie in ihrem Leben hatte sie etwas so sehr gewollt.

Ihre Tochter.

Von Lilys Vater hatte sie nichts gewollt. Von diesem rückgratlosen, egoistischen Mistkerl, der ihre Trauer ausgenutzt hatte, um sie in sein Bett zu zerren. Aber sie war so klug gewesen, ihm nichts von dem Baby zu erzählen und einfach zu gehen. Sie hatte ihr Kind für sich behalten. Und so würde es auch bleiben. Für immer.

Doch sie hätte mehr haben können. Sie ging die Sache völlig falsch an. Warum arbeitete sie eigentlich noch? Sie arbeitete sich die Hände wund, und das alles für ein kleines Zimmer in diesem Riesenhaus. Sie könnte alles haben. Ihr Kind könnte alles haben.

Er war verrückt nach ihr. Wenn sie es geschickt anstellte, konnte sie alles von ihm haben. Sie wusste, was sie tun musste. Er würde auf Knien angekrochen kommen und sie anflehen, bevor sie mit ihm fertig war.

Und dann würde Harper House ihr gehören, ihr und ihrem Kind.

Endlich.

8. Kapitel

Hayley stand im Anzuchthaus und sah Roz dabei zu, wie diese den Steckling einer Säckelblume in ein Torftöpfchen pflanzte. »Und es macht dir wirklich nichts aus, auf Lily aufzupassen?«

»Warum sollte es? Mitch und ich werden sie den ganzen Abend lang hemmungslos verwöhnen, nachdem du nicht da bist, um uns davon abzuhalten.«

»Sie ist so gern bei dir. Roz, irgendwie ist mir das alles ein bisschen peinlich.«

»Ich wüsste nicht, weshalb dir eine Verabredung mit Harper peinlich sein sollte. Er ist ein gut aussehender, charmanter junger Mann.«

»Er ist dein Sohn.«

»Ja.« Roz lächelte, als sie einen weiteren Steckling in das Bewurzelungspulver tauchte. »Habe ich mit meinen Söhnen nicht ein Riesenglück? Ich habe noch zwei gut aussehende, charmante junge Männer, und es würde mich nicht im Geringsten überraschen, wenn sie heute Abend auch eine Verabredung hätten.«

»Mit Harper ist das anders. Er ist dein Erstgeborener und dein Geschäftspartner. Und ich arbeite für dich.«

»Darüber haben wir doch schon gesprochen, Hayley.«

»Ich weiß.« Und der ungeduldige Unterton in Roz' Stimme kam ihr auch bekannt vor. »Aber ich werde das wohl nicht so souverän hinter mich bringen können wie du, wenn du an meiner Stelle wärst.«

»Das könntest du aber, wenn du das Ganze etwas lockerer sehen und dich einfach nur amüsieren würdest.« Roz hob kurz den Blick, bevor sie den Steckling in das Töpfchen pflanzte. »Außerdem würde es sicher nicht schaden, wenn du vorher noch ein kleines Nickerchen machst. Dann verschwinden vielleicht auch diese dunklen Schatten unter deinen Augen.«

»Ich habe nicht gut geschlafen.«

»Angesichts der Umstände überrascht mich das nicht.«

Die Musik im Anzuchthaus war heute eine kompliziert klingende, romantisch angehauchte Klaviersonate. Hayley wusste mehr über Pflanzen als über klassische Komponisten, daher ignorierte sie die Musik weitgehend, während sie arbeitete.

»Ich habe immer noch so merkwürdige Träume, oder besser, ich glaube, ich habe sie. Ich kann mich an keinen davon erinnern, wenn ich wieder wach werde. Roz, hast du eigentlich Angst?«

»Nein. Aber ich mache mir Sorgen. Hier, du machst den Nächsten.« Sie trat vom Arbeitstisch zurück, damit Hayley übernehmen konnte. »Und ich bin wütend. Ich lasse meinen Jungen von niemandem schlagen – außer von mir. Und wenn ich die Gelegenheit dazu bekomme, werde ich ihr das auch klipp und klar sagen. Das machst du gut«, sagte sie mit einem Nicken, während Hayley weiterarbeitete. »Die Hartholzstecklinge brauchen ein trockenes Substrat, sonst fangen sie an zu faulen.«

»Vielleicht hat sie die Sichel und das Seil aus dem Kutscherhaus geholt. Ich meine, als sie noch gelebt hat. Vielleicht wollte sie die Sachen benutzen, und jemand hat sie davon abgehalten.«

»Das sind doch nur Spekulationen, Hayley. Da Amelia in Beatrice' Tagebüchern nur ein einziges Mal erwähnt wird, werden wir das Rätsel vielleicht nie lösen.«

»Und wenn wir das Rätsel nicht lösen, werden wir sie vielleicht nie von hier vertreiben können. Roz, es gibt doch Leute, die sich mit Parapsychologie beschäftigen, Leute, die man beauftragen kann, einen Geist zu vertreiben.« Sie sah Roz an und runzelte die Stirn. »Warum lächelst du darüber? So eine absonderliche Idee ist es doch nicht.«

»Ich habe mir nur gerade vorgestellt, wie eine Horde von Leuten mit Eimern und Besen bewaffnet durchs Haus läuft und jemand so eine Strahlenkanone abfeuert, wie sie Bill Murray in *Ghostbusters* hatte.«

»Protonenstrahlen – frag mich nicht, woher ich das weiß. Roz, jetzt mal im Ernst, es ist zwar eine Randwissenschaft und dementsprechend umstritten, aber es gibt eine Menge seriöser Studien dazu. Vielleicht sollten wir wirklich jemanden beauftragen.«

»Wenn es noch schlimmer wird, werde ich es mir überlegen.«

»Ich habe mir schon ein paar Informationen im Internet besorgt.«

»Hayley …«

»Ich weiß, ich weiß, nur für den Fall.«

Beide sahen auf, als die Tür aufging und Mitch hereinkam. Irgendetwas in seinem Gesichtsausdruck ließ Hayley den Atem anhalten.

»Ich glaube, ich habe sie gefunden. Wie lange braucht ihr, um das hier fertig zu machen und ins Haus zu kommen?«

»Eine Stunde«, informierte ihn Roz. »Aber jetzt spann uns doch nicht so auf die Folter, Mitch. Wer war sie?«

»Sie hieß Amelia Connor. Amelia Ellen Connor, geboren in Memphis am 12. Mai 1868. Allerdings ist in den Archiven keine Sterbeurkunde zu finden.«

»Wie hast du …?«

»Das erzähle ich dir später«, erwiderte er mit einem breiten Grinsen. »Trommel deine Truppen zusammen, Rosalind. Wir sehen uns drüben.«

»Großer Gott«, murmelte sie, als er hinausging. »Das ist wieder typisch Mann. Ich mache das hier fertig, Hayley. Geh zu Harper und Stella und sag ihnen, sie sollen das, was sie gerade machen, noch zu Ende bringen. Lass mich nachdenken«, sagte sie, während sie die Finger auf die Schläfen presste. »Stella soll Logan benachrichtigen, wenn sie ihn dabeihaben will, und Ruby sagen, dass wir heute früher schließen. Es sieht ganz danach aus, als würden wir heute ein paar Stunden früher Schluss machen müssen als sonst.«

Amelia Ellen Connor. Hayley schloss die Augen und dachte an den Namen, als sie in der Eingangshalle von Harper House stand. Es geschah gar nichts, weder erschien ein Geist, noch brach eine plötzliche Erkenntnis über sie herein. Sie kam sich ein wenig albern vor, weil sie so sicher gewesen war, dass etwas geschehen würde, wenn sie sich im Innern des Hauses auf den Namen konzentrierte.

Sie sprach den Namen laut aus, doch auch dieses Mal zeigte er keine Wirkung. Sie hatte gefunden werden wollen, dachte Hayley. Sie hatte anerkannt werden wollen. Also gut.

»Amelia Ellen Connor«, sagte sie laut. »Ich erkenne dich als Mutter von Reginald Edward Harper an.«

Doch sie bekam nur Stille zur Antwort, und den Duft von Davids Zitronenöl und Roz' Sommerblumen.

Nachdem sie sich eingestanden hatte, dass ihr Experiment misslungen war, ging sie in die Bibliothek.

Roz und Mitch waren schon dort. Mitch hackte gerade auf seinem Laptop herum.

»Er sagt, er will sich erst einige Punkte notieren, solange er sie noch frisch in Erinnerung hat«, sagte Roz zu ihr. In ihrer Stimme schwang ein leicht genervter Unterton mit. »Stella ist in der Küche bei David. Die Jungs sind heute bei ihren Großeltern. Logan kommt noch, aber das könnte dauern. Das Gleiche gilt wohl auch für Harper.«

»Er hat gesagt, dass er kommt. Er musste nur noch etwas erledigen.« Sie zuckte mit den Achseln. »Was, weiß ich nicht.«

»Setz dich.« Roz wies auf einen Sessel. »Sherlock Holmes hier scheint fest entschlossen zu sein, uns an unserer Neugier ersticken zu lassen.«

»Eistee und Zitronenkekse«, verkündete David, während er einen Servierwagen hereinschob. Hinter ihm kam

Stella. »Hast du schon was aus ihm herausbekommen?«, fragte er Roz, während er mit dem Kinn auf Mitch wies.

»Nein, aber es wird nicht mehr lange dauern, bis ich handgreiflich werde. Mitch!«

»Fünf Minuten.«

»Es ist so ein einfacher Name, nicht wahr?« Hayley zuckte mit den Achseln, als Roz sie erstaunt ansah. »Tut mir leid. Das fiel mir nur so ein. Amelia klingt so fließend und feminin. Aber der Rest. Ellen Connor. Das ist einfach und gediegen. Irgendwie erwartet man, dass der Rest genauso fließend ist, oder ein bisschen exotisch. Aber Amelia bedeutet ja eigentlich ›fleißig‹ und auch ›tapfer‹ – ich hab nachgesehen.«

»Das habe ich mir schon gedacht«, erwiderte Roz.

»Es klingt nicht so wie das, was der Name bedeutet. Ellen kommt, glaube ich, von Helen, und bei diesem Namen denke ich an Helena von Troja, also ist er im Grunde genommen um einiges femininer und exotischer als Amelia. Aber das ist alles unwichtig.«

»Es ist trotzdem hochinteressant zu sehen, wie dein Verstand arbeitet. Ah, und hier ist der Rest unserer kleinen Truppe.«

»Ich habe Harper vor dem Haus getroffen.« Logan ging zu Stella und gab ihr einen Kuss. »Tut mir leid, dass ich so verschwitzt bin. Ich komme direkt von der Arbeit.« Er nahm ein Glas Eistee und leerte es bis auf den letzten Tropfen.

»Und jetzt?« Harper griff sich drei Kekse und ließ sich in einen Sessel fallen. »Wir haben ihren Namen. Gibt es jetzt einen Trommelwirbel?«

»Es ist sensationell, dass Mitch ihren Namen herausgefunden hat, obwohl wir ihm so wenig Informationen geben konnten«, schoss Hayley zurück.

»Ich hab doch gar nichts Gegenteiliges gesagt. Ich hab mich nur gefragt, was wir jetzt damit machen.«

»Als Erstes würde ich gern wissen, wie du das geschafft hast«, sagte Roz, die immer ungeduldiger wurde. »Mitchel, zwing mich nicht, dich vor den Kindern zu schlagen.«

»Also.« Mitch nahm die Finger von der Tastatur und nahm seine Brille ab, um sie mit seinem Hemd zu putzen. »Reginald Harper hatte sehr viel Grundbesitz, unter anderem auch mehrere Wohnhäuser. Hier in Shelby County, aber auch außerhalb. Einige der Häuser waren natürlich vermietet und dienten als Kapitalanlage. In den alten Geschäftsbüchern habe ich einige Häuser gefunden, die während bestimmter Zeiten als vermietet geführt wurden, aber keine Einnahmen brachten.«

»Er hat die Bücher frisiert?«, schlug Harper vor.

»Möglich. Oder er hat in diesen Häusern seine Mätressen untergebracht.«

»Plural?« Logan nahm sich noch ein Glas Tee. »Fleißiger Junge.«

»Beatrice schreibt in ihren Tagebüchern nicht nur von einer Frau, sondern von mehreren Frauen. Und da er ein rücksichtsloser, zielstrebiger Mann war, der mit allen Mitteln einen Sohn wollte, folgt daraus, dass er wohl mehr als eine Kandidatin unterhalten hat, bis er bekam, was er wollte. Aber die Eintragungen in den Tagebüchern lassen auch darauf schließen, dass Amelia von hier stammte, und

186

daher habe ich mich auf die Häuser in der näheren Umgebung konzentriert.«

»Ich glaube nicht, dass er eine Mätresse als Mieterin aufführen würde«, sagte Roz.

»Nein. Parallel zu der Häusersuche habe ich mir die Listen der Volkszählungen vorgenommen. Viele Namen, viele Jahre, die in Frage kommen. Dann ging mir ein kleines Licht auf, und ich habe meine Suche auf die Zeit vor 1892 und auf die Jahre eingeschränkt, in denen Reginald die Häuser in der näheren Umgebung besessen hat. Es blieben zwar trotzdem noch jede Menge Listen übrig, aber die Volkszählung von 1890 war ein Volltreffer.«

Sein Blick wanderte durch den Raum und blieb am Servierwagen hängen. »Sind das da Kekse?«

»Großer Gott, David, reich dem Mann ein paar Kekse, bevor ich ihn umbringe. Was hast du 1890 gefunden?«

»Amelia Ellen Connor. Sie wohnte damals in einem von Reginalds Häusern in Memphis. In einem Haus, das ab der zweiten Hälfte dieses Jahres bis zum März 1893 keine Einnahmen brachte. Und das er in den Büchern für diesen Zeitraum als unbewohnt führte.«

»Das muss sie sein«, warf Stella ein. »Es passt einfach alles zusammen.«

»Wenn das nicht unsere Amelia ist, ist es ein geradezu unglaublicher Zufall.« Mitch warf seine Brille auf den Tisch. »Reginalds überaus gewissenhafter Buchhalter hat in den Büchern eine Reihe von Ausgaben vermerkt, die in dem Zeitraum angefallen sind, in dem das Haus angeblich leer gestanden hat. Und bei der Volkszählung 1890 hat

Amelia Connor dieses Haus als ihre Adresse angegeben. Im Februar 1893 wurden erheblich höhere Ausgaben für das Haus in den Büchern verzeichnet, bei denen es um neue Möbel für zahlende Mieter ging. Falls es euch interessiert – das Haus wurde 1899 verkauft.«

»Dann wissen wir jetzt, dass sie in Memphis gewohnt hat«, meinte Hayley, »zumindest noch einige Monate nach der Geburt des Babys.«

»Wir wissen noch mehr. Amelia Ellen Connor.« Mitch setzte seine Brille wieder auf und las aus seinen Notizen vor. »Geboren 1868, Eltern Thomas Edward Connor und Mary Kathleen Connor, geborene Bingham. Obwohl Amelia beide Elternteile als verstorben angegeben hat, traf das nur auf ihren Vater zu, der 1886 gestorben ist. Ihre Mutter war noch am Leben und ist erst 1897 gestorben. Sie arbeitete bei der Familie Lucerne als Hausmädchen, auf einem Anwesen am Fluss namens …«

»… The Willows«, führte Roz seinen Satz für ihn zu Ende. »Ich kenne das Haus. Es ist älter als das hier. Heute ist es eine hübsche kleine Pension. Die heutigen Besitzer haben das Haus vor mindestens zwanzig Jahren gekauft und restauriert.«

»Mary Connor hat dort gearbeitet«, fuhr Mitch fort, »und obwohl sie bei der Volkszählung angegeben hat, keine Kinder zu haben, hat ein Blick in das Geburtsregister ergeben, dass sie eine Tochter hatte – Amelia Ellen.«

»Sie hatten sich wohl entfremdet«, mutmaßte Stella.

»Jedenfalls so weit, dass die Tochter ihre Mutter für tot ansah, und die Mutter ihre Tochter verschwieg. In diesem

Zusammenhang gibt es noch eine interessante Kleinigkeit. Es gibt keinerlei amtliche Belege darüber, dass Amelia ein Kind hatte – und keine Sterbeurkunde für sie.«

»Mit Geld kann man Räder schmieren oder blockieren«, ergänzte Hayley.

»Und jetzt?«, fragte Logan.

»Ich werde mir noch einmal die alten Zeitungen vornehmen und nach einem Hinweis auf ihren Tod suchen – Leiche einer unbekannten Frau, so etwas in der Art. Und wir werden weiter versuchen, über die Nachkommen der Dienstboten Informationen zu bekommen. Ich werde die jetzigen Besitzer von The Willows aufsuchen. Vielleicht lassen sie mich einen Blick auf Dokumente oder Papiere aus jener Zeit werfen.«

»Ich werde dir den Weg ebnen«, bot Roz an. »Räder lassen sich auch mit alten Familiennamen schmieren.«

Sie hatte eine Verabredung, zum ersten Mal seit ... nein, es war zu deprimierend, darüber nachzudenken, wie lange es schon her war. Und sie sah auch noch ziemlich gut dabei aus, wenn sie das so von sich selbst sagen konnte. Das knappe rote Oberteil gewährte freien Blick auf ihre Arme und Schultern, die gut in Form waren, weil sie die ganze Zeit Lily in der Gegend herumschleppte, Yoga machte und in der Erde herumwühlte.

Ihr gegenüber in dem lauten, voll besetzten Restaurant in der Beale Street saß ein großartig aussehender Mann. Und sie brachte es einfach nicht fertig, sich auf ihn zu konzentrieren.

»Lass uns darüber reden«, sagte Harper, während er das Glas Wein nahm, das sie bis jetzt ignoriert hatte, und es ihr in die Hand drückte. »Dann musst du dich nicht so anstrengen, nicht darüber zu reden.«

»Ich kann einfach nicht aufhören, daran zu denken. An sie. Sie hatte ein Kind, Harper, und er hat es ihr einfach weggenommen. Da überrascht es mich nicht, dass Männer zu ihren Lieblingsfeinden zählen.«

»Spielst du jetzt nicht Advocatus Diaboli? Schließlich hat sie sich verkauft.«

»Aber, Harper …«

»Moment mal. Sie kam aus einer Arbeiterfamilie. Anstatt zu arbeiten, hat sie sich dafür entschieden, sich aushalten zu lassen. Es war ihre Entscheidung, und mit dieser Entscheidung habe ich kein Problem. Aber sie hat Sex gegen ein Haus und Dienstboten eingetauscht.«

»Und das gibt ihm das Recht, ihr das Kind wegzunehmen?«

»Das will ich damit nicht einmal andeuten. Ich will damit nur sagen, dass sie vermutlich keine rotwangige Unschuld vom Lande gewesen ist. Sie hat über ein Jahr als seine Mätresse in diesem Haus gewohnt, bevor sie schwanger geworden ist.«

Hayley war noch nicht bereit, das Ganze auf diese Weise zu sehen. »Vielleicht hat sie ihn ja geliebt.«

»Vielleicht hat sie den Luxus geliebt.« Er zuckte mit den Achseln.

»Ich wusste gar nicht, dass du so zynisch bist.«

Er lächelte nur. »Und ich wusste nicht, dass du so eine

Romantikerin bist. Vermutlich liegt die Wahrheit irgendwo in der Mitte zwischen Zynismus und Romantik, also haben wir beide Recht.«

»Wahrscheinlich. Aber diese Version gefällt mir trotzdem nicht.«

»Egal, wie es gewesen ist, Hayley, wir wissen, dass Amelia einen Sprung in der Schüssel hat. Es ist sehr wahrscheinlich, dass sie schon etwas wirr im Kopf war, bevor das alles passiert ist. Das soll nicht heißen, dass sie es verdient hat, aber ich könnte wetten, dass sie nicht gerade zart besaitet war. Die eigene Mutter als tot anzugeben, obwohl sie nur ein paar Kilometer entfernt lebt, erfordert schon einiges an Unverfrorenheit.«

»Ja, das ergibt kein sehr schmeichelhaftes Bild von ihr. Wahrscheinlich will ein Teil von mir Amelia als Opfer sehen, wie die Heldin in einem Roman, obwohl das Ganze komplizierter als ein Klischee ist.«

Sie nippte an ihrem Wein. »Okay, das reicht jetzt. Mehr Aufmerksamkeit wird sie heute Abend nicht bekommen.«

»Von mir aus gerne!«

»Ich muss nur noch etwas erledigen.«

Harper griff in die Tasche und hielt ihr sein Mobiltelefon hin. »Hier, nimm meins.«

Lachend nahm sie ihm das Telefon ab. »Ich weiß, dass es ihr bei Roz und Mitch gut geht. Ich will mich nur schnell vergewissern.«

Hayley aß Wels mit gebackenen Klößchen aus Maismehl und trank zwei Gläser Wein. Es war erstaunlich, wie befreiend es war, so lange am Tisch sitzen zu bleiben, wie sie wollte, und über das zu reden, was ihr gerade in den Sinn kam.

»Ich hatte ganz vergessen, wie das ist.« Sie lehnte sich zufrieden zurück. »Eine komplette Mahlzeit zu essen, ohne unterbrochen zu werden. Ich bin froh, dass du endlich mit mir ausgehst.«

»Endlich?«

»Du hast dir schließlich ganz schön Zeit gelassen«, meinte sie. »Früher hätte ich nicht die Initiative ergreifen müssen.«

»Mir hat deine Initiative gefallen.« Er nahm ihre Hand.

»Es war eine meiner besseren.« Sie beugte sich vor und sah ihn an. »Hast du wirklich schon die ganze Zeit so für mich empfunden?«

»Ich habe mich sehr angestrengt, nicht so an dich zu denken. Und manchmal hat es sogar funktioniert.«

»Aber warum hast du dich denn so furchtbar angestrengt?«

»Es kam mir irgendwie … ungezogen vor«, war das Treffendste, was ihm dazu einfiel. »Mir vorzustellen, wie ich einen Hausgast verführe, noch dazu, wenn er schwanger ist. Einmal habe ich dir aus dem Wagen geholfen – das war an dem Tag, an dem die Baby-Party stattgefunden hat.«

»O Gott, daran kann ich mich noch erinnern.« Sie fing an zu lachen und schlug die Hände vors Gesicht. »Ich war so gemein zu dir. Aber nur, weil ich mich so fett und schlecht gefühlt habe.«

»Du hast sensationell ausgesehen. So lebendig. Das war mein erster Eindruck von dir. Licht und Energie, und, na ja, Sex, aber das habe ich zu ignorieren versucht. Als ich dir damals aus dem Auto geholfen habe, hat sich Lily bewegt. Ich habe gespürt, wie sie sich bewegt hat. Es war …«

»Hat es dir Angst gemacht?«

»Ja, aber es war auch so … gewaltig. Und dann war ich dabei, wie sie geboren wurde.«

Hayley wurde rot bis an die Ohren. »Oh, das hatte ich ganz vergessen.« Sie kniff die Augen zusammen. »O nein.«

Er nahm ihre Hände und küsste sie. »Wie das gewesen ist, kann man gar nicht beschreiben. Nachdem ich das ›Lasst mich um Himmels willen hier raus‹-Stadium überwunden hatte, war es eine überwältigende Erfahrung. Ich habe gesehen, wie sie geboren wurde. Und seitdem bin ich völlig vernarrt in sie.«

»Du hast mich nie gefragt, wer ihr Vater ist.«

»Das geht mich nichts an.«

»Wenn das mit uns was wird, sollte es dich aber etwas angehen. Du solltest es zumindest wissen. Können wir einen Spaziergang machen?«

»Na klar.«

Sie ließen die Lichter und den Lärm der Beale Street hinter sich und gingen zum Fluss. Auch dort waren Touristen in Scharen unterwegs, die durch den Park spazierten oder am Flussufer standen und ins Wasser starrten. Doch da es hier verhältnismäßig ruhig war, fiel es ihr leichter, in ihre Vergangenheit zurückzukehren und Harper mitzunehmen.

»Ich habe ihn nicht geliebt. Das will ich gleich als Erstes sagen, weil es immer noch Leute gibt, die denken, armes

Mädchen, erst hat er sie geschwängert und dann lässt er sie sitzen. Sie glauben, dass mir irgendein Scheißkerl das Herz gebrochen hat. Aber so war es nicht.«

»Gut. Es wäre nämlich eine Schande, wenn Lilys Vater ein Scheißkerl wäre.«

Lachend schüttelte sie den Kopf. »Ich seh schon, du machst es mir leicht. Er war ein netter Kerl und hat noch studiert. Wir haben uns in dem Buchgeschäft, in dem ich damals gearbeitet habe, kennen gelernt. Wir haben miteinander geflirtet, fanden uns sympathisch und sind ein paarmal miteinander ausgegangen. Dann ist mein Vater gestorben.«

Sie überquerten die kleine Brücke, die über die Nachbildung des Flusses führte, und gingen an den Liebespaaren vorbei, die an den steinernen Tischen saßen. »Ich kam mir so verloren vor, so traurig.«

Er legte ihr den Arm um die Schultern. »Ich glaube, wenn meiner Mutter etwas passieren würde, wäre das so, als würde ich blind werden. Ich habe zwar meine Brüder, aber ich kann mir nicht vorstellen, wie es ohne sie wäre.«

»Genau so ist es, als könnte man nicht mehr sehen. Man weiß nicht, was man als Nächstes tun oder sagen soll. Egal, wie nett die Leute sind – und sie waren wirklich sehr nett zu mir, Harper, viele Leute –, es ist alles dunkel um einen herum. Mein Vater hatte viele Freunde, und da waren noch die Nachbarn, Familie und Freunde, meine Arbeitskollegen. Aber er war der Mittelpunkt meines Lebens gewesen, und ich habe mich so allein, so isoliert mit meiner Trauer gefühlt.«

»Als mein Vater gestorben ist, war ich viel jünger als du,

und das macht es vielleicht leichter. Aber ich weiß, dass es eine Phase gibt, durch die man durchmuss, eine Phase, in der man einfach nicht glauben kann, dass alles wieder normal wird.«

»Ja, genau. Und wenn man diese Phase hinter sich hat, wenn man wieder etwas empfinden kann, tut es verdammt weh. Aber er war für mich da. Er war so nett, er hat mich getröstet, und so hat eines zum anderen geführt.«

Sie wandte den Kopf und sah ihn an. »Trotzdem sind wir nie mehr als Freunde gewesen. Aber es war keine Affäre, es war ...«

»... Heilung.«

Ihr wurde warm ums Herz. »Er ist zurück an die Universität gegangen, und ich habe einfach weitergemacht. Zuerst habe ich gar nicht bemerkt, dass ich schwanger war. Ich habe sämtliche Anzeichen dafür ignoriert. Und als mir dann klar wurde, dass ich ein Kind bekomme ...«

»... hattest du Angst.«

Sie schüttelte den Kopf. »Ich war *stocksauer*. Ich war so wütend. Warum zum Teufel passiert so etwas ausgerechnet mir? Hatte ich nicht schon genug Probleme? Ich hatte mich nicht durch die Betten der Stadt geschlafen, ich hatte mich nicht verantwortungslos benommen, also was zum Teufel sollte das sein? Ein Witz? Gott, Harper, ich war alles andere als weich und in Tränen aufgelöst. Ich war rasend vor Wut. Irgendwann ist Panik daraus geworden, aber dann bin ich ziemlich schnell wieder bei der Wut gelandet.«

»Es war nicht einfach für dich, Hayley. Du warst ganz allein.«

»Du brauchst es nicht zu beschönigen. Ich wollte nicht schwanger sein, ich wollte dieses Kind nicht haben. Ich musste arbeiten, ich musste trauern, und es war verdammt noch mal Zeit, dass mir jemand da oben mal eine Pause gönnte.«

Sie gingen auf den Fluss zu, und Hayley wurde leiser, als sie auf das Wasser starrte. »Ich wollte abtreiben, aber das bedeutete, dass ich mir überlegen musste, wie ich eine Weile freibekomme und das Geld dafür aufbringe.«

»Aber du hast es nicht getan.«

»Ich habe mir die Formulare besorgt und eine Klinik gefunden. Aber dann habe ich mir überlegt, ob es nicht vielleicht besser wäre, mich an eine Agentur zu wenden und das Kind zur Adoption freizugeben. Man liest so viel über unfruchtbare Paare, die unbedingt ein Kind wollen. Ich dachte, dann hätte das Ganze vielleicht doch noch etwas Gutes.«

Er strich ihr sanft übers Haar und flüsterte: »Aber das hast du auch nicht getan.«

»Ich habe mir jede Menge Informationen darüber besorgt und angefangen, alles zu lesen. Und die ganze Zeit über habe ich mich im Kreis gedreht, Gott und die Welt verflucht und so weiter. Ich habe mich gefragt, warum der Vater des Kindes nicht wenigstens einmal anruft. Wenn ich mich einmal etwas beruhigt hatte, kam der Gedanke auf, dass ich es ihm sagen sollte, dass er es wissen musste. Ich war ja schließlich nicht von allein schwanger geworden, und daher sollte er auch die Verantwortung dafür übernehmen. Und irgendwann in dem ganzen Durcheinander ist es mir dann bewusst geworden. Ich würde ein Kind haben. Wenn ich ein Baby hätte, würde ich nicht mehr allein sein. Das war ein sehr egoistischer Gedanken, und zum ersten Mal wurde mir klar, dass ich das Kind behalten wollte. Für mich.«

Sie holte tief Luft und sah ihn an. »Ich habe beschlossen, das Kind zu behalten, weil ich einsam war. Das war damals der ausschlaggebende Grund.«

Harper sagte eine Weile gar nichts. »Und der Student?«

»Ich bin zu ihm gefahren, um es ihm zu sagen. Ich hatte über das Sekretariat der Universität seine Adresse herausbekommen und wollte ihm meine Entscheidung mitteilen.«

Eine leichte Brise erfasste ihr Haar, und sie ließ die feuchte, warme Luft über ihre Gesicht streichen. »Er hat sich gefreut, mich zu sehen. Ich glaube, er hat sich ein bisschen geschämt, weil er sich nicht bei mir gemeldet hatte. Das Problem war nur, dass er sich verliebt hatte. Die große Liebe«, sagte sie, während mit einer dramatischen Geste die Arme ausbreitete. »Er war so glücklich und aufgeregt, und als er von ihr gesprochen hat, konnte man seine Liebe fast mit Händen greifen.«

»Also hast du es ihm nicht gesagt.«

»Ich habe es ihm nicht gesagt. Was hätte ich denn tun sollen? Ich freue mich ja so für dich, dass du jemanden gefunden hast, mit dem du den Rest deines Lebens verbringen willst. Was wird sie wohl dazu sagen, dass du mir ein Kind gemacht hast? Tut mir ja leid, dass du dir dein Leben verpfuscht hast, nur weil du da gewesen bist, als ich einen Freund gebraucht habe. Außerdem wollte ich ihn doch gar nicht. Ich wollte ihn nicht heiraten, also hätte es auch gar keinen Sinn gehabt, ihm von dem Kind zu erzählen.«

»Er weiß gar nichts von Lily?«

»Noch eine egoistische Entscheidung, mit einer kleinen Prise Selbstlosigkeit, weil es für ihn das Beste war. Später, in der zweiten Hälfte der Schwangerschaft, als ich das Kind in mir gespürt habe, habe ich mir Vorwürfe deshalb gemacht. Aber ich habe es ihm trotzdem nicht gesagt.«

Sie brach ab. Es war schwieriger weiterzuerzählen, wenn er schwieg, wenn er sich so völlig auf das konzentrierte, was sie sagte.

»Ich weiß, dass er ein Recht darauf hat, es zu erfahren. Aber es war meine Entscheidung, und ich würde mich wieder so entscheiden. Ich habe gehört, dass er das Mädchen im April geheiratet hat und sie dann nach Virginia gezogen sind, wo seine Familie herkommt. Ich glaube, ich habe das Richtige für uns alle getan, aus welchen Gründen auch immer. Vielleicht würde er Lily lieben, aber vielleicht würde er bei ihrem Anblick immer nur daran denken, dass er einen Fehler gemacht hat. Ich will es nicht wissen. Weil sie für mich in den ersten Monaten meiner Schwangerschaft ein Fehler war, und dafür hasse ich mich. Ich habe erst angefangen, sie zu lieben, als ich im fünften Monat war, und dann war es wie … als würde sich alles in mir öffnen, als würde sie die Leere in mir füllen. Zu dem Zeitpunkt ist mir auch klar geworden, dass ich von zu Hause wegmuss. Dass sie und ich ganz neu anfangen müssen.«

»Das war sehr tapfer von dir. Und die richtige Entscheidung.«

Seine Antwort klang so simpel und einfach, und sie war nicht im Geringsten darauf vorbereitet. »Es war verrückt.«

»Tapfer«, wiederholte er. Er blieb an einer Stelle des Parks stehen, an der gelbe Lilien wuchsen. »Und die richtige Entscheidung.«

»Es hat sich als die richtige Entscheidung herausgestellt. Eigentlich wollte ich sie Eliza nennen. Das war der Name, den ich für ein Mädchen ausgesucht hatte. Doch dann hast du mir rote Lilien mitgebracht, und sie waren so wunderschön, so lebendig. Als sie geboren war, dachte ich, sie ist so wunderschön, so lebendig. Sie muss Lily heißen.« Sie seufzte. »Das war's. Das ist der große Kreis, vom Anfang bis zum Ende.«

Er beugte sich zu ihr hinunter und küsste sie. »Weißt du was? Kreise kann man größer machen.«

»Soll das etwa heißen, dass ich dich mit meiner persönlichen Herz-Schmerz-Vorabendserie nicht zu Tode gelangweilt habe und du wieder mit mir ausgehen willst?«

»Du hast mich noch nie gelangweilt.« Er nahm ihre Hand, und sie gingen weiter. »Und ja, ich würde gern wieder mit dir ausgehen.«

»Weit weg von Harper House. Weit weg von ihr.«

»Das können wir gern tun. Aber das Problem ist, dass wir dort leben, Hayley. Wir arbeiten dort. Wir können ihr nicht aus dem Weg gehen.«

Er hatte natürlich Recht, dachte Hayley, als sie ihr Schlafzimmer betrat. Sämtliche Schubladen ihrer Kommode waren aufgerissen. Ihre Sachen von dort, die Kleidung aus dem Schrank, alles lag in einem großen Haufen auf dem Bett. Sie ging durch das Zimmer und hob eine Bluse und eine Jeans auf. Es war nichts beschädigt, stellte sie fest. Das war immerhin etwas.

In Lilys Zimmer war alles in Ordnung, und das war das Wichtigste. Neugierig ging sie ins Bad. Ihre Toilettenartikel auf dem Regal waren zusammengeschoben worden.

»Willst du mir damit etwa sagen, dass ich nicht hierher gehöre?«, fragte sie sich. »Dass man mir jederzeit sagen kann, ich soll meine Sachen packen und gehen? Vielleicht hast du ja Recht damit. Aber wenn es tatsächlich so weit kommen sollte, werde ich schon damit fertig. Du hast damit erreicht, dass ich noch eine Stunde aufräumen muss, bevor ich ins Bett kann. Aber mehr nicht.«

Sie fing an, ihre Sachen aufzuräumen, Cremes, Parfüms, Lippenstifte, Wimperntusche. Das meiste davon waren Billigmarken, nur ab und zu einmal hatte sie sich etwas Teureres gegönnt. Manchmal wünschte sie sich, sie könnte sich etwas Besseres leisten.

Das galt auch für ihre Kleidung, gestand sie sich ein, als sie ins Schlafzimmer ging, um dort Ordnung zu schaffen. Was war falsch daran, wenn sie sich wünschte, sie könnte sich bessere Qualität oder Designermarken leisten?

Schließlich war es ja keine Sucht.

Trotzdem wäre es schön, wenn in ihrem Schrank statt Sonderangeboten und Billigsachen schöne Kleider hingen. Seide und Kaschmir. Es würde sich so gut auf ihrer Haut anfühlen.

Roz hatte unglaublich tolle Kleider, aber die Hälfte der

Zeit lief sie in alten Männerhemden herum. Mehr als die Hälfte der Zeit. Was für einen Sinn hatte es, so viele schöne Sachen zu besitzen und sie dann nicht zu schätzen? Sie einfach im Schrank hängen zu lassen, obwohl jemand anders sie tragen könnte. Jemand, der jünger war und dem sie besser standen. Jemand, der es sich verdient hatte, anstatt alles auf dem silbernen Tablett serviert zu bekommen.

Und erst ihr Schmuck. Er war in einem Safe eingesperrt, obwohl er doch so gut um ihren eigenen Hals ausgesehen hätte. So glitzernd.

Sie hätte ihn sich einfach nehmen sollen, hier ein Stück, da ein Stück. Es wäre nicht weiter aufgefallen.

Alles, was sie wollte, war in Reichweite, sie brauchte es sich nur zu nehmen, warum also nicht …

Hayley ließ die Bluse fallen, die sie in der Hand gehalten hatte. So wie eine Frau, die ein kostbares Abendkleid vor sich hält. Sich im Spiegel ansieht. Und an Diebstahl denkt.

Ich nicht. Zitternd starrte sie ihr Spiegelbild an.

»Ich nicht«, sagte sie laut. »Das, was du brauchst, brauche ich nicht. Das, was du willst, will ich nicht. Du kannst dich vielleicht in meinen Kopf schleichen, aber du kannst mich nicht zwingen, so etwas zu tun. Niemals.«

Sie ließ den Rest ihrer Sachen auf einen Stuhl fallen und legte sich angezogen aufs Bett.

Und schlief mit Licht.

9. Kapitel

Hayley war froh, dass sie hinter der Verkaufstheke stand und die Kunden sie beschäftigt hielten. Amelia schien kein Interesse an ihr zu haben, wenn sie arbeitete. Wenigstens nicht bis jetzt.

Sie wollte eine Liste machen und alles für Mitch aufschreiben, jeden Vorfall, an den sie sich erinnern konnte, und den Ort, an dem es passiert war – am Teich, in ihrem Schlafzimmer, im Kinderzimmer. Sie war sich zwar nicht sicher, aber sie hatte den Eindruck, dass sie manchmal nicht ganz bei sich gewesen war. Im Garten von Harper House zum Beispiel, als sie bei der Arbeit vor sich hin geträumt hatte.

Wenn sie es erst einmal zu Papier gebracht hatte, würde es bestimmt nicht mehr so unheimlich sein.

Zumindest nicht tagsüber, wenn Leute in der Nähe waren.

Sie hob den Kopf, als eine neue Kundin hereinkam. Jung, gute Schuhe, teurer Haarschnitt. Solides, verfügbares Einkommen, folgerte Hayley und hoffte, einen Teil davon ergattern zu können. »Guten Morgen. Suchen Sie etwas Bestimmtes?«

»Nun ja, ich … Tut mir leid, ich glaube, ich habe Ihren Namen vergessen.«

»Ich heiße Hayley.« Sie musterte die Kundin noch etwas

genauer, während sie gnadenlos weiterlächelte. Stufig geschnittenes blondes Haar mit Strähnen, schmales Gesicht, hübsche Augen – ein bisschen schüchtern.

Dann riss sie die Augen auf. »Jane? Roz' Cousine Jane? Heiliger Strohsack, hast du dich verändert!«

Die Frau wurde rot. »Ich … ich habe mir die Haare schneiden lassen«, murmelte sie, während sie mit der Hand durch ihren Stufenschnitt fuhr.

»Du siehst großartig aus. Einfach toll.«

Das letzte Mal, als sie Jane gesehen hatte, hatte sie Roz und Stella dabei geholfen, Janes wenige persönliche Sachen aus der vollgestopften Stadtwohnung von Clarise Harper zu holen. Die Frau, die sie aus der Wohnung geschmuggelt hatten – zusammen mit Tagebüchern, die Clarise in Harper House hatte mitgehen lassen –, hatte wie eine graue Maus ausgesehen, verhuscht und scheu.

Inzwischen hatte sie sich ihre blonden Haare aufgehellt und gesträhnt und auf eine Länge schneiden lassen, die ihr langes, schmales Gesicht nicht noch länger machte.

Ihre Sachen waren schlicht geschnitten, doch die Baumwollbluse und die leichte dreiviertellange Hose waren etwas ganz anderes als der plump wirkende Rock, den sie bei ihrer Flucht aus der Wohnung getragen hatte.

»Alle Achtung. Du siehst aus, als wärst du bei einer dieser Fernsehshows gewesen, du weißt schon, vom hässlichen Entchen zum Schwan … Oh, du meine Güte, das war jetzt aber sehr unhöflich.«

»Nein, ist schon okay.« Ihr Lächeln wurde breiter, und sie errötete wieder. »Ich komme mir ja wirklich so vor, als wäre ich runderneuert worden. Jolene – du kennst doch Jolene, Stellas Stiefmutter?«

»Ja. Eine tolle Frau.«

»Sie hat mir geholfen, den Job in der Galerie zu bekommen, und am Tag vor meinem ersten Arbeitstag ist sie einfach vorbeigekommen und hat mich … entführt. Sie hat gesagt, sie sei jetzt einen Tag lang meine gute Fee. Und schon waren meine Haare zum Teil ab, und im Rest steckte Alufolie. Ich hatte viel zu viel Angst, um mich zu wehren.«

»Sicher bist du jetzt froh, dass du es nicht getan hast.«

»Ich war wie betäubt. Danach hat sie mich in ein Einkaufszentrum geschleppt und gesagt, sie würde jetzt drei Kombinationen für mich aussuchen, von Kopf bis Fuß. Und von mir erwarten, dass ich mir für meine übrige Garderobe ähnliche Sachen aussuche.«

Ihr Lächeln wurde noch breiter, aber in ihren Augen glitzerten Tränen. »Es war der schönste Tag in meinem Leben.«

»Das ist ja eine wundervolle Geschichte.« Hayley bekam genauso feuchte Augen wie Jane. »Du hattest eine gute Fee verdient, nachdem dich diese alte Hexe so lange tyrannisiert hat. Weißt du, historisch gesehen sind Märchen Geschichten über Frauen, die von Frau zu Frau weitererzählt wurden, zu einer Zeit, in der Frauen nicht viele Rechte hatten.«

»Ähm. Wirklich?«

»Tut mir leid. Ich habe gerade etwas darüber gelesen, und da in deiner Geschichte nur Frauen vorkommen, fiel es mir wieder ein. Ich glaube, wir sollten jetzt Stella rufen.«

»Ich wollte nicht stören. Ich möchte nur Rosalind besuchen und mich bei ihr bedanken.«

»Roz holen wir auch.« Hayley lief zur Tür von Stellas Büro. »Aber Stella wird dich mit Sicherheit sehen wollen.« Sie steckte den Kopf hinein, ohne anzuklopfen. »Kannst du mal kurz kommen?«

»Gibt es ein Problem?«

»Nein. Komm.«

»Hayley, ich muss noch ein halbes Dutzend Anrufe machen, bevor ich …« Als sie Jane sah, brach sie ab und setzte automatisch ihr Kundengesicht auf. »Entschuldigung. Ist etwas nicht in …? O mein Gott! Das ist ja Jane!«

»Neu und verbessert«, verkündete Hayley. Dann verzog sie das Gesicht. »Ups! Tut mir leid.«

»Du brauchst dich nicht zu entschuldigen – genauso fühle ich mich ja.«

»Jolene sagte, sie hätte dir ihre Spezialbehandlung zukommen lassen.« Stella ging um Jane herum. »Sie hat sich wirklich Mühe gegeben. Dein Haar gefällt mir.«

»Mir auch. Deine Stiefmutter ist so nett zu mir gewesen.«

»Sie hat jede einzelne Minute davon genossen. Sie hat mir zwar Bericht erstattet, aber ein Bild sagt mehr als tausend Worte. Ich hoffe, es geht dir so gut, wie du aussiehst.«

»Ich bin ganz begeistert von meiner Arbeit. Und von meiner Wohnung. Und es ist so ein gutes Gefühl, hübsch zu sein.«

»Oh.« Stellas Augen wurden feucht.

»Ich hab genauso reagiert«, sagte Hayley, während sie ein

Funkgerät hinter der Theke hervorholte. »Roz, wir brauchen dich hier an der Kasse.«

Als Roz sich unter heftigem statischen Rauschen beschwerte, keine Zeit zu haben, schaltete Hayley das Funkgerät einfach aus.

»Ich will sie auf keinen Fall von ihrer Arbeit abhalten.«

»Sie wird dich sicher sehen wollen. Und ich will dabei sein, wenn sie dich sieht. O Mann, macht das Spaß.«

»Und wie geht es dir sonst so?«, sagte Stella.

»Das Wichtigste ist meine Arbeit. Sie macht mir wirklich Spaß, und ich lerne eine Menge dabei. Ich habe schon ein paar Freundschaften dort geschlossen.«

»Mit Männern?«

»Nein, so weit bin ich noch nicht. Aber in meinem Apartmentgebäude arbeitet ein Mann, der sehr nett ist.«

»Sieht er gut aus? Mist, ein Kunde«, grummelte Hayley, als jemand mit einem voll beladenen Einkaufswagen vom Freigelände hereinkam. »Redet bloß nicht über Sex, während ich kassiere.«

»Eigentlich dachte ich, es wäre mir peinlich, euch wiederzusehen«, sagte Jane an Stella gewandt, während Hayley den Kunden bediente.

»Warum?«

»Damals, als wir uns kennen gelernt haben, war ich so weinerlich und so gemein zu euch.«

»Das warst du nicht. Du hattest Angst und warst aufgeregt. Aus gutem Grund. Du hast einen großen Schritt gemacht, indem du uns in die Wohnung gelassen hast, damit Roz die Tagebücher holen konnte.«

»Schließlich waren sie ja ihr Eigentum. Clarise hatte kein Recht, sie aus Harper House mitzunehmen.«

»Stimmt. Aber es ist trotzdem ein großer Schritt für dich gewesen, uns in die Wohnung zu lassen, auszuziehen, einen neuen Job und ein neues Leben zu beginnen. Ich weiß, dass einem das Angst macht. Und Hayley weiß es auch.«

Jane warf einen Blick über die Schulter zu Hayley, die an der Kasse stand und mit ihrem Kunden plauderte. »Sie sieht nicht so aus, als würde ihr irgendetwas Angst machen können. Das habe ich schon gedacht, als ich sie und dich kennen gelernt habe. Dass ihr zwei nie Angst davor haben würdet, eure Meinung zu sagen, dass ihr euch nie so herumschubsen lassen würdet, wie ich es getan habe.«

»Wir haben alle einmal Angst – und nicht immer tun wir etwas so Radikales und Positives dagegen.«

Roz kam herein. Sie schlug mit ihren Gartenhandschuhen auf ihren Oberschenkel, was der einzige Anhaltspunkt dafür war, dass sie verärgert war. »Gibt es ein Problem?«

»Aber nein.« Stella wies auf die junge Frau neben sich. »Jane wollte dich besuchen.«

Roz zog die Augenbrauen hoch. Dann fing sie an zu lächeln. »Jolene hat Wort gehalten. Du siehst aus wie das blühende Leben.«

Sie steckte ihre Handschuhe in die Hosentasche und schnappte nach Luft, als Jane sich ihr an den Hals warf. »Ich freue mich auch, dich zu sehen.«

»Danke. Vielen Dank. Ich weiß gar nicht, was ich sagen soll.«

»Gern geschehen.«

»Ich bin so glücklich.«

»Das sieht man. Und man spürt es auch.«

»Tut mir leid.« Jane schniefte und gab sie frei. »Das wollte ich eigentlich gar nicht tun. Ich wollte herkommen, mich bei dir bedanken und dir sagen, dass die Arbeit in der Galerie gut läuft. Dass ich schon eine Gehaltserhöhung bekommen habe und etwas aus mir mache.«

»Das sehe ich. Und ich muss wohl nicht fragen, ob es dir gut geht. Ich freue mich wirklich für dich. Es klingt jetzt zwar etwas gehässig von mir, aber es freut mich umso mehr, dass du so hübsch bist und dass dir dein neues Leben gefällt, weil Tante Rissy vor Wut kochen wird.«

Jane lachte unter Tränen. »Ja, sie ist stocksauer. Sie hat mich besucht.«

»Was habe ich verpasst?«, wollte Hayley wissen, als sie hinter der Kasse hervorkam. »Die spannenden Sachen müsst ihr mir noch mal erzählen.«

»Ich glaube, so richtig spannend wird es jetzt erst.« Roz wandte sich an Jane. »Tante Rissy hat also ihren Besen aus dem Schrank geholt und dich besucht?«

»Sie ist zu mir in meine Wohnung gekommen. Wahrscheinlich hat ihr meine Mutter die Adresse gegeben, obwohl ich sie gebeten hatte, das nicht zu tun. Es war vor etwa einem Monat. Ich hab durch das Guckloch gesehen, und da stand sie vor meiner Tür. Um ein Haar hätte ich gar nicht aufgemacht.«

»Das kann man dir auch nicht verdenken.« Hayley tätschelte ihr den Rücken.

»Aber dann habe ich gedacht, dass ich mich doch nicht

wie ein Kaninchen in meiner eigenen Wohnung verkriechen kann. Also hab ich die Tür aufgemacht. Sie ist schnurstracks hereinmarschiert, hat die Nase gerümpft, mir befohlen, ihr Tee zu machen, und sich hingesetzt.«

»Die gute Seele«, meinte Roz spöttisch. »Ihr Ego ist unverwüstlich.«

»In welchem Stock liegt deine Wohnung noch mal?« Hayley kniff die Augen zusammen, während sie sich zu erinnern versuchte. »Zweiter oder dritter, stimmt's? Es hätte einen großen Fleck auf dem Pflaster gegeben, wenn du sie aus dem Fenster gestoßen hättest.«

»Ich wünschte, ich hätte es getan, aber ich bin in die Küche gegangen und habe ihr Tee gemacht. Ich habe von Kopf bis Fuß gezittert. Als ich wieder im Wohnzimmer war, sagte sie, ich sei ein undankbares, böses Mädchen. Und ich könne mir mein Haar abschneiden, mir ein schäbiges Rattenloch von Wohnung suchen, einen einfältigen Trottel überreden, mir einen Job zu geben, für den ich viel zu dumm sei, aber ich würde doch nur das bleiben, was ich sei. Und dann hat sie auch noch einige sehr unhöfliche Dinge über dich, Roz, gesagt.«

»Oh, was denn?«

»Na ja. ›Hinterhältige Dirne‹ war noch relativ harmlos.«

»Ich wollte schon immer mal ›Dirne‹ genannt werden. Dieses Wort wird heute leider viel zu selten benutzt.«

»Das hat den Ausschlag gegeben. Ich dachte, vielleicht hat sie ein Recht darauf, mich undankbar zu nennen, weil ich das ja auch war.« Jane stemmte die Hände in die Hüften und schob das Kinn vor. »Und meine Wohnung ist kein schäbiges Rattenloch, sie ist wirklich hübsch, aber ihren Ansprüchen genügt sie natürlich nicht. Carrie – meine Chefin – kennt sie nicht, also hält sie sie vielleicht für einfältig, weil sie mir einen Job gegeben hat. Aber dass sie die Frechheit besitzt, dich zu beschimpfen, obwohl doch sie dich bestohlen hat, war zu viel.«

Jane straffte die Schulter und nickte energisch. »Und das habe ich ihr dann auch gesagt.«

»Du hast es ihr ins Gesicht gesagt.« Roz lachte und nahm Janes Gesicht in beide Hände. »Ich bin sehr stolz auf dich.«

»Ihr sind fast die Augen aus dem Kopf gefallen. Ich weiß auch nicht, wie es gekommen ist, ich rege mich eigentlich nicht so leicht auf, aber ich war *so* wütend. Ich habe ihr einfach alles gesagt, was ich kaum zu denken gewagt habe, als ich noch bei ihr gewohnt und sie von vorn bis hinten bedient habe. Dass sie boshaft und gemein sei, und niemand auch nur einen Funken Zuneigung für sie übrig habe. Dass sie eine Diebin und eine Lügnerin sei und Glück gehabt hätte, dass du nicht die Polizei gerufen hast.«

»Gut gemacht.« Hayley stieß sie mit dem Ellbogen an. »Das ist besser, als sie aus dem Fenster zu werfen.«

»Und ich war noch nicht fertig.«

»Erzähl weiter«, forderte Hayley sie auf.

»Ich habe gesagt, ich würde eher auf die Straße gehen und betteln, bevor ich zu ihr zurückkomme und mich wieder von ihr schikanieren lasse. Und dann habe ich ihr gesagt, dass sie gehen soll.« Jane streckte den Arm aus und deutete auf einen imaginären Ausgang. »Ich hab so gemacht. Das war wahrscheinlich etwas zu dramatisch, aber ich war so wütend. Sie hat gesagt, ich würde es bereuen. Und dann hat sie, glaube ich, noch gesagt, ich würde diesen Tag verwünschen, aber das habe ich vor lauter Wut nicht mehr so richtig mitbekommen. Und dann ist sie gegangen.«

Sie atmete hörbar aus und fächelte sich Luft zu.

»Jane, du bist ja eine wahre Heldin. Wer hätte das gedacht?«

»Das ist noch nicht alles. Sie hat versucht, mich feuern zu lassen.«

»Dieses Miststück!« Hayley runzelte die Stirn. »Wie wollte sie das denn anstellen?«

»Sie ist zu Carrie gegangen und hat zu ihr gesagt, ich sei ein liederliches Frauenzimmer, hätte eine Affäre mit einem verheirateten Mann gehabt und sie bestohlen, obwohl sie mich wie ihre eigene Tochter in ihr Haus aufgenommen habe. Sie sagte, es sei ihre christliche Pflicht, Carrie vor mir zu warnen.«

»Ich habe schon immer gedacht, dass es für Christen wie Clarise eine Extraabteilung in der Hölle gibt«, meinte Roz.

»Als Carrie mich in ihr Büro gerufen und gesagt hat, Clarise sei da gewesen und habe ihr so einiges über mich erzählt, war ich sicher, dass ich gefeuert werde. Stattdessen hat Carrie mich gefragt, wie ich es so lange bei diesem grässlichen alten Drachen ausgehalten habe – so hat sie sie genannt, einen grässlichen alten Drachen. Und dann hat sie gemeint, ich hätte ihr einmal gesagt, dass ich viel Geduld und viel Kraft habe. Und da ich diese Eigenschaften tatsächlich hätte und auch bewiesen hätte, dass ich hart arbeiten kann und schnell lerne, wolle sie mir eine Gehaltserhöhung geben.«

»Carrie ist mir sehr sympathisch«, entschied Hayley. »Ich würde ihr gern einen ausgeben.«

»Es gibt doch nichts Schöneres als ein Happyend.« Es sei denn, dachte Hayley, mit einem Drink in der Hand im Schatten der Hollywoodschaukel zu sitzen, während Lily auf dem Rasen spielte. Und Harper neben sich zu haben.

»Es ist immer ein Happyend, wenn Tante Rissy irgendwo rausgeworfen wird. Als ich noch ein Kind war, hat sie mich jedes Mal, wenn sie hier war, richtiggehend terrorisiert. Bevor Mutter ihr Hausverbot erteilt hat.«

»Weißt du, wie Clarise deine Mutter genannt hat? Jane hat es uns gesagt.«

»Nein.« Der entspannte Ausdruck auf seinem Gesicht verhärtete sich. »Wie?«

»Eine Dirne.«

»Eine …« Er fing so laut zu lachen an, dass Lily begeistert in die Hände klatschte. »Eine Dirne. Mutter würde das gefallen.«

»Es hat ihr auch gefallen. Du kennst sie wirklich sehr gut, nicht wahr? Es war so ein schöner Morgen, der die Sache mit Amelia für eine Weile verdrängt hat. Vielleicht liegt es daran, dass ich jemanden getroffen habe, der sich selbst entdeckt hat. Als ich Jane kennen gelernt habe, war sie so gut wie unsichtbar. Und jetzt ist sie … sexy.«

»Ja? Wie sexy?«

Sie lachte und stieß ihm den Ellbogen in die Seite. »Das

hat dich jetzt nicht zu interessieren. Eine Cousine nach der anderen.«

»Wie sind wir eigentlich miteinander verwandt? Das habe ich nie so ganz verstanden.«

»Ich glaube, dein Vater und mein Vater waren dritte Cousins dritten Grades, was uns beide zu fünften Cousins macht. Sicher bin ich mir allerdings nicht. Vielleicht sind wir ja auch vierte Cousins ersten Grades. Oder dritte Cousins zweiten Grades. Ich krieg es einfach nicht zusammen. Aber es wird noch komplizierter, weil meine Urgroßmuter zweimal verheiratet war …«

Harper presste seinen Mund auf den ihren und machte ihren Vermutungen ein Ende. »Kusscousins dürfte genügen.«

»Einverstanden.« Und da sie keine Einwände hatte, beugte sie sich zu ihm und küsste ihn.

Sie wurden von Lily unterbrochen, die anfing zu quengeln und so lange an Harpers Hosenbein zog, bis er sie auf seinen Schoß setzte. Die Kleine legte ihren Arm um seinen Hals und stieß Hayley weg.

»Das war ausgesprochen deutlich.« Belustigt beugte sich Hayley noch einmal zu Harper hinüber, doch Lily stieß sie wieder zurück und klammerte sich noch enger an ihn.

»Ständig prügeln sich die Frauen um mich«, sagte er. »Das ist der Fluch meines Lebens.«

»O ja. Die Frau, mit der du letztes Jahr an Silvester unterwegs gewesen bist, sah so aus, als könnte sie gut kratzen und beißen.«

Er lächelte Lily an. »Ich weiß gar nicht, was deine Mutter meint.«

213

»O doch. Die Blonde mit den endlos langen Haaren und dem Push-up-BH von Victoria's Secret, der ihre Brüste so hochstehen hat lassen.«

»An die Brüste kann ich mich erinnern.«

»Wie kannst du nur so etwas sagen!«

»Du hast angefangen. Sie hieß Amber«, erwiderte er, während er Lily über seinen Kopf hob, um sie zum Lachen zu bringen.

»Natürlich. Sie sah nach einer Amber aus.«

»Sie ist Anwältin.«

»Ist sie nicht.«

»Wenn ich es doch sage.« Er hob die Hand, als wollte er einen Eid schwören. »Schön muss nicht unbedingt dumm bedeuten, und dafür bist du der beste Beweis.«

»War das eine ernste Sache mit euch beiden? Nein, vergiss, dass ich gefragt habe. Ich hasse es, wenn Frauen – oder Männer – in den ehemaligen Beziehungen ihres Partners herumstochern.«

»Du hast mir von deiner Beziehung erzählt … Es war nichts Ernstes. Sie wollte nicht, dass mehr daraus wird, und ich auch nicht. Zurzeit konzentriert sie sich auf ihre Karriere.«

»Ist es schon mal ernst gewesen?«

»Ich habe mich dieser Phase in einer Beziehung bereits einige Male genähert. Aber dann habe ich immer einen Rückzieher gemacht.« Er setzte Lily zwischen sie, damit sie schaukeln konnte.

Es war besser, wenn sie jetzt das Thema wechselte, dachte Hayley. Sie genoss es viel zu sehr, zu dritt in der Hollywoodschaukel zu sitzen, während die Bienen in der diesigen Hitze summten und die Sommerblumen in kräftigen Farben leuchteten.

»Das ist das Schönste am Sommer«, sagte sie. »Die Abende. Ich könnte stundenlang hier sitzen, ohne auch nur den kleinen Finger zu rühren.«

»Willst du nicht mal für eine Weile von hier weg?«

»Nicht heute Abend. Ich will Lily nicht an zwei Abenden hintereinander allein lassen.«

»Ich dachte, wir könnten nach dem Essen mit ihr Eis essen gehen.«

Überrascht sah sie ihn an. Dann fragte sie sich, warum sie sein Vorschlag so überrascht hatte. »Das würde ihr gefallen. Und mir auch.«

»Also abgemacht. Aber was hältst du davon, wenn wir erst einen Burger essen und danach in die Eisdiele gehen?«

»Das hört sich noch besser an.«

Der schwüle Juli ging in einen drückend heißen August mit weißem, wolkenverhangenem Himmel und viel zu warmen Nächten über. Es schien alles normal und ruhig zu sein, während ein Tag nach dem anderen verging.

»So langsam frage ich mich, ob es gereicht hat, dass wir ihren Namen herausgefunden haben.« Hayley topfte rosa und gelbe Pentas um. »Vielleicht hat sie sich beruhigt, weil wir uns bemüht haben, ihren Namen zu erfahren, und dabei herauskam, dass sie Roz' Urgroßmutter ist.«

»Glaubst du, sie hat ihren Frieden gefunden?«, fragte Stella.

»Ich höre sie immer noch in Lilys Zimmer singen, fast jeden Abend. Aber sie ist nicht mehr bösartig und gemein geworden. Ab und zu spüre ich noch etwas, aber das ist schnell wieder vorbei. Ich habe in letzter Zeit nichts Komisches mehr angestellt, oder?«

»Gestern hast du dir ein Album von Pink angehört und davon gesprochen, dir ein Tattoo stechen zu lassen.«

»Das ist doch nicht komisch. Warum lässt du dir nicht auch ein Tattoo stechen? Irgendwas Blumiges. Ich nehme eine rote Lilie, und du könntest dir eine blaue Dahlie machen lassen. Logan würde es bestimmt sehr sexy finden.«

»Dann soll *er* sich doch ein Tattoo stechen lassen.«

»Nur ein kleines. Ein Girlie-Tattoo.«

»Ich glaube, ein Girlie-Tattoo ist ein Widerspruch in sich.«

»Überhaupt nicht«, protestierte Hayley. »Blumen, Schmetterlinge, Einhörner, so etwas in der Richtung. Und Roz könnte ich sicher auch dazu überreden.«

Bei dem Gedanken an eine tätowierte Roz musste Stella lachen. »Du überredest Roz dazu, sich ein Tattoo stechen zu lassen, und ich … Nein, ich mach's nicht.«

»Historisch gesehen sind Tattoos uralte Kunstformen, die bis zu den Ägyptern zurückreichen. Sie werden häufig dazu benutzt, das Übernatürliche unter Kontrolle zu halten. Und da wir hier ein heftiges Problem mit Übernatürlichem haben, wäre es so eine Art Talisman *und* Ausdruck unserer Persönlichkeit.«

»Ich drücke meine Persönlichkeit lieber damit aus, dass

ich es ablehne, mir von irgendeinem schmierigen Kerl ein Symbol – egal, ob Girlie oder nicht – in meine Haut stechen zu lassen. Und du kannst mich jetzt ruhig spießig nennen. Oh, die sehen gut aus, Hayley. Zuckersüß.«

»Die Kundin wollte es zuckersüß haben, außerdem sind Gelb und Rosa die Farben, die sie für die Hochzeit ihrer Tochter ausgesucht hat. Die Töpfe sind als Tischdekoration für die Party der Braut gedacht. Wenn es nach mir ginge, würde ich allerdings kräftigere Farben nehmen. Vielleicht Farben von verschiedenen Edelsteinen.«

»Verschweigst du mir etwas?«

»Hm?«

»Überlegst du dir, welche Farben du bei deiner Hochzeit nehmen sollst?«

»Oh, nein.« Sie lachte und stellte einen fertigen Topf zur Seite. »So weit sind wir noch nicht. Harper und ich lassen es langsam angehen. Ganz langsam«, fügte sie mit einem Seufzer hinzu.

»Aber du hast es doch so gewollt, oder nicht?«

»Ja, schon. Aber … Ach, ich weiß nicht.« Sie seufzte noch einmal. »Es ist klüger, wenn wir uns Zeit lassen. Schließlich steht eine Menge auf dem Spiel – unsere Freundschaft, die Arbeit, mein Verhältnis zu Roz. Wir können nicht einfach so miteinander ins Bett steigen, nur weil mir danach ist.«

»Aber genau das willst du.«

Hayley sah Stella an. »Am liebsten würde ich hineinspringen, mit dem Kopf zuerst.«

»Und warum sagst du ihm das nicht?«

»Ich habe die Initiative ergriffen. Jetzt ist er dran. Und hoffentlich beeilt er sich mal ein bisschen.«

»Ich will nichts überstürzen.« Harper stand in der Küche und trank die Dose Cola in seiner Hand fast leer. Er machte selten eine Mittagspause, aber am frühen Nachmittag war David meist allein im Haus.

»Harp, du kennst sie jetzt schon fast zwei Jahre. Das ist nicht nur nichts überstürzen, das ist Stillstand.«

»Vorher war das anders. Wir sind doch noch ganz am Anfang. Sie hat gesagt, sie will es langsam angehen. Aber ich glaube nicht, dass ich das durchstehe.«

»Und ich glaube nicht, dass man an sexueller Frustration sterben kann.«

»Das sagst du. Aber ich werde der Erste sein. Ich werde nach meinem Tod in die Annalen der Medizingeschichte eingehen.«

»Und ich werde sagen können, dass ich dich gekannt habe. Hier, iss was.«

Misstrauisch starrte Harper das Sandwich an, das David vor ihn hinstellte. »Was ist das?«

»Es schmeckt gut. Und jetzt iss.«

Ohne großen Appetit biss Harper in das Sandwich. »Was ist das denn?«, fragte er, nachdem er probiert hatte. »Lamm? Kaltes Lamm?«

»Mit einem Klecks Nektarinen-Chutney.«

»Das schmeckt … verdammt gut. Wie kommst du nur auf solche Ideen? Nein, nein, bleiben wir beim Thema.« Er biss noch einmal hinein. »Ich kenne mich wirklich gut mit

218

Frauen aus, aber bei ihr stelle ich mich an, als wäre es das erste Mal. Es war nie wichtig – jedenfalls nicht so –, und jetzt hänge ich sozusagen in der Luft.«

David nahm den Teller mit seinem Sandwich und setzte sich ihm gegenüber an den Tisch.

»Junger Freund, es ist gut, dass zu mir gekommen bist, denn ich bin der Meister.«

»Ich weiß. Vielleicht sollte ich einfach mal abends mit einer Flasche in der Hand rübergehen und an ihre Balkontür klopfen. Sozusagen der Frontalangriff.«

»Das ist aus gutem Grund ein Klassiker geworden.«

»Aber sie macht sich solche Sorgen wegen Amelia. Sie will jede Art von, ähm, du weißt schon, Begegnung im Haus vermeiden. Zumindest habe ich sie so verstanden.«

»Ist ›Begegnung‹ ein Codewort für ›wilder Sex‹?«

»Ich wusste, dass du viel zu klug für meine kleinen Tricks bist. Weiter. Ich könnte sie und Lily bei mir zum Essen einladen, und wenn die Kleine schläft – ein bisschen Wein, ein bisschen Musik.« Er zuckte mit den Achseln und fühlte sich, als würde er sich im Kreis drehen.

»Es gibt einen Grund dafür, warum gute Hotels Zimmerservice und ein ›Bitte nicht stören‹-Schild haben.«

»Zimmerservice?«

»Tu mir den Gefallen und denk mit, Harp. Du lädst sie zum Essen ein – zu einem schicken Essen. Wie wäre es mit dem Peabody? Das hat hübsche Zimmer, einen guten Service, hervorragendes Essen – und Zimmerservice.«

Harper kaute auf seinem Sandwich herum und spielte das Ganze in Gedanken durch. »Ich lade sie zum Essen ein – in ein Hotelzimmer? Findest du nicht, dass das ein wenig … Das ist brillant«, beschloss er nach einem Moment.

»Genau das finde ich auch. Wein, Kerzen, Musik, das ganze Drumherum, in der intimen Atmosphäre einer Hotelsuite. Und am nächsten Morgen bringst du ihr das Frühstück ans Bett.«

Harper leckte sich Chutney von den Fingern. »Ich brauche aber eine Suite mit zwei Schlafzimmern. Wegen Lily.«

»Deine Mutter, Mitch und ich würden uns freuen, wenn wir eine Nacht auf dieses bezaubernde Kind aufpassen könnten. Und um deine – oder meine – bewundernswerte Voraussicht zu beweisen, werde ich eine kleine Reisetasche für Hayley packen. Du musst nur noch die Suite reservieren, ihre Sachen hinbringen und das Abendessen arrangieren. Dann bringst du sie ins Hotel und eroberst sie im Sturm.«

»Das ist eine geniale Idee. Warum ist mir das nicht selbst eingefallen? Aber das beweist nur, dass ich wegen ihr nicht mehr klar denken kann. Ich muss wieder zur Arbeit, und dann werde ich Stella überreden, den Dienstplan zu ändern, damit ich die Sache durchziehen kann. Danke, David.«

»Keine Ursache. Für die wahre Liebe – oder zumindest leidenschaftlichen Hotelsex – tue ich doch fast alles.«

Hayley trug ihr rotes Kleid. Es war das schönste von ihren Kleidern, und es passte wirklich perfekt. Doch sie wünschte, sie hätte Zeit gehabt, in die Stadt zu fahren und etwas Neues zu kaufen. Alle anderen Verabredungen mit ihm waren nicht so förmlich gewesen.

Er hatte sie in diesem Kleid schon gesehen. Tatsache war, dass er sie schon in allem, was sie besaß, gesehen hatte.

Aber die Schuhe waren toll. Die Jimmy Choos, die Roz ausrangiert und ihr geschenkt hatte, waren vermutlich dreimal so teuer gewesen wie das Kleid. Und jeden Penny wert, dachte Hayley, als sie sich vor dem Standspiegel drehte. Mit den Schuhen sahen ihre Beine plötzlich nicht mehr mager, sondern sexy aus.

Vielleicht sollte sie ihr Haar hochstecken. Hayley machte einen Schmollmund, hob ihr Haar im Nacken hoch und drehte den Kopf hin und her, um die Wirkung zu testen.

»Was meinst du?«, fragte sie Lily, die auf dem Boden saß und Spielzeug in Hayleys älteste Handtasche stopfte. »Hoch oder runter? Ich glaube, wenn ich es ein wenig zerzaust aussehen lasse, würde ich das mit dem Hochstecken schon hinbekommen. Dann könnte ich auch diese tollen Ohrringe tragen. Versuchen wir's mal.«

Wenn ein Mann sagte, er wolle sie zu einem ganz besonderen Essen einladen, dachte sie, während sie sich mit den Haarklemmen abmühte, war sie es ihm schuldig, in puncto Aussehen alle Register zu ziehen.

Das galt auch für die Unterwäsche. Wenigstens die war neu – sie hatte sie vor Kurzem mit dem Gedanken gekauft, dass er sie vielleicht darin sehen würde.

Vielleicht sogar schon heute – wenn sie den Abend etwas verlängern konnten. Sie musste nur Amelia aus ihren Gedanken verdrängen. Verdrängen, dass Harpers Mutter im anderen Flügel schlief. Dass ihre eigene Tochter nebenan schlief.

Warum zum Teufel musste alles so kompliziert sein?

Sie wollte ihn. Sie waren beide jung, ungebunden und gesund. Eigentlich hätte es ganz einfach sein müssen.

Wenn man sich liebt, sollte das Gewicht haben. Sie musste an Harpers Worte denken. Ihre Situation hatte mit Sicherheit Gewicht. Es war Zeit, dass sie das endlich einmal als Vorteil und nicht immer nur als Nachteil sah.

»Ich mache es mir selber schwer, Lily. Ich kann nichts dafür. Aber ich werde versuchen, das zu ändern.«

Sie legte die Ohrringe an – lange, glitzernde Hänger aus Gold – und überlegte, ob sie noch eine Kette tragen sollte, entschied sich dann aber dagegen. Mehr Schmuck als die Ohrringe brauchte sie nicht. »Und?« Sie trat einen Schritt zurück und drehte sich vor ihrer Tochter. »Was meinst du? Sieht Mama hübsch aus?«

Lily grinste breit und kippte den Inhalt der Handtasche aus.

»Ich interpretiere das mal als Ja«, sagte Hayley. Dann drehte sie sich zum Spiegel um, um sich noch einmal anzusehen.

Ihr stockte der Atem, und gleich darauf wurde ihr schwindelig.

Sie trug ein rotes Kleid, aber nicht das kurze mit den Spaghettiträgern, das sie seit über zwei Jahren besaß.

Es war lang und aufwändig gearbeitet, mit einem Ausschnitt, der so tief war, dass ihre Brüste von der roten Seide eingerahmt wurden. Auf ihrer nackten Haut glitzerte eine Kaskade aus Rubinen und Diamanten.

Ihr Haar war zu einer komplizierten Konstruktion aus schimmernden goldenen Locken aufgetürmt, von denen einige so zurechtgezupft waren, dass sie ein auffallend hübsches Gesicht mit vollen roten Lippen und kühlen grauen Augen umrahmten.

»Ich bin nicht du«, flüsterte sie. »Ich bin nicht du.«

Sie wandte sich langsam ab und bückte sich, um das auf dem Boden verstreute Spielzeug ihrer Tochter aufzusammeln. »Ich weiß, wer ich bin. Ich weiß, wer sie ist. Wir sind uns nicht ähnlich.«

Plötzlich geriet sie in Panik und drehte sich blitzschnell wieder um. Fast hatte sie erwartet, das Amelia aus dem Spiegel stieg und zu Fleisch und Blut wurde. Doch im Spiegel sah sie nur sich selbst. Ihre Augen waren weit aufgerissen und hoben sich dunkel von ihren bleichen Wangen ab.

»Komm mit, Lily.« Sie packte ihre Tochter, und als diese lautstark protestierte, griff sie sich außer ihrer Abendtasche auch noch die alte Handtasche.

Sie zwang sich dazu, ganz normal zu gehen. Als sie die Treppe erreichte, wurde sie noch langsamer. Roz würde ihr den Schock ansehen, doch sie wollte jetzt nicht darüber reden. Nur für den einen Abend noch wollte sie die Illusion aufrechterhalten, dass alles ganz normal war.

Also ließ sie sich Zeit und wartete, bis sich ihr Atem beruhigt hatte und sie ihren Gesichtsausdruck wieder unter Kontrolle hatte. Dann ging sie mit Lily auf dem Arm ins große Wohnzimmer und lächelte die anderen an.

10. Kapitel

Die Hitze brodelte am Himmel, während sie nach Memphis fuhren. Der Verkehr war chaotisch, doch Harper schien es nichts auszumachen. Sie kamen nur langsam voran, aber im Wagen war es kühl, und aus den Lautsprechern kam Coldplay.

Manchmal nahm er die Hand vom Steuer und legte sie über die ihre. Eine kleine vertraute Geste, die ihr Herz höher schlagen ließ.

Es war richtig gewesen, ihm nichts von dieser Erscheinung – oder was immer es auch gewesen war – in ihrem Schlafzimmerspiegel zu erzählen. Morgen war noch früh genug.

»Hier bin ich noch nie zum Essen gewesen«, sagte sie, als sie auf den Parkplatz des Hotels fuhren. »Es wird bestimmt toll.«

»Eines der ersten Häuser am Platz.«

»Einmal bin ich in der Lobby gewesen. Man war nicht in Memphis, wenn man nicht die Enten in der Hotelhalle des Peabody gesehen hat. Das wäre so, als würde man die Beale Street oder Graceland auslassen.«

»Du hast Sun Records vergessen.«

»Oh! Was für ein himmlischer Ort.« Sie warf ihm einen strengen Blick zu. »Und glaub nur nicht, dass ich es nicht merke, wenn du über mich lachst.«

»Ich lache ja gar nicht. Ich schmunzle nur ein bisschen.«

»Jedenfalls hat das Peabody eine beeindruckende Lobby. Hast du gewusst, dass die Enten seit fünfundsiebzig Jahren jeden Morgen zum Brunnen laufen und die Hotelhalle am Nachmittag wieder verlassen?«

»Wirklich?«

Sie gab ihm einen kleinen Schubs, während sie auf das Hotel zugingen. »Da du hier geboren bist, weißt du vermutlich alles, was es über dieses Hotel zu wissen gibt.«

»Es gibt einiges, das ich noch nicht weiß.« Er führte sie in die Lobby.

»Was hältst du davon, wenn wir vor dem Essen noch einen Drink am Brunnen nehmen?« Sie dachte an etwas Mondänes, Elegantes, das ausdrücken würde, wie sie sich jetzt fühlte. Ein Champagnercocktail oder ein Cosmopolitan. »Haben wir noch Zeit?«

»Ja, aber ich glaube, das, was ich geplant habe, wird dir noch besser gefallen.« Er ging mit ihr zu den Fahrstühlen.

Sie warf noch einen bedauernden Blick auf den prächtigen Marmor und die farbigen Glasfenster. »Ist das Restaurant oben? Liegt es auf dem Dach? Dachrestaurants sind ja so elegant. Es sei denn, es regnet. Oder es ist windig. Oder zu heiß«, fügte sie lachend hinzu. »Dachrestaurants sind wirklich elegant – in Filmen.«

Er lächelte nur und schob sie vor sich in den Fahrstuhl. »Habe ich dir schon gesagt, dass du heute Abend wunderschön aussiehst?«

»Das hast du, aber ich habe absolut nichts dagegen, wenn du dich wiederholst.«

»Du siehst wunderschön aus.« Er küsste sie leicht auf den Mund. »Du solltest immer Rot tragen.«

»Und du erst.« Sie fuhr mit den Fingerspitzen über das Revers seines dunklen Jacketts. »Du hast dich richtig in Schale geworfen. Die anderen Frauen im Restaurant werden vor lauter Neid nicht zum Essen kommen.«

»Wenn das so ist, sollten wir ihnen meinen Anblick ersparen.« Als der Fahrstuhl sich öffnete, nahm er ihre Hand und führte sie in den Korridor. »Komm mit.«

»Was geht hier vor?«

»Etwas, das dir hoffentlich gefällt.« Er blieb vor einer Tür stehen und zog einen Schlüssel aus der Tasche. Dann schloss er die Tür auf, öffnete sie und wies hinein. »Nach dir.«

Sie trat ein, und als sie die riesige Suite sah, stockte ihr der Atem. Ihre Hand flatterte zu ihrer Kehle, während sie über die schwarzweiß gemusterten Fliesen in den Salon ging, wo Kerzen flackerten und rote Lilien in Glasvasen standen.

Der Salon war in dunklen, kräftigen Farben eingerichtet und hatte hohe Fenster, die die funkelnden Lichter der Stadt hereinließen. Vor einem der großen Fenster war ein Tisch für zwei gedeckt, und in einem silbernen Kübel daneben steckte eine Flasche Champagner.

Von irgendwoher kam leise Musik, sanfter Memphis-Blues. Verblüfft drehte sie sich um die eigene Achse und sah die Wendeltreppe, die nach oben führte.

»Warst du das?«

»Ich wollte mit dir allein sein.«

Das Herz klopfte ihr bis zum Hals, als sie sich umdrehte und ihn ansah. »Das hast du alles für mich getan?«

226

»Für uns beide.«

»Dieser wunderschöne Raum – nur für uns. Blumen und Kerzen und, mein Gott, Champagner. Ich bin überwältigt.«

»Das hatte ich auch beabsichtigt.« Er ging zu ihr und nahm ihre Hände. »Der heutige Abend soll etwas ganz Besonderes sein. Etwas, das uns für immer in Erinnerung bleiben wird.« Er führte ihre Hände an seine Lippen. »Er soll perfekt sein.«

»Wir sind auf dem besten Weg dazu. Harper, noch nie hat sich jemand so viel Mühe wegen mir gemacht. Ich habe mich noch nie so geschmeichelt gefühlt.«

»Das ist erst der Anfang. Das Essen habe ich schon bestellt, es wird in etwa fünfzehn Minuten gebracht. Zeit genug für den Drink, den du haben wolltest. Wie wär's mit Champagner?«

»Etwas anderes wäre in diesem Moment völlig unangebracht. Danke.« Sie schmiegte sich an ihn und küsste ihn lang und leidenschaftlich.

»Ich glaube, ich mache jetzt besser die Flasche auf, sonst kommt meine Planung durcheinander.«

»Es gibt einen Plan?«

»Einen groben.« Er ging zum Kübel und nahm den Champagner heraus. »Und damit du dich entspannen kannst – ich habe Mutter die Telefonnummer von hier gegeben. Sie hat diese Nummer, deine Handynummer, meine Handynummer, und sie hat mir versprechen müssen, dass sie sofort anruft, wenn Lily auch nur einen Schluckauf bekommt.«

Er ließ den Korken knallen, während sie lachte. »Schon gut. Ich glaube, Roz wird mit jeder Situation fertig.«

Hayley drehte sich ein paarmal im Kreis herum. »Ich komme mir vor wie Aschenputtel. Ohne die bösen Stiefschwestern. Und ohne den Kürbis. Aber abgesehen davon ist es genau wie im Märchen.«

»Wenn der Schuh passt.«

»Ich werde jede Minute davon genießen, Harper, also kann ich es dir auch gleich sagen. Ich muss mich beherrschen, um nicht überall hier herumzurennen und mir alles anzusehen. Die Bäder sind bestimmt eine Wucht. Glaubst du, dass der Kamin funktioniert? Ich weiß, dass es viel zu warm für ein Feuer ist, aber das ist mir egal.«

»Wir zünden ihn an. Hier.« Er gab ihr ein Glas und stieß mit ihr an. »Auf die unvergesslichen Momente im Leben.«

Sie genoss den Moment in vollen Zügen. »Und auf die Männer, die solche Momente möglich machen. Wow«, sagte sie nach dem ersten Schluck. »Das schmeckt wirklich toll. Vielleicht träume ich ja.«

»Wenn du träumst, träume ich auch.«

»Dann ist es in Ordnung.«

Er ließ seine Finger über ihren Nacken gleiten, den ihr hochgestecktes Haar entblößte. Dann zog er sie ganz langsam an sich. Als es an der Tür klopfte, erschien ein ironisches Grinsen auf seinem Gesicht.

»Pünktlich auf die Minute. Ich kümmere mich darum. Wenn das Essen serviert ist, sind wir wieder allein.«

Er hatte das alles wahr werden lassen. Er hatte das alles arrangiert, bis ins letzte Detail, damit dieser Abend so ablief wie im Märchen. Und daher saß sie jetzt in einer eleganten Suite und trank Champagner, bei Kerzenlicht und flackerndem Kaminfeuer. Der Duft von Lilien lag in der Luft. Vor ihr stand ein köstliches Abendessen, von dem sie vor lauter Aufregung kaum einen Bissen herunterbrachte.

Heute würden sie miteinander schlafen.

»Erzähl mir von deiner Kindheit. Wie war es, mit zwei Brüdern aufzuwachsen?«, fragte sie.

»Ich fand es immer schön, Brüder zu haben, selbst wenn sie mich geärgert haben.«

»Ihr habt ein sehr enges Verhältnis zueinander. Das fällt mir jedes Mal auf, wenn sie zu Besuch kommen. Obwohl sie alle nicht in Memphis leben, wirkt ihr drei wie ein Team.«

Er schenkte ihr nach. »Wärst du auch gern mit Geschwistern aufgewachsen?«

»Ja. Ich hatte zwar Freunde und Cousins und Cousinen, mit denen ich spielen konnte, aber ich habe mir so sehr Geschwister gewünscht. Vor allem eine Schwester. Jemanden, dem ich mitten in der Nacht ein Geheimnis erzählen kann, mit dem ich mich prügeln kann. Du hattest das alles.«

»Es war, als hätte ich eine eigene Gang, vor allem, als dann auch noch David kam.«

»Ihr vier habt Roz sicher in den Wahnsinn getrieben.«

Er grinste und hob sein Glas. »Wir haben unser Bestes getan. Der Sommer war lang, und wenn man ein Kind ist, kommt er einem noch länger vor. Lange, heiße Tage, der

Garten und der Wald, das war unsere Welt. Ich kann mich noch gut daran erinnern, wie es gerochen hat, so grün und erdig. Und dass man um diese Jahreszeit die ganze Nacht die Zikaden hörte.«

»Ich habe früher immer mein Fenster ein wenig aufgelassen, damit ich sie besser hören konnte. Ich wette, ihr hattet jede Menge Ärger.«

»Wahrscheinlich mehr als andere Jungs in dem Alter. Mutter entging so gut wie nichts. Sie hatte so eine Art Radar – als könnte sie es riechen. Es war schon fast unheimlich. Egal, wo sie gerade war, im Garten oder im Haus, wenn ich kam, wusste sie einfach, ob ich etwas angestellt hatte.«

Sie stützte die Ellbogen auf den Tisch und schmiegte das Kinn in die Hände. »Erzähl.«

»Am meisten verblüfft – jedenfalls damals – hat sie mich, als ich zum ersten Mal mit einem Mädchen zusammen war.« Er tauchte eine Erdbeere in Schlagsahne und hielt sie ihr hin. »Nachdem ich auf dem Rücksitz meines geliebten Camaro die süßen Freuden der Liebe entdeckt hatte, ungefähr ein halbes Jahr nach meinem sechzehnten Geburtstag, ging ich nach Hause. Am nächsten Morgen kam sie in mein Zimmer und legte eine Schachtel Kondome auf meine Kommode.«

Er schüttelte den Kopf und aß die Beere auf. »Sie sagte – und das weiß ich bis heute –, dass wir schon über Sex und Verantwortung gesprochen hätten und sie deshalb davon ausgehe, dass ich ein Kondom benutzt hätte und dies auch weiterhin tun würde. Und dann fragte sie mich, ob ich noch was wissen will.«

»Was hast du gesagt?«

»Ich habe gesagt: ›Nein, Mutter.‹ Als sie wieder draußen war, habe ich mir die Decke über den Kopf gezogen und Gott gefragt, woher zum Teufel meine Mutter weiß, dass ich in meinem Camaro Sex mit Jenny Proctor hatte. Es war sowohl verblüffend als auch äußerst erniedrigend.«

»Ich hoffe, ich bin genauso.«

Er zog die Augenbrauen hoch, während er noch eine Erdbeere in die Schlagsahne tauchte. »Wie? Verblüffend und erniedrigend?«

»Nein. So klug wie deine Mutter. So vernünftig wie sie, wenn es um Lily geht.«

»Lily darf erst Sex haben, wenn sie dreißig und schon ein paar Jahre verheiratet ist.«

»Das versteht sich von selbst.« Sie aß ihm die Erdbeere aus der Hand. »Was ist aus Jenny Proctor geworden?«

»Jenny?« Ein nachdenkliches Lächeln erschien auf seinem Gesicht, was ihr verriet, dass er an früher dachte. »Sie hat sich vor Sehnsucht nach mir verzehrt – da blieb ihr nichts anderes übrig, als nach Kalifornien aufs College zu gehen und einen Drehbuchautor zu heiraten.«

»Armes Mädchen. Ich glaube, ich sollte nichts mehr trinken«, sagte sie, als er ihr nachschenken wollte. »Ich hab schon einen Kleinen sitzen.«

»Es hat keinen Zweck, auf halbem Weg stehen zu bleiben.«

Sie legte den Kopf schief und warf ihm einen provozierenden Blick zu. »Sieht dein Plan auch vor, mir so viel

Champagner einzuflößen, dass ich dir willenlos ergeben bin?«

»Allerdings.«

»Gott sei Dank. Willst du dir noch lange Zeit damit lassen? Ich glaube nämlich nicht, dass ich noch länger hier sitzen und dich ansehen kann, ohne deine Hände auf meinem Körper zu spüren.«

Seine Augen wurden dunkler, als er aufstand und ihre Hand ergriff. »Laut Plan wollte ich jetzt mit dir tanzen, damit ich dich in meine Arme nehmen kann, ungefähr so.«

Sie stand auf und schmiegte sich an ihn. »Bis jetzt habe ich noch keinen einzigen Schwachpunkt in deinem Plan gefunden.«

»Dann wollte ich dich küssen. Hier.« Seine Lippen strichen über ihre Schläfe. »Und hier.« Ihre Wange. »Und hier.« Ihr Mund. Er küsste sie so lange, bis ihr Kuss der Mittelpunkt der Welt zu sein schien.

»Ich will dich.« Sie presste sich an ihn. »Ich will dich so sehr, Harper. Ich werde noch verrückt, wenn es jetzt nicht passiert.«

Er tanzte mit ihr zur Treppe, blieb an ihrem Fuß stehen und sah ihr tief in die Augen. »Komm mit nach oben.«

Hand in Hand gingen sie nach oben. Hayley lachte verlegen. »Mir zittern die Knie. Ich weiß nicht mal, ob aus Nervosität oder Aufregung. Ich habe mir das so oft vorgestellt, aber ich hätte nie gedacht, dass ich so nervös sein würde.«

»Wir haben Zeit. Alle Zeit der Welt.«

Ihr Herz schlug immer schneller, doch es gab noch etwas,

über das sie sprechen mussten. »Ich nehme zwar die Pille, aber ich glaube, wir sollten … ich habe keine Kondome dabei.«

»Darum kümmere ich mich.«

»Du hast wirklich an alles gedacht.«

»Man muss auf alles vorbereitet sein.«

»Bist du Pfadfinder gewesen?«

»Nein, aber ich war mit ein paar ehemaligen Pfadfinderinnen befreundet.«

Sie musste lachen und spürte, wie sich ihre Nervosität etwas legte. »Ich glaube …«

Hayley brach ab, als sie das Schlafzimmer betrat. Kerzen warteten darauf, angezündet zu werden, und das Licht war heruntergedimmt. Das Bett war bereits aufgeschlagen, und auf dem Kissen lag eine einzelne rote Lilie.

Es war so ungeheuer romantisch.

»Oh, Harper …«

»Warte.« Er ging im Zimmer herum, um die Kerzen anzuzünden und das Licht zu löschen. Dann nahm er die Blume und hielt sie ihr hin. »Ich habe dir eine Lilie gebracht, weil sie das ausdrückt, was ich für dich empfinde, was ich von Anfang an für dich empfunden habe. So habe ich noch nie für jemanden empfunden.«

Sie strich mit den Blütenblättern über ihre Wange und atmete ihren Duft ein. Dann legte sie die Lilie weg. »Zieh mich aus.«

Er hob die Hand, schob den dünnen Träger von ihrer Schulter und presste seine Lippen auf die Stelle, an der er gewesen war. Dann zog sie ihm das Jackett aus.

Ihr Mund fand den seinen, als sie die Knöpfe an seinem Hemd aufmachte und er den Reißverschluss hinten an ihrem Kleid aufzog. Seine Hände wanderten über ihren Rücken, die ihren über seine Brust. Als ihr Kleid zu Boden glitt, stieg sie heraus – und hielt den Atem an, während er einen Schritt zurücktrat und sie einfach nur ansah.

Sie trug winzige Dessous in Rot, die im Kerzenlicht auf ihrer blassen, glatten Haut schimmerten. Und Schuhe mit sehr hohen Absätzen, die ihre langen Beine noch länger machten. Sein Verlangen nach ihr wurde noch größer.

»Du bist unglaublich.«

»Ich bin zu mager. Nur Ecken, keine Kurven.«

Er schüttelte den Kopf und fuhr mit den Fingerspitzen über die Rundung ihrer Brust. »So zart wie der Stiel einer Lilie. Lässt du bitte dein Haar herunter?«

Sie sah ihn unverwandt an, während sie die Arme hob und die Haarklemmen herauszog. Dann fuhr sie sich mit den Fingern durchs Haar. Und wartete.

»Unglaublich«, wiederholte er. Er nahm ihre Hand und zog sie mit sich zum Bett. »Setz dich«, sagte er. Dann kniete er sich vor sie und zog ihr die Schuhe aus.

Als seine Lippen über ihren Oberschenkel wanderten, klammerte sich Hayley am Bettrand fest.

»Ich will all das mit dir machen, was ich mir vorgestellt habe.« Seine Zähne liebkosten die Innenseite ihrer Knie. »Alles.«

Es kam ihr gar nicht in den Sinn, es ihm zu verweigern, und kein Wort des Protests wollte sich durch den Strudel der Empfindungen nach oben kämpfen. Seine Zunge glitt langsam über ihren Oberschenkel, und sein Mund hinterließ kleine brennende Male auf ihre Haut. Dann wanderten seine Hände nach oben und legten sich um ihre Brüste, während ihr Herz zu rasen begann.

Sie stöhnte seinen Namen und ließ sich auf das Bett fallen.

Jetzt konnte sie ihn endlich in ihre Arme schließen, konnte ihn so berühren, wie er sie berührte. Sie genoss das Gefühl seiner Hände auf ihrem Körper, die Wärme seiner vollen Lippen.

Sie hatten alle Zeit der Welt, hatte er zu ihr gesagt, doch jetzt konnte er seine Hände nicht bremsen. Sie wollten mehr, immer mehr. Ihre Brüste in seinen Händen, in seinem Mund, klein, fest und glatt wie Seide. Als er ihnen seine ganze Aufmerksamkeit widmete, warf sie den Kopf zurück und bot ihm ihren langen, schlanken Hals dar.

Endlich gehörte sie ihm.

Ihre Finger krallten sich in seinen Rücken und in seine Hüften. Kleine köstliche Qualen. Plötzlich lag sie auf ihm, und ihr Mund war so gierig wie der seine. Ihr schneller, keuchender Atem dröhnte in seinem Kopf wie ein Sturm.

Das Licht der Kerzen fiel auf ihre Haut, auf der ein feuchter Schimmer glänzte. Das Gold der flackernden Flammen spiegelte sich in dem dunkler werdenden Blau ihrer Augen, als seine Hand nach unten glitt und feststellte, dass sie heiß und feucht war.

Der Orgasmus war wie ein Blitz, wie ein Lichtstrahl, der sie blendete und ihren Körper in Flammen aufgehen ließ. Als die Flammen verebbten, fing sie an zu glühen. Sie spürte, wie sie in die Besinnungslosigkeit abglitt, doch gleich darauf kehrte sie in die Welt der schwerelosen Empfindungen zurück. Ihr Körper war wach, lebendig.

Sein Mund fand den ihren und ließ sie vor Lust zerfließen. Eine ungeheure Hitze strömte durch sie hindurch, und als er sie auf die Knie zog, war sie schwach und willenlos.

Er sah sie an, sah in sie hinein, wie ihr schien, so tief, dass sie dachte, er würde ihr Innerstes sehen. Und dann küsste er sie so, dass ihr Herz zu zittern begann.

Das war also Liebe, dachte sie. Dieses grenzenlose Vertrauen, diese Selbstaufgabe. Dieses Geschenk des Herzens, das einen so offen und schutzlos machte. Und so glücklich.

Sie legte ihm die Hand auf die Wange und lächelte, als sie das Becken hob und ihre Beine um ihn schlang. »Ja«, seufzte sie, als er in sie eindrang. Mit einem lauten Stöhnen ließ sie sich in die Kissen zurückfallen.

Er beugte sich zu ihr hinunter und konnte kaum atmen, als er sie spürte. Er zog sie noch enger an sich, Herz auf Herz. Es war nicht nah genug, dachte er. Es würde nie nah genug sein.

Ihre Arme schlangen sich um ihn, ihr Mund fand den seinen, als sie sich gemeinsam auf den Weg zum Gipfel machten.

Vermutlich gab es etwas, das noch entspannender war, als sich nach dem Sex in einem großen Bett zu räkeln, während der Liebhaber neben einem lag. Aber vermutlich war es etwas Illegales, dachte Hayley.

Jedenfalls würde sie es in vollen Zügen genießen.

Was romantische Nächte anging, so stellte diese alles in

den Schatten, was sie bis jetzt erlebt hatte. Sie schmiegte sich noch etwas enger an ihn und lächelte versonnen, als seine Hand ihren Rücken streichelte.

»Das war großartig«, murmelte sie. »Du bist großartig. Alles ist großartig. Ich glaube, wenn ich jetzt nach draußen gehen würde, würde dieses Licht in mir die gesamte Bevölkerung von Memphis blenden.«

»Wenn du jetzt nach draußen gehen würdest, würde man dich verhaften.« Seine Hand glitt tiefer. »Es wäre besser, wenn du hier bei mir bleiben würdest.«

»Vermutlich hast du Recht. Mmm, ich fühle mich so locker.« Sie streckte sich wie eine Katze. »Ich war wohl ziemlich verspannt. Selbstbedienung ist einfach nicht so befriedigend wie … O Gott, ich kann nicht glauben, dass ich das gerade gesagt habe.«

Seine Schultern zuckten schon, bevor er losprustete. Dann schlang er den Arm um sie und verhinderte, dass sie sich abwenden konnte. »Ich bediene dich gern.«

Sie vergrub das Gesicht an seiner Schulter. »Manchmal rutscht mir so was einfach raus. Dabei bin ich gar nicht so sexbesessen.«

»Jetzt hast du all meine Hoffnungen zerstört.«

Sie kuschelte sich an ihn und hob den Kopf. »Mir gefällt es hier«, sagte sie, während sie ihm mit den Fingern durchs Haar fuhr. »Es ist so schön warm und gemütlich im Bett. Ich wünschte, wir könnten einfach hierbleiben, damit diese Nacht nie zu Ende geht.«

»Wir können hierbleiben, und wenn die Nacht zu Ende ist, können wir im Bett frühstücken.«

»Das klingt sehr verlockend, aber du weißt, dass ich nicht kann. Lily …«

»… schläft schon. In dem Reisebett, das wir heute Morgen in Mutters Wohnzimmer geschoben haben.« Als Hayley erstaunt die Augen aufriss, küsste er sie auf die Stirn. »Mutter wäre vor Freude fast an die Decke gesprungen, als ich ihr gesagt habe, sie könne Lily über Nacht bei sich behalten.«

»Deine Mutter …« Sie stützte sich auf den Ellbogen. »Wissen denn außer mir alle, was du geplant hattest?«

»So ziemlich.«

»Roz weiß, dass wir … Oh, das ist mir irgendwie peinlich. Aber ich glaube nicht, dass ich …«

»Mutter sagte, ich soll dich daran erinnern, dass sie es geschafft hat, drei Jungs großzuziehen, von denen keiner im Gefängnis gelandet ist.«

»Aber … Ich bin eine schreckliche Mutter. Ich würde am liebsten hierbleiben.«

»Du bist keine schreckliche Mutter. Du bist eine großartige Mutter.« Als sie sich aufsetzte, tat er es ihr gleich und legte ihr die Hände auf die Schultern. »Du weißt, dass es Lily gut geht, und du weißt, dass Mutter nichts lieber tut, als auf sie aufzupassen.«

»Ich weiß, aber … was, wenn sie aufwacht und mich vermisst? Okay«, sagte sie mit einem Seufzer, als er keine Antwort gab und lediglich die Augenbrauen hochzog. »Wenn sie aufwacht, wird Roz sich um sie kümmern. Und Lily ist so gern bei ihr und Mitch. Ich bin der Inbegriff eines Klischees.«

»Aber ein sehr hübscher.«

Sie sah sich im Zimmer um. Schön, elegant, luxuriös – und absolute Freiheit. »Können wir wirklich bleiben?«

»Ich hatte gehofft, dass du hierbleiben möchtest.«

Sie biss sich auf die Unterlippe. »Ich habe nichts dabei … zum Übernachten. Nicht einmal eine Zahnbürste. Und keine Haarbürste. Außerdem habe ich …«

»David hat eine Tasche für dich gepackt.«

»David … okay, dann ist das in Ordnung. Er weiß, was ich brauche.« Ihr wurde schwindlig. »Bleiben wir?«

»Das war der Plan. Wenn du nichts dagegen hast, bleiben wir.«

»Wenn ich nichts dagegen habe?«, wiederholte sie. Ihre Augen blitzten, als sie sich auf ihn warf. »Ich zeig dir jetzt mal, dass ich überhaupt nichts dagegen habe.«

Etwas später kam sie aufgeregt aus dem Bad gerannt. »Harper, hast du die Bademäntel gesehen? Sie sind so weich und flauschig.« Sie legte die Wange an einen der Ärmel. »Es sind zwei davon da, einer für mich und einer für dich.«

Harper machte ein Auge auf. Die Frau, dachte er, war einfach unersättlich. Gott sei es gedankt. »Wie schön.«

»Alles hier drin ist einfach wunderbar.«

»Romeo-und-Julia-Suite«, murmelte er fast schon wieder schlafend.

»Wie bitte?«

»Die Suite. Sie ist nach Romeo und Julia benannt.«

»Oh, aber die beiden …« Sie runzelte die Stirn. »Wenn man eine Weile darüber nachdenkt, sind sie nichts weiter als zwei Teenager, die sich umgebracht haben.«

Er musste lachen und machte die Augen wieder auf. »Das sieht dir ähnlich.«

»Ich habe diese Geschichte nie für sehr romantisch gehalten. Sie ist tragisch – und ziemlich dumm. Nicht das Theaterstück«, verbesserte sie sich, während sie sich um die eigene Achse drehte, um den Bademantel zu bewundern. »Das ist brillant, aber die beiden? Ups, sie ist tot, ich werde jetzt Gift trinken. Ups, er ist tot, ich werde mir ein Messer ins Herz stoßen. Wie kann man nur so bescheuert sein? Oh, vergiss es, ich rede mal wieder Unsinn.«

Er starrte sie an. »Nein, tust du nicht. Ich finde das faszinierend.«

»Wenn es um Bücher geht, habe ich meine eigene Meinung. Aber egal, nach wem sie benannt ist, die Suite ist einfach fantastisch. Am liebsten würde ich die ganze Zeit hier herumtanzen, splitterfasernackt.«

»Jetzt hab ich die Kamera vergessen.«

»Gegen Nacktfotos hätte ich nichts.« Sie löste den Gürtel des Bademantels und hielt ihn auf. »Es wäre bestimmt sehr sexy, wenn wir uns gegenseitig nackt fotografieren würden. Und wenn ich alt und verschrumpelt bin, würden mich die Fotos daran erinnern, wie es war, jung gewesen zu sein.«

Sie ließ sich auf das Bett fallen. »Hast du Nacktfotos von dir?«

»Bis jetzt noch nicht.«

»He.« Sie kitzelte ihn am Knie. »Das ist dir peinlich.«

»Eigentlich nicht.« O ja, dachte er, sie war wirklich faszinierend. »Hast du welche?«

»So sehr habe ich nie jemandem vertraut. Außerdem bin ich so knochig. Aber dir scheint das nichts auszumachen.«

»Ich finde dich wunderschön.«

Er meinte es wirklich so. War das nicht ein Wunder? Sie konnte es in seinen Augen sehen. Sie spürte es in seiner Berührung. »Heute Nacht fühle ich mich auch wunderschön.« Sie stand auf und wickelte den Bademantel um sich. »Es ist alles so vornehm und dekadent hier.«

»Was hältst du von Dessert?«

»Dessert? Aber es ist gleich zwei Uhr morgens.«

»Es gibt eine erstaunliche Erfindung, die sich 24-Stunden-Zimmerservice nennt.«

»Die ganze Nacht? Ich bin so ein Dummerchen. Aber das ist mir egal.« Sie ließ sich wieder auf das Bett fallen. »Können wir hier oben essen? Im Bett?«

»Die Vorschriften für den 24-Stunden-Zimmerservice besagen, wenn man nach Mitternacht etwas bestellt, muss man es im Bett essen. Nackt.«

Sie grinste anzüglich. »Tja, wenn das Vorschrift ist.«

Sie lagen bäuchlings auf dem Bett, zwischen sich einen Teller mit Schokoladentorte.

»Mir wird gleich schlecht«, sagte Hayley, während sie noch einen Bissen aß. »Aber es ist einfach göttlich.«

»Hier.« Harper streckte den Arm aus und holte eines der beiden Gläser, die auf dem Boden standen. »Spül's runter.«

»Ich glaub einfach nicht, dass du noch eine Flasche Champagner bestellt hast.«

»Ohne Champagner kann man nicht nackt Schokoladentorte essen. Das wäre ein Sakrileg.«

»Wenn du das sagst.« Sie trank einen Schluck, spießte ein Stück Torte auf die Gabel und hielt es ihm hin. »Weißt du was?« Sie wedelte mit der Gabel vor seiner Nase hin und her. »In Zukunft wirst du dich gewaltig anstrengen müssen, wenn du das hier übertreffen willst. Ich glaube, unter einem romantischen Wochenende in Paris oder einem Flug in die Toskana, damit wir uns in einem Weinberg lieben können, kommst du mir nicht davon.«

»Was hältst du von Ferien in Bimini mit viel Sonne und viel Sex?«

»Sonne und Sex.« Sie fing an zu kichern. »Kannst du das fünfmal schnell hintereinander sagen?« Dann rollte sie sich stöhnend auf den Bauch. »Wenn ich noch einen Bissen esse, werde ich das für den Rest meines Lebens bereuen.«

»O nein, das wollen wir nicht.« Er stellte den Teller auf die Seite. Dann rutschte er auf sie zu und küsste sie.

»Mhm.« Sie leckte sich die Lippen, als er den Kopf hob. »Du schmeckst so potent.«

»Das liegt an der Schokolade.«

Sie lächelte, während seine Hände über ihre Brüste fuhren und sich nach unten tasteten. Als sie seine Lippen zwischen ihren Beinen spürte, schnappte sie nach Luft. »Mein Gott, Harper …«

»Ich habe vergessen zu erwähnen, dass das noch zu einem späten Dessert dazugehört.« Er streckte den Arm aus, fuhr mit dem Finger durch die Creme und die Schokolade der

Torte und schmierte alles auf ihre Brust. »Ups. Ich glaube, das sollte ich besser wieder wegmachen.«

Hayley fühlte sich so zufrieden und welterfahren, als sie mit ihrer Reisetasche am Arm aus dem Fahrstuhl trat. Es war fast schon Mittag, doch der Tag begann erst jetzt für sie. Sie hatten im Bett gefrühstückt. Eigentlich, so überlegte sie, hatten sie fast alles im Bett gemacht, was Tennessee anzubieten hatte

Und sie befürchtete, dass als Folge davon sogar ihre Zehennägel glühten.

»Ich muss kurz an die Rezeption.« Harper küsste sie leicht auf die Lippen. »Willst du dich kurz setzen?«

»Nein, ich schau mich noch ein wenig um. Und in den Geschenkartikelladen muss ich auch noch.«

»Ich bin gleich wieder da.«

Hayley seufzte. Sie wollte sich alles genau einprägen. Die Leute, den Brunnen, die Pagen in ihren Uniformen, die Auslagen mit Kunstwerken und Schmuck.

Sie kaufte eine kleine Quietschente für Lily und einen Silberrahmen als Dankeschön für Roz. Und dann noch kleine Seifenstücke in Form von Enten und ein hübsches gelbes Mützchen, das an Lily ganz entzückend aussehen würde. Und …

»Kein Mann, der noch bei Verstand ist, sollte einer Frau den Rücken zudrehen, wenn sie in einem Laden steht«, sagte Harper hinter ihr.

»Ich kann nichts dafür. Sie haben so hübsche Sachen hier. Nein«, sagte sie schnell, als sie sah, wie seine Hand zu seiner Brieftasche ging. »Das bezahle ich.« Sie legte die Sachen auf die Theke und nahm noch eine Blechdose aus dem Regal, während die Rechnung erstellt wurde. »Das ist für dich, Harper.«

»Entenseife?«

»Ein Andenken an unseren Aufenthalt hier. Es hat uns großartig gefallen«, sagte sie zu der Angestellten an der Kasse.

»Freut mich, dass Ihnen das Hotel gefallen hat. Sind Sie auf Geschäftsreise oder zum Vergnügen hier?«

»Zum Vergnügen.« Hayley nahm die Tüte mit ihren Einkäufen. »Ausschließlich zum Vergnügen.« Sie griff nach Harpers Hand, als sie zurück in die Lobby gingen. »Wir fahren besser schnell nach Hause, bevor Lily vergessen hat, wie ihre Mutter aussieht und … oh, du meine Güte, sieh dir das Armband mal an.«

In der Vitrine, in der ein Juwelier aus Memphis einige Stücke ausstellte, glitzerte und funkelte es, doch Hayley hatte nur Augen für ein filigranes Armband aus weißen Diamanten, die herzförmige Rubine umgaben.

»Es ist einfach umwerfend schön. Elegant, fast zierlich, und die Herzform macht es so romantisch, aber es hat auch so etwas an sich, das sagt: He, ich bin ein wichtiges Schmuckstück. Vielleicht, weil es ein Stück aus einem Nachlass ist. Antiquitäten haben eben Stil.«

»Ja, ganz nett.«

»Ganz nett.« Sie verdrehte die Augen »Männer! Es ist *fantastisch*. Einige der anderen Schmuckstücke hier drin haben größere Steine, mehr Diamanten, was auch immer, aber das Armband fällt ins Auge. Mir jedenfalls.«

Er las Name und Adresse des Juweliers von der Vitrine ab. »Dann kaufen wir's eben.«

»Na klar.« Sie lachte ihn an. »Und da wir schon dabei sind – warum kaufen wir nicht auch noch einen neuen Wagen?«

»Ich bin sehr zufrieden mit meinem Wagen. Es würde dir gut stehen. Rubine passen zu dir.«

»Harper, ich trage nur Modeschmuck.«

Sie zog an seiner Hand, doch er fuhr fort, das Armband zu mustern. Je länger er es ansah, desto besser konnte er es sich an ihr vorstellen. »Ich muss nur schnell mit dem Manager reden.«

»Harper«, sagte sie bekümmert. »Ich hab es mir doch nur angesehen. Das machen Mädchen nun mal – wir sehen uns die Auslagen in den Schaufenstern an.«

»Ich will es dir kaufen.«

Sie war kurz davor, in Panik zu geraten. »So was kannst du mir nicht kaufen. Vermutlich kostet es – ich kann es mir nicht einmal vorstellen.«

»Dann fragen wir eben, was es kostet.«

»Harper, warte. Ich … ich erwarte nicht von dir, dass du mir teuren Schmuck kaufst. Und das hier auch nicht.« Sie wies auf die Lobby. »Es war die schönste Nacht meines Leben, aber das ist nicht der Grund dafür, warum ich mit dir zusammen bin.«

»Hayley, wenn das wirklich der Grund dafür wäre, warum du mit mir zusammen bist, dann wärst du es nicht. Die letzte Nacht war für uns, und sie bedeutet mir genauso viel wie dir. Ich bin meiner Mutter in einigen Dingen sehr ähnlich, also müsstest du wissen, dass ich nur das tue, was ich wirklich will. Ich will dir dieses Armband kaufen, und wenn es nicht zu teuer ist, werde ich das auch tun.« Er küsste sie auf die Stirn. »Bleib hier stehen.«

Sprachlos sah sie zu, wie er zum Hotelmanager ging.

Auch auf der Fahrt nach Hause brachte sie kein Wort heraus. Sie sah nur immer wieder auf die in Diamanten gefassten Rubinherzen hinunter, die an ihrem Handgelenk funkelten.

11. Kapitel

Hayley war für den Rest des Nachmittags gereizt und über-schüttete Lily geradezu mit Aufmerksamkeit. In ihrer Mut-terliebe – wie sie sich einredete – versuchte sie, die Tatsache, dass sie ihre Tochter vermisst hatte, mit der Tatsache in Ein-klang zu bringen, dass sie eine wundervolle Nacht ohne sie verbracht hatte.

Gewissensbisse, dachte sie, konnten sich sehr unter-schiedlich ausdrücken. Als Roz von der Arbeit kam, hat-ten sich Hayleys Gewissensbisse ins Unendliche gestei-gert.

»Willkommen daheim.« Roz streckte ihren Rücken und musterte Hayley, die in der Halle stand. »Na, wie war's?«

»Es war wundervoll. Mehr als wundervoll. Vielleicht sollte ich als Erstes sagen, dass du Harper zu einem un-glaublichen Mann erzogen hast.«

»Das war auch meine Absicht.«

»Roz, ich kann dir gar nicht genug dafür danken, dass du auf Lily aufgepasst hast.« Unbewusst deckte sie mit ihrer Hand das Armband um ihr Handgelenk ab. »Es war mehr, als ich erwarten konnte.«

»Es hat mir Spaß gemacht. Es hat uns allen Spaß ge-macht. Wo ist die Kleine denn?«

»Ich hab sie müde gemacht«, sagte Hayley mit einem ge-quälten Lächeln. »Um ein Haar hätte ich ihr die Haut von den Knochen geküsst. Sie macht ein kleines Nickerchen. Roz, ich hab dir was mitgebracht.«

»Oh, das ist aber nett.« Roz nahm die Schachtel und ging ins Wohnzimmer, um sie aufzumachen. Sie strahlte, als sie den Silberrahmen sah, in den Hayley bereits ein Bild von sich und Lily eingelegt hatte. »Was für ein schönes Bild. Ich werde den Rahmen auf den Schreibtisch in meinem Wohnzimmer stellen.«

»Ich hoffe, sie hat dir gestern Abend keinen Ärger gemacht.«

»Kein bisschen. Wir haben uns großartig miteinander amüsiert.«

»Ich … wir … Harper. Verdammt. Können wir uns kurz setzen?«

Roz setzte sich auf das Sofa und legte die Füße auf den Tisch. »Weißt du, ob David Limonade gemacht hat? Ich könnte einen ganzen Bottich leer trinken.«

»Ich hole dir was.«

Roz wies auf einen Sessel. »Ich hol mir gleich selbst ein Glas. Und jetzt sagst du mir, was los ist.«

Hayley setzte sich mit steifem Rücken hin und faltete die Hände im Schoß. »Manchmal habe ich die Mütter von den Jungs, mit denen ich befreundet war, kennen gelernt. Wir sind immer gut miteinander ausgekommen. Aber ich habe noch nie … es ist so surreal, eng mit der Mutter eines Mannes befreundet zu sein, mit dem ich … eine intime Beziehung habe.«

»Insgesamt würde ich das doch für einen Vorteil halten.«

»Ja, natürlich. Wahrscheinlich würde mir das alles weniger surreal vorkommen, wenn ich dich erst kennen gelernt hätte, *nachdem* unsere Beziehung …«

»… intim geworden ist.«

»Ja. Ich weiß nicht genau, wie ich mit dir darüber reden soll, weil mir immer noch der Kopf schwirrt. Aber ich wollte dir sagen, dass du Harper zu einem ganz erstaunlichen Menschen erzogen hast – ich weiß, dass ich das schon gesagt habe, aber ich wollte es noch mal sagen. Er hat sich so viel Mühe gegeben, damit es ein ganz besonderer Abend für mich wird. Ich habe die Erfahrung gemacht, dass es nicht viele gibt, die sich so viele Gedanken darüber machen.«

»Er ist ein ganz besonderer Mann. Und ich bin froh, dass du das auch so siehst.«

»Er hat eine wunderschöne Suite reserviert. Und erst die Blumen und die Kerzen. Und der Champagner. So etwas hat noch nie jemand für mich getan. Ich meine nicht den ganzen Luxus, ich gebe mich auch mit einem Teller Spareribs und einem Zimmer in einem Motel zufrieden. Oh, wie geschmacklos«, murmelte sie und schloss die Augen.

»Das ist nicht geschmacklos. Nur ehrlich. Und erfrischend.«

»Ich will damit sagen, dass noch nie jemand so viel Zeit und Mühe aufgebracht hat, um einen ganzen Abend für mich zu planen.«

»Es kann einen schon verwirren, wenn man im Sturm erobert wird.«

»Ja.« Hayley seufzte erleichtert. »Ja, genau. Mir dreht sich immer noch alles. Ich wollte dir noch sagen, dass ich ihn nie ausnutzen würde.«

»Er hat dir das Armband gekauft.«

Hayley zuckte zusammen und legte die Hand darüber. »Ja. Roz, ich …«

»Ich bewundere es, seit ich hereingekommen bin. Und mir ist auch aufgefallen, dass du es die ganze Zeit zu verstecken versuchst. Als hättest du es gestohlen.«

»Ich komme mir auch so vor, als hätte ich es gestohlen.«

»Oh, jetzt mach dich doch nicht lächerlich.« Roz runzelte die Stirn. »Das ist albern.«

»Ich habe ihm gesagt, er soll es nicht kaufen. Ich habe es doch nur in der Auslage bewundert, und schon geht er weg und spricht mit dem Manager und dem Juwelier. Er wollte mir nicht sagen, wie viel es gekostet hat.«

»Das will ich doch hoffen«, sagte Roz energisch. »Ansonsten hätte meine Erziehung versagt.«

»Roz, die Steine sind echt. Es ist eine Antiquität. Eine richtige Antiquität.«

»Ich bin schon den ganzen Tag auf den Beinen. Bring mich bloß nicht dazu aufzustehen, um es mir genauer anzusehen.«

Widerstrebend erhob sich Hayley und streckte den Arm aus. Roz zog sie einfach zu sich auf das Sofa. »Was für ein schönes Stück. Und es steht dir auch sehr gut. Wie viele Rubinherzen sind das denn?«

»Ich habe sie nicht gezählt«, flunkerte Hayley, doch als Roz sie verständnislos anstarrte, ließ sie den Kopf hängen. »Vierzehn«, gestand sie. »Mit zehn kleinen Diamanten drum herum und zwei zwischen den Herzen. Ach, ich bin mal wieder zu direkt.«

»Nein, du bist eine Frau. Und noch dazu eine mit einem exquisiten Geschmack. Trag es aber auf keinen Fall bei der Arbeit. Du machst es nur schmutzig.«

»Du bist nicht böse?«

»Harper steht es frei, sein Geld so zu verwenden, wie er das will, und er hat zum Glück so viel Urteilsvermögen, dass er es nicht wahllos ausgibt. Er hat dir ein wunderschönes Geschenk gemacht. Warum freust du dich nicht einfach darüber?«

»Ich dachte, du würdest dich aufregen.«

»Dann unterschätzt du mich.«

»Nein, nein.« Tränen standen ihr in den Augen, als sie sich an Roz lehnte. »Ich hab dich so gern. Es tut mir leid, aber ich bin so durcheinander. Ich bin so glücklich. Ich hab Angst. Ich hab mich in ihn verliebt. Ich liebe Harper.«

»Ja, Kleines.« Roz legte Hayley einen Arm um die Schultern und tätschelte sie beruhigend. »Ich weiß.«

»Woher denn?« Hayley schniefte und richtete sich auf.

»Sieh dich doch an.« Roz lächelte und wischte Hayley eine Haarsträhne von der feuchten Wange. »Du sitzt hier und weinst Tränen des Glücks und der Angst. Die Art von Tränen, die eine Frau vergießt, wenn ihr klar geworden ist, dass sie verrückt nach einem Mann ist, obwohl sie nicht genau weiß, wie zum Teufel das passiert ist.«

»Es ist mir ja auch erst gestern Abend klar geworden. Ich wusste, dass ich ihn gernhabe, aber eigentlich wollte ich nur eine heiße Nacht mit ihm verbringen … O Gott, was hab ich denn jetzt wieder gesagt?« Peinlich berührt vergrub sie das Gesicht in beiden Händen. »Verstehst du jetzt, warum ich das alles für surreal halte? Gerade habe ich Harpers Mutter gesagt, dass ich eine heiße Nacht mit ihrem Sohn verbringen wollte.«

»Ich gebe ja zu, dass das etwas ungewöhnlich ist. Aber ich glaube, ich bin so robust, dass ich damit fertig werde.«

»Gestern Abend ist etwas passiert, das ich nie für möglich gehalten hätte. Ich habe noch nie so etwas empfunden.« Hayley presste eine Hand auf ihr Herz, und die Rubine an ihrem Handgelenk glitzerten. »Ich bin noch nie so verliebt gewesen. Und als es passiert ist, dachte ich, das ist es, so ist es, wenn man fällt. Sag ihm das bloß nicht.« Sie ergriff Roz' Hand. »Sag es ihm bitte nicht.«

»Ich kann ihm das nicht sagen. Das musst du tun, wenn du so weit bist. Liebe ist ein Geschenk, Hayley, das man aus freien Stücken geben und empfangen muss.«

»Liebe ist eine Lüge, eine Illusion, die von schwachen Frauen und berechnenden Männern erfunden wurde. Eine Entschuldigung, die die Mittelklasse kultiviert und Höhergestellte ignorieren, damit sie innerhalb ihres Standes heiraten und noch mehr Reichtum anhäufen können.«

Roz stockte der Atem. Doch sie fing sich wieder und fuhr fort, in die Augen zu starren, die nicht mehr Hayley allein gehörten. »Ist das die Rechtfertigung für die Entscheidungen, die du getroffen hast?«

»Ich habe sehr gut mit meinen Entscheidungen gelebt.« Sie hob den Arm und lächelte, während sie mit den Fingerspitzen über das Armband fuhr. »Sehr gut. Besser als meine Eltern. Meine Mutter hat sich damit zufriedengegeben, auf

Knien zu dienen. Ich habe es vorgezogen, auf dem Rücken liegend zu dienen. Ich hätte hier leben können.«

Sie stand auf und ging im Zimmer herum. »Ich hätte hier leben sollen. Und darum bin ich jetzt hier. Für immer.«

»Aber du bist nicht glücklich. Was ist passiert? Warum bist du hier? Und warum bist so unglücklich?«

»Ich habe Leben geschenkt.« Sie wirbelte herum und presste eine Hand auf ihren Bauch. »Du weißt, welche Macht einem das verschafft. Das Leben ist in mir gewachsen, aus mir herausgekommen. Und er hat es mir genommen. Er hat mir meinen Sohn genommen.« Mit wirrem Blick sah sie sich um. »Mein Sohn. Ich will meinen Sohn holen.«

»Er ist schon lange tot.« Roz stand langsam auf. »Mein Großvater. Er war ein guter Mann.«

»Ein Baby. Mein Baby. Mein süßer kleiner Junge. Er gehört mir. Männer sind alle Lügner, Diebe, Betrüger. Ich hätte ihn umbringen sollen.«

»Das Kind?«

Ihre Augen blitzten so hell und kalt wie die Diamanten an ihrem Handgelenk. »Den Vater. Ich hätte eine Möglichkeit finden sollen, um ihn zu töten, um alle zu töten. Ich hätte das Haus anzünden sollen, während sie noch drin sind, und uns alle in die Hölle schicken sollen.«

Roz lief es eiskalt über den Rücken. Von dem Mitleid, das sie früher für Amelia empfunden hatte, war nichts mehr übrig. »Was hast du getan?«

»Ich bin in der Nacht hierhergekommen. So leise wie eine Maus.« Sie legte den Finger an die Lippen und fing dann an zu lachen. »Weg.« Sie drehte sich um die eigene Achse und hielt den Arm hoch, sodass die Rubine und Diamanten aufblitzten. »Alle weg, alles weg. Nichts mehr da für mich.« Ihr Blick wanderte zum Empfänger des Babyfons, aus dem Lilys Geschrei kam.

»Das Baby. Das Baby weint.«

Ihr Kopf fiel nach vorn, dann sank sie zu Boden.

»Mitch! David!« Roz lief durchs Zimmer und kniete sich neben Hayley.

»Mir ist so schwindlig«, murmelte Hayley und fuhr sich mit der Hand übers Gesicht. Dann tastete sie nach Roz' Hand. »Was ist denn?«

»Alles in Ordnung. Bleib liegen. David.« Roz warf einen Blick über die Schulter, als die beiden Männer ins Zimmer kamen. »Hol etwas Wasser – und den Brandy.«

»Was ist passiert?«, wollte Mitch wissen.

»Sie hatte eine Art Anfall.«

»Lily … Lily weint.«

»Ich geh sie holen.« Mitch legte Hayley eine Hand auf die Schulter. »Ich geh sie holen.«

»Oh, jetzt erinnere ich mich wieder. Jedenfalls glaube ich, mich zu erinnern. Ich hab Kopfschmerzen.«

»Hayley, wir legen dich jetzt aufs Sofa.«

»Mir ist schlecht«, keuchte Hayley, als Roz ihr aufhalf. »Es hat mich völlig überrascht. Es war … es war viel stärker als sonst.«

David kam mit Wasser und Brandy herein, setzte sich neben Hayley und drückte ihr ein Glas Wasser in die Hand. »Hier, Herzchen, trink etwas Wasser.«

»Danke. Es geht mir schon besser. Ich bin nur noch ein bisschen wacklig auf den Beinen.«

»Da bist du nicht die Einzige«, meinte Roz.

»Du hast dich mit ihr unterhalten.«

»Es war ein nettes Gespräch.«

»Du hast ihr Fragen gestellt. Wie hast du das nur fertig gebracht?«

»Trink den Brandy«, schlug Roz vor, doch Hayley verzog das Gesicht.

»Ich mag keinen Brandy. Es geht mir schon besser, wirklich.«

»Dann nehm ich ihn eben.« Roz griff sich das bauchige Glas und genehmigte sich einen großen Schluck, als Mitch mit Lily hereinkam.

»Sie will ihren Saft. Sie trinkt immer Saft, wenn sie aufgewacht ist«, murmelte Hayley.

»Ich hol den Saft«, sagte Mitch.

»Nein, das mach ich. Ich möchte für ein paar Minuten etwas Normales tun.« Sie stand auf und nahm ihm das Kind ab. »Na, meine Süße? Wir sind gleich wieder da.«

Roz sprang auf, als Hayley das Zimmer verlassen hatte. »Ich werde Harper rufen. Er will bestimmt wissen, was hier passiert ist.«

»Ich wüsste es auch gern«, meinte Mitch.

»Hol deinen Laptop und den Kassettenrecorder.«

»Wir haben einfach nur dagesessen und uns unterhalten. Ich habe Roz erzählt, wie schön es gestern Abend gewesen ist, und ihr das Armband gezeigt. Und – tut mir leid, Harper – dann habe ich ihr noch gesagt, dass ich Gewissensbisse habe, weil du es mir gekauft hast. Ich war wohl sehr aufgewühlt.« Sie sah Roz flehentlich an und bat sie stumm um Verschwiegenheit. »Und dann war sie einfach da. Wie aus heiterem Himmel. Was anschließend passiert ist, weiß ich nicht mehr so genau. Es war, als würde ich eine Unterhaltung hören – als würde man ein Glas an die Wand halten, um zu hören, was die Leute nebenan sagen. Die Stimmen hörten sich so blechern an, und ein Echo gab es auch.«

»Ich hatte den Eindruck, als würde sie sich über etwas amüsieren«, begann Roz. Dann erzählte sie, was passiert war.

»Sie war es gewohnt, Geschenke für Sex zu erhalten.« Mitch kritzelte etwas in sein Notizbuch. »Und genau so hat sie auch das Armband, das Hayley trägt, gesehen. Der Gedanke, dass jemand aus Großzügigkeit schenkt, oder um des Schenkens willen, war ihr völlig fremd. Wenn sie etwas bekam, war das eine Art Tausch. Aber nie ein Zeichen von Zuneigung.«

Hayley nickte und blieb neben Lily auf dem Boden sitzen.

»Sie ist hierhergekommen«, fuhr er fort. »Sie hat selbst gesagt, dass sie eines Nachts hierhergekommen ist. Sie wollte Reginald etwas antun, vielleicht auch dem ganzen Haushalt. Vielleicht hatte sie sogar etwas geplant. Aber sie hat es nicht getan. Wir können wohl davon ausgehen, dass sie hier zu Tode gekommen ist. Sie sagte, sie sei hier. Für immer.«

»Sie ist hier gestorben.« Hayley nickte. »Und sie bleibt

hier. Ja. So hat es sich angefühlt. Als könnte ich ihre Gedanken lesen, während es passiert ist. Sie ist hier gestorben, und sie bleibt hier. Und ihr Kind hält sie immer noch für ein Baby. Sie ist so, wie sie damals war, und daher ist ihr Sohn für sie immer noch ein Kind. Glaube ich wenigstens.«

»Und daher fühlt sie sich so zu Kindern hingezogen«, führte Harper ihren Gedanken fort. »Wenn sie heranwachsen, sind sie kein richtiger Ersatz mehr für ihr Kind. Vor allem, wenn sie zufällig zu Männern heranwachsen.«

»Sie hat mir geholfen, als ich in Schwierigkeiten war«, erinnerte sich Roz. »Sie ist sich der Blutsverwandtschaft bewusst. Sie erkennt sie an – zumindest dann, wenn es ihr passt. Hayleys Gefühlsausbruch hat sie hergelockt. Aber dann hat sie all meine Fragen beantwortet und völlig normal geredet.«

»Dann bin ich eine Art Medium.« Hayley unterdrückte einen Schauder. »Aber warum ich?«

»Vielleicht, weil du eine junge Mutter bist«, schlug Mitch vor. »Du bist ungefähr in dem Alter, in dem sie gestorben ist, und du ziehst ein Kind auf – etwas, das ihr verwehrt war. Sie hat Leben geschenkt. Und es wurde ihr gestohlen. Wenn Leben gestohlen wird, was bleibt dann noch?«

»Tod«, antwortete Hayley, während es ihr kalt über den Rücken lief. Sie blieb, wo sie war, als Lily zu Harper lief und ihm die Ärmchen entgegenstreckte. »Sie wird stärker – jedenfalls hat es sich so angefühlt. Sie freut sich darüber, dass sie einen Körper in der Nähe hat, den sie herumkommandieren kann. Sie will noch mehr. Sie will …«

257

Sie ertappte sich dabei, wie sie mit dem Armband spielte, und starrte die funkelnden Steine an. »Ich hab es vergessen«, flüsterte sie. »O Gott, ich hab es ganz vergessen. Gestern Abend, als ich mich umgezogen habe und noch einen Blick in den Spiegel geworfen habe. Sie war da.«

»Hattest du gestern Abend noch so eine Erscheinung?«, fragte Harper.

»Nein. Jedenfalls nicht so eine. Statt meines Spiegelbilds habe ich *sie* im Spiegel gesehen. Aber ich war nicht ...« Sie schüttelte ungeduldig den Kopf. »Ich war ich, die ganze Zeit, aber das Spiegelbild war sie. Ich habe nichts gesagt, weil ich gestern nicht darüber reden wollte. Ich wollte nur für eine Weile hier raus, und dann ... habe ich es vergessen, bis eben. Sie sah gar nicht so aus, wie wir sie kennen.«

»Was meinst du damit?«, fragte Mitch, der sich Notizen machte.

»Sie hatte sich fein gemacht. Ein rotes Kleid, aber es sah nicht so aus wie das, das ich trug. Sehr elegant, tiefer Ausschnitt, schulterfrei. Vermutlich ein Ballkleid. Sie trug eine Menge Schmuck. Rubine und Diamanten. Das Collier war ...« Sie brach ab und starrte entsetzt das Armband an.

»Rubine und Diamanten«, wiederholte sie. »Sie hat das hier getragen. Dieses Armband. Ich bin ganz sicher. Als ich es im Hotel gesehen habe, hat es mich geradezu magisch angezogen. Die anderen Schmuckstücke in der Vitrine habe ich gar nicht gesehen. Sie hat es getragen, an ihrem rechten Handgelenk. Es hat ihr gehört.«

Mitch stand auf und ging neben Hayley in die Hocke, um sich das Armband anzusehen. »Mit Schmuck kenne ich mich nicht aus, ich kann also nicht sagen, aus welcher Zeit es stammt. Harper, hat dir der Juwelier gesagt, wie alt es ist?«

»Es muss um 1890 herum angefertigt worden sein«, antwortete Harper angespannt. »Ich habe mir nichts dabei gedacht.«

»Vielleicht hat sie dich ja dazu gebracht, es für mich zu kaufen.« Hayley stand auf. »Wenn sie …«

»Nein. Ich wollte dir etwas schenken. Mehr war es nicht. Wenn es dir unangenehm ist, das Armband zu haben, oder es dir Angst einjagt, kannst du es ja in den Safe legen.«

Grenzenloses Vertrauen, fiel ihr wieder ein. Das war Liebe. »Nein. Es war kein Tausch, es war ein Geschenk.« Sie ging zu ihm und küsste ihn auf den Mund. »Sie soll sich zum Teufel scheren.«

»So gefällt mir mein Mädchen.«

Lily schlug mit der Hand auf seine Wange, bis er den Kopf zu ihr drehte. Dann presste sie ihren Mund auf seinen.

»Das eine von den beiden«, fügte er hinzu.

Am Abend hatte Hayley sich wieder beruhigt. Als sie sich mit Lily auf dem Arm in den Schaukelstuhl setzte, wurde sie noch ruhiger. Sie liebte diese Stunde am Abend, wenn es still im Zimmer war und sie ihr Kind in den Schlaf schaukelte. Wenn sie ihr vorsang. Und obwohl ihre Stimme nicht sehr gut war, schien es Lily zu gefallen.

Das war es, wonach Amelia sich in ihrer Umnachtung vielleicht am meisten sehnte. Nur diese kurzen Momente der Eintracht und Ruhe, eine Mutter, die ihr Kind mit einem Wiegenlied in den Schlaf schaukelte.

Sie wollte versuchen, sich daran zu erinnern, versprach sich Hayley, wenn sie wütend auf Amelia war oder Angst vor ihr hatte. Sie wollte versuchen, sich an das zu erinnern, was Amelia verloren hatte, was man ihr genommen hatte.

Sie versuchte es mit *Guten Abend, gute Nacht*, weil sie das auswendig konnte. Außerdem lag Lilys Kopf für gewöhnlich schwer auf ihrer Schulter, wenn sie das Lied zu Ende gesungen hatte.

Ihre Tochter war fast schon eingeschlafen, als Hayley aus den Augenwinkeln heraus eine Bewegung in der Tür wahrnahm. Ihr Herz fing an zu rasen. Dann, als sie einen lächelnden Harper da stehen sah, beruhigte es sich wieder.

»Sie wird nicht einschlafen, wenn sie dich sieht«, warnte sie in dem gleichen sanften Tonfall, in dem sie das Lied gesungen hatte.

Er nickte, stand noch einen Moment in der Tür und ging dann.

Vor sich hin summend erhob sie sich, um Lily ins Bett zu legen, mit ihrem Plüschhund in Reichweite. »Wenn du drei bist, kauft dir Mama einen richtigen Welpen. Okay, wenn du zwei bist, aber das ist mein letztes Angebot. Schlaf gut, mein Kleines.«

Sie ließ das Nachtlicht an und ging aus dem Zimmer. Als sie in ihr Schlafzimmer kam, drehte sich Harper, der vor den Balkontüren stand, zu ihr um.

»Das war ein schönes Bild eben, du und Lily im Schaukelstuhl. Mutter hat mir erzählt, dass sie mich und meine Brüder früher auch dort in den Schlaf geschaukelt hat.«

»Deshalb fühlt es sich auch so gut an. Dieser Schaukelstuhl hat schon eine Menge Liebe erlebt.«

»Heute Abend ist es kühler, zumindest ein bisschen kühler. Was hältst du davon, wenn wir eine Weile nach draußen gehen?«

»Gute Idee.« Sie nahm den Empfänger des Babyfons und ging mit ihm auf den Balkon hinaus.

Vor dem Geländer standen drei große Kupfertöpfe, die langsam grün wurden. Hayley hatte die Töpfe dieses Jahr selbst bepflanzt, und sie freute sich immer, wenn sie die Mischung aus Farbe, Form und Textur der blühenden Pflanzen sah.

»Die Hitze macht mir nichts aus, jedenfalls nicht zu dieser Tageszeit.« Sie beugte sich vor und schnupperte an einer violetten Blüte. »Wenn die Sonne noch etwas weiter unten steht, kommen die Glühwürmchen heraus und die Zikaden fangen an zu singen.«

»Ich hab einen Riesenschreck bekommen, als Mutter vorhin angerufen hat.«

»Das kann ich mir denken.«

»Ich hab mir was überlegt.« Er strich ihr zerstreut über den Arm. »Nach dem, was heute passiert ist, solltest du von hier weg. Du kannst morgen zu Stella und Logan ziehen. Und nimm dir Urlaub«, fuhr er fort, als sie sich umdrehte und ihn entgeistert anstarrte.

»Ich soll Urlaub nehmen?«

»Was Amelia angeht, ist das Gartencenter das Gleiche

wie Harper House. Es wäre am besten, wenn du für eine Weile weggehst. Mitch und ich werden versuchen, die Herkunft des Armbands herauszufinden – falls uns das überhaupt weiterbringt.«

»Ich soll also meine Sachen packen, zu Stella ziehen und kündigen?«

»Ich habe nicht gesagt, dass du kündigen sollst. Nimm Urlaub.«

In seiner Stimme lag unendlich viel Geduld – jene Art von Geduld, die sie so fuchsteufelswild machte wie das Kratzen von Fingernägeln auf einer Schiefertafel. »Urlaub?«

»Ja. Ich habe mit Mutter darüber gesprochen. Und mit Stella, damit du eine Weile bei ihr und Logan bleiben kannst.«

»Ach, nein. Du hast mit ihnen darüber gesprochen?«

Er wusste, wie es sich anhörte, wenn eine Frau kurz davor war, ihn in Stücke zu reißen. »Du brauchst dich jetzt nicht aufzuregen. Das ist das Vernünftigste, was wir tun können.«

»Dann hältst du es also für *vernünftig*, Entscheidungen über meinen Kopf hinweg zu treffen, mit anderen Leuten darüber zu sprechen und mich vor vollendete Tatsachen zu stellen?« Sie trat einen Schritt zurück, wie um zu zeigen, dass sie auf eigenen Füßen stehen konnte. »Harper, du wirst mir nicht sagen, was ich machen soll, und dieses Haus werde ich erst verlassen, wenn Roz mich vor die Tür setzt.«

»Es will dich doch niemand rauswerfen. Was zum Teufel ist denn dabei, wenn du eine Weile bei Freunden wohnst?«

Es klang so ungemein vernünftig. Und es war einfach

ungeheuerlich. »Weil ich hier zu Hause bin. Weil ich hier lebe. Weil ich im Gartencenter arbeite.«

»Es wird immer noch dein Zuhause sein, du wirst immer noch hier leben, und du wirst auch in Zukunft hier arbeiten. Jetzt sei doch um Himmels willen nicht so verdammt stur.«

Dass er die Beherrschung verlor, kam ihr gerade recht, denn jetzt konnte sie zurückschlagen. »Was fällt dir ein, so mit mir zu reden?«

»Ich …« Er schluckte den Rest hinunter, steckte die Hände in die Taschen und fing an, auf dem Balkon hin und her zu gehen, während er sich zu beruhigen versuchte. »Du hast gesagt, sie wird stärker. Warum zum Teufel solltest du hierbleiben und riskieren, dass dir etwas passiert, wenn du lediglich ein paar Kilometer weiter weg ziehen müsstest? Und das nur vorübergehend.«

»Wie lange ist vorübergehend? Hast du dir das auch schon überlegt? Soll ich etwa bei Stella zu Hause rumhocken und Däumchen drehen, bis du entscheidest, wann ich zurückkommen kann?«

»Bis es hier wieder sicher ist.«

»Woher weißt du, wann es hier wieder sicher ist oder ob es hier überhaupt je wieder sicher sein wird? Und wenn du dir solche Sorgen machst, warum packst *du* dann nicht deine Sachen?«

»Weil ich …« Er räusperte sich, drehte sich um und starrte auf den Garten hinunter.

»Das war eine kluge Entscheidung. Dir jeden Kommentar zu verkneifen, der so ähnlich klingt wie ›Weil ich ein

Mann bin«. Aber ich hab es dir angesehen.« Sie gab ihm einen Schubs. »Glaub nur nicht, dass ich dir nicht angesehen habe, was du um ein Haar gesagt hättest.«

»Sag mir nicht, was ich um ein Haar gesagt hätte, und leg mir nichts in den Mund. Ich will dich doch nur an einem Ort wissen, an dem ich mir keine Sorgen um dich zu machen brauche.«

»Ich habe dich nicht darum gebeten, dir Sorgen um mich zu machen. Seit sehr vielen Jahren bin ich durchaus imstande, für mich selbst zu sorgen. Ich bin nicht so dumm oder so *stur*, dass ich das, was hier vorgeht, einfach ignoriere. Ich ziehe nämlich die Möglichkeit in Betracht, dass ich vielleicht der Tropfen bin, der das Fass zum Überlaufen bringt. Vielleicht kann ich es beenden. Roz hat mir ihr *geredet*. Das nächste Mal wird sie vielleicht Antworten bekommen, die uns sagen, was passiert ist. Und was wir tun können, um es wiedergutzumachen.«

»Das nächste Mal? Was sagst du denn da? Ich will nicht, dass sie dich noch einmal anfasst.«

»Das ist nicht deine Entscheidung, und ich bin kein Feigling. Kennst du mich denn so wenig, dass du tatsächlich auf die Idee kommst, ich würde einfach ja sagen und wie ein braves kleines Hündchen davontrotten?«

»Verdammt noch mal, ich versuche doch gar nicht, über dein Leben zu bestimmen, Hayley. Ich versuche nur, dich zu beschützen.«

Natürlich versuchte er, sie zu beschützen. Und er sah so bedrückt und frustriert aus, dass sie sogar Verständnis für ihn hatte. Aber nur ein bisschen. »Das kannst du nicht.

Nicht so. Und wenn du Pläne für mich machst, ohne vorher mit mir zu reden, erreichst du damit lediglich, dass ich fuchsteufelswild werde.«

»Als ob das was Neues wäre. Dann gib mir eine Woche. Geh für eine Woche von hier weg und lass mich versuchen …«

»Harper, sie haben ihr das Kind genommen. Sie haben sie in den Wahnsinn getrieben. Vielleicht wäre sie ja sowieso verrückt geworden, aber *sie* waren mit Sicherheit der Auslöser dafür. Ich bin jetzt seit über einem Jahr in diese Sache verwickelt, und ich kann nicht einfach so gehen.«

Sie hob den Arm und strich über das Armband, das sie weiterhin trug. »Sie hat mir das hier gezeigt. Ich trage etwas, das einmal ihr gehört hat. Du hast es mir geschenkt. Das Armband hat etwas zu bedeuten, und das muss ich herausfinden. Außerdem will ich hier bei dir bleiben.« Sie berührte zärtlich seine Wange. »Du hättest doch wissen müssen, dass ich bleibe. Was hat denn deine Mutter gesagt, als du ihr erzählt hast, dass du mich zu Stella schicken willst?«

Er zuckte mit den Achseln und ging wieder zur Balkonbrüstung.

»Das hab ich mir gedacht. Und Stella hat vermutlich das Gleiche gesagt.«

»Logan war derselben Meinung wie ich.«

»Das wundert mich nicht.« Sie ging zu ihm, schlang von hinten die Arne um ihn und legte ihre Wange auf seinen Rücken.

Er hatte einen starken, breiten Rücken. Ein hart arbeitender Mann, der gleichzeitig der Prinz im Schloss war. Was für eine faszinierende Kombination. »Ich schätze den Gedanken, aber nicht die Methode. Hilft dir das ein wenig?«

»Nicht viel.«

»Wie wäre es damit: Ich finde es unheimlich süß, dass du mich aus lauter Sorge herumzukommandieren versuchst.«

»Ich kommandiere dich nicht herum …« Mit einem Fluch auf den Lippen brach er ab und drehte sich zu ihr um. Als er das Lächeln auf ihrem Gesicht sah, seufzte er. »Du wirst nicht nachgeben.«

»Keinen Zentimeter. Das Blut der Ashbys fließt zwar nur sehr verdünnt durch meine Adern, aber ich glaube, es enthält ziemlich sture Blutkörperchen. Außerdem will ich dabei sein, wenn wir das Rätsel lösen. Es ist mir sehr wichtig, und jetzt, da ich sozusagen ein Bewusstsein mit ihr geteilt habe, ist es mir vielleicht noch wichtiger geworden. Das klingt jetzt zwar sehr esoterisch, aber ich weiß nicht, wie ich es sonst sagen soll.«

»Und wenn sie wieder in dich eindringt?«

Sie wurde ernst. »Na schön. Du bist immer noch wütend, was verständlich ist. Wahrscheinlich hab ich auch gar nichts dagegen, dass du wütend bist, weil du dir große Sorgen um mich machst.«

»Wenn du jetzt plötzlich einsichtig wirst, bringt mich das noch mehr auf die Palme.« Er legte ihr die Hände auf die Schultern und streichelte sie. »Hayley, ich mache mir wirklich Sorgen um dich.«

»Ich weiß. Aber vergiss nicht, dass ich auch beunruhigt

bin. Und deshalb bin ich auch so vorsichtig wie möglich.«

»Ich werde heute Nacht bei dir bleiben. Und davon wirst du mich nicht abbringen können.«

»Da trifft es sich ja ganz gut, dass mein Bett genau der Ort ist, an dem ich dich jetzt haben will. Weißt du …« Sie strich mit den Händen über seine Brust. »Wenn wir zusammen im Bett sind, unternimmt sie vielleicht etwas. Das sollten wir austesten.« Sie stellte sich auf die Zehenspitzen und küsste ihn sanft. »Wie bei einem Experiment.«

»In der Branche, in der ich arbeite, sind Experimente das halbe Leben.«

»Dann komm rein.« Sie trat einen Schritt zurück und nahm seine Hände. »Wir bereiten schon mal das Labor vor.«

Später, als sie einander zugewandt im Dunkeln auf dem Bett lagen, fuhr sie ihm durchs Haar. »Dieses Mal hat es sie überhaupt nicht interessiert.«

»Man kann eben nicht vorhersehen, wie sich ein Geist verhält, der eigentlich im Irrenhaus spuken sollte.«

»Vermutlich nicht.« Sie kuschelte sich an ihn. »Du bist so eine Art Wissenschaftler, stimmt's?«

»Quasi.«

»Wenn Wissenschaftler Experimente durchführen, müssen sie die doch normalerweise mehr als einmal machen, mit leichten Abwandlungen, oder?«

»Völlig richtig.«

»Dann ist die Sache klar.« Sie schloss die Augen und räkelte sich unter der Berührung seiner Hände. »Wir müssen es einfach noch mal machen, bei der nächsten sich bietenden Gelegenheit. Was hältst du davon?«

»Einverstanden. Und ich glaube, die nächste sich bietende Gelegenheit ist jetzt.«

Sie schlug die Augen auf und lachte. »Warum überrascht mich das nicht?«

12. Kapitel

David drehte die Karte um und fuhr mit dem Finger eine Straße entlang. »Wir sind wie zwei Detektive. Wie Batman und Robin.«

»Das waren keine Detektive«, verbesserte ihn Harper. »Die beiden haben gegen das Verbrechen gekämpft.«

»Ach, was sind wir heute wieder pedantisch. Dann eben wie Nick und Nora Charles.«

»Sag mir einfach, wo ich abbiegen soll, Nora.«

»In etwa drei Kilometern müsste eine Abzweigung nach rechts kommen.« David ließ die Karte auf seinem Schoß liegen und sah sich die Landschaft draußen an. »Da wir diesem geheimnisvollen Schmuckstück dicht auf den Fersen sind, würde ich jetzt doch gern etwas wissen: Was werden wir tun, falls wir tatsächlich herausfinden sollten, wo das Armband hergekommen ist?«

»Wissen ist Macht.« Harper zuckte mit den Achseln. »Oder so ähnlich. Außerdem habe ich es satt, herumzusitzen und darauf zu warten, dass was geschieht. Der Juwelier hat gesagt, es kommt aus dem Nachlass der Familie Hopkins.«

»Versuchen wir's mit Honig.«

»Wie bitte? Hast du Hunger?«

»Wir schmieren ihnen Honig ums Maul. ›Meiner Freundin hat das Armband ja sooo gut gefallen. Sie hat bald Geburtstag, und da sie so begeistert davon war, würde ich ihr gern etwas Passendes dazu kaufen. Etwas aus dem gleichen Nachlass? Das war doch die Familie Kent, nicht wahr?‹ Der Kerl hat sich ja fast überschlagen, um dir die Information zu geben, obwohl er versucht hat, dir zwei absolut scheußliche Ringe zu verkaufen. Ethel Hopkins hatte nicht immer einen guten Geschmack. Aber die Ohrringe hättest du kaufen sollen. Hayley hätten sie gefallen.«

»Ich hab ihr gerade erst das Armband gekauft. Ohrringe wären in diesem Stadium unserer Beziehung des Guten zu viel.«

»Gleich kommt die Abzweigung. Ohrringe sind nie des Guten zu viel«, fügte er hinzu, als Harper abbog. »Knapp einen Kilometer die Straße runter. Dann müsste es auf der linken Seite sein.«

Harper fuhr in eine breite Einfahrt und hielt neben einer brandneuen Limousine an. Er blieb sitzen und trommelte mit den Fingern auf das Lenkrad, während er sich umsah.

Das große, gut gepflegte Haus vor ihm stand in einer alten, wohlhabenden Wohngegend. Es war einstöckig und im englischen Tudorstil erbaut, mit einigen sorgsam ausgesuchten Strukturpflanzen, einer alten Eiche und einem schön gewachsenen Hartriegel im Vorgarten. Der Rasen war gemäht und von einem saftigen Grün, was auf einen Gärtner oder eine Sprinkleranlage schließen ließ.

»Was haben wir hier?«, murmelte er. »Bekannte Familie, obere Mittelklasse.«

»Ethels einzige noch lebende Tochter, Mae Hopkins Ives Fitzpatrick«, las David aus den Notizen vor, die er sich im

Archiv des Gerichts gemacht hatte. »Sechsundsiebzig Jahre alt. Zweimal verheiratet, zweimal verwitwet. Und jetzt bedank dich bei mir, weil ich das so schnell herausgefunden habe. Die Methode dafür habe ich mir bei Mitch abgeschaut.«

»Vielen Dank, David«, antwortete Harper pflichtgemäß. »Wir versuchen es mit einer Charmeoffensive, um ins Haus zu kommen, und dann fragen wir sie, ob sie weiß, wie das Armband in den Besitz ihrer Mutter gekommen ist.«

Sie gingen zur Tür, läuteten und warteten in der drückenden Hitze.

Die Frau, die die Tür aufmachte, hatte kurzes braunes Haar und wasserblaue Augen und trug eine Brille mit einem modischen Goldgestell. Sie war winzig, kaum größer als einen Meter fünfundfünfzig, mit einer im Fitnessstudio erarbeiteten schlanken Figur. Sie trug eine blaue Baumwollhose und eine kurzärmelige weiße Bluse, dazu eine Perlenkette, klotzige Saphirringe an den Ringfingern beider Hände und schmale Kreolen aus Gold in den Ohren.

»Sie sehen aber nicht aus wie Vertreter«, sagte sie mit einer rauen Stimme, während sie die Hand auf dem Knauf der mit einem Fliegengitter versehenen Tür behielt.

»Das sind wir auch nicht, Ma'am.« Auf Harpers Gesicht erschien ein strahlendes Lächeln. »Ich bin Harper Ashby, und das hier ist mein Freund David Wentworth. Wir würden gern mit Mae Fitzpatrick sprechen.«

»Das tun Sie bereits.«

Gute Gene oder wohl eher die geschickte Hand eines Schönheitschirurgen ließen sie zehn Jahre jünger als sechsundsiebzig aussehen. »Freut mich sehr, Sie kennen zu lernen, Mrs Fitzpatrick. Wir wollen Sie nicht stören, aber könnten wir hereinkommen und uns kurz mit Ihnen unterhalten?«

So verwaschen ihre Augenfarbe auch wirkte, ihr Blick war so scharf wie ein Skalpell. »Mache ich auf Sie den Eindruck einer senilen alten Frau, die fremde Männer in ihr Haus lässt?«

»Nein, Ma'am.« Allerdings fragte sich Harper, warum eine Frau, die behauptete, im Vollbesitz ihrer geistigen Kräfte zu sein, glaubte, die Fliegentür würde ein Hindernis für sie darstellen. »Ich würde Ihnen nur gern ein paar Fragen zu einem …«

»Wie war noch mal Ihr Name? Ashby?«

»Ja, Ma'am.«

»Sind Sie mit Miriam Norwood Ashby verwandt?«

»Ja, Ma'am. Sie war meine Großmutter väterlicherseits.«

»Ich habe sie flüchtig gekannt.«

»Das kann ich von mir leider nicht behaupten.«

»Das habe ich auch gar nicht erwartet, da sie schon vor langer Zeit gestorben ist. Dann sind Sie der Sohn von Rosalind Harper?«

»Ja, Ma'am. Der älteste.«

»Ich habe sie ein- oder zweimal getroffen. Das erste Mal bei ihrer Hochzeit mit John Ashby. Sie sehen ihr sehr ähnlich, nicht wahr?«

»Ja, Ma'am.«

Ihr Blick wanderte zu David. »Das ist aber nicht Ihr Bruder.«

»Ich bin ein Freund der Familie, Mrs Fitzpatrick«, entgegnete David breit lächelnd. »Ich wohne in Harper House
und arbeite für Rosalind. Vielleicht möchten Sie Mrs Harper anrufen, bevor Sie mit uns sprechen. Wir geben Ihnen
gern die Nummer, unter der Sie sie erreichen können, und
warten in der Zwischenzeit hier draußen.«

Sie ging auf das Angebot nicht ein und machte stattdes-
sen die Fliegentür auf. »Ich glaube nicht, dass mir Miriam
Ashbys Enkel eins überbraten wird, um mich auszurauben.
Kommen Sie rein.«

»Vielen Dank, Ma'am.«

Das Haus mit seinem glänzenden Eichenparkett und
den in einem gedämpften Grün gestrichenen Wänden war
so gepflegt und ordentlich wie seine Besitzerin. Mrs Fitzpatrick führte sie in ein großzügiges Wohnzimmer, das mit
modernen, fast minimalistisch wirkenden Möbeln eingerichtet war.

»Wie wäre es mit etwas Kaltem zum Trinken?«

»Wir möchten Ihnen keine Umstände machen, Mrs
Fitzpatrick.«

»Eistee macht keine Umstände. Setzen Sie sich. Ich bin
gleich wieder da.«

»Stilvoll«, meinte David, nachdem sie das Zimmer verlassen hatte. »Sehr dezent und stilvoll.«

»Das Haus oder sie?«

»Sowohl als auch.« David setzte sich auf das Sofa. »Der
Name Ashby-Harper öffnet in Memphis jede Tür. Charme
hätte bei ihr nicht funktioniert.«

»Interessant, dass sie meine Großmutter gekannt hat –

273

sie ist etwas jünger. Und dass sie zur Hochzeit meiner Mutter eingeladen war. Es gibt so viele Überschneidungen. Ich frage mich, ob einer ihrer Vorfahren Reginald oder Beatrice gekannt hat.«

»Ein Zufall ist nur dann ein Zufall, wenn man voreingenommen ist.«

»Ein Geist im Haus sorgt mit Sicherheit dafür, dass der persönliche Horizont erweitert wird.«

Als Mrs Fitzpatrick mit einem Tablett voller Gläser hereinkam, stand Harper auf. »Lassen Sie mich das machen. Wir sind Ihnen wirklich sehr dankbar dafür, dass Sie sich Zeit für uns nehmen, Mrs Fitzpatrick.« Er stellte das Tablett auf einen Beistelltisch. »Und wir möchten Sie auch nicht lange aufhalten.«

»Ihre Großmutter war eine sehr warmherzige Frau. Ich habe sie zwar nicht sehr gut gekannt, aber Ihr Großvater und mein erster Mann hatten vor vielen Jahren einmal eine Firma zusammen. Eine Immobilienfirma«, fügte sie hinzu, »die für beide Seiten äußerst rentabel war. Aber kommen wir zur Sache: Warum steht plötzlich ihr Enkel vor meiner Tür?«

»Es geht um ein Armband aus dem Nachlass Ihrer Mutter.«

Sie sah ihn interessiert an. »Der Nachlass meiner Mutter.«

»Ja, Ma'am. Ich habe ein Armband gekauft, bei einem Juwelier, der einige Stücke aus dem Nachlass erworben hat.«

»Und? Stimmt etwas nicht mit dem Armband?«

»Nein, nein, Ma'am. Ich hatte nur gehofft, dass Sie mir etwas über dieses Armband erzählen könnten, da ich mich sehr für seine Herkunft interessiere. Man hat mir gesagt, dass es etwa um 1890 herum angefertigt worden ist. Es besteht aus Rubinherzen, die von Diamanten eingerahmt sind.«

»Ja, ich kenne das Stück. Vor einiger Zeit habe ich das Armband und einige andere Schmuckstücke verkauft, weil sie mir nicht gefallen haben und ich keine Notwendigkeit gesehen habe, sie in einem Schließfach aufzubewahren. Der Tod meiner Mutter ist schließlich schon einige Jahre her.« Sie trank einen Schluck und sah Harper an. »Und Sie möchten also etwas über die Herkunft des Armbands wissen?«

»Ja, Ma'am.«

»Allerdings haben Sie mir noch nicht erzählt, warum Sie sich so dafür interessieren.«

»Ich habe Grund zur Annahme, dass das Armband – oder eines, das fast genauso aussieht – früher einmal im Besitz meiner Familie gewesen ist. Ich fand das sehr interessant, und um meine Neugier zu befriedigen, dachte ich, ich könnte ja etwas Zeit investieren, um mehr über seine Herkunft zu erfahren.«

»Wirklich? Das wiederum finde *ich* sehr interessant. Mein Großvater hat das Armband 1893 meiner Großmutter geschenkt, zum Hochzeitstag. Es wäre allerdings durchaus möglich, dass damals mehr als ein Armband nach diesem Entwurf hergestellt wurde.«

»Ja, das wäre möglich.«

»Es gibt allerdings eine Geschichte zu dem Armband, die Sie vielleicht hören möchten.«

»Sehr gern.«

Sie bot ihnen eine Platte mit Keksen an, die sie mit dem Tee zusammen hereingebracht hatte, und wartete, bis Harper und David sich bedient hatten. Dann lehnte sie sich mit einem wehmütigen Lächeln auf dem Gesicht zurück. »Die Ehe meiner Großeltern war nicht sehr glücklich, da mein Großvater ein Hallodri war. Er war ein Spieler, der windige Geschäfte machte und die Gesellschaft leichter Mädchen suchte – meinte jedenfalls meine Großmutter, die mit achtundneunzig Jahren gestorben ist. Ich kannte sie also sehr gut.«

Sie stand auf, ging zu einer Etagere und nahm ein Foto in einem schmalen Silberrahmen herunter.

»Meine Großeltern«, sagte sie, während sie Harper das Foto gab. »Das Porträt wurde 1891 aufgenommen. Hallodri hin oder her, er war jedenfalls ein gut aussehender Mann, wie Sie hier sehen können.«

»Das trifft auf beide zu.« Harper fiel auf, dass Kleidung, Frisuren und selbst der Farbton des Bildes den Kopien der Fotos ähnelten, die Mitch an seiner Pinnwand aufgehängt hatte.

»Sie war eine sehr schöne Frau.« David sah Mrs Fitzpatrick an. »Und Sie sind ihr sehr ähnlich.«

»Sie sind nicht der Erste, der das sagt. Vom Aussehen her und auch vom Charakter.« Sie nahm das Foto und stellte es wieder an seinen Platz. »Meine Großmutter sagte immer, zwei der glücklichsten Tage in ihrem Leben seien ihr Hochzeitstag gewesen, an dem sie noch zu jung und zu dumm gewesen sei, um zu wissen, auf was sie sich da einließ, und der Tag, an dem sie zur Witwe wurde. Das war zwölf Jahre später, und sie war froh, dass sie das Leben ohne die Bürde eines Mannes, dem sie nicht vertraute, genießen konnte.«

Sie setzte sich wieder und nahm ihr Glas. »Wie Sie selbst gesehen haben, war er ein gut aussehender Mann. Ein charmanter Mann, wenn man den Erzählungen glauben darf, und jemand, der am Spieltisch und bei seinen windigen Geschäften einen bemerkenswerten Erfolg hatte. Aber meine Großmutter war eine Frau mit sehr strengen Moralvorstellungen. Allerdings war sie auch in der Lage, diese Grundsätze gerade so weit zu beugen, dass sie den Erfolg ihres Mannes genießen konnte, obwohl sie ihn moralisch verurteilte.«

Sie stellte ihr Glas ab und lehnte sich wieder zurück. Offenbar genoss sie ihre Rolle sehr. »Sie hat uns oft erzählt, wie ihr mein Großvater im Suff gestanden hat, dass das Armband, das er ihr zum Hochzeitstag geschenkt hatte, aus einer mehr als anrüchigen Quelle stammte. Er hatte es als Wettschuld von einem Mann bekommen, der Schmuck und andere Wertsachen aufkaufte, von Leuten, die aufgrund misslicher Umstände gezwungen waren, auf die Schnelle ihren Besitz zu verkaufen. Allerdings waren es auch oft jene, die gestohlen hatten und ihn als Hehler für die Sachen benutzten.«

Als sie daran dachte, erschien ein breites Lächeln auf ihrem Gesicht. »Das Armband hatte der Mätresse eines reichen Mannes gehört und wurde ihr von einem ihrer Dienstboten gestohlen, nachdem ihr ihr Liebhaber den Geldhahn zugedreht hatte. Meine Großmutter hat immer behauptet, jemand habe ihr erzählt, die Frau sei verrückt geworden und kurz darauf verschwunden.«

Sie griff wieder nach ihrem Glas und trank einen Schluck. »Ich habe mich immer gefragt, ob diese Geschichte wirklich wahr ist.«

Harper ging zuerst zu seiner Mutter in den Garten von Harper House, kniete sich neben sie und half ihr beim Jäten.

»Ich habe gehört, dass du dir ein paar Stunden freigenommen hast«, sagte sie.

»Ich musste was erledigen. Warum trägst du keinen Hut?«

»Hab ihn vergessen. Ich wollte nur kurz hierherkommen, aber dann hab ich mit dem Jäten angefangen.«

Er nahm seine Baseballkappe ab und setzte sie ihr auf.

»Weißt du noch«, erinnerte sie ihn, »wie du früher nach der Schule immer zu mir gekommen bist, wenn ich im Garten gearbeitet habe, dich neben mich gesetzt und mir beim Jäten oder Pflanzen geholfen hast? Und wie du mir dabei erzählt hast, was du auf dem Herzen hattest, das Positive und das Negative?«

»Ich weiß noch, dass du immer Zeit hattest, um uns zuzuhören. Mir, Austin und Mason. Manchmal auch uns dreien gleichzeitig. Wie hast du das eigentlich gemacht?«

»Eine Mutter hat ein Ohr für die Stimmen ihrer Kinder. Wie ein Dirigent, der die einzelnen Instrumente in seinem Orchester erkennt, selbst wenn er gerade mitten in einer Symphonie ist. Was hast du auf dem Herzen, mein Junge?«

»Du hast Recht gehabt mit Hayley.«

»Ich bemühe mich, immer Recht zu haben. Und mit was genau habe ich Recht gehabt?«

»Dass sie nicht zu Logan und Stella zieht, nur weil ich sie darum bitte.«

Roz zog die Augenbrauen hoch. »Du hast sie darum gebeten?«

»Ich habe sie nicht darum gebeten, ich habe ihr gesagt, dass sie es tun soll.« Er zuckte mit den Achseln. »Was ist denn da der Unterschied, wenn man sich um jemanden Sorgen macht?«

Sie lachte heiser und tätschelte ihm mit ihren erdigen Händen die Wangen. »Was für ein Mann!«

»Gerade eben war ich noch dein Junge.«

»Mein Junge ist ein Mann. Was ist daran auszusetzen? Manchmal amüsiere ich mich darüber – wie eben –, manchmal verwirrt es mich, und sehr selten bringt es mich auf die Palme. Habt ihr euch gestritten? Als ihr heute Morgen zusammen zum Frühstück erschienen seid, hatte ich eigentlich nicht den Eindruck, dass es böses Blut zwischen euch gibt.«

»Nein, nein, bei uns ist alles in Ordnung. Aber wenn du etwas dagegen hast, dass wir im Haus miteinander schlafen, kannst du das ruhig sagen.«

»Dann würdest du also Rücksicht auf das Hausrecht nehmen und woanders mit ihr schlafen?«

»Ja.«

»Ich habe in Harper House auch schon mit Männern geschlafen, mit denen ich nicht verheiratet war. Es ist keine

Kathedrale, es ist ein Zuhause. Deins genauso wie meins. Wenn du Sex mit Hayley hast, wäre es vielleicht besser, wenn ihr es dabei gemütlich habt. Und euch sicher fühlt«, fügte sie mit einem unmissverständlichen Blick hinzu.

Selbst nach all den Jahren brachte ihn das dazu, dass er zusammenzuckte. »Die Kondome kaufe ich inzwischen selber.«

»Das freut mich zu hören.«

»Aber darüber wollte ich eigentlich nicht mit dir sprechen. Ich habe das Armband bis zu Amelia zurückverfolgt.«

Sie richtete sich auf und sah ihn erstaunt an. »Wirklich? Das ging aber schnell.«

»Schnelle Arbeit, Zufall, Glück. Ich bin nicht sicher, an was es gelegen hat. Das Armband stammt aus dem Nachlass von Esther Hopkins. Sie ist wohl vor ein paar Jahren gestorben, und ihre Tochter hat einige Schmuckstücke verkauft, die ihr nicht gefallen haben oder die sie nicht behalten wollte. Mae Fitzpatrick. Sie hat gesagt, dass Sie dich kennt.«

»Mae Fitzpatrick.« Roz schloss die Augen und suchte unter ihren vielen Bekannten nach einem Gesicht. »Tut mir leid, aber der Name kommt mir nicht bekannt vor.«

»Sie war vorher schon einmal verheiratet und hieß zu der Zeit … Augenblick … Ives?«

»Mae Ives sagt mir auch nichts.«

»Sie hat gesagt, dass sie dich nur ein paarmal getroffen hat. Einmal, als du Daddy geheiratet hast. Sie war auf deiner Hochzeit.«

»Wirklich? Das ist interessant, aber keine große Überraschung. Ich glaube, meine Mutter und Johns Mutter hatten sämtliche Einwohner von Shelby County und den größten Teil Tennessees zur Hochzeit eingeladen.«

»Sie kannte Großmutter Ashby.«

Er setzte sich neben sie auf den Weg und erzählte ihr von dem Gespräch, das er mit Mae Fitzpatrick geführt hatte.

»Erstaunlich, nicht wahr?«, sagte sie nachdenklich. »Lauter kleine Fetzen, die irgendwie zusammenpassen.«

»Ich weiß. Mutter, sie ahnt, was los ist. Sie ist zu höflich, um es direkt zu sagen, aber sie hat zwei und zwei zusammengezählt und weiß jetzt, dass Reginald Harper der reiche Liebhaber ist, der seine Mätresse verstoßen hat. Und vermutlich wird sie darüber reden.«

»Glaubst du etwa, dass mir das etwas ausmacht? Harper, die Tatsache, dass mein Urgroßvater sich Mätressen hielt, die er schlecht behandelt hat, und seiner Ehefrau permanent untreu war, hat rein gar nichts mit mir oder mit dir zu tun. Wir sind für sein Verhalten nicht verantwortlich – und ich wünschte, Amelia würde das auch so sehen.«

Sie riss noch einige Hand voll Unkraut aus. »Was sein übriges Verhalten angeht, das mehr als nur erbärmlich ist, so ist das auch nicht deine Schuld. Mitch will darüber schreiben. Falls du und deine Brüder nicht darauf bestehen, dass die ganze Sache so weit wie möglich in der Familie bleibt, möchte ich, dass er ein Buch darüber veröffentlicht.«

»Aber warum?«

»Es ist weder unsere Schuld, noch sind wir dafür verantwortlich«, sagte sie, während sie sich aufrichtete und ihm ins Gesicht sah. »Aber ich bin der Meinung, dass wir ihr Gerechtigkeit widerfahren lassen, wenn wir die Geschichte veröffentlichen. Es ist eine Möglichkeit, eine Urahnin von uns anzuerkennen, die, egal, was sie getan hat oder was aus ihr geworden ist, bestenfalls niederträchtig und schlimmstenfalls verabscheuungswürdig behandelt wurde.«

Sie streckte den Arm aus und legte ihre mit Erde verschmierte Hand auf die seine. »Sie ist von unserem Blut.«

»Bin ich jetzt herzlos, nur weil ich will, dass sie verschwindet, dass sie bestraft wird für das, was sie dir und Hayley angetan hat?«

»Nein. Es bedeutet nur, dass Hayley und ich dir sehr nahestehen. Aber das reicht für heute.« Sie wischte sich die Hände an ihrer Gartenhose sauber. »Wenn wir noch länger hier draußen bleiben, kocht uns die Hitze weich. Komm, wir gehen rein und trinken ein Bier.«

»Ich will dich noch etwas fragen.« Er musterte das Haus, während sie über den Weg gingen. »Woher hast du gewusst, dass Daddy der Richtige ist?«

»Sterne in meinen Augen.« Sie lachte, und trotz der Hitze hakte sie sich bei ihm ein. »Nein, im Ernst, Sterne in meinen Augen. Ich war so jung, und er hat Sterne in meine Augen gezaubert. Ich war völlig vernarrt in ihn. Aber ich glaube, ich wusste, dass wir füreinander bestimmt waren, nachdem wir uns an einem Abend einmal stundenlang unterhalten hatten. Ich hatte mich aus dem Haus geschlichen, um mich mit ihm zu treffen. Mein Daddy hätte ihm die Haut abgezogen, wenn er uns erwischt hätte. Aber wir haben uns nur unterhalten, stundenlang, unter einer großen Weide. Er war noch nicht einmal ein Mann, aber ich wusste, dass ich ihn mein ganzes Leben lang lieben würde. Und so ist es dann ja auch gekommen. Ich wusste es einfach, als wir dort fast bis zum Morgengrauen gesessen haben und er mich zum Lachen und zum Träumen gebracht hat. Ich hätte nie gedacht, dass ich noch einmal einen Mann lieben würde. Aber jetzt tu ich es. Die Erinnerung an deinen Vater schmälert das in keinster Weise.«

»Das weiß ich doch.« Er nahm ihre Hand. »Und wie war es bei Mitch?«

»Bei ihm war ich wohl schon zu zynisch für die Sterne – jedenfalls am Anfang. Es hat länger gedauert und mir Angst gemacht. Er bringt mich auch zum Lachen. Irgendwann habe ich ihn dann einmal angesehen, und mir ist das Herz warm geworden. Ich hatte ganz vergessen, wie das ist.«

»Er ist ein guter Mann. Er liebt dich. Er sieht dir entgegen, wenn du ins Zimmer kommst. Und wenn du hinausgehst, sieht er dir nach. Ich bin froh, dass du ihn gefunden hast.«

»Ich auch.«

»Welche Weide war das, unter der du mit Daddy gesessen hast?«

»Oh, das war ein wunderschöner alter Baum ganz hinten im Garten, hinter den Ställen.« Sie deutete zu den Überresten der Gebäude. »John wollte dann später wiederkommen und unsere Initialen in den Stamm ritzen. Aber in der darauf folgenden Nacht ist der Blitz in den Baum eingeschlagen und hat ihn in zwei Hälften gespalten – o mein Gott.«

»Amelia«, sagte er leise.

»Es muss Amelia gewesen sein. Bis jetzt ist es mir noch nie aufgefallen, aber ich kann mich noch daran erinnern,

283

dass es kein Gewitter gegeben hatte. Die Dienstboten waren ganz außer sich, weil der Blitz in den Baum eingeschlagen ist, obwohl es gar keinen Sturm gegeben hatte.«

»Dann hat sie also damals schon Ärger gemacht«, meinte er.

»Wie gemein von ihr. Was habe ich um diesen Baum geweint. Unter seinen Zweigen habe ich mich verliebt, und als die Gärtner das Holz weggeschafft und den Stamm herausgezogen haben, habe ich wie ein Schlosshund geheult.«

»Fragst du dich nicht manchmal, ob es noch mehr gegeben hat? Kleine Bosheiten, die für uns eine Laune der Natur oder ein Zufall waren, während wir sie die ganze Zeit für harmlos gehalten haben?«

Er sah zum Haus hin und dachte daran, wie viel es ihm bedeutete – und dass dort jemand umging, der schon lange vor seiner Geburt dort gewohnt hatte. »Eigentlich ist sie nie harmlos gewesen.«

»Sie hat so viel Hass und Wut in sich.«

»Und hin und wieder brechen sie aus ihr heraus, wie Wasser, das durch einen Riss in einem Damm sickert. Aber inzwischen kommt immer mehr Wasser durch. Und wir können den Riss im Damm nicht schließen. Wir können nur dafür sorgen, dass sich der See vor dem Damm bis zum letzten Tropfen leert.«

»Aber wie?«

»Ich glaube, wir werden den Damm zerstören müssen, solange wir noch den Hammer in der Hand halten.«

Es war schon fast dunkel, als Hayley durch den Garten ging. Ihre Tochter schlief, und den Empfänger des Babyfons hatte sie in die Obhut von Roz und Mitch gegeben. Harpers Wagen stand auf seinem Parkplatz, also musste er hier irgendwo sein. Im Kutscherhaus war er allerdings nicht, denn sie hatte geklopft und dann den Kopf zur Tür hineingesteckt und nach ihm gerufen.

Schließlich klebten sie ja nicht wie Pech und Schwefel zusammen, ermahnte sie sich. Aber er war nicht zum Abendessen geblieben. Er hatte gesagt, dass er noch etwas erledigen wolle und vor Einbruch der Dunkelheit wieder zurück sei.

Jetzt war es schon fast dunkel, und sie fragte sich, wo er steckte.

Sie genoss es, in der Dämmerung im Garten spazieren zu gehen. Selbst unter diesen Umständen. Es wirkte beruhigend, was sie auch bitter nötig hatte, denn nachdem Harper ihr die Geschichte des Armbands erzählt hatte, hatte sie sie nicht mehr aus dem Kopf bekommen.

Sie kamen der Lösung des Rätsels immer näher, da war sie sich sicher. Aber sie war sich nicht mehr so sicher, dass das Ganze still und leise enden würde.

Vielleicht würde sich Amelia dagegen wehren, ihre letzte Verbindung zu dieser Welt aufzugeben und in die nächste überzuwechseln.

Es gefiel ihr, im Körper eines anderen Menschen zu wohnen. Falls man das überhaupt wohnen nennen konnte. Vielleicht war teilen ein besserer Ausdruck dafür. Oder hindurchgleiten. Egal, wie man es nannte, Amelia gefiel es, da war Hayley sich sicher. Und sie war auch überzeugt davon, dass dieser Zustand für Amelia so neu war wie für sie selbst.

Falls es noch einmal geschehen sollte, wollte sie sich dagegen wehren und die Kontrolle nicht so leicht aus der Hand geben.

Und war nicht genau das der Grund dafür, warum sie jetzt in der Dämmerung ganz allein hier draußen herumspazierte? Hayley versuchte gar nicht erst, sich einzureden, dass es Zufall war. Sie forderte Amelia heraus. *Komm schon, du Miststück.* Sie wollte wissen, ob sie ihr gewachsen war, wenn niemand in der Nähe war, um einzugreifen. Oder verletzt zu werden.

Aber nichts geschah. Sie fühlte sich vollkommen normal und ganz sie selbst.

Und sie war auch ganz sie selbst, als sie ein Geräusch zwischen den Schatten hörte und vor Schreck zusammenzuckte. Sie blieb stehen und überlegte, ob sie flüchten oder bleiben sollte. Das rhythmische, sich wiederholende Geräusch kam ihr irgendwie bekannt vor.

Es klang wie... nein, das war unmöglich. Trotzdem klopfte ihr das Herz bis zum Hals, während sie weiterging und dabei eine geisterhafte Gestalt vor Augen hatte, die ein Grab schaufelte.

Amelias Grab. Es wäre möglich. Vielleicht war das die Lösung des Rätsels. Reginald hatte sie umgebracht und irgendwo auf dem Grundstück verscharrt. Und jetzt würde sie herausfinden, wo das Grab war – auf nicht geweihtem Boden. Sie könnten es segnen lassen oder einen Grabstein aufstellen oder – sie würde nachsehen, was in solchen Fällen zu tun war.

Und dann würde der Spuk in Harper House ein Ende haben.

Sie schlich sich leise durch die Überreste der Ställe und blieb dabei so nah wie möglich am Gebäude. Ihre Handflächen wurden feucht, und ihr Atem dröhnte wie Donner in ihren Ohren.

Sie bog um die Ecke des Gebäudes und folgte dem Geräusch, wobei sie damit rechnete, jeden Augenblick einen Heidenschreck zu bekommen.

Und da sah sie Harper, der sein T-Shirt ausgezogen und auf den Boden geworfen hatte. Er hielt eine Schaufel in der Hand und grub ein Loch.

Ihre Anspannung löste sich so plötzlich, dass sie laut ausatmete.

»Mein Gott, Harper, du hast mich zu Tode erschreckt. Was machst du da?«

Er fuhr fort, die Schaufel in den Boden zu rammen und die Erde auf einen Haufen neben sich zu türmen. Obwohl Hayley immer noch ein wenig nervös war, verdrehte sie genervt die Augen und ging zu ihm hinüber.

»Ich habe gesagt …« Er sprang fast einen halben Meter in die Luft, als sie ihm auf die Schulter tippte. Als sie vor Schreck aufschrie, wirbelte er herum und schwang die Schaufel wie einen Baseballschläger über die Schulter. Es gelang ihm gerade noch, den Schwung abzufangen. Er fluchte wie ein Droschkenkutscher, als Hayley stolperte und hart auf dem Hintern landete.

287

»Herrgott noch mal!« Er nahm die Kopfhörer ab. »Warum zum Teufel schleichst du hier in der Dunkelheit herum?«

»Ich bin nicht herumgeschlichen, ich habe gerufen. Und wenn du die Musik nicht so laut gestellt hättest, hättest du es auch gehört. Ich dachte schon, du wolltest mich mit der Schaufel da erschlagen. Ich dachte…« Sie fing an zu kichern, gab sich aber alle Mühe, es zu unterdrücken. »Du hättest dein Gesicht sehen sollen. Deine Augen waren sooo groß.« Mit Daumen und Zeigefinger deutete sie große Kreise an und brach in lautes Gelächter aus, als er ihr einen wütenden Blick zuwarf. »Oh, ich mach mir gleich in die Hose. Moment.« Sie kniff die Augen zusammen und versuchte, sich das Lachen zu verkneifen. »Okay, alles wieder unter Kontrolle. Nachdem du mich umgeworfen hast, könntest du mir wenigstens aufhelfen.«

»Ich habe dich nicht umgeworfen. Aber es war ganz schön knapp.« Er hielt ihr die Hand hin und zog sie hoch.

»Ich dachte, du wärst Reginald, der Amelias Grab schaufelt.«

Er schüttelte den Kopf, stützte sich auf die Schaufel und starrte sie an. »Und deshalb bist du hergekommen? Um ihm beim Graben zu helfen?«

»Ich musste doch nachsehen. Und warum in aller Welt gräbst du hier im Dunkeln ein Loch?«

»Es ist noch nicht dunkel.«

»Du hast selbst gesagt, dass es dunkel ist, als du mich angebrüllt hast. Was machst du hier?«

»Ich spiele Third Baseman für die Atlanta Braves.«

»Ich verstehe nicht, warum du so sauer bist. Schließlich habe *ich* mich auf den Hintern gesetzt und mir fast in die Hose gemacht.«

»Tut mir leid. Hast du dir wehgetan?«

»Nein. Pflanzt du etwa einen Baum?« Erst jetzt fiel ihr auf, dass neben dem Loch eine schlanke, junge Weide stand. »Warum pflanzt du hier hinten einen Baum, und das auch noch um diese Zeit?«

»Er ist für meine Mutter. Sie hat mir gestern erzählt, wie sie mal aus dem Haus geschlichen ist, um sich mit meinem Vater zu treffen, und wie sie dann hier draußen unter einer Weide gesessen und sich unterhalten haben. An diesem Abend hat sie sich in ihn verliebt. Und am Tag darauf hat der Blitz in die Weide eingeschlagen. Das war Amelia«, sagte er, während er noch eine Schaufel voll Erde auf den Haufen neben sich warf. »Mutter ist es bis jetzt noch nie aufgefallen, aber es spricht alles dafür. Und deshalb pflanze ich jetzt eine neue Weide für sie.«

Sie stand eine Weile schweigend da, während sein Blick von dem Loch in der Erde zum Wurzelballen des Baums und wieder zurückwanderte. Dann grub er noch etwas tiefer.

»Das ist furchtbar lieb von dir, Harper. Kann ich dir helfen, oder möchtest du es lieber allein tun?«

»Das Loch ist schon groß genug. Aber du kannst mir helfen, den Baum zu setzen.«

»Ich habe noch nie einen Baum gepflanzt.«

»Das Loch sollte etwa dreimal so breit wie der Wurzelballen sein, aber nicht tiefer. An den Wänden des Lochs lockert man die Erde, damit die Wurzeln Platz haben, sich auszubreiten.«

Er nahm den Baum und setzte ihn in das Loch. »Wie sieht das aus?«

»Gut.«

»Jetzt zieh das Sackleinen vom Hauptstamm ab, dann sehen wir, wie weit er vorher in der Erde gestanden hat. Allerdings werden wir das erst erkennen können, wenn du die Taschenlampe dort drüben einschaltest, weil es gleich stockdunkel wird. Ich habe eine Weile gebraucht, um alles zusammenzusuchen, was ich brauche.«

Sie schaltete die Taschenlampe ein, ging in die Hocke und richtete das Licht auf den Ballen. »Gut so?«

»Ja. Siehst du das hier?« Er tippte mit dem Finger auf eine Stelle unten am Stamm. »Bis hier war er vorher in der Erde, also hat das Loch die richtige Tiefe. Jetzt müssen wir nur noch ein paar Wurzeln abschneiden. Gibst du mir bitte die Schere da?«

Sie nahm die Baumschere und drückte sie ihm in die Hand. »Wenn man ein Loch für einen Baum gräbt, hört sich das genauso an, als würde man ein Grab schaufeln.«

Er sah sie an. »Hast du schon einmal gehört, wie jemand ein Grab ausgehoben hat?«

»Ja. Im Kino.«

»Aha. Wir werden das Loch jetzt mit Erde füllen, aber Schritt für Schritt, weil wir die Erde zwischendurch fest-klopfen müssen. Ich hab nur ein Paar Handschuhe mitge-nommen. Hier, zieh sie an.«

290

»Nein.« Sie wehrte ab, als er seine Handschuhe ausziehen wollte. »Ein bisschen Erde wird mich schon nicht umbringen. Mach ich es so richtig?«

»Ja, so ist es gut. Einfach rein mit der Erde und dann festklopfen. Wenn das Loch voll ist, häufen wir noch etwas Erde um den Stamm herum an und formen dann eine Art Rand um die Baumscheibe.«

»Die Erde fühlt sich so gut an.«

»Ich weiß, was du meinst.« Als sie das Pflanzloch mit Erde gefüllt hatten, zog Harper sein Messer heraus, schnitt das Sackleinen am Stamm ab und richtete sich auf. »Wir müssen ihm Wasser geben. Das gießen wir hier in den Rand.«

Er nahm einen der Eimer, die er mit Wasser gefüllt hatte, und nickte, als sie nach dem anderen griff.

»Jetzt hast du einen Baum gepflanzt.«

»Na ja, ich habe geholfen, einen Baum zu pflanzen.« Sie trat einen Schritt zurück und nahm seine Hand. »Er sieht sehr schön aus, Harper. Roz wird sich sicher freuen, dass du auf die Idee gekommen bist, einen Baum für sie zu pflanzen.«

»Ich habe es auch für mich getan.« Er drückte ihre Hand und fing dann an, sein Werkzeug zusammenzusuchen. »Wahrscheinlich hätte ich bis zum nächsten Frühjahr warten sollen, aber ich wollte es jetzt machen. Es soll so eine Art Provokation für sie sein. Komm her und wirf ihn um, aber ich werde ihn wieder aufrichten.«

»Du bist wütend auf sie.«

»Ich bin kein Kind mehr, das sich mit Wiegenliedern

einlullen lässt. Ich habe sie so gesehen, wie sie wirklich ist.«

Hayley schüttelte den Kopf und fröstelte ein wenig in der kühlen Abendluft. »Ich glaube nicht, dass jemand von uns sie so gesehen hat, wie sie wirklich ist. Noch nicht.«

13. Kapitel

Das Veredelungshaus war für Harper mehr als nur ein Arbeitsplatz. Für ihn war es auch Spielwiese, Zufluchtsort und Labor. Manchmal vergaß er völlig die Zeit, wenn er in der warmen, mit Musik erfüllten Luft arbeitete, experimentierte oder es einfach genoss, das einzige lebende Wesen zwischen den Pflanzen zu sein.

Die meiste Zeit über war er lieber mit Pflanzen als mit Menschen zusammen. Er war sich zwar nicht ganz sicher, was das über ihn aussagte, machte sich aber nicht sonderlich viele Gedanken deshalb.

Er hatte seine Passion im Leben gefunden und fühlte sich privilegiert, weil er sein Geld mit etwas verdienen konnte, das ihn durch und durch glücklich machte.

Seine Brüder hatten erst weggehen müssen, um ihre Passion zu finden. Für ihn war es ein weiterer Glücksfall gewesen, dass er an dem Ort hatte bleiben können, den er über alles in der Welt liebte.

Er hatte ein schönes Zuhause, seine Arbeit, seine Familie. Und immer hatte es auch Frauen gegeben, mit denen er sich gut verstanden hatte. Doch keine von ihnen hatte ihn dazu bringen können, daran zu denken, die nächste Sprosse auf der Leiter zu erklimmen, die für ihn nur vage »die Zukunft« war.

Auch über Heirat und Familie hatte er sich nicht viele

Gedanken gemacht. Seine Vorstellung davon war geprägt von dem, was er von der Ehe seiner Eltern wusste. Liebe, Hingabe, Respekt und dazu noch eine Freundschaft, die durch nichts zu erschüttern war.

Er wusste, dass seine Mutter das alles ein zweites Mal gefunden hatte, bei Mitch. Es war nicht so, dass der Blitz zweimal an der gleichen Stelle eingeschlagen hatte, es war eher eine glänzend gelungene Veredelung, aus der eine neue, gesunde Pflanze entstanden war.

Und alles, was weniger stark, weniger wichtig war, war für ihn weder die Zeit noch das Risiko wert.

Also hatte er die Freundschaft mit den Frauen, die es in seinem Leben gegeben hatte, in vollen Zügen genossen und keine von ihnen als seine Auserwählte gesehen.

Bis Hayley gekommen war.

Und jetzt hatte sich so vieles in seiner Welt geändert, während anderes wiederum gleich geblieben war.

Für die Pflanzen hatte er heute Chopin ausgesucht. Er selbst hörte P.O.D. über seine Kopfhörer.

Das Gewächshaus wirkte nicht gerade aufgeräumt mit den vielen Pflanzen in verschiedenen Wachstumsphasen, den Eimern mit Kies oder Holzschnitzeln und dem Durcheinander aus Veredelungsband und Bindfaden, Wäscheklammern und Etiketten. Reste von Sackleinwand, übereinandergestapelte Töpfe, Säcke mit Erde, Knäuel aus Gummibändern und Bindfaden, Schalen mit Messern und Scheren taten ihr Übriges, um diesen Eindruck noch zu verstärken. Doch er wusste, wo das, was er brauchte, zu finden war.

Es gab zwar Zeiten, in denen er keine zwei zueinander

passenden Socken in seinem Schlafzimmer finden konnte, aber das Werkzeug, das er brauchte, hatte er innerhalb von Sekunden in der Hand.

Er ging weiter und hob wie jeden Morgen die Abdeckung der Kästen hoch, in denen seine Pflanzen untergebracht waren. Ein paar Minuten bei geöffneter Klappe ließen die Feuchtigkeit verschwinden, die manchmal auf den Schösslingen kondensierte. Pilzbefall war eine ständige Gefahr. Doch zu viel Luft wiederum konnte die frisch okulierten Augen austrocknen. Während er seinen Schützlingen Luft verschaffte, überprüfte er gleichzeitig die Fortschritte, die die Schösslinge machten, und suchte nach Anzeichen für eine Krankheit oder Fäulnis. Vor allem die Kamelie, die er im Winter durch Spaltveredelung vermehrt hatte, machte ihm viel Freude. Bis die Schösslinge das erste Mal blühten, würde es zwar noch ein, zwei Jahre dauern, aber er glaubte, dass das Warten sich lohnen würde.

Seine Arbeit erforderte viel Einsatz, aber auch Geduld und unerschütterliche Zuversicht.

Harper machte sich Notizen, die er später in seinen Computer eingeben wollte. Die mit Glasglocken abgedeckten Astrophytum-Stecklinge waren ein ganzes Stück gewachsen, und die gepfropften Clematis sahen kräftig und gesund aus.

Er machte noch einmal seine Runde und schloss dabei die Deckel der Pflanzkästen. Später wollte er noch einmal zum Teich, um nach den Kreuzungen von Wasserlilien und Irissen zu sehen. Es war ein kleines Experiment, das sich hoffentlich lohnen würde.

Außerdem hatte er dann eine Entschuldigung, kurz in den Teich zu springen und sich abzukühlen.

Doch vorher musste er sich noch um einige andere Versuchspflanzen kümmern.

Er sammelte die Werkzeuge zusammen, die er brauchen würde, und wählte einen kräftigen Schössling von einem im Container gezogenen Wandelröschen aus. Mit einem schrägen Schnitt kappte er die Spitze und suchte sich ein passendes Edelreis von einem Schneeball aus. Unterlage und Reis waren sich vom Umfang her so ähnlich, dass die Kambien genau aufeinanderlagen.

Harper fixierte die beiden Stücke mit einem Gummiband und versiegelte die Veredelungsstelle mit Wachs. Dann setzte er den Schössling in eine Anzuchtschale, bedeckte die Wurzeln und die Veredelungsstelle mit feuchter Erde – die Mischung seiner Mutter – und schrieb ein Etikett.

Nachdem er mehrere Schösslinge auf diese Weise veredelt hatte, deckte er die Schale ab und gab den Versuchsablauf in den Computer ein.

Bevor er sich mit den nächsten Versuchspflanzen beschäftigte, schaltete er die Musik auf Michelle Brand um und holte sich eine Cola aus seiner Kühltasche.

Als er fertig war, war auch das Album von Michelle zu Ende.

Er nahm eine Tasche mit Werkzeugen und Material, ließ seine Kopfhörer auf dem Arbeitstisch liegen und verließ das Gewächshaus, um nach den Freilandpflanzen und den Wasserpflanzen zu sehen.

Draußen liefen einige Kunden herum, die zwischen den heruntergesetzten Pflanzen unter den Sonnensegeln stöberten oder einen Blick in die öffentlich zugänglichen Gewächshäuser warfen. Er wusste, dass ihn gleich jemand ansprechen würde, wenn er nicht schnell genug das Weite suchte.

Er hatte nichts dagegen, sich mit den Kunden über Pflanzen zu unterhalten oder ihnen zu zeigen, wo sie etwas Bestimmtes fanden. Aber es war ihm lieber, wenn er sich auf seine Arbeit konzentrieren konnte und nicht gestört wurde.

Er war schon an den Portulakröschen vorbei, als jemand seinen Namen rief. Ich hätte die Kopfhörer auflassen sollen, dachte er, doch dann drehte er sich um und setzte sein Kundenlächeln auf.

Die Brünette vor ihm hatte einen ausgesprochen kurvigen Körper, den er schon mehrmals nackt gesehen hatte. Sie trug hüfthoch geschnittene Shorts und ein enges bauchfreies T-Shirt, dessen Schnitt jedem Mann ein Dankgebet für die Augusthitze entlocken würde.

Mit einem lauten Schrei stellte sie sich auf die Zehenspitzen, schlang die Arme um seinen Hals und drückte ihm einen herzhaften Kuss auf den Mund. Sie schmeckte immer noch nach Kirschen, was eine Flut von Erinnerungen auslöste.

Überrascht zog er sie an sich, doch gleich darauf trat er einen Schritt zurück, um sie sich ansehen zu können. »Dory, was machst du denn hier? Wie geht es dir?«

»Hervorragend. Ich bin gerade wieder hergezogen. Erst

vor ein paar Wochen. Ich habe einen Job bei einer PR-Firma in Memphis. Miami ist mir irgendwann auf die Nerven gegangen, und ich hatte wohl auch Heimweh.«

Er hatte den Eindruck, als hätte sie ihre Frisur geändert, seit sie sich zum letzten Mal gesehen hatten. Frauen änderten ja ständig ihre Frisur. Aber da er sich nicht ganz sicher war, sagte er einfach nur: »Du siehst großartig aus.«

»Ja, und es geht mir auch großartig. Und du erst – so braun gebrannt und muskulös. Ich wollte dich anrufen, aber ich war mir nicht sicher, ob du noch in diesem süßen kleinen Häuschen wohnst.«

»Ich lebe immer noch dort.«

»Das hatte ich gehofft. Ich liebe dieses Häuschen. Wie geht's deiner Mutter und David und deinen Brüdern und … oh, allen anderen eben.« Sie lachte laut und breitete die Arme aus. »Ich komme mir vor, als hätte ich die letzten drei Jahre auf dem Mars gewohnt.«

»Alles bestens. Mutter hat vor ein paar Wochen geheiratet.«

»Ja, das hat mir meine Mutter erzählt. Sie hält mich mit dem Klatsch und Tratsch auf dem Laufenden. Und ich habe auch gehört, dass du es noch nicht gewagt hast.«

»Was noch nicht gewagt? Oh, nein, nein, ich bin nicht verheiratet.«

»Ich dachte, du und ich könnten mal wieder über die alten Zeiten reden.« Dory legte ihm die Hand auf die Brust. »Ich würde mich so freuen, dein Häuschen wiederzusehen. Ich hol uns was vom Chinesen und kauf eine Flasche Wein. So wie früher.«

»Ähm, also …«

»Dann können wir meine Heimkehr feiern. Und ich könnte mich damit bei dir bedanken, dass du mir jetzt hilfst, ein paar Zimmerpflanzen für meine neue Wohnung auszusuchen. Das machst du doch, nicht wahr, Harper? Ich brauche unbedingt ein paar schöne Pflanzen.«

»Klar doch. Ich meine, natürlich helfe ich dir dabei, ein paar Pflanzen auszusuchen. Aber …«

»Puh, ist das heiß hier. Was hältst du davon, wenn wir reingehen? Du kannst mir erzählen, was in letzter Zeit bei dir los war, während du mir bei den Zimmerpflanzen hilfst. Aber spar dir die spektakulären Sachen für später auf.«

Sie nahm seine Hand und zog ihn mit sich. »Ich habe dich vermisst«, fuhr sie fort. »Wir hatten ja kaum Gelegenheit, uns miteinander zu unterhalten, als ich letztes Jahr für ein paar Tage hier gewesen bin. Damals war ich mit diesem Fotografen zusammen, weißt du noch? Ich hab dir von ihm erzählt.«

»Ja, hast du.« Beiläufig. Ganz beiläufig. »Und ich …«

»Das ist aus und vorbei. Ich weiß nicht, warum ich ein Jahr meines Lebens an einen derart egoistischen Mann verschwendet habe. Es ging immer nur um ihn, du weißt schon, was ich meine. Was in aller Welt soll ich mit so einem tief schürfenden Künstlertyp?«

»Ich …«

»Also habe ich ihm und Miami auf Wiedersehen gesagt. Und hier bin ich.«

Als sie in einem der Verkaufsräume standen, drehte sie sich um und steckte die Hände in die Gesäßtaschen seiner

299

Jeans. Eine alte Gewohnheit von ihr, die ihn an einige denkwürdige Augenblicke erinnerte. »Ich hab dich so schrecklich vermisst, Harper. Du freust dich doch, mich zu sehen?«

»Natürlich freue ich mich. Dory, die Sache ist die, ich habe eine Freundin.«

»Oh.« Sie zog einen Schmollmund. »Was Ernstes?«

»Ja.«

»Oh. Na ja.« Dory ließ ihre Hände noch einen Moment in seinen Taschen und zog sie dann heraus. Sie gab ihm einen Klaps auf den Hintern. »Ich hatte mir schon gedacht, dass es mit dem Teufel zugehen müsste, wenn du gerade solo wärst. Wie lange seid ihr schon zusammen?«

»Das kommt darauf an. Ich meine, ich kenne sie schon eine Weile, aber gefunkt hat es erst vor Kurzem.«

»Oh, dann hätte ich mich ein bisschen beeilen sollen. Aber wir sind doch noch Freunde, oder? Gute Freunde.«

»Waren wir doch immer.«

»Ich schätze, das hat mir bei Justin – dem Fotografen – gefehlt. Wir haben es nie geschafft, Freunde zu werden, und als ich ihm den Laufpass gegeben habe, war erst recht nicht daran zu denken. Bei dir war das anders. Kürzlich habe ich zu einer Freundin von mir gesagt, dass nie wieder jemand so nett mit mir Schluss gemacht hat wie du.«

Sie lachte und stellte sich wieder auf die Zehenspitzen, um ihm einen Kuss zu geben. »Du bist ein Schatz, Harper.«

Dory trat einen Schritt zurück.

Drei Sekunden später kam Hayley durch die Glastüren herein. »Störe ich? Kann ich Ihnen irgendwie helfen?«

300

»Nein, nein, das macht Harper schon.« Dory tätschelte ihm den Arm. »Ich habe null Ahnung von Pflanzen, also hab ich mir gleich den Experten geschnappt.«

»Hayley, das ist Dory. Wir sind zusammen aufs College gegangen.«

»Ach, wirklich?« Auf Hayleys Gesicht erschien ein breites Lächeln. »Ich glaube nicht, dass ich Sie schon mal hier gesehen habe.«

»Ich bin auch lange nicht mehr hier gewesen. Ich bin gerade aus Miami wieder hergezogen. Neuer Job, neuer Anfang, Sie wissen ja, wie das ist.«

»O ja, ich weiß, wie das ist«, säuselte Hayley, die immer noch breit lächelte.

»Ich wollte Harper besuchen und mich mit ihm über alte Zeiten unterhalten. Außerdem brauche ich noch ein paar Pflanzen für meine neue Wohnung. Harper, du musst unbedingt mal vorbeikommen und sie dir ansehen. Kein Vergleich zu dem Loch, in dem ich zu Collegezeiten gewohnt habe.«

»Dazu braucht es nicht viel. Ich hoffe, du hast den Futon weggeworfen.«

»Ich hab ihn verbrannt. Harper hat das Ding gehasst«, sagte sie, an Hayley gewandt. »Er wollte mir sogar ein Bett kaufen, aber die Wohnung war so winzig – nur ein Zimmer. Wenn drei Leute zu Besuch kamen, wurde es so eng, dass wir auf halbem Weg zu einer Orgie waren.«

»Ja, das waren schöne Zeiten«, sagte Harper, woraufhin Dory zu lachen begann.

»Nicht wahr? Aber jetzt zeigst du mir besser, was ich

brauche, sonst stehen wir noch den ganzen Tag hier herum und reden.«

»Dann lass ich euch mal allein.« Hayley drehte sich um und ging hinaus.

Sie machte sich wieder an die Arbeit, sorgte aber dafür, dass sie nicht hinter der Kasse stand, als Dory die Pflanzen bezahlte, die Harper für sie ausgesucht hatte. Aber sie konnte Dorys Lachen hören – ihrer Meinung nach ein ausgesprochen durchdringendes Lachen –, während sie die Regale auf der anderen Seite des Verkaufsraums auffüllte.

Harper lehnte die ganze Zeit über an der Theke, wie sie mit einem Blick aus den Augenwinkeln feststellte. Und was für ein lässiges Lächeln auf seinen Lippen lag, während sie sich über gemeinsame Freunde und die guten alten Zeiten unterhielten.

Und diese Dory konnte einfach nicht die Finger von ihm lassen. Wenn sie einmal nicht lachte oder ihr Haar zurückwarf, grabschte sie an ihm herum. Als Harper ihr auch noch den Wagen mit den Pflanzen zum Parkplatz schob, fing Hayley an zu kochen.

Da fiel ihr ein, dass sie unbedingt die Regale vor den großen Fensterflächen überprüfen musste. Und wenn sie dabei zufällig einen Blick nach draußen warf, konnte ihr niemand einen Vorwurf daraus machen. Schließlich spionierte sie nicht, sie arbeitete.

Ein Blick genügte. Sie sah, wie Harper sich vorbeugte und seine Collegefreundin auf den Mund küsste.

Mistkerl.

Als sie davonfuhr, winkte er ihr auch noch hinterher. Und dann schlenderte er um das Verkaufsgebäude herum, als könnte er kein Wässerchen trüben. Als wäre er kein Abschaum, der sie nach Strich und Faden betrog.

Und er hatte nicht einmal den Anstand, es hinter ihrem Rücken zu tun.

Sollte er doch machen, was er wollte. Sie würde sich einfach nicht darum kümmern. Es war ihr egal. Es war ihr so was von egal.

Und sie ging jetzt auch nicht nach draußen, um Harper den wohlverdienten Tritt in den Hintern zu geben. Sie ging nur nach draußen, um nachzusehen, ob ein Kunde ihre Hilfe brauchte.

Denn dafür wurde sie schließlich bezahlt. Nicht fürs Flirten, nicht dafür, dass sie einen halben Tag hier herumstand und von alten Zeiten schwärmte. Und ganz gewiss nicht dafür, dass sie die Kunden zum Abschied küsste und ihnen nachwinkte.

Sie war schon fast beim Veredelungshaus, als sie ihn draußen auf dem Freigelände sah. Er war in die Hocke gegangen und sah sich die Magnolien an, die sie vor einigen Wochen zusammen veredelt und gepflanzt hatten.

Harper hob den Kopf und lächelte sie an, als sie näher kam. »Sieh dir das an. Sie sind fast schon angewachsen. Noch ein paar Wochen, und wir können das Band entfernen.«

»Wenn du meinst.«

»Ja, sie sehen gut aus. Ich muss mir noch ein paar von den anderen Ziersträuchern ansehen. Ich glaube, für die nächste Saison werden wir ein paar hübsche hängende Birn- und Kirschbäume haben. Habe ich dir schon die Wildbirnen gezeigt? Und die Zwergbäumchen?«

»Nein. Hat deine Freundin bekommen, was sie wollte?«

»Hm? Ja.« Er richtete sich auf und musterte die Kronen seiner Hängebäumchen. »Je einfacher, desto besser«, murmelte er zerstreut, während er sich einen Baum ansah. »Das verringert den Pflegeaufwand. Ich habe dreijährige *Pyrus communis* als Unterlage genommen und drei Reiser aufgepfropft. Man muss darauf achten, dass der Abstand möglichst gleich ist, damit sich eine schöne Form ergibt.«

»Und mit Formen kennst du dich ja aus.«

»Ja, natürlich. Die hier habe ich okuliert, ein paar vor zwei Jahren, und die hier im Frühling. Siehst du, wie sie sich entwickelt haben?«

»Ich sehe, dass sich hier ziemlich viel entwickelt. Mich hat nur überrascht, dass du nicht gleich mitgefahren bist, um ihr die Pflanzen vor die Haustür zu stellen.«

»Wem? Oh, du meinst Dory?« Er warf Hayley einen etwas verwirrten Blick zu, während der Sarkasmus an ihm abprallte. »Damit wird sie schon allein fertig. Sie muss eben ein paarmal laufen.«

Er ging weiter und fuhr fort, seine Pflanzen zu überprüfen. »Für diese hängenden Kirschbäumchen hier habe ich eine schwachwüchsige Unterlage verwendet. Im Oktober werde ich einige kräftige Schösslinge von der Unterlage schneiden, sie bündeln, in ein Beet stecken und anhäufeln, damit sie zu drei Vierteln unter der Erde sind. Im nächsten Frühjahr heben wir das Bündel heraus, pflanzen die Steck-

304

linge, und im Sommer kann man sie dann als Unterlage verwenden.«

»Das ist ja alles ungeheuer interessant, Harper. Hast du Dory vorhin etwa auch erklärt, wie man so eine verdammte Unterlage macht?«

»Wie?« Er sah sie verständnislos an. »Dory interessiert sich nicht für Pflanzen. Sie macht Öffentlichkeitsarbeit in einer PR-Agentur.«

»Für mich sah das eben aber sehr privat aus.«

»Wie bitte?«

»Ich wollte schon vorschlagen, dass ihr euch ein Zimmer im Hotel nehmt. Es macht keinen sehr guten Eindruck auf die Kunden, wenn im Verkaufsraum herumgeknutscht wird.«

Dieses Mal fiel ihm die Kinnlade herunter. »*Was?* Wir haben nicht geknutscht. Wir haben uns nur …«

»Die Türen sind aus Glas, Harper, nur für den Fall, dass du das vergessen haben solltest. Ich habe euch gesehen, und du solltest so viel Respekt für deinen Arbeitsplatz haben, dass du nicht während der Arbeitszeit in einem der öffentlich zugänglichen Bereiche herumknutschst. Aber da du der Boss bist, kannst du dir vermutlich alles erlauben.«

»Meine Mutter ist der Boss, und ich habe nirgendwo herumgeknutscht. Dory und ich sind alte Freunde. Wir haben nur …«

»Ihr habt euch geküsst, ihr habt euch befummelt, ihr habt geflirtet, ihr habt euch verabredet. Meiner Meinung nach ist es unprofessionell, so was während der Arbeitszeit zu tun. Aber es dann auch noch vor meinen Augen zu tun, ist eine Unverschämtheit.«

»Dann wäre es wohl besser gewesen, wenn wir es hinter deinem Rücken getan hätten?«

Er hatte das ausgesprochen, was sie vorhin gedacht hatte. Tränen stiegen ihr in die Augen. »Du kannst mich mal, Harper.«

Da ihrem verwirrten Gehirn sowieso nichts Besseres für einen Abgang eingefallen wäre, drehte sie sich um. Und wurde von ihm am Arm gepackt und herumgerissen.

Ihr fiel auf, dass er jetzt gar nicht mehr so zerstreut aussah, sondern fuchsteufelswild. »Ich habe nicht geflirtet. Und ich habe mich auch nicht mit ihr verabredet.«

»Dann war es also nur Küssen und Fummeln. Das beruhigt mich.«

»Ich habe sie geküsst, weil sie eine Freundin von mir ist, eine gute Freundin, die ich schon lange nicht mehr gesehen habe. Ich habe sie so geküsst, wie man eine gute Freundin küsst. Was mit dem hier absolut nichts zu tun hat.«

Mit einem kräftigen Ruck zog er an ihrem Arm, sodass sie das Gleichgewicht verlor und auf ihn zustolperte. Dann legte er die Arme um sie, packte ihr Haar und presste seinen Mund auf den ihren.

Sein Kuss war weder sanft noch zärtlich, nur reine zügellose Wut. Hayley wehrte sich, schockiert darüber, so fest umklammert zu werden, dass sie sich nicht befreien konnte. Angst stieg in ihr auf, doch dann ließ er sie plötzlich los.

»Und so küsse ich Frauen, mit denen ich nicht nur befreundet bin.«

»Du hast kein Recht, mich so zu behandeln.«

»Und *du* hast kein Recht, mir etwas vorzuwerfen, das ich gar nicht getan habe. Ich lüge und betrüge nicht, und ich werde mich für mein Verhalten auch nicht entschuldigen. Wenn du etwas über meine Beziehung zu Dory oder sonst jemandem wissen willst, dann frag. Aber mach keine falschen Anschuldigungen.«

»Ich hab doch gesehen …«

»Vielleicht hast du das gesehen, was du sehen wolltest. Aber daran bist du selbst schuld, Hayley. Ich muss weitermachen. Und wenn du noch etwas zu dieser Sache zu sagen hast, sag es nach der Arbeit.«

Er ging in Richtung Teich davon und ließ ihr keine andere Wahl, als wutentbrannt in die andere Richtung davonzustürmen.

»Und dann besaß er auch noch die Frechheit, mich anzuschnauzen und so zu tun, als sei alles meine Schuld.« Hayley ging auf der vorderen Veranda von Stellas Haus hin und her, während Lily auf dem Rasen hinter Parker herrannte. »Er hat sich benommen, als hätte ich eine schmutzige Fantasie, als wäre ich eine eifersüchtige, hysterische Kuh, obwohl ich allen Grund hatte, wütend zu sein. Schließlich hat er eine andere Frau abgeknutscht. Und das auch noch vor meinen Augen.«

»Vorhin hast du aber gesagt, *sie* hätte ihn abgeknutscht.«

»Es war gegenseitiges Abknutschen. Und als ich die beiden überraschte – nachdem ich mir das Ganze erst einmal eine Weile durch die Glastüren hindurch angesehen habe –, tut er doch tatsächlich so, als wäre gar nichts passiert. Er hat nicht mal so viel Anstand, verlegen oder nervös auszusehen.«

»Das sagtest du schon.« Zweimal, um genau zu sein, dachte Stella, aber sie wusste, wie eine Freundin zu reagieren hatte, und erwähnte die Wiederholung nicht. »Hayley, du und ich kennen Harper schon eine ganze Weile. Er hätte doch mit Sicherheit ziemlich verlegen ausgesehen, wenn du ihn bei etwas Unrechtem erwischt hättest.«

»Wahrscheinlich bedeute ich ihm eben nicht so viel, um ihn wegen so etwas in Verlegenheit zu bringen.«

»Jetzt hör aber auf. Das ist nicht wahr.«

»Es fühlt sich aber so an.« Hayley ließ sich auf die Treppe fallen. »Es fühlt sich ganz furchtbar an.«

»Ich weiß.« Stella setzte sich neben sie und legte ihr den Arm um die Schulter. »Ich weiß. Und es tut mir leid, dass er dir wehgetan hat.«

»Es ist ihm völlig egal.«

»Ist es nicht. Vielleicht hat dich das, was du gesehen hast, nur deshalb so getroffen, weil du ihn liebst.«

»Stella, er hat sie *geküsst.*«

»Mich hat er auch schon geküsst.«

»Das ist doch nicht dasselbe.«

»Angenommen, wir würden uns nicht kennen, und du würdest sehen, wie er mir einen Kuss gibt, was würdest du dann denken?«

»Bevor oder nachdem ich dir die Augen ausgekratzt habe?«

»Autsch. Ich will ja nicht behaupten, dass es gar nicht das

war, nach was es ausgesehen hat, aber es könnte doch immerhin sein, dass du es irgendwie missverstanden hast. Ich sage das nur, weil ich Harper kenne. Und wegen seiner Reaktion.«

»Du meinst also, ich hätte viel zu übertrieben reagiert?«

»Ich meine, an deiner Stelle würde ich mir erst einmal Gewissheit verschaffen.«

»Er hat mit ihr geschlafen. Okay, okay«, murmelte sie, als Stella sie fassungslos anstarrte. »Vor meiner Zeit. Aber sie ist so hübsch. Sie hat so einen tollen Körper und dunkle exotische Augen. Und dieser Glanz, dieser Schimmer auf ihrer Haut … Oh, verdammt.«

»Du wirst mit ihm reden.«

»Das werd ich wohl müssen.«

»Soll ich Lily solange nehmen?«

»Nein.« Hayley stieß einen tiefen Seufzer aus. »Es ist bald Zeit für ihr Abendessen, außerdem werden wir uns nicht so schnell anbrüllen, wenn ich sie zu Harper mitnehme.«

»In Ordnung. Wenn du möchtest, kannst du mich hinterher anrufen und mir erzählen, wie es gelaufen ist. Oder du kommst einfach noch mal vorbei. Ich stell schon mal die Eiscreme kalt.«

»So wie ich mich fühle, brauche ich eine Familienpackung für mich alleine.«

Hayley hielt Lily an der Hand, als sie an die Tür des Kutscherhauses klopfte. Als er aufmachte, fiel ihr auf, dass er gerade erst geduscht haben musste. Seine Haare waren noch ganz feucht. Doch dem Ausdruck auf seinem Gesicht nach zu urteilen, hatte ihn das kalte Wasser nicht sonderlich abkühlen können.

»Ich will mit dir reden«, sagte sie schnell. »Wenn du Zeit hast.«

Er beugte sich vor und nahm Lily auf den Arm, die bereits sein Bein umklammert hielt. Ohne etwas zu Hayley zu sagen, ging er mit der Kleinen zusammen in die Küche. »Hallo, Lily. Schau mal, was ich hier für dich habe.«

Mit einer Hand machte er eine Schranktür auf und holte zwei Plastikschüsseln heraus. Dann kramte er in einer Schublade nach einem großen Plastiklöffel. Er setzte Lily auf den Boden und drückte ihr die Sachen in die Hand. Sie fing sofort an, mit dem Löffel auf den Schüsseln herumzuklopfen.

»Willst du was trinken?«, fragte er Hayley.

»Nein, danke. Ich wollte dich fragen, ob …«

»Ich nehm ein Bier. Willst du Milch oder Saft für Lily haben?«

»Ich hab ihre Schnabeltasse nicht dabei.«

»Ich habe eine.«

»Oh.« Dass er extra eine Schnabeltasse für Lily gekauft hatte, ließ ihr ganz warm ums Herz werden. »Ein bisschen Saft für sie wäre nicht schlecht. Aber du musst ihn verdünnen.«

»Ich weiß, wie man das macht.« Er goss Saft und Wasser in die Tasse, schraubte sie zu und drückte sie Lily in die Hand. »Also?« Er nahm einen großen Schluck aus der Flasche.

»Ich wollte dich fragen, ob … Nein, ich wollte dir sagen,

310

dass wir uns zwar nichts versprochen haben, aber dass es für mich schon so eine Art Versprechen ist, wenn ich mit einem Mann ins Bett gehe. Und deshalb ist es für mich eine Beleidigung, wenn ich sehe, wie der Mann, mit dem ich schlafe, eine andere Frau küsst und mit ihr flirtet. Für mich hat das nichts mit Hysterie zu tun.«

Er trank noch einen Schluck, langsam, nachdenklich. »Weißt du, wenn du es von Anfang an so gesagt hättest, wäre ich nicht so sauer gewesen. Ich werde jetzt noch einmal wiederholen, dass ich mit Dory geflirtet habe, aber nicht so, wie du das meinst.«

»Wenn du alle Frauen so anbaggerst …«

»Ich habe sie nicht angebaggert. Sei bloß vorsichtig, sonst werde ich gleich wieder sauer. Wenn du wissen willst, was passiert ist, warum fragst du dann nicht?«

»Ich hasse es, in dieser Situation zu sein.«

»Ich auch. Wenn du es dabei belassen willst – bitte. Ich muss mir jetzt was zu essen machen – das Mittagessen habe ich nämlich verpasst.«

»In Ordnung.« Sie wollte Lily auf den Arm nehmen, doch dann hielt sie inne. »Warum bist du nur so hart?«

»Warum misstraust du mir so?«

»Ich habe euch *gesehen*. Sie hatte die Arme um dich gelegt. Sie hat ihre Hände in die Taschen deiner Jeans gesteckt und deinen Hintern begrabscht. Und du hast dich nicht gerade dagegen gewehrt, Harper.«

»Okay, du hast Recht. Das ist so eine Angewohnheit von ihr, von früher, und ich habe mir nicht viel dabei gedacht, als sie es heute wieder getan hat. Genau genommen habe ich mir gerade überlegt, wie ich ihr sagen soll, dass wir unsere Beziehung nicht wieder aufwärmen können, dass wir nicht mehr als gute Freunde sein können, weil ich mit jemand anderem zusammen bin.«

»Wie lange dauert es, um das zu sagen?«

»Etwas länger als sonst, wenn die betreffende Frau gerade ihre Hände auf deinem Hintern hat.« Sie machte den Mund auf und wollte etwas sagen, doch als seine Augenbrauen in die Höhe schossen, verkniff sie sich jeden Kommentar. »Aber ich hab es ihr gesagt, Hayley, kurz bevor du hereingekommen bist.«

»Vorher? Aber ... es lief doch gerade so weiter, Harper. Ihr zwei habt doch ...« Sie fuchtelte mit der Hand vor ihrem Gesicht herum, während sie nach einem Wort dafür suchte. »Ihr habt doch wie die Kletten aneinandergehangen. Und als du sie zu ihrem Wagen begleitet hast, habt ihr euch schon wieder geküsst.«

Er runzelte die Stirn. »Du hast uns beobachtet.«

»Nein. Ja. Na und?«

»Schade, dass es dir nicht gelungen ist, mir eine Wanze anzuhängen, denn dann wäre dieses Gespräch jetzt nicht notwendig.«

Sie verschränkte die Arme vor der Brust und starrte ihn trotzig an. »Ich werde mich für mein Verhalten genauso wenig entschuldigen wie du.«

»In Ordnung. Erstens, warum hätte ich nicht so weitermachen dürfen? Ich habe nichts getan, wofür ich mich schämen müsste. Zweitens, Dory ist eben so. Sie zeigt ihre Gefühle ganz offen, und wahrscheinlich ist sie deshalb so gut in der PR-Branche. Und ja, ich habe sie geküsst, bevor sie gefahren ist. Ich werde sie vermutlich wieder küssen, wenn wir uns das nächste Mal sehen. Ich mag sie nämlich. Wir hatten eine Beziehung miteinander. Wir haben uns in der Highschool kennen gelernt, sind dann auf dasselbe College gegangen und waren ein Jahr lang zusammen. Im College, verdammt noch mal. Als wir uns getrennt haben, sind wir Freunde geblieben. Und wenn es dir gelingen würde, deine Eifersucht zu überwinden und Dory so zu sehen, wie sie ist, würdest du dich wahrscheinlich sogar mit ihr anfreunden.«

»Ich hasse es, eifersüchtig zu sein. Ich bin noch nie im Leben so eifersüchtig gewesen.«

»Wenn du unser Gespräch vor ihrem Wagen mitbekommen hättest, hättest du gehört, wie sie zu mir gesagt hat, sie hoffe, du und ich würden bald einmal in die Stadt kommen und uns mit ihr treffen, damit sie dich kennen lernen kann. Außerdem hat sich noch gesagt, dass sie sich gefreut habe, mich wiederzusehen. Und ich habe so ziemlich das Gleiche zu ihr gesagt und sie dann zum Abschied geküsst.«

»Ja, aber … ihr habt ausgesehen wie ein Paar.«

»Wir sind kein Paar. Du und ich sind ein Paar«, sagte er, als sie ihn nur wortlos anstarrte. »Ich weiß nicht, warum du jetzt daran zweifelst. Oder an mir.«

»Du hast nie gesagt, dass …«

Er kam auf sie zu und umfasste ihr Gesicht mit beiden Händen. »Ich will mit niemand anderem zusammen sein als mit dir. Du bist die Einzige, Hayley. War das jetzt deutlich genug?«

»Ja.« Sie legte ihre Hand auf die Seite, drehte den Kopf zur Seite und küsste seine Handfläche.

»Dann vertragen wir uns wieder?«

»Sieht ganz danach aus. Ähm, hast du ihr gesagt, dass du mit mir befreundet bist? Ich meine, dass *ich* es bin?«

»Das brauchte ich gar nicht. Als du wieder hinausgegangen bist, hat sie mich in die Rippen gestoßen und gesagt: Sie ist größer als ich, sie ist dünner als ich, und sie hat schönere Haare. Was habt ihr Frauen eigentlich immer mit den Haaren?«

»Das tut jetzt nichts zur Sache. Was hat sie noch gesagt?«

»Dass es zwar ganz furchtbar sei, einen Korb von mir zu bekommen, sie mich aber gut verstehen könne, nachdem sie dich gesehen habe. Das war wohl eine Art Kompliment.«

»Und ein sehr nettes noch dazu. Jetzt habe ich doch tatsächlich ein schlechtes Gewissen. Wahrscheinlich würde ich sie auch noch sympathisch finden, und das verwirrt mich jetzt schon ein wenig.« Sie überlegte eine Weile, doch dann hellte sich ihre Miene wieder auf. »Ich werde schon darüber hinwegkommen. Entschuldigen werde ich mich aber nicht, schließlich hatte sie ja ihre Hände auf deinem Hintern. Aber wenn du willst, koche ich was für uns.«

»Einverstanden«, sagte er, ohne zu zögern.

»Hast du an etwas Bestimmtes gedacht?«

»Nein. Du darfst mich überraschen. Uns«, verbesserte er sich, während er Lily an den Füßen nahm und sie kopfüber nach unten baumeln ließ. »Ich nehm dir die Kurze hier ab. Wir müssen jetzt nebenan für Unordnung sorgen.«

Und plötzlich war ihr Leben wieder in Ordnung, dachte sie. Während Harper im Wohnzimmer laute Knurrgeräusche von sich gab und Lily entzückt kreischte, machte Hayley die Tür des Kühlschranks auf, um sich die Lebensmittel darin anzusehen.

Erbärmlich, stellte sie fest. Ein ausgesprochen männlicher Kühlschrankinhalt, der aus Bier, Cola, Mineralwasser, einem uralten gebratenen Hühnerbein, zwei Eiern, einem Stück Butter und einem kleinen, mit Schimmel überzogenen Stück Käse bestand.

Als sie den Gefrierschrank aufmachte, hatte sie mehr Glück. Mehrere ordentlich beschriftete Plastikbehälter mit Resten von Mahlzeiten. David sei Dank. Aber es war schade, dass sie nichts Richtiges kochen konnte. Eigentlich hatte sie Harper beeindrucken wollen.

Und warum? Er poussiert vor deinen Augen mit einer anderen Frau herum, und du kriechst vor ihm zu Kreuze. Und jetzt kochst du für ihn, wie ein Dienstmädchen. Für Männer sind Frauen doch nur Dienstboten, die ihnen zu Willen sein müssen.

Er lügt, wie alle Männer, und du glaubst ihm, weil du schwach und töricht bist.

Lass ihn dafür bezahlen. Sie sollen alle bezahlen.

»Nein«, sagte Hayley leise, als sie feststellte, dass sie vor der geöffneten Tür des Gefrierschranks stand. »Das sind nicht meine Gedanken gewesen. Und ich will sie nicht in meinem Kopf haben.«

»Hast du was gesagt?«, rief Harper aus dem Wohnzimmer.

»Nein«, erwiderte sie mit fester Stimme.

Es gab nichts zu sagen. Nichts zu denken. Sie würde jetzt etwas aufwärmen, und dann würden sie essen. Wie ein Ehepaar. Oder eine Familie. Jedenfalls ein bisschen wie eine Familie.

Harper, Lily und sie. Nur sie drei.

14. Kapitel

Bei Harper löste das abendliche Ritual zwiespältige Gefühle aus. Sie hatten sich angewöhnt, abends zusammen zu essen. Lily saß in dem Hochstuhl, den er vom Haupthaus herübergeschleppt hatte, und er und Hayley am Tisch. Zusammen in der Küche zu sitzen, zu essen und sich dabei zu unterhalten schien so einfach zu sein, dass es ihn ganz nervös machte.

Ihre Beziehung wurde immer enger – wie ein Boot, das bei einer leichten Brise auf die Küste zusteuert. Er war sich nur nicht ganz sicher, wie es ausgehen würde, wenn es aufs Ufer traf – würde es eine Katastrophe oder ein Happyend werden?

Er fragte sich, ob Hayley unter ihrem gelassenen Äußeren nicht auch etwas angespannt wirkte. Oder übertrug er nur seine eigene Nervosität auf sie?

Es wirkte alles so normal, wenn sie am Ende des Tages zusammen am Tisch saßen und über die Arbeit oder Lily sprachen. Doch in die friedliche Atmosphäre mischte sich noch etwas anderes. Eine Art Anspannung, ein Gefühl. Hier sind wir, und hier bleiben wir, zumindest fürs Abendessen.

Wie viel lag ihm – oder ihnen beiden – daran, das »zumindest fürs Abendessen« beizubehalten?

»Wenn es morgen im Verkauf nicht so hektisch zugeht,

könnte ich dir zeigen, wie man eine Kreuzung macht«, fing
er an.

»Ein bisschen Ahnung hab ich schon. Roz hat es mir an
einem Löwenmäulchen gezeigt.«

»Ich hatte an eine Lilie gedacht. Sie eignen sich gut für
Kreuzungen. Wir könnten es mit einer Miniaturversion in
einem kräftigen Pink versuchen und sie nach Lily nennen.«

Hayley strahlte. »Wirklich? Du willst eine neue Sorte
nach ihr nennen? Oh, Harper, das ist so lieb von dir.«

»Ich hatte an ein richtig kräftiges Pink gedacht, mit einem
Hauch von Rot auf den Blütenblättern. Rot ist deine Farbe,
dann könnte man sie vielleicht ›Hayleys Lily‹ nennen.«

»Ich fang gleich an zu weinen.«

»Spar dir deine Tränen für die Handbestäubung auf. Es
funktioniert nicht immer gleich beim ersten Mal, und das
kann einen ganz schön frustrieren.«

»Ich würde es wirklich gern versuchen.«

»Abgemacht. Was hältst du davon, Kleines?«, fragte er
Lily. »Willst du deine eigene Blume haben?«

Sie nahm eine grüne Bohne zwischen zwei Finger und
ließ sie auf den Boden fallen.

»Ich glaube, die Blume gefällt ihr besser als das Gemüse
auf ihrem Teller. Das soll heißen, dass sie fertig ist.« Hayley
stand auf. »Ich mach sie sauber.«

»Das könnte ich doch machen. Ich könnte sie baden.«

Hayley lachte und schob das Tablett des Hochstuhls zur
Seite. »Hast du schon mal ein Kleinkind gebadet?«

»Nein, aber ich hab selbst schon ein paarmal gebadet. Ich
weiß, wie das geht. Ich lasse Wasser in die Badewanne,

werfe sie rein und drücke ihr die Seife in die Hand. Dann hole ich mir ein Bier, und wenn das leer ist, trockne ich sie ab. Das war ein Witz«, sagte er schnell, als Hayley die Augen aufriss. Er schnallte Lily los und nahm sie auf den Arm. »Deine Mama hält mich für einen Badewannentrottel. Wir beweisen ihr jetzt das Gegenteil.«

»Aber du musst …«

»Die ganze Zeit bei ihr bleiben. Ihr auf keinen Fall den Rücken zudrehen. Warmes Wasser, nicht heißes. Bla bla bla …«, murmelte er, während er hinausging. Lily verabschiedete sich begeistert winkend von ihrer Mutter.

Hayley steckte dreimal den Kopf ins Badezimmer, gab sich aber alle Mühe, dies so beiläufig wie möglich zu tun.

Als sie die Küche aufgeräumt hatte, rannte eine rosige, frisch gepuderte Lily durch das Haus, die nur ihre Pampers und sonst nichts trug. Einige Männer, dachte Hayley, waren ein Naturtalent, wenn es um Kinder ging. Harper schien einer von ihnen zu sein.

»Und jetzt?«, fragte er.

»Ich lasse sie meistens noch für eine Stunde oder so spielen, damit sie müde wird. Dann lesen wir ein Buch – oder besser gesagt, ich lese ihr aus einem Buch vor –, wenn sie lange genug sitzen bleibt. Harper, willst du uns denn gar nicht loswerden?«

»Nein. Ich hatte gehofft, dass ihr über Nacht bleibt. Ich stelle das Reisebett im Gästezimmer auf, damit wir hören, wenn sie aufwacht. Dann könntest du bei mir bleiben.« Er nahm Hayleys Hände, beugte sich vor und küsste sie. »Bleib heute Nacht bei mir.«

»Harper …« Sie rannte hinter Lily her. »Warte«, rief sie. Als Lily zielstrebig auf einen Stapel aus Spielzeugautos und Plastiklastern zusteuerte, blieb Hayley mitten im Wohnzimmer stehen. »Wo sind die denn plötzlich hergekommen?«

»Die haben mir gehört. Einige Sachen behält man eben.«

Sie stellte sich Harper als kleinen Jungen vor, der mit seinen Lastern spielte und Motorengeräusche von sich gab, wie das jetzt gerade ihre Tochter machte. »Harper, es fällt mir so schwer.«

»Was fällt dir so schwer?«

»Mich nicht rettungslos und bis über beide Ohren in dich zu verlieben.«

Er sagte einen Moment nichts, dann legte er ihr die Hände auf die Schultern und drehte sie zu sich herum. »Und was, wenn du es tun würdest?«

»Genau das weiß ich eben nicht.« Ihr versagte die Stimme, und sie musste schlucken. »Es ist alles so kompliziert. Wir sind erst seit ein paar Wochen zusammen, und dann noch die Sache mit Amelia. Ich weiß einfach nicht, was du willst. Nach was du suchst.«

»Ich bin auch noch dabei, es herauszufinden.«

»Das ist in Ordnung, Harper. Wirklich. Lass dir Zeit. Aber was, wenn ich dich liebe? Ich liebe dich, und du kommst irgendwann zu der Erkenntnis, dass du nach Belize fliegen und dich für sechs Monate an den Strand legen willst. Ich muss an Lily denken. Ich kann nicht einfach …«

320

»Hayley, wenn ich mich nach einem Leben als Beachboy sehnen würde, wüsste ich das inzwischen.«

»Du weißt, was ich meine.«

»Okay, ich weiß, was du meinst. Was, wenn ich mich in dich verliebe und du beschließt, mit Lily zusammen nach Little Rock zurückzugehen und dort ein eigenes Gartencenter zu eröffnen?«

»Ich könnte doch nicht …«

Er hob die Hand. »Doch, das könntest du. Das ist die Art von Risiko, die man eingeht, wenn man eine feste Beziehung hat. Vielleicht verliebt man sich, vielleicht nicht, und es kann gut sein, dass der andere nicht mit dem einverstanden ist, was man selbst will.«

»Dann sind wir also vernünftig und gehen es langsam an?«

»Das wäre eine Möglichkeit.«

»Und wenn ich nicht vernünftig sein will?«, entgegnete sie. »Wenn ich dir jetzt einfach sage, dass ich mich in dich verliebt habe? Was machst du dann?«

»Das weiß ich jetzt nicht so genau, weil es dich offenbar auf die Palme bringt.«

»Natürlich bringt es mich auf die Palme.« Sie warf genervt die Arme in die Luft. »Verdammt noch mal, Harper, ich liebe dich, und du willst vernünftig sein und es langsam angehen. Ich fasse es einfach nicht.«

Harper hielt sich für einen recht entspannten Typen. Er verlor zwar manchmal die Beherrschung, aber die meiste Zeit über hatte er sein Temperament unter Kontrolle. Wie um alles in der Welt, so fragte er sich jetzt, hatte er sich in eine Frau verlieben können, die so launisch wie ein alter Esel war?

Und damit wäre bewiesen, dass es keine Logik in der Liebe gibt, dachte er.

»Anstatt in die Luft zu gehen, solltest du mir jetzt mal zuhören. Ich habe gesagt, wir *könnten* vernünftig sein. Aber da ich mich auch in dich verliebt habe, finde ich die Idee nicht gerade prickelnd.«

»Du planst einen romantischen Abend, der aus einem Hollywoodfilm stammen könnte. Du badest meine Tochter, und ich soll vernünftig sein? Was erwartest du, Harper?« Sie schnappte nach Luft, während er sie mit einem Lächeln im Gesicht ansah. »Was hast du nach dem Teil mit dem Zuhören gesagt?«, fragte sie.

»Ich habe gesagt, dass ich mich auch in dich verliebt habe.«

»Oh. Oh.« Sie bückte sich, als Lily ihr einen von den Lastern brachte. »Das ist aber nett von dir, Herzchen. Hol ihn dir.« Sie rollte den Laster durch das Zimmer und richtete sich wieder auf. »Und das sagst du jetzt nicht nur, weil ich so zickig bin, oder?«

»In der Regel vermeide ich es, einer Frau zu sagen, dass ich sie liebe, wenn sie gerade am Rumzicken ist. Genau genommen habe ich es noch nie zu einer Frau gesagt, weil es mir sehr viel bedeutet. Du bist die Erste.«

»Sagst du das etwa, weil du so in Lily vernarrt bist?«

Er verdrehte die Augen. »Großer Gott, Hayley.«

»Ich mach alles kaputt.« Sie hob hilflos die Hände. »Ich zerrede es. Aber du machst mich so glücklich, dass mir ganz schlecht davon wird.«

»Ich kann mir beim besten Willen nicht vorstellen, wie das gehen soll.«

»Ich hatte solche Angst.« Sie lachte und schlang die Arme um ihn. »Ich hatte solche Angst davor, mich in dich zu verlieben. Ich hatte befürchtet, dass wir nur Freunde bleiben würden, wie die Frau, die neulich ins Gartencenter gekommen ist. Aber wenn das mit uns beiden nicht funktioniert, kannst du die Freundschaft vergessen.« Sie küsste ihn. »Denn ich werde dich für den Rest meines Lebens hassen.«

»Gut. Glaube ich jedenfalls.«

Sie seufzte und legte ihre Wange an seine. »Und was machen wir jetzt?«

»Da es für mich sozusagen eine Premiere ist, würde ich dieses Gefühl gern noch eine Weile genießen. Aber kurzfristig gesehen würde ich sagen, wir spielen noch eine Weile mit Lily. Wir machen sie müde. Und nachdem du sie ins Bett gebracht hast, kommst du zu mir in mein Bett.«

»Der Plan gefällt mir.«

Als sie Lily ins Bett gebracht hatte, lief Musik im Schlafzimmer. Sie wusste, dass Harper nur selten einmal ohne Musik anzutreffen war. Obwohl es draußen noch nicht ganz dunkel war, hatte er Kerzen angezündet. Und überall standen Blumen – was sie von anderen Männern nicht kannte, von Harper aber inzwischen sogar erwartete.

»Alles in Ordnung mit ihr?«, fragte er.

»Ja. Sie schläft immer recht schnell ein – allerdings heißt das nicht, dass es für den Rest der Nacht so bleiben wird.«

»Dann sollten wir ausnutzen, dass jetzt gerade Ruhe ist.«

323

Er strich sanft über ihre Arme. »Ich berühre dich so gern. Und ich sehe gern zu, wenn du mich berührst. Wenn sich unsere Körper berühren.«

»Vielleicht liegt es daran, dass wir uns so begehren.«

»Das ist nichts Neues für mich.« Seine Lippen strichen sanft über ihre Wange. »Fühlt sich das für dich wie Begierde an?«

»Nein.« Sie drehte den Kopf, damit er ihren Mund küssen konnte. »Es ist mehr.«

»Ich muss die ganze Zeit an dich denken. Daran, wie du aussiehst, wie du dich anhörst, wie du dich anfühlst.«

Sie schlang ihre Arme um seinen Nacken, als er sie auf das Bett sinken ließ.

»Du bist perfekt. Einfach perfekt.« Er tastete sich mit seinem Mund an ihr hinunter und biss ihr durch den Stoff ihres T-Shirts hindurch zärtlich in eine Brustwarze, während sie unter seiner Berührung erschauerte.

Dann zog er das T-Shirt hoch und presste seinen Mund auf ihre nackte Haut.

Es ist mehr als Begierde, dachte Hayley, während sie ihm ihren Körper entgegenreckte. In ihre Erregung mischte sich ein ungeheures Glücksgefühl, wie die Schaumbläschen im Champagner. Er liebte sie. Harper, der Mann mit den geduldigen Händen und dem überschäumenden Temperament, liebte sie.

Was auch immer geschah, sie wurde geliebt, und sie genoss das Gefühl der Liebe, das so stark und gewaltig in ihr aufwallte.

Sie küsste ihn, um ihm zu zeigen, wie sehr sie ihn liebte.

Sie hüllte ihn in ihre Liebe ein, und er spürte, wie ihm das Herz davon schwer wurde. Er liebte. Diese Flut von Gefühlen, die seinen ganzen Körper erfasste, war etwas völlig Neues für ihn. Und Hayley, deren Körper er unter sich spürte, hatte sie ausgelöst.

Er sog den Duft ihrer Haut ein, während es draußen dunkel wurde und im Apfelbaum vor seinem Fenster eine Nachtigall zu singen begann.

Die Luft im Schlafzimmer wurde heiß und stickig. Er spürte, wie sie zu zittern begann und seinen Namen stöhnte. Ihre Hände glitten über seine Haut.

Ihre Lippen. Er versank in ihnen, bis seine Lust wie Nebelschwaden über ihm zusammenschlug.

Als sie sich herumrollte und sich auf ihn setzte, konnte er ihr Gesicht im Kerzenschein sehen. Umrahmt von dunklem Haar, die blauen Augen dunkel geworden vor Leidenschaft.

Ihre Lippen suchten seinen Mund. Sie waren weich, so weich. Ein leises Gurren drang aus ihrer Kehle, als sie ihn in sich aufnahm. Er schloss die Augen und genoss es.

»Das ist es, was du willst«, flüsterte sie. »Was ihr alle wollt.«

Es ging so schnell wie ein Fingerschnippen. Die Kälte legte sich wie eine Hülle aus Eis auf ihn. Er sah sie an, und alles in ihm erstarrte.

»Nein.«

»Vögeln. Ficken.«

»Hör auf.« Er packte sie an den Hüften, sodass sie sich nicht mehr bewegen konnte.

»Sag ihr, was sie hören will. Liebe. Versprechen. Lügen. Solange sie dich nur zwischen ihre Beine lässt.« Ihre langen, schlanken Oberschenkel umklammerten ihn wie Schraubzwingen. Es war Hayleys Körper, aber nicht Hayley. Ekel stieg in ihm auf.

»Hör auf damit.« Er griff nach ihr, und das, was in ihr war, fing zu lachen an.

»Soll ich dafür sorgen, dass du kommst? Soll ich dich wie ein Pony reiten, bis du …«

Er stieß sie von sich, doch sie lachte einfach weiter, während das Kerzenlicht auf ihrer nackten Haut schimmerte.

»Lass sie in Ruhe.« Er zog sie wieder an sich. »Du hast kein Recht auf sie.«

»Ich habe genauso ein Recht auf sie wie du. Mehr als du. Sie und ich, wir sind gleich.«

»Nein. Du bist ganz anders als sie. Sie macht es sich nicht so einfach wie du. Sie ist warm und stark und ehrlich.«

»Das hätte ich auch sein können.« Jetzt stand noch etwas anderes in ihren Augen. Bedauern, Trauer, Sehnsucht. »Das kann ich auch sein. Und ich weiß viel besser als sie, was ich mit diesem Körper alles anstellen kann.« Sie presste sich an ihn und flüsterte ihm ins Ohr, was sie mit ihm machen wollte.

Sein Magen krampfte sich zusammen, und er schüttelte sie. »Hayley. Verdammt noch mal, Hayley. Du bist stärker als sie. Lass nicht zu, dass sie dir das antut.« Und obwohl immer noch etwas anderes auf ihn herabsah, obwohl ihre Lippen so furchtbar kalt waren, küsste er sie. Sanft. Zärtlich. »Ich liebe dich. Hayley, ich liebe dich. Komm zu mir zurück.«

Harper spürte es sofort, als sie wiederkam. Noch im gleichen Augenblick. Er nahm sie in die Arme und hielt sie fest, während sie zu zittern begann. »Harper.«

»Sch. Es ist alles wieder gut.«

»Sie war … o Gott. Das war nicht ich. Das habe nicht ich gesagt. Harper …«

Trost war nicht die richtige Antwort, dachte er. Nicht jetzt. Nicht hier. »Ich will dich. Nur dich.« Seine Lippen strichen zärtlich über ihr Gesicht, seine Hände glitten über ihren Körper. »Nur du und ich. Wir werden nicht zulassen, dass sie uns das kaputtmacht. Sieh mich an.«

Er packte ihre Hände und drang in sie ein. »Sieh mich an«, wiederholte er. »Bleib bei mir.«

Die Kälte verwandelte sich in Hitze. Aus dem Grauen wurde Lust. Sie blieb bei ihm.

Hayley brachte kein Wort heraus, selbst dann nicht, als sein Kopf auf ihrem Bauch lag und die Nachtigall von den Zikaden abgelöst worden war. Sie war immer noch so durcheinander, dass sie den Schock nicht von der Angst und die Angst nicht von der Scham unterscheiden konnte.

Er hauchte ihr einen Kuss auf die Haut und stand auf.

»Ich hol uns etwas zu trinken und seh mal nach Lily.«

Jetzt musste sie sich auf die Zunge beißen, um ihn nicht zurückzurufen. Am liebsten hätte sie ihn angefleht, damit er sie nicht allein ließ, nicht einmal für einen Moment. Doch das war dumm und völlig unmöglich. Schließlich konnte er nicht die ganze Zeit auf sie aufpassen. Und sie konnte die Vorstellung nicht ertragen, dass er vielleicht das Gefühl hatte, er müsste auf sie aufpassen. Um zu wissen, wann Amelia sie wieder benutzte.

Hayley setzte sich auf, zog die Knie an und legte den Kopf darauf. Sie saß immer noch so da, als er zurückkam und sich neben sie aufs Bett setzte.

»Harper, ich weiß nicht, was ich sagen soll.«

»Damit das ein für alle Mal klar ist – es war nicht deine Schuld. Und du hast sie vertrieben. Oder dich durchgesetzt. Ich weiß nicht, wie man das nennen soll.«

»Wie hast du es nur fertig gebracht, mich danach noch einmal anzufassen?«

»Glaubst du etwa, ich würde sie gewinnen lassen?«

Die kaum unterdrückte Wut in seiner Stimme ließ sie den Kopf heben. »Du … bist in mir gewesen, als sie … o Gott, das ist so unheimlich.«

»Hier.« Er drückte ihr ein Glas Wasser in die Hand. »Es war für uns beide unheimlich«, stimmte er ihr zu. »Und für mich so eine Art Inzest. Großer Gott. So nah hatte ich meiner Ururgroßmutter eigentlich nie kommen wollen.«

»So hat sie dich nicht gesehen. Ich weiß nicht, ob dir das hilft.« Sie unterdrückte einen Schauder und gab ihm das Glas zurück. »Sie war … ich hatte den Eindruck, als würde sie ihn sehen. Reginald. Sie war … ich war sehr erregt, und dann ist es plötzlich in Wut umgeschlagen. Aber die Art von Wut, die alles aufregender macht. Dunkler. Exotischer. Dann ist alles verschwommen. Sie und ich, er und du. Und ich war so durcheinander, dass ich nichts tun konnte. Aber dann hast du gesagt, dass du mich liebst, und hast mich geküsst, und daran habe ich mich festhalten können.«

»Sie hat versucht, uns zu benutzen. Und wir haben es nicht zugelassen.« Er stellte das Glas weg und drückte sie in die Kissen, damit er sich neben sie legen und sie in die Arme nehmen konnte. »Es wird alles wieder gut.«

Doch selbst jetzt, als sie sicher und geborgen in seinen Armen lag, konnte sie es nicht ganz glauben.

Es war Harper etwas unangenehm, aber er war trotzdem der Meinung, dass er Mitch über den Vorfall mit Amelia informieren sollte. Obwohl sich dieser Vorfall ereignet hatte, als er gerade mit Hayley im Bett gewesen war.

Wenigstens konnte er es ihm von Mann zu Mann erzählen. Und wenn seine Mutter davon erfahren musste, war es Harper lieber, wenn sein Stiefvater als eine Art Filter fungierte.

»Wie lang hat es gedauert?«, fragte Mitch.

»Vielleicht zwei, drei Minuten. Mir ist es zwar länger vorgekommen, aber das dürfte hinkommen.«

»Sie war nicht gewalttätig.«

»Nein. Aber …« Er brach ab und starrte auf die Pinnwand in der Bibliothek. »Eine Vergewaltigung ist nicht immer gewalttätig, trotzdem ist sie … Jedenfalls hat es sich für mich so angefühlt. Wie eine Art von Vergewaltigung. Als hätte Macht etwas damit zu tun. Ich habe deinen Schwanz, also sage ich, wo's langgeht.«

»Es passt zu der Art von Persönlichkeitsprofil, das wir gerade erstellen. Wenn die Beziehung zwischen dir und Hayley rein sexueller Art wäre, hätte sie es nicht geschafft. Sex, bei dem es nur um Sex geht, ist nicht die treibende Kraft. Das muss dich ziemlich mitgenommen haben.«

Harper nickte nur. Er hatte immer noch ein mulmiges Gefühl im Magen. »Wie viel müssen wir noch über sie in Erfahrung bringen, bevor wir sie aufhalten können?«

»Ich wünschte, ich könnte es dir sagen. Wir kennen ihren Namen und einen Teil ihrer Lebensgeschichte. Wir wissen, dass sie eine Urahnin deiner Familie ist. Wir wissen, dass man ihr ihr Kind weggenommen hat – und wir gehen davon aus, dass dies ohne ihre Einwilligung geschehen ist. Oder dass sie zunächst damit einverstanden war, später jedoch ihre Meinung geändert hat. Wir wissen, dass sie hierhergekommen ist, hier ins Haus, und wir müssen annehmen, dass sie hier gestorben ist. Vielleicht, wenn wir herausfinden, wie sie gestorben ist, aber das ist keine Garantie.«

Harper hatte sich nie auf Garantien verlassen, weder in seinem Leben noch bei seiner Arbeit. Sein Vater war gestorben, als er sieben gewesen war, was jeder Garantie einer traditionellen Familie ein Ende gemacht hatte. Seine Arbeit bestand aus Experimenten, kalkulierten Risiken, erworbenen Fähigkeiten und reinem Zufall. Nichts davon konnte einen Erfolg garantieren.

Für Harper war ein Misserfolg schlimmstenfalls eine Verzögerung und bestenfalls ein weiterer Schritt auf dem Weg zum Erfolg.

Doch wenn es um die Frau ging, die er liebte, und um ihr Wohl, war das etwas ganz anderes.

Daran musste er denken, als er Hayley gefunden hatte, die gerade dabei war, die Pflanzen zu gießen.

Sie trug Baumwollshorts und ein knappes T-Shirt, was im Gartencenter so eine Art Sommeruniform war. An den Füßen hatte sie leichte Pantoletten aus Leinen, die auch einmal einen Guss vertragen konnten, und ihr Gesicht steckte unter einer der Baseballkappen mit dem Schriftzug des Gartencenters, die sie als Werbegeschenk verteilten.

Sie sah viel zu traurig und nachdenklich aus. Dass sie tief in Gedanken versunken war, zeigte sich, als er sie ansprach – sie zuckte heftig zusammen.

»Gott, hast du mich erschreckt.«

»Das kommt davon, wenn man während der Arbeitszeit mit seinen Gedanken ganz woanders ist. Und da wir gerade von Arbeit sprechen – ich will mit dem Kreuzen anfangen und könnte Hilfe gebrauchen.«

»Willst du es immer noch machen?«

»Was spricht dagegen?«

»Ich dachte, jetzt, nachdem du eine Weile über die Sache nachgedacht hast, willst du etwas auf Abstand gehen.«

Er nahm ihr den Gartenschlauch aus der Hand und küsste sie. »Falsch gedacht.«

»Da hab ich ja noch mal Glück gehabt.«

»Komm einfach zu mir rüber, wenn du hier fertig bist. Ich habe Stella schon gesagt, dass ich dich eine Weile ausleihe.«

Er legte in der Zwischenzeit die Werkzeuge heraus, die er für seine Arbeit brauchen würde, und suchte die Pflanzen zusammen. Dann gab er den Sortennamen, den Kultivar und den Namen und die Merkmale der gewünschten Pflanze in seinen Computer ein.

Da er nicht allein arbeiten würde, konnte er die Kopfhörer nicht benutzen und schaltete daher von Beethoven auf Loreena McKennitt um. Seinen Pflanzen dürfte es gefallen, und ihm war es lieber als Klassik.

Da Hayley hereinkam, als er gerade eine Cola aus dem Kühlschrank holte, wurden zwei Dosen daraus.

»Ich finde das alles furchtbar aufregend.«

Er drückte ihr die Dose in die Hand. »Erzähl mir mal, was du über Kreuzungen weißt.«

»Na ja, man hat sozusagen eine Mutter und einen Vater, das sind dann die Eltern. Zwei unterschiedliche Pflanzen – sie können von der gleichen Art sein oder von zwei verschiedenen Arten ... wie nennt man das noch mal?«

»Gattung.«

»Genau. Man sucht sich Pflanzen mit stabilen Merkmalen aus und kreuzt sie durch Handbestäubung miteinander. Pollen von der einen, Samen von der anderen – so ähnlich wie beim Sex.«

»Nicht schlecht. Als Elternpflanze verwenden wir diese Zwerglilie hier. Und diese Geflammte hier wird die männliche Elternpflanze, da von ihr der Samen stammt. Ich habe sie mit einer Plastiktüte abgedeckt, um die Insekten davon abzuhalten, sie zu bestäuben. Wir werden jetzt die Staubgefäße entfernen, bevor sie sich selbst bestäuben kann. Die Lilien habe ich im letzten Winter eingetopft und hereingebracht, damit sie sich gut entwickeln.«

»Du hast das schon seit längerer Zeit vor, nicht wahr?«

332

»Ja, mehr oder weniger seit Lily geboren wurde. Wir fangen mit der Pollenpflanze an. Weißt du, wie's geht?«

»Roz hat es mir gezeigt. Ich hab aber nur zugesehen.«

»Dieses Mal machst du es selbst. Die hier habe ich schon zurechtgeschnitten, knapp über dem Knoten, siehst du? Sie hat im Wasser gelegen und sich dadurch ganz geöffnet. Die Staubbeutel sind schon aufgeplatzt und können jetzt den Blütenstaub aufnehmen.«

»Dann hast du das Vorspiel also schon hinter dir?«

»Darin bin ich sehr geschickt.«

Sie verdrehte die Augen. »Als ob ich das nicht wüsste.«

»Fang an.«

»Ich muss die Blütenblätter abzupfen, stimmt's?«

»Du drehst sie am besten mit einer kurzen schnellen Bewegung heraus. Arbeite von außen nach innen, bis du die Staubbeutel siehst.«

»Also los.«

»Das machst du gut«, sagte er, während er ihr zusah. »Achte darauf, dass du die Staubgefäße nicht verletzt. Ja, so ist es gut.«

»Ich bin nervös. Hoffentlich geht das nicht schief.«

»Du bist nicht nervös.« Ihre Finger arbeiteten schnell und präzise und zupften ein Blütenblatt nach dem anderen aus. »Und wenn etwas danebengeht, nehmen wir die Nächste.«

»Ist das gut so?«

»Was siehst du?«

Sie biss sich auf die Lippe. »Die kleinen Staubgefäße sind alle nackt.«

333

»Der nächste Schritt.« Er nahm einen sauberen Kamelhaarpinsel in die Hand. »Du musst den Blütenstaub sammeln. Dazu fährst du mit dem Pinsel über die Staubgefäße. Den Blütenstaub bewahren wir dann hier in dieser Schale auf und achten darauf, dass er trocken bleibt. Siehst du, er ist richtig flaumig und daher reif. Mach weiter. Ich beschrifte in der Zwischenzeit die Schale.«

»Das macht Spaß. Auf der Highschool hatte ich in Chemie immer die schlechtesten Noten.«

»Du hättest nur einen besseren Laborpartner gebraucht. Meine Partner haben alle Spitzennoten bekommen. Jetzt werden wir die Samenpflanze vorbereiten.« Er nahm die Lilie in die Hand, die er sich ausgesucht hatte. »Sie sollte noch nicht ganz geöffnet sein. Wir brauchen eine gut entwickelte Blüte, aber die Staubbeutel müssen noch unreif sein, damit es nicht zu einer Selbstbestäubung kommen kann. Bei dieser Pflanze entfernen wir sowohl die Blütenblätter als auch die Staubbeutel.«

»Wir ziehen sie aus.«

»So kann man das auch sagen. Es darf nichts übrig bleiben, denn das kann zu Fäule führen, und dann war alles vergebens. Wir brauchen eine schöne, freigelegte Narbe.«

»Mach du das, dann kann ich hinterher behaupten, wir hätten zusammengearbeitet.«

»In Ordnung.« Nachdem er die Blütenblätter abgezupft hatte, nahm er eine Pinzette und riss damit die Staubbeutel heraus. »Jetzt muss sie bis morgen auf den Blütenstaub warten, damit die Narbe genug Zeit zum Anschwellen hat. Dann übertragen wir den reifen Blütenstaub auf die Narbe.

Das kann man mit einem Pinsel machen, aber ich benutze lieber meinen Finger. Fertig.«

Er trat einen Schritt zurück.

»Das war's?«

»Das ist die Erste. Hier stehen ein gutes Dutzend Samenpflanzen. Wir sollten mehrere Pollenpflanzen ausprobieren und sehen, was dabei rauskommt.«

Sie wechselten sich bei den einzelnen Schritten ab, bis ein angenehmer beruhigender Rhythmus entstand. »Wie hast du die Pflanzen ausgesucht, mit denen wir jetzt arbeiten?«, fragte Hayley.

»Ich habe sie eine ganze Weile beobachtet und mir Wuchsverhalten, Form und Farbmuster angesehen.«

»Seit Lilys Geburt.«

»Ja, mehr oder weniger.«

»Harper, weißt du noch, wie ich gesagt habe, ich würde dich für den Rest meines Lebens hassen, wenn das mit uns beiden schiefgeht?«

»Ja, das habe ich schon verstanden.«

»Und das werde ich auch, aber ich werde es runterschlucken, weil ich weiß, wie sehr du sie liebst.«

»Sie hat mich um ihren kleinen Finger gewickelt, das muss ich zugeben. Morgen werden wir bestäuben, etikettieren und dokumentieren. Und dann behalten wir die Pflanzen im Auge. Wenn es mit der Befruchtung geklappt hat, dauert es etwa eine Woche, bis der Fruchtknoten anschwillt.«

»Das kommt mir irgendwie bekannt vor.«

Er grinste und arbeitete weiter. »Nach ein paar Wochen

dürfte sich die Kapsel gebildet haben. Dann dauert es noch etwa einen Monat, bis der Samen reif ist. Dass es so weit ist, wissen wir, wenn die Kapsel aufplatzt.«

»Oh, ein Déjà-vu-Erlebnis.«

»Hör auf damit. Irgendwie ist das schon merkwürdig.«

Er ging zu seinem Computer und gab die Daten ein. »Wir nehmen die Samen, trocknen sie und pflanzen sie im späten Frühjahr. Wenn wir das so machen, keimen sie im Frühjahr nicht.«

»Pflanzen wir sie draußen?«

»Nein, hier drin. Mit Mutters Anzuchterde in Neun-Zentimeter-Töpfen, aber dann kommen sie nach draußen. Wenn sie groß genug sind, setzen wir sie ins Freigelände. Allerdings wird es dann noch ein Jahr dauern, bis sie zum ersten Mal blühen und wir sehen, was dabei rausgekommen ist.«

»Was bin ich froh, dass ich keine zwei Jahre schwanger gewesen bin.«

»Frauen haben es mit den neun Monaten doch gut. Das ist im Handumdrehen vorbei.«

»Dann versuch's doch mal selbst.«

»Ich bin Neuem gegenüber immer sehr aufgeschlossen«, erwiderte er grinsend. »Ich habe die Daten eingegeben, und wenn alles gut läuft, bekommen wir ein paar neue Pflanzen, von denen einige die Merkmale beider Elternteile übernommen haben.« Er warf einen Blick auf ihre Arbeit und nickte. »Wir bekommen das, was wir wollen, und wenn nicht, ist das Ergebnis hoffentlich so nah dran, dass wir noch eine Generation bestäuben oder es mit einem anderen Elternteil versuchen können.«

»Anders ausgedrückt, es könnte Jahre dauern.«

»Die Kreuzung von Liliensorten ist nichts für Schlappschwänze.«

»Mir gefällt es. Und es gefällt mir auch, dass es nicht über Nacht geht. Das steigert die Vorfreude. Und es ist gut möglich, dass man nicht das bekommt, was man erwartet, sondern etwas ganz anderes. Nicht unbedingt etwas, das besser ist, aber genauso schön.«

»Du hast verstanden, um was es hier geht.«

»Jetzt geht es mir wieder gut.« Sie trat einen Schritt von dem Arbeitstisch weg. »Heute war so ein schlimmer Tag. Ich musste die ganze Zeit an das denken, was gestern Abend passiert ist. Es ist mir ständig im Kopf herumgegangen, und ich habe mich wirklich furchtbar gefühlt.«

»Es war nicht deine Schuld.«

»Das weiß ich doch. Aber ein Teil von mir hat sich gefragt, ob wir je wieder so unbefangen miteinander umgehen können. Ob du dich nicht vielleicht unbehaglich oder so fühlen würdest. Ich habe wirklich den Eindruck, als hätte man unsere Liebe in den Dreck gezogen.«

»Für mich hat sich nichts geändert.«

»Ich weiß.« Sie standen nebeneinander am Arbeitstisch, und Hayley legte ihren Kopf an seine Schulter. »Und ich bin schon viel ruhiger, weil ich es weiß.«

»Ich sollte dir vielleicht sagen, dass ich Mitch erzählt habe, was passiert ist.«

»Oh.« Sie verzog das Gesicht. »Es musste wohl sein. Und es ist mir lieber, dass *du* es ihm erzählt hast. War es schlimm?«

»Nein. Nur ein bisschen merkwürdig. Wir haben ziemlich lange darüber gesprochen, ohne Augenkontakt herzustellen.«

»Ich werde nicht mehr darüber nachdenken«, beschloss Hayley. Sie drehte sich zu ihm um und küsste ihn. »Aber jetzt sollte ich mit der Arbeit weitermachen, für die ich bezahlt werde. Wir sehen uns später.«

Hayley summte den ganzen Nachmittag vor sich hin. Als Stella einmal vorbeikam, blieb sie stehen, stemmte die Hände in die Hüften und sagte: »Kreuzungen züchten bekommt dir ja hervorragend.«

»Ich fühle mich großartig. Den zweiten Schritt machen wir morgen.«

»Gut. Heute Morgen hast du nämlich etwas mitgenommen ausgesehen.«

»Ich habe schlecht geschlafen, aber dann habe ich eine kleine Aufmunterung bekommen.« Sie sah sich um, um sich zu vergewissern, dass niemand in Hörweite war. »Wir lieben uns.« Sie grinste und malte mit den Fingern ein Herz in die Luft. »Ich und Harper.«

»Wow. Was für eine Neuigkeit.«

Hayley lachte und fuhr fort, Säcke mit Blumenerde ins Regal zu wuchten. »Wir sind bis über beide Ohren ineinander verliebt – und das haben wir uns auch gesagt.«

»Das freut mich so für dich.« Sie umarmte Hayley. »Wirklich.«

»Ich freue mich auch. Aber … ich muss dir noch was erzählen.« Hayley sah sich noch einmal um und erzählte Stella, was am Abend zuvor geschehen war.

»Großer Gott. Ist alles in Ordnung mit dir?«

»Es war furchtbar. Mir dreht sich immer noch der Magen um, wenn ich daran denke. Ich weiß gar nicht, wie wir es überstanden haben. Aber wir haben es geschafft. Ich kann mir nicht vorstellen, wie er sich gefühlt haben muss, aber er ist die ganze Zeit bei mir geblieben.«

»Er liebt dich wirklich.«

Wunder über Wunder, dachte Hayley. »Stella, ich habe immer daran geglaubt, dass ich mich eines Tages so richtig verlieben würde, aber ich habe mir nicht vorstellen können, wie es sein würde. Und jetzt, da ich verliebt bin, kann ich mir das Leben ohne Verliebtsein gar nicht mehr vorstellen. Verstehst du, was ich meine?«

»Ja. Und die Sache mit Amelia hat überhaupt nichts damit zu tun. Du und Harper solltet diese Phase in eurer Beziehung in vollen Zügen genießen.«

»Es kommt mir so vor, als hätte alles in meinem Leben geradewegs zu ihm geführt, zu Harper. Das Gute und das Schlechte. Und mit dem Schlechten werde ich fertig, weil ich weiß, dass zwischen uns etwas ist, das wirklich etwas bedeutet. Das klingt jetzt ziemlich lahm, aber …«

»Tut es nicht. Es klingt sehr glücklich.«

15. Kapitel

Der Laptop, den Hayley gebraucht gekauft hatte, war sehr günstig gewesen und gab ihr das Gefühl, etwas tun zu können. Ein, zwei Stunden Recherche im Internet hatten ihr zwar nicht viele neue Informationen gebracht – zumindest nicht solche, die auf ihre Situation zutrafen –, aber es hatte ihr bestätigt, dass sie nicht allein war.

Es gab tatsächlich eine Menge Leute, die zumindest glaubten, dass sie schon einmal etwas mit Geistern zu tun gehabt hatten. Hayley war bereits dazu übergegangen, die Begegnungen mit Amelia aufzuschreiben – eine dringende Empfehlung jeder Website, auf der sie gewesen war. Aber mit dem Computer brauchte sie ihre Notizen wenigstens nicht mehr mit der Hand zu schreiben.

Außerdem machte es Spaß, ihren Freunden in Little Rock E-Mails zu schicken.

Und natürlich hatte sie sich in den Weiten des Internets verloren und war stundenlang gesurft. Es gab einfach so viele Informationen, so viel Interessantes. Doch von einer Seite hangelte sie sich unweigerlich zu einer anderen und von dort zur nächsten, und wenn sie nicht aufpasste, saß sie noch bis weit nach Mitternacht vor ihrem Laptop.

Sie saß im Wohnzimmer, hatte die Hand ins Kinn geschmiegt und las gerade einen Online-Bericht aus Toronto,

in dem es um ein weinendes Geisterbaby ging, als sie eine
Hand auf ihrer Schulter spürte.

Hayley zuckte nicht zusammen und unterdrückte den
Schrei, der ihr im Hals steckte. Stattdessen machte sie die
Augen zu und sagte in einem fast normalen Ton. »Bitte sag
mir, dass das eine echte Hand ist.«

»Ich hoffe doch sehr, dass sie noch mit meinem Handgelenk verbunden ist.«

»Roz.« Hayley atmete hörbar aus. »Ich hätte jetzt gern
hundert Punkte, weil ich nicht wie eine Cartoon-Katze an
die Decke gesprungen und mich dort festgeklammert
habe.«

»Das hätte bestimmt sehr lustig ausgesehen.« Roz kniff
die Augen zusammen und warf einen Blick auf den Bildschirm. »Ghosthunters Punkt com?«

»Das ist nur eine von vielen Sites«, klärte Hayley sie auf.
»Und man findet dort ganz tolle Sachen. Hast du gewusst,
dass man Geister früher davon abgehalten hat, ein Zimmer
zu betreten, indem man Nadeln oder Eisennägel in den
Türrahmen geschlagen hat? Dann wird der Geist irgendwie
von ihnen gefangen und kann nicht hereinkommen. Wenn
der Geist allerdings schon im Zimmer ist, wenn man die
Nägel einschlägt, kann er nicht mehr raus.«

»Wenn ich dich dabei erwische, wie du etwas in meine
Türrahmen hämmerst, werde ich dich grün und blau schlagen.«

»Das hatte ich mir schon gedacht. Außerdem ist mir
nicht klar, wie das funktionieren soll.« Sie stand auf. »Man
sagt auch, dass man den Geist einfach nur höflich bitten

sollte, zu gehen. Etwa so: He, tut mir ja leid, dass du tot bist und so, aber das ist jetzt mein Haus und du störst, also zisch ab.«

»Das haben wir schon versucht. In mehreren Variationen.«

»Ja. Und es hat nichts genützt.« Als Roz sich auf das Sofa setzte, wurde Hayley klar, dass sie nicht nur gekommen war, um sich mit ihr über Amelia zu unterhalten. Sie wurde nervös. »Es wird natürlich immer gesagt, dass man alles dokumentieren soll, aber das hat Mitch uns ja bereits eingebläut. Und man soll Fotos machen. Man kann sich auch einen Geisterjäger mieten, aber ich glaube nicht, dass du eine Horde Fremder im Hause haben willst.«

»Bitte nicht.«

»Man kann auch einen Priester bitten, das Haus zu segnen. Schaden kann das sicher nicht.«

»Du hast Angst.«

»Noch mehr als früher. Aber ich weiß, dass uns das da nicht helfen wird« – sie tippte auf den Bildschirm –, »weil wir herausfinden wollen, wer sie war und wie es ihr ergangen ist. Wenn wir sie einfach nur vertreiben, sind wir immer noch nicht schlauer. Trotzdem beschaffe ich mir so viele Informationen wie möglich.«

»Du und Mitch gleicht euch wie ein Ei dem anderen, was das angeht. Hast du dir schon Notizen darüber gemacht, was neulich abend passiert ist? Als du bei Harper gewesen bist?«

»Ja.« Ihre Wangen brannten in heißer Verlegenheit. »Aber ich hab sie Mitch noch nicht gegeben.«

»Es ist ja auch etwas sehr Persönliches. Ich würde eine so persönliche Erfahrung nicht gern mit einem Außenstehenden teilen.«

»Aber du bist doch kein Außenstehender. Ich meine, Mitch ist das nicht. Das seid ihr beide nicht.«

»Wenn es um Sex geht, ist man immer ein Außenstehender, egal, wie eng die Beziehung ist. Das wollte ich dir sagen. Und ich wollte dir außerdem sagen, dass es dir nicht peinlich zu sein braucht, mit mir darüber zu reden. Ich habe ein paar Tage gewartet, weil ich dachte, es würde dir dann nicht mehr so schwerfallen, darüber zu sprechen.«

»Ich weiß, dass Harper mit Mitch darüber gesprochen hat, und ich wusste, dass Mitch es dir erzählen würde. Roz, ich konnte einfach nicht. Wenn es nicht ausgerechnet Harper gewesen wäre – oh, das soll jetzt nicht heißen, dass es noch einen anderen gibt … Was rede ich denn nur wieder für einen Unsinn.«

»Du brauchst doch nicht nervös zu sein.«

»Es ist nur … weil Harper dein Sohn ist.«

»Ja, das ist er.« Sie legte die Füße auf den Tisch – so saß sie meistens da. »Ich habe sofort gewusst, dass er sich in dich verliebt hat – als du es noch gar nicht gewusst hast und er vermutlich auch nicht.«

»Ich glaube, das war in der Nacht, die wir im Peabody verbracht haben.«

Roz schüttelte den Kopf. »Das war Romantik pur. Und das muss auch einmal sein. Aber in der Nacht habt ihr euch nicht verliebt. Wer hat dir die Hand gehalten, als Lily geboren wurde?«

»Oh.« Hayley traten Tränen in die Augen. »Das war Harper. Und ich glaube, er hatte fast genauso viel Angst wie ich.«

»Als ich das gesehen habe und mir klar geworden ist, dass ihr euch liebt, ist mir das Herz ganz schwer geworden. Nur für einen kurzen Moment. Du wirst wissen, was ich meine, wenn es bei Lily so weit ist. Und wenn du so viel Glück hast wie ich, wirst du dabei zusehen können, wie sich dein Kind in jemanden verliebt, den du lieben, respektieren und bewundern kannst. Über den du lachen und weinen kannst. Und wenn dir dann das Herz schwer wird, tut es das vor Glück und Dankbarkeit.«

Hayley liefen Tränen über die Wangen. »Ich weiß gar nicht, wie ich so viel Glück verdient habe. Du bist so gut zu mir. Nein, bitte, tu es nicht einfach so ab«, sagte sie, als Roz den Kopf schüttelte. »Es bedeutet mir so viel. Als ich hierhergekommen bin, habe ich mich für so klug und stark gehalten. Wenn sie mich rauswirft, habe ich gedacht, gehe ich eben woandershin. Ich suche mir einen Job und eine Wohnung, bekomme das Kind. Ich werde es schaffen. Wenn ich damals gewusst hätte, wie anstrengend das ist – nicht nur die vielen Stunden, die viele Arbeit, auch die Liebe, die man geben muss, und die Sorgen, die man sich um sein Kind macht, hätte ich mich vor dir auf die Knie geworfen und dich um Hilfe angefleht. Aber ich musste nur fragen, mehr nicht.«

»Ich habe dir einen Job und ein Dach über dem Kopf gegeben, weil du zur Familie gehörst, und weil du in einer schwierigen Situation gesteckt hast. Aber das ist nicht der Grund, warum du immer noch hier bist. Du hast dir deinen

Platz im Gartencenter und deinen Platz hier im Haus verdient. Und du brauchst dir keine Illusionen zu machen – wenn es nicht so gewesen wäre, hätte ich dir die Tür gewiesen.«

»Ich weiß.« Der Gedanke daran brachte Hayley zum Grinsen. »Ich wollte es dir beweisen, und ich bin so stolz darauf, dass es mir gelungen ist. Aber weil ich Lily habe, weiß ich, was Harper dir bedeutet. Und ich habe auch deshalb solche Angst, weil ich befürchte, dass die Geisterbraut ihm etwas antun könnte.«

»Wie kommst du darauf?«

»Sie hat ihn für Reginald gehalten. Und vielleicht schikaniert sie mich ja nur wegen meiner Gefühle für Harper. Als ich ihn kennen gelernt habe, habe ich gedacht, wow, wenn ich einen Partner suchen würde, würde ich jetzt zum Angriff übergehen.«

Als Roz lachte, wurde Hayley rot. »Was habe ich denn jetzt wieder gesagt? Großer Gott, du bist seine *Mutter!*«

»Vergiss das mal für einen Moment. Erzähl weiter.«

»Damals hatte ich einfach nicht den Kopf frei, um ernsthaft an einen Mann oder an eine Beziehung denken zu können. Ich fand ihn nur sehr sexy, und als ich ihn dann näher kennen gelernt habe, auch noch nett und lustig – und klug. Ich habe ihn sehr gern gemocht, und ab und zu habe ich mich darüber aufgeregt, dass er so sexy und ich so schwanger war. Nach Lilys Geburt habe ich dann versucht, eine Art Bruder in ihm zu sehen, oder einen Cousin. Schließlich sind wir ja Cousins. Aber du weißt, was ich damit sagen will, nicht wahr?«

»So, wie du mit David oder Logan umgehst, oder mit meinen anderen Söhnen.«

»Ja. Ich habe wirklich versucht, mich Harper gegenüber genauso zu verhalten. Außerdem gab es so viel zu tun und zu lernen, dass es mir nicht schwergefallen ist, dieses Kribbeln in meinem Bauch zu ignorieren. Du kennst dieses Gefühl sicher auch.«

»Gott sei Dank«, erwiderte Roz energisch.

»Dann war es plötzlich nicht mehr so einfach, und meine Gefühle für ihn wurden immer stärker. Ich glaube, in dem Moment, in dem ich mir eingestanden habe, dass ich ihn liebe, in dem ich angefangen habe, mir auszumalen, wie es mit ihm sein würde, hat Amelia angefangen, mich zu schikanieren.«

»Und je stärker deine Gefühle wurden, desto stärker wurde auch ihr Protest dagegen.«

»Ich habe Angst davor, dass sie ihm etwas tut, durch mich. Weil sie nicht Harper, sondern Reginald sieht. Und ich habe Angst, dass ich sie nicht aufhalten kann.«

»Ich glaube, du unterschätzt Harper. Er kann ganz gut auf sich selbst aufpassen.«

»Das mag sein. Aber sie ist so stark, Roz. Ich glaube, sie ist stärker, als sie früher war.« Als sie sich daran erinnerte, wie ihr Bewusstsein von Amelia verdrängt worden war, schauderte es Hayley. »Und ich glaube, sie hat auch eine Menge Zeit gehabt, um über ihre Rache nachzudenken.«

»Harper ist stärker, als sie glaubt. Und du auch.«

Hayley hoffte, dass Roz Recht hatte. Während sie schlaflos neben Harper im Bett lag, wünschte sie sich, dass sie klug und mutig genug war, um gegen einen rachsüchtigen Geist kämpfen zu können. Einen Geist, den sie zu allem Überfluss auch noch ein wenig bedauerte.

Harper war nicht schuld an dem, was Amelia widerfahren war. Niemand, der jetzt in Harper House lebte, war schuld daran. Es musste eine Möglichkeit geben, um Amelia das klarzumachen. Um ihr zu zeigen, dass Harper nicht nur das Kind war, das sie früher in den Schlaf gesungen hatte, sondern auch ein anständiger, fürsorglicher Mann. Und ganz anders als Reginald.

Sie fragte sich, wie er wohl gewesen war. Reginald Harper. Ein Mann, der so besessen davon gewesen war, einen Sohn zu bekommen, dass er mit voller Absicht eine Frau geschwängert hatte, mit der er nicht verheiratet war. Egal, ob Amelia damit einverstanden gewesen war oder nicht – was sie wohl nie erfahren würden –, es war egoistisch und verletzend von ihm gewesen. Und dann hatte er das Kind genommen und seine Frau gezwungen, es als das ihre auszugeben. Er hatte mit Sicherheit nicht geliebt. Weder seine Frau noch Amelia. Und ganz gewiss nicht das Kind.

Kein Wunder, dass Amelia ihn hasste und ihr verwirrter Geist alle Männer mit ihm in einen Topf warf.

Wie es wohl für sie gewesen war? Für Amelia?

Sie saß vor ihrer Frisierkommode und legte im Schein der Gaslampe Rouge auf. Die Schwangerschaft hatte ihr ihren gesunden Teint geraubt. Eine weitere Demütigung, nach der furchtbaren Übelkeit jeden Morgen, dem Verlust ihrer Taille, der andauernden Müdigkeit.

Aber es gab auch ein paar Vorteile, mit denen sie gar nicht gerechnet hatte. Sie lächelte, als sie ihre Lippen mit Rot ausfüllte. Wie hätte sie auch ahnen können, dass Reginald sich so freuen würde? Oder so großzügig sein würde?

Sie hob den Arm, um sich das Armband mit den Herzen aus Rubinen und Diamanten anzusehen, das sie um ihr Handgelenk trug. Ein wenig zu zierlich für ihren Geschmack, aber wenigstens funkelten die Steine sehr schön.

Außerdem hatte er noch ein Dienstmädchen eingestellt und ihr eine Blankovollmacht gegeben für eine neue Garderobe, die sie jetzt auch dringend brauchte. Mehr Schmuck. Mehr Aufmerksamkeit.

Er besuchte sie jetzt dreimal in der Woche, und nie kam er mit leeren Händen. Selbst wenn es nur eine Kleinigkeit war wie Schokolade oder kandierte Früchte, nachdem sie erwähnt hatte, dass sie einen Heißhunger auf Süßigkeiten hatte.

Es war faszinierend zu wissen, dass die Aussicht auf ein Kind einen Mann so gefügig machen konnte.

Sie nahm an, dass er sich um seine Frau genauso bemüht hatte, wenn diese schwanger gewesen war. Doch dann hatte diese den Fehler gemacht, ihm statt eines Sohnes nur Mädchen zu gebären.

Sie würde ihm einen Sohn schenken. Und für den Rest ihres Lebens ausgesorgt haben.

Für den Anfang ein größeres Haus, beschloss sie. Kleider, Schmuck, Pelze, eine neue Kutsche – vielleicht noch ein kleines Haus auf dem Land. Er konnte es sich leisten. Sie war sicher, dass Reginald Harper keine Kosten scheuen würde, wenn es um seinen Sohn ging, selbst wenn dieser nur unehelich war.

Und als die Mutter dieses Sohnes würde sie sich nie wieder einen Gönner suchen müssen. Sie würde nie wieder flirten und verführen und handeln müssen mit den reichen, mächtigen Männern, denen sie Sex und Trost bot, als Gegenleistung für den Lebensstil, nach dem es sie verlangte. Den sie sich verdient hatte.

Sie stand auf und sah sich im Spiegel an. Golden glänzendes Haar, rot und weiß funkelnde Edelsteine, ein silbern schimmerndes Kleid.

Und das war jetzt ihre Gegenleistung. Ihr praller, aufgeblähter Leib. Wie fett und unelegant sie doch aussah, trotz des prachtvollen Kleides. Trotzdem war Reginald so in sie vernarrt wie noch nie. Ständig streichelte er ihren Bauch, selbst wenn sie sich liebten. Und im Bett war er freundlicher, sanfter als jemals zuvor. In diesen Momenten, wenn seine Hände zärtlich anstatt fordernd waren, hätte sie ihn fast lieben können. Fast.

Doch Liebe war nur ein Teil dieses Spiels, und das war alles, was es war – ein Spiel. Ein Tauschhandel, Sex gegen Annehmlichkeiten. Wie hätte sie jemanden lieben können, der so schwach, so hinterlistig, so arrogant war? Eine geradezu lächerliche Vorstellung, so lächerlich wie Mitleid zu haben mit den Ehefrauen, die diese Männer mit ihr betrogen. Frauen, die ihre schmalen Lippen zusammenpressten und vorgaben, nichts zu wissen. Die in die andere Richtung sahen, wenn sie ihr auf der Straße begegneten. Oder Frauen wie ihre Mutter, die sich für einen Hungerlohn den Rücken für sie krumm arbeiteten.

Sie hatte Besseres verdient, dachte sie und nahm eine schwere Kristallflasche, um Parfüm auf ihre Kehle aufzutragen. Sie hatte Seide und Diamanten verdient.

Wenn Reginald kam, würde sie schmollen, aber nur ein wenig. Und ihm von der Diamantenbrosche erzählen, die sie am Nachmittag gesehen hatte. Dass sie sich nach dieser Brosche verzehrte.

Und wenn sie sich nach etwas verzehrte, war das nicht gut für das Kind. Sie war sicher, dass die Brosche am nächsten Tag in ihrem Besitz sein würde.

Sie lachte leise und drehte sich vor dem Spiegel um die eigene Achse.

Doch dann blieb sie stehen und erstarrte. Ihre Hand zitterte, als sie sie auf ihren Bauch legte. Es hatte sich bewegt.

Ein leichtes Flattern. Kleine Flügel, die sich bewegten.

Sie stand da in ihrem silbern schimmernden Kleid, die Finger auf die sanfte Wölbung ihres Leibes gepresst, als würde sie das, was in ihr war, beschützen müssen.

Das, was in ihr lebte. Ihren Sohn.

Hayley konnte sich noch genau an alles erinnern. Selbst als sie morgens aufwachte, deutete nichts darauf hin, dass es ein Traum gewesen war.

»Ich glaube, sie hat um Mitgefühl gebeten. Sie wollte, dass ich mich in sie hineinversetze.« Sie saß in der Küche von Harper House und hatte beide Hände um ihre Kaffeetasse gelegt.

»Wieso?« Mitch hatte den Kassettenrecorder und sein Notizbuch mitgebracht. »Hat sie dich irgendwann direkt angesprochen?«

»Nein, weil das nicht sie gewesen ist. Ich bin es gewesen. Oder wir beide. Ich habe nicht geträumt. Ich war dort. Ich habe alles gespürt und mit eigenen Augen gesehen. Sie hat es mir nicht gezeigt, ich habe es selbst erlebt.«

»Iss deine Eier, Herzchen«, drängte David. »Du siehst etwas blass um die Nase aus.«

Gehorsam aß sie ein paar Bissen. »Sie war wunderschön. Ganz anders, wie wir sie sonst sehen. Und ihr ging so viel durch den Kopf – meinen Kopf –, ach, ich weiß nicht. Wut, weil sich ihr Körper so verändert hatte, Schwangerschaftsbeschwerden, Tricksereien, um noch mehr aus Reginald herauszuholen, Verachtung für Männer wie ihn, für ihre Frauen, Neid, Gier. Alles wild durcheinander.«

Hayley brach ab und seufzte. »Ich glaube, sie war schon ein bisschen verrückt.«

»Und wieso war das eine Bitte um Mitgefühl?«, fragte Harper. »Warum sollte dir jemand wie sie leidtun?«

»Es war der plötzliche Wandel in ihr. Sie hat gespürt, wie das Baby sich bewegt – und ich habe es auch gespürt. Plötzlich wird einem klar, dass man ein Leben in sich trägt, was eine Flut von Gefühlen auslöst. In diesem Moment hat das

Baby ihr gehört. Es war kein Mittel zum Zweck mehr, sondern ihr Kind, und sie hat es geliebt.« Sie sah Roz an.

»Das verstehe ich gut.«

»Und sie hat es mir gezeigt. Ich habe mein Kind geliebt, ich habe es gewollt. Und der Mann, der eine Frau wie mich nur benutzt, hat es mir genommen. Sie hat das Armband getragen – das Armband mit den Rubinherzen. Und ich habe mit ihr gefühlt. Ich glaube nicht, dass sie ein guter Mensch gewesen ist, und nett war sie schon gar nicht, und sie war wohl auch schon etwas unausgeglichen, bevor das alles passiert ist. Aber sie hat das Kind geliebt, sie hat es wirklich gewollt. Ich glaube, das, was sie mir gezeigt hat, ist wirklich passiert, und sie hat es mir gezeigt, weil ich es besser als jeder andere verstehen würde. Ja, sie hat mir leidgetan.«

»Mitgefühl ist in Ordnung«, sagte Mitch. »Aber trotzdem musst du dich vor ihr in Acht nehmen. Sie benutzt dich, Hayley.«

»Das weiß ich, und ich werde aufpassen. Sie tut mir leid, aber das heißt noch lange nicht, dass ich ihr traue.«

Die Tage vergingen, und Hayley wartete darauf, dass Amelia den nächsten Zug machte, doch die Hitze des Augusts ging ereignislos in die Hitze des Septembers über. Das nervenaufreibendste Erlebnis in dieser Zeit bescherte ihr ihr altes Auto, das auf dem Weg vom Gartencenter zu Lilys Babysitter den Geist aufgab. Es blieb ihr nichts anderes übrig, als die Tatsache zu akzeptieren, dass sie ein neues Auto brauchte.

»Es geht nicht nur ums Geld«, sagte sie zu Harper, als sie sich mit Lily bei einem Gebrauchtwagenhändler umsahen. »Das Auto war so ziemlich die letzte Verbindung zu meiner Kindheit. Mein Vater hat es gebraucht gekauft. Und ich habe damit fahren gelernt.«

»Sein neuer Besitzer wird sich gut darum kümmern.«

»Harper, das Auto geht auf den Schrottplatz, und das wissen wir beide. Die arme alte Rostlaube. Ich weiß, dass ich vernünftig sein muss. Ich kann Lily nicht in einem unzuverlässigen Auto in der Gegend herumfahren. Wahrscheinlich habe ich noch Glück, wenn der Verkäufer, der sich den Wagen ansehen wollte, nicht gleich herkommt und sagt, ich müsste ihm noch was dafür zahlen, damit er ihn nimmt.«

»Lass mich das machen.«

»Das werde ich nicht.« Sie blieb neben einem Wagen mit Schrägheck stehen und trat gegen die Reifen. »Weißt du, was mir auf den Geist geht? Dass die meisten Autoverkäufer und Mechaniker und dergleichen Frauen wie gehirnamputierte Schnepfen behandeln, nur weil wir keinen Penis haben. Als hätten sie die technischen Daten und was weiß ich noch alles in ihrem Schwanz gespeichert.«

»Großer Gott, Hayley.« Er musste lachen, obwohl er wegen ihrer Direktheit zuerst zusammengezuckt war.

»Ist doch wahr. Ich habe meine Hausaufgaben gemacht. Ich weiß, was ich will und wie viel ich dafür zahlen muss. Wenn er mit mir kein Geschäft machen will, kaufe ich mein Auto eben woanders.«

Sie blieb neben einer Limousine stehen, stützte sich mit

einer Hand auf den Kotflügel und fächelte sich mit der anderen Luft zu. »Du meine Güte, ist das heiß heute. Ich glaube, alles Flüssige in mir ist verdunstet.«

»Du siehst ein bisschen blass aus. Sollen wir reingehen und uns kurz hinsetzen?«

»Mir geht's gut. Ich bin nur so müde. Selbst wenn ich schlafe, ist ein Teil von mir noch in Alarmbereitschaft – wie in den ersten Wochen nach Lilys Geburt. Das macht mich so fertig, dass ich nur noch gereizt bin. Wenn ich dich anschnauze, obwohl du gar nichts verbrochen hast, musst du mir das nachsehen.«

Er strich ihr über den Rücken. »Deshalb brauchst du dir keine Gedanken zu machen.«

»Ich bin dir wirklich sehr dankbar dafür, dass du mitgekommen bist. Aber du brauchst mir wirklich nicht zu helfen.«

»Hast du schon mal ein Auto gekauft?«

Sie warf ihm einen verärgerten Blick zu. »Nur weil ich noch nie ein Auto gekauft habe, heißt das noch lange nicht, dass ich eine unbedarfte Landpomeranze bin. Ich habe schon eine Menge anderer Dinge gekauft, und ich kann dir garantieren, dass ich mehr Ahnung von Preisverhandlungen habe als du mit deinem vielen Geld.«

Er grinste. »Ich bin nur der Gärtner.«

»Du arbeitest zwar, um dir deinen Lebensunterhalt zu verdienen, aber irgendwo hast du mit Sicherheit ein paar silberne Löffel für schlechte Zeiten versteckt. Da, genau so was hab ich gesucht.«

Sie blieb stehen, um sich einen robust aussehenden Chevy mit fünf Türen anzusehen. »Viel Platz, aber nicht so

354

ein Riesenschiff. Und er ist sauber. Wahrscheinlich werde ich damit mehr Kilometer fahren können als mit meinem alten Wagen, und er sieht nicht so auffallend aus.«

Als sie den Preis sah, runzelte sie die Stirn. »Ich werde den Verkäufer ein bisschen runterhandeln müssen, dann passt das schon in mein Budget. Jedenfalls so ungefähr.«

»Sag ihm bloß nicht, wie viel …«

»Harper.«

»Ist ja schon gut.« Er schüttelte den Kopf und steckte die Hände in die Hosentaschen.

Und kam aus dem Staunen nicht mehr heraus, als der Autoverkäufer mit einem strahlenden Lächeln auf den Lippen zu ihnen eilte und Hayley ein äußerst mageres Angebot für die Inzahlungnahme ihres alten Wagens machte.

»Oh, ist das alles?« Hayley riss ihre blauen Augen auf und klimperte mit den Wimpern. »Wahrscheinlich spielt es ja keine Rolle, dass ich so an dem Auto gehangen habe. Könnten Sie denn nicht noch ein kleines bisschen mit Ihrem Angebot raufgehen? Ich brauche ja schließlich einen neuen Wagen. Dieser hier ist ganz nett. Die Farbe gefällt mir.«

Nachdem Harper aufgefallen war, dass sie plötzlich einen deutlichen Südstaatenakzent hatte, wurde ihm klar, dass sie den Autoverkäufer zum Narren hielt. Als er Hayley zu einigen teureren Autos führte, ging Harper den beiden nach und sah zu, wie sie auf ihrer Unterlippe herumkaute, den Verkäufer anstrahlte und ihn geradewegs zu dem Wagen zurücklotste, den sie haben wollte.

Der Kerl ist Wachs in ihren Fingern, dachte er, als sie anfing, den Preis herunterzuhandeln, Lily aus dem Buggy hob und sich mit ihr zusammen ans Steuer setzte. Harper war völlig zu Recht der Meinung, dass es kein Mann schaffte, den beiden einen Wunsch abzuschlagen.

Zwei Stunden später fuhren sie mit dem neuen Auto vom Hof des Gebrauchtwagenhändlers. Lily döste in ihrem Kindersitz vor sich hin, und am Steuer saß Hayley, die bis über beide Ohren grinste.

»Oh, Mr Tanner, ich habe keine Ahnung von Autos. Es ist ja sooo nett von Ihnen, dass Sie mir helfen.« Harper schüttelte den Kopf. »Als wir den Papierkram erledigt haben, hätte ich ihm fast mein Taschentuch gegeben. Das waren ja Tonnen von Honig, die du ihm um den Bart geschmiert hast.«

»Was willst du eigentlich? Er hat ein gutes Geschäft gemacht und sich seine Provision verdient, und ich habe, was ich wollte. Nur das zählt.« Doch dann fing sie zu lachen an. »Besonders schön fand ich, wie er verzweifelt versucht hat, dich in die Verhandlungen mit einzubeziehen und du dich nur am Kopf gekratzt hast, als hättest du einen Marschflugkörper oder so was Ähnliches vor dir. Ich glaube, er hat jetzt das Gefühl, eine gute Tat vollbracht zu haben, weil er etwas zu dem Preis verkauft hat, den ich zahlen konnte. Und das zählt auch. Wenn ich mir das nächste Mal ein Auto kaufe, dann mit Sicherheit wieder bei Mr Tanner.«

»Und vermutlich hat es auch nicht geschadet, dass du ein paarmal Tränen in den Augen hattest.«

»Die waren echt. Es hat mir schon leidgetan, den alten

Schrotthaufen zu verkaufen – und glaub nur nicht, dass mir die Ratenzahlungen für den neuen Wagen nicht wehtun.« Genau genommen hatte sie schlucken müssen, als ihr klar geworden war, dass Mr Tanner sie für eine Familie gehalten hatte.

»Wenn ich dir helfen kann …«

»Harper. Nein.« Doch sie streckte den Arm aus und tätschelte ihm die Hand, um ihm zu zeigen, wie süß sie sein Angebot fand. »Lily und ich kommen schon zurecht.«

»Was hältst du davon, wenn ich euch zur Feier des Tages zum Essen einlade?«

»Großartige Idee. Ich bin am Verhungern.«

Sie hatten wirklich wie eine Familie ausgesehen, dachte sie.

Eine ganz normale kleine Familie, die ein gebrauchtes Auto kaufte, danach zum Essen fuhr und ihrer kleinen Tochter ein Eis kaufte.

Aber es wäre nicht gut, wenn sie es überstürzen würden, für sie alle nicht. Sie waren ein Mann und eine alleinerziehende Mutter, die eine Beziehung miteinander hatten. Keine Familie.

Als sie wieder zu Hause waren, beschloss Hayley, den Rest ihres freien Tages für ein Nachmittagsschläfchen mit Lily zu nutzen.

»Wir schaffen das schon, nicht wahr, Lily?«, murmelte sie, als Lily müde mit den Haaren ihrer Mutter spielte, während ihr schon die Augen zufielen. »Es fehlt dir doch an nichts, oder? Ich geb mir doch so viel Mühe, dass es dir gut geht.«

Sie kuschelte sich an ihre Tochter. »Ich bin so müde. Ich hab noch so viel zu erledigen, aber ich bin so müde. Ich mach das alles später.«

Hayley machte die Augen zu und fing an, ihre Finanzen im Kopf durchzurechnen und die Ratenzahlungen hin und her zu schieben, doch ihr Gehirn wollte sich nicht konzentrieren.

Ihre Gedanken wanderten zu dem Gebrauchtwagenhändler und Mr Tanner, der ihr die Hand geschüttelt hatte, bevor sie gefahren waren. Er hatte gelächelt und der kleinen Familie alles Gute gewünscht.

Dann dachte sie daran, wie sie in einer schwülheißen Nacht mit Harper zusammen auf dem Balkon gesessen und kalten Wein getrunken hatte.

Wie sie mit ihm in der Suite im Peabody getanzt hatte.

Wie sie mit ihm im Veredelungshaus an den Lilien gearbeitet hatte.

Wie er Lily einmal auf seine Schultern gesetzt hatte.

Warum war es so schwierig, verliebt zu sein?, dachte sie schläfrig. Es sollte einfacher sein. Es sollte einen nicht dazu bringen, dass man immer mehr wollte, wo Liebe doch alles war.

Sie seufzte und sagte sich, dass sie das genießen sollte, was sie hatte, und alles andere einfach auf sich zukommen lassen sollte.

Der Schmerz fühlte sich an, als würde ihr jemand ein Messer in den Leib stoßen. Ihr ganzer Körper wehrte sich dagegen, und sie schrie auf, als sie spürte, wie sie mitten entzweigerissen wurde.

Die Hitze, die Schmerzen. Es war nicht auszuhalten. Wie konnte etwas, das sie so sehr liebte, sie auf diese Weise bestrafen?

Sie war sicher, dass sie daran sterben würde. Und ihren Sohn nie sehen würde.

Der Schweiß lief ihr in Strömen herunter, und die Müdigkeit war fast genauso schlimm wie die Schmerzen.

Blut, Schweiß und Schmerzen. Alles für ihr Kind, für ihren Sohn. Ihre Welt. Sie wollte jeden Preis zahlen, um ihm das Leben zu geben.

Und als der Schmerz sie wie ein Blitz durchfuhr, als sie in Dunkelheit zu versinken drohte, hörte sie den schwachen Schrei ihres Sohnes.

Hayley wachte schweißgebadet auf. Ihr Körper erinnerte sich noch an die Schmerzen. Und ihr eigenes Kind schlief friedlich in ihrem Arm.

Sie schob Lily vorsichtig zur Seite und tastete nach dem Telefon auf dem Nachttisch.

»Harper? Kannst du kommen?«

»Wo bist du?«

»In meinem Zimmer. Lily schläft neben mir. Ich kann sie nicht allein lassen. Aber es geht uns gut«, sagte sie dann schnell. »Es geht uns gut, aber gerade ist etwas passiert. Kannst du bitte kommen?«

»Ich bin in zwei Minuten da.«

Sie legte ein paar Kissen um ihre Tochter, doch ihr war klar, dass sie das Zimmer nicht verlassen konnte. Es war gut möglich, dass Lily sich irgendwie über die Kissen rollte oder darüberkletterte und aus dem Bett fiel. Doch sie konnte im

Zimmer auf und ab gehen, soweit ihr das mit ihren zitternden Beinen möglich war.

Hayley riss die Balkontüren in dem Moment auf, in dem
Harper die Treppe hochgerannt kam.

»Sie haben ihr gesagt, es sei tot geboren.« Sie schwankte,
und um ein Haar hätten ihre Knie unter ihr nachgegeben.
»Sie haben ihr gesagt, ihr Kind sei tot.«

16. Kapitel

Im Wohnzimmer unten, wo das Licht durch die hauchdünnen Vorhänge gefiltert wurde und der Duft von Rosen in der Luft lag, stand Harper vor den großen Fenstertüren und hatte die Hände zu Fäusten geballt.

»Sie war völlig fertig«, sagte er mit dem Rücken zu den anderen. »Als ich in ihr Zimmer gekommen bin, ist sie zusammengebrochen, und selbst als sie sich wieder etwas beruhigt hatte, war sie noch leichenblass.«

»Sie ist nicht verletzt worden.« Mitch hob die Hand, als Harper herumwirbelte. »Ich weiß, wie du dich fühlst. Wirklich. Aber sie ist nicht körperlich verletzt worden, und das ist am wichtigsten.«

»Dieses Mal«, fuhr Harper ihn an, »ist es aus dem Ruder gelaufen. Das Ganze ist völlig aus dem Ruder gelaufen.«

»Ein Grund mehr für uns, zusammenzuhalten und uns zu beruhigen.«

»Ich werde mich erst wieder beruhigen, wenn sie aus dem Haus ist.«

»Amelia oder Hayley?«, fragte Logan.

»Beide.«

»Du weißt, dass sie für eine Weile bei uns wohnen kann. Und an deiner Stelle würde ich einen Koffer packen und sie aus dem Haus schleifen. Aber das hast du ja schon mal versucht, und da ist es grandios in die Hose gegangen. Wenn du meinst, dass sie jetzt auf dich hören wird, werde ich euch den Koffer hinterhertragen.«

»Keine Chance. Was zum Teufel ist denn nur los mit diesen Frauen?«

»Sie fühlen sich einander verbunden.« David warf ratlos die Hände in die Luft. »Selbst wenn Amelia tobt, fühlt sie sich immer noch mit ihr verbunden. Es mag richtig oder falsch sein, aber zwischen ihnen gibt es so eine Art Solidarität.«

»Und sie ist hier zu Hause«, fügte Mitch hinzu. »Genauso wie du und ich. Sie wird nicht einfach alles liegen und stehen lassen. Genauso wenig wie du oder ich oder ein anderer von uns.« Er sah die anderen an. »Und daher bringen wir die Sache zu Ende.«

Harper ließ sich nicht von Logik, ja nicht einmal von der Wahrheit beruhigen. »Du hast sie hinterher nicht gesehen.«

»Nein, aber du hast es mir erzählt. Sie bedeutet mir sehr viel, Harper. Uns allen.«

»Alle für einen. Da bin ich sehr dafür.« Er sah zu den Fenstertüren. Seine Gedanken wanderten zu Hayley nach oben. »Aber sie ist diejenige, die in der Schusslinie steht.«

»Du hast völlig Recht.« Mitch beugte sich vor, um Harpers Aufmerksamkeit zu erringen. »Sehen wir uns an, was passiert ist. Hayley hat eine Geburt erlebt und den traumatischen Moment, in dem man Amelia gesagt hat, ihr Baby sei tot. Und sie hat das alles erlebt, während sie direkt neben Lily geschlafen hat. Aber Lily ist nicht aufgewacht. Das sagt uns doch, dass Amelia nicht die Absicht hat, dem Kind etwas anzutun. Wenn es anders wäre, würde Hayley doch sofort von hier verschwinden.«

»Das mag sein, aber um das zu bekommen, was sie will, wird Amelia sie auch weiterhin benutzen.«

»Richtig.« Mitch nickte. »Weil es funktioniert. Weil sie uns auf diese Art Informationen gibt, die wir ansonsten nie finden würden. Wir wissen jetzt nicht nur, dass man ihr das Kind weggenommen hat, sondern auch, dass man ihr gesagt hat, es sei tot. Es überrascht mich nicht, dass ihr ohnehin schon leicht gestörter Geist nach dieser Mitteilung vollends in der Umnachtung versunken ist.«

»Dann ist sie vermutlich hergekommen, um ihren Sohn zu holen«, mutmaßte Logan. »Und hier gestorben.«

»Aber das Kind ist auch tot. Genauso tot wie sie.« Harper ließ sich in einen Sessel fallen. »Hier wird sie ihn jedenfalls nicht finden.«

Oben wachte Hayley aus einem unruhigen Schlaf auf. Die Vorhänge waren zugezogen, sodass bis auf einen schmalen Spalt kein Licht hereinfiel. Und in dieser schmalen Säule aus Licht saß Roz und las ein Buch.

»Lily.«

Roz legte ihr Buch weg und stand auf. »Stella ist mit ihr und den Jungs in den anderen Flügel hinübergegangen, damit du ein wenig Ruhe hast. Wie fühlst du dich?«

»Müde. Und es tut immer noch weh.« Sie seufzte, als Roz sich aufs Bett setzte und ihr übers Haar strich. »Die Schmerzen waren schlimmer als bei Lilys Geburt. Und es hat viel länger gedauert. Ich weiß, dass es nur Minuten gewesen sein können, aber für mich hat es Stunden gedauert. Stundenlang diese Schmerzen und diese Hitze. Und ganz zum Schluss dann dieses Gefühl der Benommenheit. Sie haben ihr was gegeben, das ihr das Gefühl vermittelt hat, davonzuschweben.«

»Das war vermutlich Laudanum.«

»Ich habe das Baby schreien gehört.« Hayley legte sich auf die Seite und hob den Kopf, um Roz im Blickfeld zu haben. »Du weißt doch, wie das ist. Egal, wie schlimm die Schmerzen auch gewesen sind, wenn man sein Kind zum ersten Mal schreien hört, ist das alles vergessen.«

»Es war ihr Kind.« Roz nahm Hayleys Hand. »Nicht deins.«

»Ich weiß, aber für einen Moment war es auch meins. Und diese grenzenlose Trauer, diese ungläubigen Zweifel, als der Arzt gesagt hat, es sei tot, das habe ich auch empfunden.«

»Ich habe noch kein Kind verloren«, murmelte Roz. »Und ich kann mir auch nicht vorstellen, wie weh das tut.«

»Sie haben sie angelogen, Roz. Wahrscheinlich hat er sie dafür bezahlt. Sie haben gelogen, aber Amelia hat es gewusst. Sie hat das Baby weinen hören und es gewusst. Es hat sie in den Wahnsinn getrieben.«

Roz zog Hayleys Kopf auf ihren Schoß. Und dann starrten sie schweigend auf die schmale Säule aus Licht, die durch die Vorhänge hereindrang.

»Das hatte sie nicht verdient«, murmelte Hayley.

»Nein, das hatte sie nicht verdient.«

»Wer auch immer sie gewesen ist, egal, was sie getan hat,

sie hatte es nicht verdient, so hintergangen zu werden. Sie hat das Kind geliebt, aber ...«

»Was aber?«

»Es war nicht richtig, wie sie es geliebt hat. Es war nicht normal. Sie wäre keine gute Mutter gewesen.«

»Woher weißt du das?«

»Ich habe etwas gespürt ...« Besessenheit, dachte sie, Hunger. Und so viel davon, dass man es gar nicht beschreiben konnte. »Es musste ein Junge werden. Ein Mädchen hätte ihr nichts bedeutet. Ein Mädchen wäre nicht nur eine Enttäuschung, sondern eine Beleidigung gewesen. Und wenn sie den Jungen behalten hätte, hätte sie ihn völlig verkorkst. Nicht mit Absicht, aber er wäre nicht der Mann geworden, der er war. Nicht der Mann, der seinen Hund so geliebt hat, dass er ihn im Garten begraben hat. Nicht der Mann, der deine Großmutter geliebt hat. Und hier wäre es auch nichts so, wie es jetzt ist.«

Sie drehte den Kopf, damit sie Roz ansehen konnte. »Du, Harper. Alles wäre anders. Aber das ist keine Entschuldigung für das, was passiert ist.«

»Wäre es nicht schön, wenn alles auf der Welt gerecht wäre? Wenn das Gute belohnt und das Böse bestraft werden würde? Dann wäre alles viel einfacher.«

Hayley musste lächeln. »Dann wäre Justin Terrell, der mich in der zehnten Klasse mit meiner besten Freundin betrogen hat, jetzt fett und glatzköpfig und würde die Leute fragen, ob sie Pommes frites zu ihrem Burger möchten, anstatt Partner einer glänzend laufenden Kneipe zu sein und eine frappierende Ähnlichkeit mit Toby McGuire zu haben.«

»Wie das Leben so spielt.«

»Andererseits würde ich dann in die Hölle kommen, weil ich Lilys biologischem Vater nichts von ihr erzählt habe.«

»Deine Motive waren lauter.«

»Na ja, jedenfalls die meisten. Ich glaube, zu tun, was das Beste ist, ist nicht automatisch auch das Richtige. Es war das Beste für das Baby, hier aufzuwachsen, hier in Harper House.«

»Das ist nicht das Gleiche, Hayley. In diesem Fall hatte so gut wie niemand lautere Motive. Lügen und Betrug, kalte Grausamkeit und Egoismus. Mich schaudert, wenn ich daran denke, was aus diesem Kind geworden wäre, wenn es ein Mädchen gewesen wäre. Geht es dir jetzt besser?«

»Viel besser.«

»Was hältst du davon, wenn ich nach unten gehe und dir etwas zu essen mache? Ich bringe es dir auf einem Tablett, dann kannst du hier essen.«

»Ich gehe nach unten. Ich weiß, dass Mitch das alles aufnehmen wird. Harper wird es ihm vermutlich schon gesagt haben, aber es ist besser, wenn ich es Mitch noch einmal selbst erzähle. Und ich glaube, es wird mir besser gehen, wenn ich es hinter mir habe.«

»Wenn du meinst.«

Hayley nickte und setzte sich auf. »Danke, dass du dich zu mir gesetzt hast. Es war ein gutes Gefühl zu wissen, dass du da warst, während ich geschlafen habe.«

Sie warf einen Blick in den Spiegel und verzog das Gesicht. »Aber zuerst werde ich mich schminken. Es mag ja sein, dass ich von einem Geist besessen bin, aber deshalb muss ich noch lange nicht wie einer aussehen.«

»So gefällst du mir. Ich sage Stella, dass du aufgestanden bist.«

Hayley dachte, dass sie Roz noch einen Gefallen schuldete, als ihr klar wurde, dass nur sie selbst und Mitch in der Bibliothek sitzen würden, um ihr Erlebnis vom Nachmittag zu dokumentieren. Es fiel ihr leichter, allein mit ihm zu reden. Er wirkte so klug und gelehrt, und attraktiv war er auch noch. Wie Harrison Ford mit einer Hornbrille.

Nachdem sie ihre Müdigkeit und den Schock mit ein wenig Schlaf und Roz' liebevoller Fürsorge bekämpft hatte, fühlte sie sich entschieden besser.

Sie liebte diesen Raum. Die vielen Bücher mit den vielen Geschichten. Vor den Fenstern der Garten, drinnen große, gemütliche Sessel.

Als sie noch nicht lange in Harper House gewohnt hatte, war sie manchmal nachts auf Zehenspitzen hier heruntergeschlichen, nur um in diesem Raum – ihrem Lieblingsraum – zu sitzen und wie ein kleines Kind zu staunen.

Und sie fand es gut, wie Mitch das Projekt Amelia anging. Mit seinen Pinnwänden, seinem Computer, seinen Akten und Notizen gelang es ihm, das Ganze rational und nüchtern wirken zu lassen.

Sie starrte die Pinnwand an, an der Harpers Stammbaum hing.

»Wenn das alles vorbei ist, könntest du dann einen Stammbaum für mich machen?«

»Hm?«

»Tut mir leid. Ist mir nur gerade eingefallen.«

»Schon okay. Dir geht ja zurzeit so vieles im Kopf herum.« Er legte sein Notizbuch weg und widmete ihr seine volle Aufmerksamkeit. »Natürlich mache ich einen für dich. Du gibst mir alles, was du von deiner Familie weißt – den vollen Namen deines Vaters, Geburtsdatum, Geburtsort, und die Daten deiner Mutter, und schon kann's losgehen.«

»Ich hätte so gern einen Stammbaum, das wäre interessant. Harper und ich sind über mehrere Ecken miteinander verwandt. Ist er sehr wütend auf mich?«

»Nein. Warum sollte er wütend auf dich sein?«

»Er hat sich fürchterlich aufgeregt. Er wollte mich und Lily sofort ins Auto setzen und uns zu Stella und Logan fahren. Aber ich wollte nicht gehen. Ich kann einfach nicht.«

Mitch kritzelte auf einem Block herum. »Wenn ich Roz vor ein paar Monaten aus diesem Haus bekommen hätte, hätte ich es sofort getan – selbst wenn ich dafür Dynamit gebraucht hätte.«

»Habt ihr euch deshalb gestritten?«

»Eigentlich nicht.« Er schmunzelte. »Aber schließlich bin ich älter als Harper und weiß, wann ich im Umgang mit störrischen Frauen besser den Mund halte.«

»Habe ich Unrecht?«

»Es steht mir nicht an, diese Frage zu beantworten.«

»Wenn ich dich darum bitte, schon.«

»Gefangen zwischen Eis und Feuer.« Er lehnte sich zurück und nahm seine Brille ab. »Ich weiß genau, wie Harper

sich jetzt fühlt und warum, und ich kann ihm keinen Vorwurf daraus machen. Ich respektiere, wie du fühlst und warum, und dir kann ich genauso wenig einen Vorwurf daraus
machen. Beantwortet das deine Frage?«

Sie brachte ein ironisches Lächeln zustande. »Sehr geschickt – und nein, das beantwortet meine Frage nicht.«

»Ein weiterer Vorteil davon, ein alter weiser Mann zu
sein. Aber als überbesorgter Mann werde ich jetzt noch
etwas hinzufügen. Ich glaube nicht, dass du längere Zeit
allein sein solltest.«

»Da trifft es sich ja gut, dass ich gern unter Menschen
bin.« Als sein Mobiltelefon klingelte, stand sie auf. »Nimm
es ruhig an. Ich geh dann.«

Da sie Harper draußen im Garten gesehen hatte, verließ
sie das Haus durch die Hintertür. Sie hoffte, dass Stella
nichts dagegen hatte, noch eine Weile auf Lily aufzupassen,
und ging den schmalen Pfad entlang in den Teil des Gar-
tens, in dem die Schnittblumen wuchsen.

Der Sommer hatte noch alles in seinem verschwitzten
Griff, aber die Hitze tat ihr gut. Sie war so echt. Hayley
wollte die Realität genießen, wann immer sie sich ihr bot.
Die riesigen blauen Kugeln der Hortensien hingen schwer
über den Blättern der Büsche, die Taglilien reckten sich elegant in die Höhe, und auf den Ranken der Passionsblumen
leuchteten die lilafarbenen Blüten.

Blumenduft und Vogelgesang lagen in der schwülheißen
Luft, und überall flatterten Schmetterlinge umher.

Als sie um die Kurve im Pfad bog, sah sie Harper. Er
stand breitbeinig und leicht vornübergebeugt da, während

seine geschickten Finger die welken Blüten abzupften und sie dann in einen kleinen Beutel an seinem Gürtel fallen ließen. Zu seinen Füßen lag ein flacher Weidenkorb, der bereits mit Gänseblümchen, Löwenmäulchen, Rittersporn und Kosmeen gefüllt war.

Es sah so unglaublich romantisch aus – der Mann, der Abend, das Meer von Blumen –, dass ihr das Herz überging und ein dicker Kloß in ihrer Kehle entstand.

Ein bunter Kolibri schoss über Harpers Kopf hinweg und verharrte dann in der Luft über einer fedrigen, tiefroten Blüte der Indianernessel, um zu trinken.

Hayley sah, wie Harper erstarrte, mit der einen Hand auf einem Stängel und der anderen auf einem Fruchtstand. Und wünschte, sie könnte malen. Die bunten Farben des Spätsommers, so lebendig und frisch, und der Mann dazwischen, der so geduldig war und seine Arbeit unterbrach, um eine Blüte mit einem Vogel zu teilen.

Liebe durchfloss sie wie ein heißer Strom.

Der Kolibri flog davon, ein kleiner grellbunter Edelstein. Harper sah dem Vogel nach, während sie den Mann beobachtete.

»Harper.«

»Die Kolibris gehen gern an die Indianernesseln«, sagte er, während er zu seiner Schere griff und ein paar Blüten abschnitt. »Aber es ist genug für uns alle da. Sie breitet sich sehr gut aus.«

»Harper«, sagte sie noch einmal, während sie zu ihm ging, von hinten die Arme um ihn schlang und ihre Wange auf seinen Rücken legte. »Ich weiß, dass du dir Sorgen machst, und ich mache dir auch keinen Vorwurf deshalb. Aber sei mir bitte nicht böse.«

»Ich bin nicht böse auf dich. Ich bin hergekommen, um mich ein bisschen abzuregen. Normalerweise funktioniert das ganz gut. Inzwischen bin ich nur noch leicht verärgert und besorgt.«

»Und ich bin eigentlich hergekommen, um mit dir zu streiten.« Hayley rieb ihre Wange an seinem Hemd. Sie roch Seife und Schweiß, was beides sehr männlich wirkte. »Dann habe ich dich gesehen, und jetzt will ich mich nicht mehr streiten. Ich kann nicht tun, was du von mir verlangst, wenn alles in mir nein schreit. Selbst wenn es falsch ist, ich kann einfach nicht.«

»Dann bleibt mir nichts anderes übrig.« Er schnitt noch ein paar Blumen für den Korb und zupfte bei anderen die welken Blüten ab. »Und du hast keinerlei Mitspracherecht dabei. Ich ziehe bei dir ein. Mir wäre es lieber, wenn du und Lily zu mir ziehen würdet, aber es ist wohl besser, wenn ich vorübergehend in dein Zimmer ziehe, da ihr zu zweit und ich allein bin. Wenn diese Sache vorbei ist, überdenken wir das Ganze noch einmal.«

»Überdenken.«

»Genau.« Er hatte sie die ganze Zeit über noch nicht richtig angesehen, und jetzt entfernte er sich einige Schritte von ihr, um noch mehr Blumen abzuschneiden. »Es fällt mir schwer, unter diesen Umständen zu einer Entscheidung darüber zu gelangen, wie das mit uns weitergehen soll.«

»Also hast du dir gedacht, dass wir unter diesen Umständen erst einmal zusammenleben, und wenn es die Umstände nicht mehr gibt, sehen wir uns das Ganze noch einmal an.«

»Genau.«

Vielleicht sollte sie doch mit ihm streiten. »Hättest du mich nicht fragen können?«

»Klar. Aber ich habe dich nicht gefragt. Im Gartencenter arbeitest du die ganze Zeit mit jemandem zusammen, mit Stella, Mutter oder mir. Nie allein.«

»Wer hat dich denn so plötzlich zu meinem Boss gemacht?«

Er arbeitete einfach weiter und ignorierte sie völlig. »Einer von uns wird dich hinfahren und wieder abholen.«

»Soll das etwa heißen, dass jedes Mal, wenn ich zur Toilette muss, einer von euch mitkommt?«

»Wenn es sein muss. Wenn du bleiben willst, sind das die Bedingungen dafür.«

Der Kolibri kam zurück, doch dieses Mal hatte sie kein Auge für seine Schönheit. »Bedingungen? Harper Ashby, jetzt hör mir mal gut zu …«

»Nein. So wird es gemacht. Du hast dir in den Kopf gesetzt, zu bleiben und die Sache durchzuziehen. Und ich habe mir in den Kopf gesetzt, auf dich aufzupassen. Ich liebe dich, und damit ist die Sache erledigt.«

Sie machte den Mund auf und klappte ihn sofort wieder zu. Dann atmete sie tief durch. »Wenn du das mit dem ›Ich liebe dich‹ ganz am Anfang gesagt hättest, wäre ich erheblich offener für eine Diskussion gewesen.«

»Es gibt keine Diskussion.«

Ihre Augen verengten sich zu schmalen Schlitzen. Wenn er doch nur endlich aufhören würde zu arbeiten und sie ansehen würde. »Wenn du es drauf anlegst, kannst du ein solcher Dickschädel sein.«

»Ich musste mir nicht viel Mühe geben.« Er bückte sich, nahm die Blumen im Korb und arrangierte sie zu einem lockeren Strauß. Dann drehte er sich um und seine schmalen braunen Augen sahen sie an. »Hier.«

Sie nahm den Strauß und runzelte die Stirn. »Sind die für mich?«

Ein Lächeln erschien auf seinem Gesicht. »Für wen sonst?«

Sie seufzte. Der Strauß enthielt Ziertabak, und als sie die Nase in die Blumen steckte, sog sie den betörenden Duft davon ein. »Es ist zum Verzweifeln mit dir. Wie kannst du nur in einem Moment so unglaublich aggressiv sein und im nächsten dann wieder so süß. Sie sind wirklich schön.«

»Du auch.«

»Weißt du, ein anderer Mann hätte mit den Blumen, den Komplimenten und dem ›Ich liebe dich‹ angefangen, um mich weich zu kochen. Aber du rollst die Sache von hinten auf.«

Harper zuckte nicht einmal mit der Wimper. »Es ging mir nicht darum, dich weichzukochen.«

»Das hab ich schon verstanden. Du wartest nicht darauf, dass ich sage, in Ordnung, Harper, wir machen alles so, wie du das willst. Du sorgst einfach dafür, dass ich es tue.«

»Kluges Köpfchen.«

Hayley musste lachen. Sie hielt den Strauß mit einer Hand fest und schlang die Arme um seinen Hals. »Falls es dich interessiert – ich bin froh, dass du zu mir ziehst. Wenn es mir das nächste Mal kalt über den Rücken läuft, wäre es mir lieber, wenn du da bist.«

»Ich werde da sein.«

»Wenn du noch eine Weile hier draußen arbeiten willst …«

Sie brach ab, als Logan den Pfad entlangkam. »Tut mir leid, wenn ich störe, aber es ist etwas passiert«, sagte er. »Ihr kommt besser wieder ins Haus.«

Hayley spürte die Aufregung wie ein Summen in der Luft, als sie wieder in die Bibliothek ging. Auf dem Boden vor dem Kamin, den David in den Sommermonaten immer mit Blumen füllte, spielte Lily mit Gavin und Luke.

Als Lily ihre Mutter sah, fing sie an zu plappern und kam mit einem großen Kipper aus Plastik in der Hand auf sie zu. Doch in dem Moment, in dem Lily sie hochheben wollte, streckte sie schon die Arme nach Harper aus.

»Wenn du in der Nähe bist, bin ich wie immer zweite Wahl«, meinte Hayley, als sie ihm ihre Tochter reichte.

»Sie hat sofort begriffen, dass ich mich mit Fisher-Price auskenne. Okay, ich hab sie«, fügte er hinzu. »Was ist los?«, fragte er dann an seine Mutter gerichtet.

»Ich überlasse es Mitch, das zu erklären. Ah, David, was wären wir nur ohne dich.«

David rollte einen Servierwagen mit kalten Getränken und kleinen Snacks für die Kinder herein. »Leib und Seele muss man zusammenhalten.« Er blinzelte den Jungs zu. »Vor allem in diesem Haus.«

»Nehmt euch, was ihr möchtet«, befahl Roz. »Und dann sollten wir anfangen.«

Der Wein sah zwar verlockend aus, aber Hayley entschied sich für den Eistee. Ihr Magen war immer noch nicht ganz in Ordnung. »Danke, dass du auf Lily aufgepasst hast«, sagte sie an Stella gewandt.

»Du weißt doch, dass ich das gern tue. Es wundert mich nur immer wieder, wie schön die Jungs mit ihr spielen.« Stella strich ihr über den Arm. »Wie fühlst du dich?«

»Ich bin noch ein bisschen durcheinander, aber es geht schon wieder. Weißt du, was los ist?«

»Ich habe keine Ahnung. Setz dich. Du siehst müde aus.« Stella hockte sich auf die Armlehne des Sessels, weil sie sich Sorgen darüber machte, wie blass Hayley war.

»Wie lange willst du uns denn noch auf die Folter spannen?«, beschwerte sich Logan, woraufhin sich Mitch vor den Tisch in der Bibliothek stellte.

Wie ein Lehrer, dachte Hayley. Manchmal vergaß sie doch tatsächlich, dass er Lehrer gewesen war.

»Ihr wisst alle, dass ich jetzt schon seit Monaten in Kontakt stehe mit einer Nachfahrin der Haushälterin, die hier zur Zeit von Reginald und Beatrice Harper gearbeitet hat.«

»Die Anwältin in Boston«, sagte Harper, während er sich mit Lily und dem Laster auf den Boden setzte.

Mitch nickte. »Ich habe ihr Interesse geweckt, und je mehr sie nach Informationen gesucht hat, mit je mehr Leuten sie gesprochen hat, desto mehr Mühe hat sie sich gegeben.«

»Außerdem hat Mitch kostenlos einen Stammbaum für sie erstellt«, fügte Roz hinzu.

»Eine Hand wäscht die andere«, sagte er. »Und ein paar von den Informationen sind ganz nützlich gewesen. Bis jetzt hat sie allerdings nicht viel finden können, was für uns wirklich von Interesse gewesen wäre. Aber heute ist sie auf eine Goldader gestoßen.«

»Mitch, ich platze gleich vor Neugier«, meinte Stella.

»Ein Brief, geschrieben von der Haushälterin, die ich bereits erwähnt habe. Roni – Veronica, mein Kontakt – hat auf dem Dachboden einer ihrer Großtanten einen Karton mit Briefen gefunden. Es wird eine ganze Weile dauern, bis das Material gesichtet und gelesen ist. Aber heute ist sie auf einen Brief gestoßen, den Mary Havers an eine Cousine geschrieben hat. Und das Datum des Briefs ist der 12. Januar 1893.«

»Ein paar Monate nachdem das Baby geboren wurde«, fügte Hayley hinzu.

»Genau. In dem Brief geht es vor allem um Familienangelegenheiten, oder besser gesagt, um jene beiläufig gemachten Beobachtungen, die bei einem Schriftstück dieser Art üblich waren – vor allem in einer Zeit, in der die Leute noch per Brief miteinander korrespondiert haben. Aber in dem Brief stand noch etwas …« Er hielt einige Blatt Papier hoch. »Veronica hat mir eine Kopie davon gefaxt. Ich werde euch die entsprechenden Absätze daraus vorlesen.«

»Mom!«, jammerte Luke. »Gavin hat mir die Zunge rausgestreckt.«

»Gavin, nicht jetzt. Tut mir leid«, entschuldigte sich

Stella. Sie holte tief Luft, fest entschlossen, den im Flüsterton hinter ihrem Rücken geführten Streit zu ignorieren. »Mach weiter.«

»Einen Moment bitte.« Logan stand auf, ging zu den Jungs und wechselte ein paar Worte mit ihnen. Die beiden nickten begeistert und sprangen auf.

»Wir nehmen Lily mit nach draußen«, verkündete Gavin mit stolz geschwellter Brust. »Komm, Lily. Wir gehen spielen.«

Lily drückte den Laster an sich, winkte den anderen zum Abschied zu und nahm Gavins Hand. Logan machte die Tür hinter ihnen zu. »Wir gehen nachher in die Eisdiele«, sagte er zu Stella, während er an seinen Platz zurückging.

»Du hast sie bestochen. Großartige Idee. Entschuldigung, Mitch.«

»Keine Ursache. Der Brief wurde an Mary Havers Cousine Lucille geschrieben.«

Mitch lehnte sich an den Tisch, rückte seine Brille zurecht und begann zu lesen.

»›Ich sollte dir das eigentlich gar nicht schreiben, aber ich mache mir solche Sorgen. Im letzten Sommer hatte ich dir ja geschrieben, dass die Herrin einen Jungen geboren hat. Master Reginald ist so ein hübsches, liebes Kind. Das Kindermädchen, das Mister Harper eingestellt hat, ist sehr tüchtig und dem Kleinen von Herzen zugetan. Meines Wissens nach hat die Herrin das Kinderzimmer noch kein einziges Mal betreten. Das Kindermädchen ist Mister Harper unterstellt und hat mit der Herrin rein gar nichts zu schaffen. Unter uns gesagt, Alice, das Kindermädchen, klatscht gern, wie junge Mädchen eben so sind. Mehr als einmal habe ich sie davon reden hören, dass die Herrin das Kind noch nie besucht hat, dass sie es noch nie auf den Arm genommen hat, sich noch nie nach seinem Wohlergehen erkundigt hat.‹«

»Was für ein kaltherziges Rabenaas«, sagte Roz leise. »Ich bin froh, dass sie nicht zu unseren Vorfahren gehört. Ich bin lieber verrückt als grausam.« Dann hob sie die Hand. »Tut mir leid, Mitchell. Ich hätte dich nicht unterbrechen sollen.«

»Schon in Ordnung. Ich habe diesen Absatz jetzt schon mehrmals gelesen und neige dazu, dir zuzustimmen. Mary Havers schreibt weiter«, sagte er.

»»Es steht mir natürlich nicht an, die Herrin zu kritisieren. Aber es kommt mir doch sehr unnatürlich vor, wenn eine Mutter keinerlei Interesse an ihrem Kind zeigt, vor allem nicht an dem Sohn, der in diesem Hause so sehnsüchtig erwartet wurde. Man kann von der Herrin nicht behaupten, dass sie eine ausgesprochen warmherzige Frau oder sehr mütterlich veranlagt wäre, aber um die Mädchen kümmert sie sich doch etwas mehr. Ich kann gar nicht zählen, wie viele Kindermädchen und Gouvernanten in den letzten Jahren gekommen und gegangen sind. Mrs Harper ist da sehr eigen. Und doch hat sie Alice bis jetzt noch kein einziges Mal Anweisungen gegeben, wie sie sich gegenüber Master Reginald zu verhalten habe.

Liebste Lucy, wir wissen zwar beide, dass die Herrschaften sich nur wenig für die Haushaltsführung interessieren – es sei denn, sie hätten unter Unannehmlichkeiten zu leiden –, aber ich habe die Befürchtung, dass es bei dieser Angelegenheit nicht mit rechten Dingen zugeht, und ich muss einfach jemandem von meinen Befürchtungen erzählen …‹«

»Sie hat gewusst, dass in dem Haus etwas nicht stimmte«, unterbrach ihn Hayley. »Tut mir leid«, sagte sie entschuldigend. »Aber man hört es förmlich, auch zwischen den Zeilen.«

»Außerdem hat sie das Kind gern.« Stella spielte mit ihrem Weinglas. »Sie macht sich Sorgen um ihn. Auch das hört man. Lies weiter, Mitch.«

»Sie schreibt: ›Ich habe dir zwar von der Geburt des Kindes berichtet, aber ich habe in meinen Briefen nicht erwähnt, dass es in den Monaten davor keine Anzeichen dafür gegeben hat, dass Mrs Harper in anderen Umständen gewesen ist. Ihr Tagesablauf, ihr Aussehen änderten sich nicht im Geringsten. Als Dienstboten kommen uns natürlich von Zeit zu Zeit vertrauliche Details über den Haushalt und dessen Angehörige zu Ohren. Das ist unvermeidbar. Für dieses Kind wurden keinerlei Vorkehrungen getroffen. Niemand redete über Kindermädchen oder die Säuglingsausstattung. Es gab kein Wochenbett für Mrs Harper, keine Besuche des Arztes. Eines Morgens war das Baby einfach da, ganz so, als wäre es tatsächlich vom Storch gebracht worden. Es gab zwar Gerede unter den Dienstboten, aber dem habe ich schnell ein Ende gemacht und so war auch wieder Ruhe, zumindest, wenn ich dabei war. Es steht uns nicht an, die Angelegenheiten der Herrschaften in Frage zu stellen.

Aber, liebste Lucy, sie ist diesem Kind gegenüber so kalt, dass es mir das Herz bricht. Und daher habe ich mich gewundert. Es besteht kein Zweifel daran, wer der Vater des Jungen ist, da er Mister Harper wie aus dem Gesicht geschnitten ist. Aber was die Mutter angeht, so habe ich doch meine Zweifel.‹«

»Dann haben sie es also gewusst.« Harper wandte sich an seine Mutter. »Diese Havers hat es gewusst und die anderen Dienstboten auch. Und sie haben nichts unternommen.«

»Was hätten sie denn tun sollen?«, fragte Hayley mit erstickter Stimme. »Das sind Dienstboten gewesen, Angestellte. Selbst wenn sie etwas gesagt hätten, wer hätte auf sie gehört? Man hätte sie entlassen und hinausgeworfen, aber das hätte auch nichts geändert.«

»Du hast Recht.« Mitch trank einen Schluck Mineralwasser. »Es hätte nichts geändert. Und es hat auch nichts geändert. Sie hat noch mehr geschrieben.« Er stellte sein Glas ab und nahm sich die nächste Seite vor. »›Heute Morgen kam eine Frau nach Harper House. Sie war so bleich und so dünn, und in ihren Augen stand tiefe Verzweiflung und noch etwas anderes, das mich an Wahnsinn denken ließ. Danby …‹ Das war damals der Butler. ›Danby dachte, sie würde Arbeit suchen, aber sie ist durch die Vordertür ins Haus gerannt. Sie hatte so etwas Wildes an sich. Und dann sagte sie, sie wolle das Baby holen, ihr Baby. Ihren Sohn, den sie James nannte. Sie sagte, sie würde ihn weinen hören. Selbst wenn das Kind geweint hätte, hätte man es in der Halle unten nicht hören können, da das Kinderzimmer ganz oben unterm Dach liegt. Doch ich konnte sie nicht zum Gehen bewegen, und plötzlich rannte sie die Treppe hinauf und rief nach ihrem Sohn. Ich weiß nicht, was ich getan hätte, aber plötzlich erschien die Herrin und befahl mir, die Frau in ihren Salon zu bringen. Das arme Ding hat von Kopf bis Fuß gezittert, als ich es hineingeführt habe. Die Herrin wollte mir nicht erlauben, Tee zu servieren. Und was ich dann getan habe, hätte ich niemals tun dürfen, und es war auch das erste Mal in all den Jahren, in denen ich dort gearbeitet habe. Ich habe an der Tür gelauscht.«

»Dann ist sie also tatsächlich hierhergekommen.« In Stellas Stimme schwang Mitleid mit, als sie Hayley eine Hand auf die Schulter legte. »Sie wollte ihr Baby holen. Arme Amelia.«

»Ich habe all die grausamen Dinge gehört, die die Herrin zu dieser bedauernswerten Frau gesagt hat'«, las Mitch weiter. »Ich habe gehört, wie kalt sie über das Kind gesprochen hat. Meine liebste Lucy, sie hat gesagt, sie wünschte, das Kind wäre tot, sie wünschte, der Junge und diese verzweifelte Frau wären beide tot, noch während sie, die sich Amelia Connor nannte, darum flehte, ihr doch ihr Kind zurückzugeben. Man hat es ihr verweigert. Man hat sie bedroht. Man hat sie aus dem Haus geworfen. Jetzt weiß ich, dass der Herr dieses Kind, diesen Sohn, den er sich so sehr gewünscht hatte, mit dieser armen Frau, seiner Mätresse, gezeugt und ihr das Baby weggenommen hat, um es seiner Frau unterzuschieben, um den Jungen hier als seinen Erben großzuziehen. Ich habe gehört, dass dem Arzt und der Hebamme, die der Frau bei der Geburt beigestanden haben, befohlen wurde, ihr zu sagen, das Kind – ein Mädchen – sei tot geboren worden.

Mister Harper ist ein Mann, der sowohl in seinen geschäftlichen als auch in seinen privaten Angelegenheiten als äußerst entschlossen gilt. Zwischen ihm und seiner Frau habe ich noch nie einen Funken der Zuneigung gesehen, was auch für seine Töchter gilt. Trotzdem hätte ich ihm eine derart grauenhafte Tat nicht zugetraut. Und ich hätte es auch nicht für möglich gehalten, dass sich seine Frau in dieser Angelegenheit auf seine Seite schlägt. Miss Connor mit dem schlecht sitzenden grauen Kleid und dem wirren Blick wurde aus dem Haus geworfen, und man hat ihr mit der Polizei gedroht, falls sie noch einmal hier auftauchen oder jemals über das reden sollte, was im Salon gesagt worden war. Lucy, ich habe meine Pflicht getan und sie hinausbegleitet. Ich habe zugesehen, wie sie in ihrer Kutsche davongefahren ist. Und seither finde ich keine Ruhe mehr.

Ich sollte versuchen, ihr zu helfen, aber was kann ich denn tun? Ist es nicht meine Christenpflicht, dieser Frau Hilfe anzubieten oder sie zumindest zu trösten? Und doch, die Pflicht gegenüber den Herrschaften, gegenüber jenen, die mir das Dach über meinem Kopf, das Essen für meine Mahlzeiten, das Geld für meinen Unterhalt geben, zwingt mich dazu, den Mund zu halten. Und mich meiner Stellung zu entsinnen.

Ich werde darum beten, dass mir klar wird, was richtig und was falsch ist. Ich werde für diese junge Frau beten, die das Kind holen wollte, das sie geboren hatte, und abgewiesen wurde.‹«

Mitch legte die Seiten weg. In der Bibliothek war es still.

Hayley liefen Tränen über die Wangen. Als Mitch die letzte Seite des Briefs vorgelesen hatte, hatte sie den Kopf gesenkt. Doch jetzt sah sie auf und lächelte unter Tränen.

»Aber ich bin zurückgekommen.«

17. Kapitel

»Hayley.«

»Nicht.« Mitch machte einen Schritt auf Harper zu, als dieser vom Boden aufsprang. »Warte.«

»Ich bin zurückgekommen«, wiederholte Hayley, »um zu holen, was mein ist.«

»Aber du hast das Kind nicht bekommen«, sagte Mitch.

»Das ist nicht wahr.« Hayley hob die Hände. »Ich bin doch da. Ich habe über ihn gewacht und ihn in den Schlaf gesungen, Nacht für Nacht. Und all die anderen, die nach ihm gekommen sind? Ich bin immer da gewesen.«

»Aber das reicht dir jetzt nicht mehr.«

»Ich will, was mir gehört! Ich will …« Ihr Blick huschte im Raum umher. »Wo sind die Kinder? Wo sind sie?«

»Draußen«, sagte Roz leise. »Sie spielen draußen.«

»Ich mag Kinder«, fuhr Hayley versonnen fort. »Wer hätte das gedacht? Was für unordentliche kleine Monster. Aber so süß, so süß und weich, wenn sie schlafen. Wenn sie schlafen, mag ich sie am liebsten. Ich hätte ihm die Welt gezeigt, meinem kleinen James. Die ganze Welt. Und er hätte mich nie verlassen. Glaubt ihr etwa, ich will ihr Mitleid?«, sagte sie plötzlich wütend geworden. »Das Mitleid einer Haushälterin? Einer *Bediensteten?* Glaubt ihr, ich will ihr Mitleid? Sie und der Rest von ihnen sollen verdammt sein. Ich hätte sie alle im Schlaf töten sollen.«

»Und warum hast du es nicht getan?«

Sie starrte Harper an. »Es gibt andere Möglichkeiten, um jemanden zu verdammen. Du siehst gut aus. Du bist wie er.«

»Das bin ich nicht. Ich gehöre zu dir. Ich bin der Sohn des Sohnes deines Sohnes.«

Ihr Blick verschleierte sich, und ihre Finger krampften sich in den Stoff von Hayleys Hose. »James? Mein kleiner Sohn? Ich habe über dich gewacht. Mein süßes Baby. Mein hübscher kleiner Junge. Ich bin zu dir gekommen.«

»Ich kann mich daran erinnern. Was willst du?«

»Du sollst mich finden. Ich habe mich verirrt.«

»Was ist mit dir passiert?«

»Das weißt du doch! Du hast es getan. Und du wirst für immer verdammt dafür sein. Mit meinem letzten Atemzug habe ich dich verflucht. Ich will haben, was mir gehört.«

Hayleys Kopf fiel nach hinten, und ihre Hände pressten sich auf ihren Bauch, bevor ihr Körper erzitterte. Sie atmete hörbar aus. »Großer Gott.«

Harper nahm ihre Hände und kniete sich vor sie. »Hayley?«

»Ja.« Ihr Blick war verschleiert, das Gesicht so weiß wie Papier. »Kann ich bitte etwas Wasser haben?«

Harper zog ihre Hände zu sich und legte sein Gesicht hinein. »Du musst damit aufhören.«

»Lieber nicht. Sie war stocksauer. Danke«, sagte sie zu David, als er ihr ein Glas Wasser gab. Sie leerte es mit einem Zug, als sei sie am Verdursten. »Sauer, traurig, dann wieder sauer – so ziemlich alles, was es an intensiven Gefühlen gibt. Der Brief hat ihr ziemlich zugesetzt. Mir übrigens auch.«

Sie wandte sich an Mitch, während Harper weiterhin ihre Hände hielt. »Sie hat mir so leidgetan, und der Haushälterin auch. Ich konnte es sehen. Als würde ich ein Buch lesen. Das Haus, die Leute. Ich kann mir gut vorstellen, wie es wäre, wenn jemand Lily hätte und ich nichts tun könnte, um sie zurückzubekommen. Als Erstes hätte ich natürlich Beatrice eine gescheuert. So ein Miststück. Wahrscheinlich habe ich mich ziemlich aufgeregt, und das hat Amelia ausgenutzt und sich hereingeschlichen.«

Ihre Finger schlangen sich um Harpers Hände. »Zu dir hat sie eine etwas verdrehte Einstellung. Sie erinnert sich an dich als Baby, als kleinen Jungen, und sie liebt dich, weil du von ihrem Blut bist. Aber du bist auch sein Sohn. Und du siehst ihm ähnlich. Jedenfalls kommt es mir so vor. Es ist alles ziemlich verwirrend.«

»Du bist stärker als sie«, sagte Harper.

»Zumindest zurechnungsfähiger als sie.«

»Du hast das großartig gemacht.« Mitch schob seinen Kassettenrecorder beiseite. »Und ich würde sagen, für heute hast du genug gehabt.«

»Es war ein anstrengender Tag.« Hayley zwang sich zu einem Lächeln, als sie die anderen ansah. »Sind jetzt alle wach?«

»Das kann man wohl sagen. Was hältst du davon, nach oben zu gehen und dich hinzulegen?«, schlug Stella vor. »Logan wird gleich einmal nach den Kindern sehen. Machst du das?«

386

»Na klar.« Er ging aber zuerst zu Hayley und tätschelte ihr den Rücken. »Geh ruhig nach oben und ruh dich ein bisschen aus, Hayley.«

»Das mach ich, danke.« Harper richtete sich auf und nahm ihre Hand, um ihr beim Aufstehen zu helfen. »Ich weiß wirklich nicht, was ich ohne euch machen würde.«

Roz wartete, bis sie aus dem Zimmer waren. »Die Sache setzt ihr zu. Ich habe sie noch nie so müde und erschöpft gesehen. Hayley ist sonst immer das reinste Energiebündel. Aber jetzt brauche ich sie nur anzusehen, um selber müde zu werden.«

»Wir müssen die Sache zu Ende bringen.« Logan ging zur Tür. »Und zwar bald«, sagte er, bevor er nach draußen ging.

»Aber was sollen wir denn machen?« Stella hob hilflos die Hände. »Einfach nur abwarten scheint nicht genug zu sein. Ich weiß nicht, wie es euch gegangen ist, aber mir ist es kalt über den Rücken gelaufen, als ich das eben gesehen habe.«

»Ich könnte nach Boston fliegen und Veronica bei der Durchsicht der Dokumente helfen.« Doch dann schüttelte Mitch den Kopf. »Aber ich würde sie jetzt nur sehr ungern allein lassen.«

»Du willst damit sagen, es wäre sicherer, wenn wir alle hierblieben?« Roz nahm seine Hand. »Der Meinung bin ich auch. Und ehrlich gesagt, gefällt mir der Gedanke gar nicht, dass David tagsüber so lange allein im Haus ist.«

»Für mich interessiert sie sich nicht.« David schenkte sich ein Glas Wein ein und prostete den anderen zu. »Ich bin zwar ein Mann, aber kein Blutsverwandter von ihr.

Und schwul, was ebenfalls dafür sorgen dürfte, dass ich nicht von Interesse für sie bin. Außerdem sieht sie mich vermutlich als Dienstboten. Und damit stehe ich am unteren Ende der Nahrungskette.«

»Ich hoffe, sie weiß das auch«, erwiderte Roz. »Aber für sie wäre das logisch, und es erleichtert mich ganz ungemein. Wir sollen sie finden. Das hat sie schon mal gesagt.«

»Ihr Grab«, warf Mitch ein.

»Ich glaube, da sind wir uns einig.« Roz ging zu David und trank einen Schluck Wein aus seinem Glas. »Aber wie zum Teufel sollen wir es finden?«

Später, als es im Haus still geworden war und Lily in ihrem Bettchen schlief, fand Hayley einfach keine Ruhe. »In einem Moment bin ich todmüde und könnte auf der Stelle umfallen, im nächsten dann wieder hellwach. Wahrscheinlich bin ich eine Zumutung für dich.«

»Du sagst es.« Harper grinste und zog sie neben sich auf das Sofa. »Warum sehen wir uns nicht das Spiel an? Ich geh runter in die Küche und versuche, Junkfood für uns zu organisieren.«

»Ich soll mich hier hinsetzen und mir ein Baseballspiel ansehen?«

»Ich dachte, du magst Baseball?«

»Schon, aber ich bin nicht so verrückt danach, dass ich mich jetzt wie ein Zombie vor den Fernseher hocke.«

»Okay.« Er seufzte übertrieben laut. »Dann werde ich jetzt das größte Opfer bringen, das mir und meinen Geschlechtsgenossen möglich ist. Such dir eine DVD aus. Wir sehen uns einen Film an, und es darf auch ein Mädchenfilm sein.«

Sie lehnte sich zurück. »Das würdest du für mich tun?«

»Aber du machst das Popcorn.«

»Du willst dich wirklich hier hinsetzen und mit mir zusammen einen Mädchenfilm ansehen – ohne auch nur eine einzige abfällige Bemerkung zu machen?«

»Ich kann mich nicht daran erinnern, dass ich dem zweiten Teil zugestimmt habe.«

»Actionfilme mag ich auch ganz gern.«

»Dem Himmel sei gedankt.«

»Aber jetzt würde ich mir gerne was Romantisches ansehen, mit ein paar Szenen, in denen ich ordentlich heulen kann. Du bist ein Schatz!« Sie gab ihm einen laut schmatzenden Kuss auf den Mund und sprang auf. »Ich hau ein halbes Pfund Butter auf das Popcorn.« An der Tür blieb sie stehen, drehte sich um und strahlte ihn an. »Mir geht's schon viel besser.«

Noch nie in ihrem Leben hatte Hayley solche Stimmungsschwankungen erlebt. Von überschäumender Energie zu Erschöpfung, von Freude zu Verzweiflung. Sie hatte den Eindruck, als würde sie jeden Tag die gesamte Skala durchlaufen. Außerdem hatte sie ständig das nagende Gefühl, dass wieder etwas passieren würde.

Wenn sich ihre Laune in Richtung einer Depression bewegte, betete sie sich wie ein Mantra vor, was sie alles hatte. Ein süßes Kind, einen wunderbaren Mann, der sie liebte, Freunde, Familie, eine interessante Arbeit. Trotzdem schien sie den tiefen Fall nicht aufhalten zu können, wenn es abwärtsging.

Sie fragte sich, ob sie vielleicht krank war. Ein gestörtes Gleichgewicht ihres Stoffwechsels, ein Gehirntumor. Vielleicht verlor sie ja auch den Verstand, so wie die Geisterbraut.

Müde und genervt fuhr sie an ihrem freien Vormittag zum Wal-Mart, um Windeln, Shampoo und einige andere Sachen zu kaufen. Sie war heilfroh darüber, etwas Zeit für sich allein zu haben. Oder besser gesagt, Zeit für sich und Lily, verbesserte sie sich, während sie ihre Tochter auf dem Kindersitz des Einkaufswagens festschnallte.

Wenigstens fühlte sich keiner verpflichtet, auf sie aufzupassen, wenn sie Harper House oder das Gartencenter verließ. Sie beobachteten sie wie ein Luchs. Es war zum Verzweifeln.

Hayley wusste, warum sie es taten, und sie war ihnen auch sehr dankbar dafür. Doch das konnte nichts daran ändern, dass sie das Gefühl hatte, erstickt zu werden. Es hätte nicht viel gefehlt und einer von ihnen würde ihr morgens die Zahnpasta auf die Zahnbürste drücken.

Sie schob den Einkaufswagen durch die Gänge und holte sich lustlos die Sachen aus den Regalen, die sie brauchte. Dann machte sie einen Abstecher in die Kosmetikabteilung, weil sie dachte, ein neuer Lippenstift würde sie vielleicht etwas aufheitern können. Doch die Farbtöne waren entweder zu dunkel oder zu hell. Keiner stand ihr richtig gut.

Sie sah in letzter Zeit immer so blass aus, dass es wie angemalt aussehen würde, wenn sie Lippenstift in einer kräftigen Farbe auftrug.

Vielleicht ein neues Parfüm. Doch bei jedem Tester, an dem sie schnüffelte, wurde ihr noch übler.

»Oh, vergiss es«, murmelte sie. Als Hayley sich umdrehte, um nach Lily zu sehen, stellte sie fest, dass ihre Tochter gerade versuchte, mit den Armen einen Drehständer mit Wimperntusche und Augenbrauenstiften zu erreichen.

»Das hat noch eine Weile Zeit, junge Dame. Aber es macht Spaß, ein Mädchen zu sein. Wir bekommen dann ganz viele Sachen, mit denen wir spielen können.« Hayley suchte eine Wimperntusche für sich aus und warf sie in den Einkaufswagen. »Aber irgendwie habe ich zurzeit keine Lust darauf. Wir holen dir jetzt besser deine Windeln. Und wenn du brav bist, kaufe ich dir ein neues Bilderbuch.«

Sie schob den Wagen in den nächsten Gang und setzte nur widerwillig ihren Einkauf fort. Wenn sie damit fertig war, musste sie Lily zum Babysitter bringen und wieder zur Arbeit fahren. Wo sich für den Rest des Tages ein Schatten an ihre Fersen heften würde.

Sie wollte endlich mal wieder etwas Normales tun. Endlich wieder das Gefühl haben, etwas zu *tun*. Irgendwas.

Als sie aus den Augenwinkeln etwas in einem Regal rechts von sich sah, blieb sie stehen.

Ihr wurde übel, als ein Gefühl der Panik in ihr aufstieg. Plötzlich wurde ihr einiges klar. Und diese Gewissheit verstärkte sich noch, als sie hastig im Kopf nachrechnete.

Hayley schloss die Augen und meinte, im Boden zu versinken. Dann machte sie sie wieder auf und starrte in Lilys strahlendes Gesicht. Und griff nach den Schwangerschaftstests.

Sie gab Lily beim Babysitter ab und behielt ihr starres Lächeln auf dem Gesicht, bis sie wieder im Wagen saß. Auf dem Weg nach Hause versuchte sie, an nichts zu denken. Sie würde weder denken noch Spekulationen anstellen. Sie würde einfach nach Hause gehen und den Test machen. Wenn er negativ war – und natürlich würde er negativ sein –, würde sie die Packungen irgendwo verstecken, bis sie sie unbemerkt verschwinden lassen konnte. Dann würde niemand wissen, dass sie gerade in Panik geraten war.

Sie war nicht wieder schwanger. Es war unmöglich, dass sie wieder schwanger war.

Hayley stellte das Auto ab und vergewisserte sich, dass die Packungen ganz unten in der Einkaufstüte versteckt waren. Doch sie hatte noch keine zwei Schritte ins Haus gemacht, als wie aus dem Nichts David auftauchte.

»Hayley. Soll ich dir helfen?«

»Nein.« Sie drückte die Tüte an die Brust, als wäre sie voller Gold. »Nein«, wiederholte sie etwas ruhiger. »Ich bring nur schnell die Sachen nach oben. Und ich muss auf die Toilette, wenn du gestattest.«

»Ich gestatte, weil ich auch öfter zur Toilette muss.«

Ihr war klar, dass sie sehr unhöflich zu ihm gewesen war. »Tut mir leid. Ich bin heute ziemlich schlecht drauf.«

»Auch dieses Gefühl kenne ich aus eigener leidvoller Erfahrung.« Er zog eine Dose mit Fruchtbonbons aus der Tasche und hielt sie hoch. »Mund auf.«

Sie lächelte und gehorchte.

»Mal sehen, ob wir dir deine Laune nicht etwas versüßen können«, sagte er, während er ihr ein Bonbon in den Mund schob. »Ich mach mir Sorgen um dich, Herzchen.«

»Ich weiß. Und wenn ich in fünfzehn Minuten nicht wieder unten bin, kannst du die Kavallerie holen. Abgemacht?«

»Abgemacht.«

Sie eilte nach oben und kippte den Inhalt der Einkaufstüte auf ihr Bett – o nein, sie hatte vergessen, Windeln zu kaufen. Fluchend griff sie nach einem der Schwangerschaftstests und rannte ins Bad.

Zuerst dachte sie, sie würde nicht pinkeln können. Das hätte ihr gerade noch gefehlt. Sie zwang sich, ruhiger zu werden, und atmete ein paarmal tief ein und aus. Und schickte ein kurzes Stoßgebet zum Himmel.

Wenige Augenblicke später, während sie den Kirschgeschmack des Bonbons noch auf der Zunge schmeckte, starrte sie auf das Teststäbchen, in dessen Sichtfenster das Wort SCHWANGER stand.

»Nein.« Sie packte das Stäbchen und schüttelte es, als wäre es ein Thermometer, bei dem alles wieder normal wurde, wenn man es herunterschüttelte. »Nein, nein, nein! Was soll das? Was bist du?« Sie sah auf ihren Bauch hinunter und legte eine Faust auf ihren Nabel. »So eine Art Magnet für Spermien?«

Sie blieb auf der Toilette sitzen und vergrub das Gesicht in beiden Händen.

Hayley hätte es zwar vorgezogen, sich in den Schrank unter dem Waschbecken zu verkriechen und für die nächsten neun Monate dort zu bleiben, aber sie hatte nicht viel Zeit, in Selbstmitleid zu versinken. Sie spritzte sich kaltes Wasser ins Gesicht, um die Spuren ihrer Tränen zu tilgen.

»Weinen wird dir jetzt mit Sicherheit helfen«, schimpfte sie mit sich selbst. »Es wird alles ändern, und wenn du dir dieses verdammte Stäbchen noch einmal ansiehst, wird darauf stehen: Hayley, du bist nicht schwanger. Weil du zehn Minuten auf der Kloschlüssel gesessen und geheult hast. Idiot.«

Schniefend unterdrückte sie die nächste Tränenflut und sah sich im Spiegel an. »Das hast du jetzt davon. Reiß dich endlich zusammen.«

Etwas Make-up half. Die Sonnenbrille, die sie aus ihrer Handtasche zog, half noch etwas mehr.

Sie vergrub die Verpackungen der Schwangerschaftstests in der Schublade, in der sie ihre Unterwäsche aufbewahrte. Wie ein Junkie, der seine Drogen versteckte.

Als sie aus ihrem Zimmer kam, war David schon halb die Treppe herauf.

»Ich wollte gerade mein Waldhorn holen.«

Sie starrte ihn verständnislos an. »Was?«

»Um damit die Kavallerie zu holen, Herzchen. Du warst länger als fünfzehn Minuten weg.«

»Tut mir leid. Ich habe … tut mir leid.«

David lächelte und wollte ihre Reaktion schon ignorieren, doch dann schüttelte er den Kopf. »Nein, ich werde nicht so tun, als hätte ich nicht bemerkt, dass du geweint hast. Was ist los?«

»Ich kann nicht.« Selbst bei diesem kurzen Satz wollte ihr die Stimme versagen. »Ich komme zu spät zur Arbeit.«

»Die Welt wird sich trotzdem weiterdrehen. Du wirst dich jetzt hier zu mir in mein Büro setzen.« Er nahm ihre Hand und zog daran, bis sie neben ihm auf der Treppe saß. »Und Onkel David erzählen, was für Schwierigkeiten du hast.«

»Ich habe keine Schwierigkeiten. Ich *bin* in Schwierigkeiten.« Sie wollte es ihm nicht erzählen, sie wollte es keinem erzählen. Erst, nachdem sie Zeit zum Nachdenken gehabt hatte. Nachdem sie für ein paar Tage den Kopf in den Sand gesteckt hatte. Doch als ihr David den Arm um die Schultern legte, sprudelte es aus ihr heraus.

»Ich bin schwanger.«

»Oh.« Seine Hand strich über ihren Arm. »Das ist etwas, das sogar mein geheimer Vorrat an Schokoladentrüffeln nicht richten kann.«

Sie vergrub ihr Gesicht an seiner Schulter. »Ich bin so eine Art Fruchtbarkeitsbombe, David. Was soll ich machen? Was zum Teufel soll ich machen?«

»Das, was für dich das Richtige ist. Aber bist du sicher, dass du schwanger bist?«

Schniefend hob sie ihren Hintern von der Treppe und zog das Stäbchen aus der Tasche ihrer Hose. »Was steht da?«

»Du hast Recht. Der Adler ist gelandet.« Er legte ihr die Hand unters Kinn und sah sie an. »Wie fühlst du dich?«

»Mir ist schlecht. Ich habe Angst. Und ich bin so dumm

gewesen. Wir haben doch Kondome benutzt, David. Wir sind nicht wie zwei liebestolle Teenager auf dem Rücksitz eines Chevy übereinander hergefallen. Wahrscheinlich produzieren meine Eierstöcke Supereizellen, die über Barrieren nur lachen und die Spermien ansaugen.«

Er lachte und zog sie an sich. »Tut mir leid. Ich weiß, dass das für dich nicht lustig ist. Werfen wir mal einen Blick auf die Umstände. Du liebst Harper.«

»Natürlich liebe ich ihn, aber …«

»Und er liebt dich.«

»Ja, aber … Oh, David, es ist doch alles noch so frisch. Unsere Beziehung, unsere Liebe. Ich habe mir zwar schon ausgemalt, wie es später einmal sein könnte, aber langfristige Pläne haben wir noch nicht gemacht. Wir haben noch nicht einmal darüber gesprochen.«

»Dann werdet ihr eben nicht später, sondern früher darüber sprechen. Und zwar jetzt.«

»Ich will ihn nicht überrumpeln. Aber das tue ich, wenn ich jetzt zu ihm gehe und ihm sage, dass ich schwanger bin.«

»Wie um alles in der Welt hast du es fertig gebracht, alleine schwanger zu werden?«

»Darum geht es nicht.«

»Hayley.« Er lehnte sich zurück und schob ihre Sonnenbrille ein Stück herunter, damit er ihr in die Augen sehen konnte. »Genau darum geht es. Bei Lily hast du das getan, was du für richtig gehalten hast und was deiner Meinung nach das Beste für den Vater und Lily gewesen ist. Egal, ob das richtig oder falsch gewesen ist – und ich persönlich

396

halte es für richtig –, es war auf jeden Fall sehr mutig. Und jetzt musst auch wieder mutig sein. Jetzt musst du tun, was für alle Beteiligten das Beste ist. Du musst es Harper sagen.«

»Aber ich weiß nicht, wie ich das machen soll. Mir wird schon schlecht, wenn ich nur daran denke.«

»Dann liebst du ihn vielleicht, aber du unterschätzt seinen Charakter.«

»Ich unterschätze ihn nicht, und das ist ja das Problem.« Sie starrte wieder auf das Stäbchen, und das Wort im Sichtfenster schien in ihrem Kopf widerzuhallen. »Er wird zu dem Kind stehen. Und woher weiß ich dann, ob er das aus Liebe zu mir oder aus seinem Verantwortungsgefühl heraus tut?«

David beugte sich zu ihr und küsste sie auf die Schläfe. »Du wirst es einfach wissen.«

Es klang gut. So vernünftig, logisch und erwachsen. Aber es fiel ihr trotzdem nicht leichter, es ihm zu sagen.

Sie wünschte, sie könnte es aufschieben, nur für ein paar Tage ignorieren. Sich vorstellen, dass es sich in Luft auflösen würde. Doch das war egoistisch und kindisch.

Als sie das Gartencenter erreichte, schlich sie sich in eine der Toiletten für die Angestellten, um den zweiten Test zu machen. Sie zwang sich dazu, einen halben Liter Wasser zu schlucken, und stellte vorsichtshalber noch die Wasserhähne an. Dann hätte sie um ein Haar mit Daumendrücken angefangen, doch sie sagte sich, dass sie sich damit nur zum Narren machte.

Das Ergebnis las sie mit halb zusammengekniffenen Augen ab, was allerdings auch nichts daran ändern konnte.

Immer noch schwanger, dachte sie. Dieses Mal gab es weder Tränen noch Verwünschungen. Sie steckte lediglich das Stäbchen in die Tasche, machte die Tür auf und bereitete sich darauf vor, es Harper zu sagen. Sie musste es ihm sagen.

Warum? Warum musste sie es ihm sagen? Sie konnte doch einfach ihre Sachen packen und von hier fortgehen. Schließlich war es *ihr* Kind.

Er war reich und mächtig. Er würde das Kind nehmen und sie verstoßen. Er würde ihr ihren Sohn nehmen. Zu Ehren des Namens Harper würde er sie wie ein Gefäß benutzen und ihr dann entreißen, was in ihr wuchs.

Er hatte kein Recht auf das, was ihr gehörte. Kein Recht auf das, was sie in sich trug.

»Hayley?«

»Was?« Sie zuckte zusammen, als hätte sie etwas gestohlen, und starrte Stella an.

Sie stand zwischen den Schattenpflanzen, umgeben von frischgrünen Hostas. Weit weg von den Toiletten.

Wie lange hatte sie hier gestanden und Gedanken gedacht, die nicht ihre eigenen waren?

»Alles in Ordnung?«

»Ich bin nur ein bisschen durcheinander, das ist alles.« Sie atmete tief ein. »Tut mir leid, dass ich zu spät bin.«

»Schon in Ordnung.«

»Ich werde die Zeit nachholen. Aber ich muss mit Harper reden. Bevor ich anfange, muss ich mit Harper reden.«

»Harper ist im Veredelungshaus. Er wollte wissen, wann du kommst. Hayley, warum sagst du mir nicht, was los ist?«

»Ich muss zuerst mit Harper reden.« Bevor sie den Mut verlor – oder den Verstand.

Hayley eilte davon und ging zwischen den Verkaufstischen mit Pflanzen hindurch über die asphaltierte Freifläche zu den Gewächshäusern. Ihr fiel auf, dass nach dem Rückgang im Sommer jetzt wieder mehr Kunden kamen. Es war nicht mehr ganz so warm, und die Leute machten sich Gedanken um die Herbstpflanzung. Für Stellas Jungen fing bald wieder die Schule an. Die Tage wurden kürzer.

Die Welt blieb nicht einfach stehen, nur weil sie gerade eine Krise hatte.

Als sie vor dem Veredelungshaus stand, zögerte sie. Ihr Kopf, in dem sich die Gedanken gerade eben noch schier überschlagen hatten, war plötzlich völlig leer.

Ihr wurde klar, dass es nur ein Mittel dagegen gab. Sie musste hineingehen.

Drinnen war es warm. Musik spielte. Es passte alles so gut zu ihm – die Pflanzen in ihren verschiedenen Wachstumsphasen, der Geruch nach Erde und Grün.

Die Musik, ein Stück mit Harfen und Flöten, kannte sie nicht, doch sie wusste, dass auf seinen Kopfhörern mit Sicherheit etwas anderes lief.

Er war am anderen Ende des Gewächshauses, und bis zu ihm schien es der weiteste Weg ihres Lebens zu sein. Selbst als er sich umdrehte und sie anlächelte.

»Gut, dass du kommst.« Mit der einen Hand winkte er

sie zu sich, mit der anderen nahm er seine Kopfhörer ab. »Sieh dir das an.«

»Was?«

»Unsere Babys.«

Da er seine Aufmerksamkeit sofort wieder den Pflanzen zuwandte, bemerkte er nicht, wie sie zusammenzuckte. »Es läuft alles genau nach Plan«, fuhr er fort. »Siehst du hier, die Fruchtknoten sind schon angeschwollen.«

»Da sind sie nicht die einzigen«, murmelte sie. Doch dann stellte sie sich neben ihn und musterte die Pflanzen, die sie vor ein paar Wochen mit ihm zusammen gekreuzt hatte.

»Schau. Die Kapseln sind voll entwickelt. Es wird noch drei, vier Wochen dauern, bis die Samen reif sind. Dann platzt die Kapsel auf. Wir sammeln die Samen und pflanzen sie ein. Draußen, nicht hier drinnen. Und im Frühling keimen sie. Wenn sie so sieben, acht Zentimeter groß sind, pflanzen wir sie ins Freigelände.«

Es war keine Verzögerungstaktik, wenn sie jetzt mit ihm über ein gemeinsames Projekt sprach. Es war ... höflich. »Und dann?«

»Normalerweise blühen sie in der zweiten Saison zum ersten Mal. Dann erfassen wir die Unterschiede, die Ähnlichkeiten, die Merkmale. Was wir wollen, ist eine Miniaturlilie in einem kräftigen Pinkton und einem Hauch von Rot auf den Blütenblättern. Und wenn wir das erreicht haben, haben wir eine neue Sorte: Hayleys Lily.«

»Und wenn nicht?«

»Pessimismus ist kein Freund des Gärtners, aber wenn

wir es nicht schaffen, bekommen wir mit Sicherheit etwas anderes, das vielleicht genauso schön ist. Und wir werden es wieder versuchen. Aber eigentlich wollte ich dich fragen, ob du mit mir zusammen an einer Rose arbeiten willst, für meine Mutter.«

»Oh, ähm …« Wenn es ein Mädchen wurde, könnten sie es vielleicht Rose nennen. »Das ist aber ein schönes Geschenk für sie.«

»Mitch ist auf die Idee gekommen, aber der Mann würde nicht einmal Gartenkresse zum Keimen bekommen. Er will eine schwarze Rose haben. Bis jetzt hat es noch niemand geschafft, eine echte schwarze Rose zu züchten, aber ich dachte, wir könnten eine Weile herumspielen und sehen, was dabei herauskommt. Die Jahreszeit ist genau richtig dafür – das Gewächshaus wird bald desinfiziert, gelüftet und getrocknet. Hygiene ist für diese Art von Arbeit unerlässlich, und Rosen sind ziemlich empfindlich. Sie brauchen eine Menge Pflege, aber es wird bestimmt Spaß machen.«

Er sah so aufgeregt aus, weil er etwas Neues schaffen wollte, dachte sie. Doch wie würde er aussehen, wenn sie ihm sagte, dass er das bereits getan hatte?

»Erklär's mir noch mal«, bat sie ihn. »Bei einer Kreuzung sucht man sich die Elternpflanzen aus – eine weibliche Pflanze und eine männliche Pflanze. Nach bestimmten Kriterien.«

Ihre blauen Augen, Harpers braune. Seine Geduld, ihre impulsive Art. Was würde dabei herauskommen?

»Genau. Man versucht, sie miteinander zu kreuzen, um

etwas Neues mit den besten – oder zumindest den gewünschten – Eigenschaften beider Elternteile zu schaffen.«

Sein Temperament, ihr Dickschädel. Großer Gott. »Bei Menschen funktioniert das aber nicht so.«

»Wohl kaum.« Er drehte sich zu seinem Computer um und gab ein paar Daten ein.

»Und bei Menschen ist es nicht immer geplant. Sie lernen sich nicht kennen und sagen dann irgendwann, he, komm, wir kreuzen uns.«

Er lachte. »Das wäre ein toller Spruch, um eine Frau anzubaggern. Ich würde ihn mir ja aufschreiben, aber da ich schon eine Freundin habe, wäre es reine Zeitverschwendung.«

»Zurück zum Thema. Bei einer Kreuzung geht es also darum, etwas zu schaffen – etwas Neues, etwas Eigenes. Und nicht nur um den Spaß an der Sache.«

»Mhm. Hab ich dir schon den Schneeball gezeigt? Die Wurzeltriebe sind ein Problem, aber sonst entwickelt er sich ganz gut.«

»Harper.« Hayley traten schon wieder Tränen in die Augen. »Harper, es tut mir leid.«

»So schlimm ist das nun auch wieder nicht«, sagte er mit dem Rücken zu ihr. »Die Wurzeltriebe bekomme ich schon in den Griff.«

»Ich bin schwanger.«

Sie hatte es gesagt, dachte sie. Schnell und schmerzlos. Als würde sie ein Pflaster von einer Wunde reißen.

»Was hast du gesagt?« Er hörte auf zu tippen und schwenkte seinen Drehstuhl herum.

Sie konnte den Ausdruck auf seinem Gesicht nicht lesen. Vielleicht lag es daran, dass sie vor lauter Tränen halb blind war. Und den Ton in seiner Stimme konnte sie auch nicht hören, weil es in ihren Ohren dröhnte wie ein Wasserfall.

»Ich hätte es wissen müssen. Ich bin die ganze Zeit so müde, und meine Tage habe ich auch nicht bekommen, aber das hab ich dann gleich wieder vergessen. Manchmal wird mir übel, und ich bin richtig launenhaft geworden, aber das habe ich alles auf die Sache mit Amelia geschoben. Ich hab es einfach nicht gemerkt. Es tut mir leid.«

Es sprudelte einfach aus ihr heraus, so unzusammenhängend und abgehackt, dass sie es selbst kaum verstehen konnte. Sie brach ab, als er die Hand hob.

»Schwanger? Du hast gesagt, du bist schwanger?«

»Mein Gott, muss ich dir das Wort buchstabieren?« Da sie nicht wusste, ob sie weinen oder einen Wutausbruch bekommen sollte, zog sie das Teststäbchen aus der Tasche. »Hier, da kannst du es selber lesen.«

»Moment mal.« Er nahm ihr das Stäbchen aus der Hand und starrte es an. »Wann hast du es herausgefunden?«

»Heute. Vorhin. Ich war einkaufen im Wal-Mart. Ich hab Lilys Windeln vergessen und mir Wimperntusche gekauft. Was bin ich für eine Rabenmutter.«

»Jetzt beruhige dich erst mal.« Er stand auf, legte ihr die Hände auf die Schulter und drückte sie auf den Stuhl. »Alles in Ordnung mit dir? Ich meine, tut dir was weh oder so?«

»Mir tut nichts weh. Mein Gott, Harper!«

»Jetzt geh doch nicht gleich wieder auf die Palme.« Er

fuhr sich mit der Hand über den Nacken, während er sie musterte. Ungefähr so, dachte sie, wie er sich seine Pflanzen ansah. »Das ist alles ein bisschen neu für mich. Wie sehr bist du schwanger?«

»Ich bin richtig schwanger.«

»Verdammt, Hayley, ich meine, wie weit bist du, oder wie immer man das auch nennt.«

»Ich glaube, sechs Wochen. Fünf oder sechs.«

»Wie groß ist es da drin?«

Sie fuhr sich mit der Hand durchs Haar. »Ich weiß nicht. So groß wie ein Reiskorn?«

»Wow.« Er starrte auf ihren Bauch und legte eine Hand darauf. »Wow. Wann fängt es an, sich zu bewegen? Und wann bekommt es Finger und Zehen?«

»Harper, könnten wir uns bitte auf das Wesentliche konzentrieren?«

»Ich weiß überhaupt nichts darüber. Aber das werde ich nachholen. Du musst zum Arzt, nicht wahr?« Er packte ihre Hand. »Wir sollten sofort gehen.«

»Ich muss jetzt nicht zum Arzt. Harper, was sollen wir tun?«

»Was meinst du mit ›Was sollen wir tun?‹ Wir bekommen ein Baby. Heiliger Strohsack!« Er riss sie vom Stuhl und hob sie in die Luft. »Wir bekommen ein Baby!«

Sie musste sich mit den Händen auf seinen Schultern abstützen. »Du bist nicht böse?«

»Warum sollte ich denn böse sein?«

Seine Reaktion überwältigte sie so, dass sie kein Wort mehr herausbrachte. »Weil … weil«, stotterte sie.

404

Er ließ sie langsam auf den Stuhl sinken. Seine Stimme klang jetzt kühl und nüchtern. »Du willst das Kind nicht.«

»Ich weiß es nicht. Wie soll ich darüber nachdenken, was ich will? Ich kann gar nicht mehr denken.«

»Eine Schwangerschaft hat Einfluss auf die Gehirnströme. Interessant.«

»Ich …«

»Okay, das Denken übernehme ich. Du gehst zum Arzt, damit wir wissen, dass da drin alles in Ordnung ist. Wir heiraten. Und im nächsten Frühling haben wir ein Baby.«

»Heiraten? Harper, man sollte nicht heiraten, nur weil …«

Obwohl er sich an den Arbeitstisch hinter sich lehnte, brachte er es fertig, ihr das Gefühl zu geben, in eine Ecke gedrängt worden zu sein. »Ich kenne eine Menge Leute, die sich lieben und heiraten, wenn sie ein Baby bekommen. Das ist jetzt vielleicht ein bisschen früher als geplant, aber die Umstände machen es notwendig.«

»Ich wusste gar nicht, dass wir einen Plan hatten.«

»Ich hatte einen.« Er streckte den Arm aus und strich ihr eine Haarsträhne aus dem Gesicht. Dann zog er sie leicht an den Haaren. »Du weißt, dass ich dich liebe. Und ich will das Kind haben. Wir machen das jetzt richtig, und daher heiraten wir.«

»Dann befiehlst du mir also, dich zu heiraten?«

»Ich hatte geplant, dir in nicht allzu ferner Zukunft einen Heiratsantrag zu machen. Aber da sich die Planung gerade geändert hat – und du wegen der Schwangerschaft sowieso nicht mehr denken kannst –, machen wir es eben so.«

»Du regst dich kein bisschen darüber auf.«

»Nein.« Er unterbrach sich für einen Moment, wie um zu überlegen. »Ich bin ein bisschen erschrocken, und es hat mich ziemlich eingeschüchtert. Lily wird es gefallen. Bald hat sie einen Bruder oder eine Schwester, die sie ärgern kann. Meine Brüder werden Augen machen, wenn ich ihnen erzähle, dass sie Onkel werden. Und ich bin gespannt, wie meine Mutter reagieren wird, wenn ich ihr sage, dass sie ...«

»Großmutter wird«, beendete Hayley den Satz für ihn. Sie nickte, insgeheim erleichtert darüber, endlich einen Funken des Zweifels in seinen Augen zu sehen. »Was meinst du? Was wird sie dazu sagen?«

»Ich werde es noch früh genug herausfinden.«

»Das ist alles zu viel für mich.« Sie presste die Handballen auf ihre Augen, als könnte sie dadurch ihren Kopf davon abhalten, sich ständig zu drehen. »Ich weiß nicht einmal mehr, was *ich* fühle.« Sie ließ die Hände in den Schoß fallen und starrte ihn an. »Harper, glaubst du, dass wir einen Fehler machen?«

»Unser Kind ist kein Fehler.« Er zog sie an sich und spürte, wie sie nach Atem rang, während sie mit den Tränen kämpfte. »Aber eine Riesenüberraschung.«

18. Kapitel

Den Rest des Tages arbeitete er zeitweise wie in einem Nebel. Es gab eine Menge zu tun und zu planen. Die ersten Schritte sah er so klar und präzise vor sich wie die ersten Schritte bei einer Veredelung.

Zuerst würden sie Hayley zum Arzt bringen und sie und das Baby untersuchen lassen. Dann würde er anfangen, Babybücher – Gebärmutterbücher – zu lesen, damit er den Prozess verstand und sich vorstellen konnte, was dort drin vor sich ging.

Sie würden so schnell wie möglich heiraten, aber nicht so schnell, dass es überstürzt und unpersönlich wirkte. Das wollte er Hayley nicht antun und – nach einiger Überlegung – sich selbst auch nicht.

Er wollte in Harper House heiraten. In dem Garten, den er pflegte, im Schatten des Hauses, in dem er aufgewachsen war. Er wollte Hayley dort sein Versprechen geben, und, wie ihm klar wurde, auch Lily und seinem neuen Kind, das jetzt noch nicht größer als ein Reiskorn war.

Das hatte er eigentlich schon sein ganzes Leben lang gewollt. Er hatte zwar noch nie so richtig darüber nachgedacht, aber er wusste es so sicher wie seinen eigenen Namen.

Hayley und Lily würden ins Kutscherhaus ziehen. Er

würde mit seiner Mutter über einen Anbau sprechen, der ihnen mehr Platz verschaffte, aber gleichzeitig zu dem traditionellen Stil passte.

Mehr Platz für ihre Kinder, dachte er, damit auch sie in Harper House aufwachsen konnten, mit seinem Garten, seinem Wäldchen, seiner Geschichte, die auch die ihre sein würde.

Er sah alles schon vor sich, *wusste* bereits, wie es sein würde. Doch das Kind konnte er nicht sehen. Das Kind, das er mit Hayley zusammen geschaffen hatte.

Ein Reiskorn? Wie konnte etwas so Kleines so gewaltig sein? Und so sehr geliebt werden?

Doch zuerst musste er noch etwas erledigen.

Er fand seine Mutter im Garten, wo sie einige Astern und Chrysanthemen in eines ihrer Beete pflanzte.

Sie trug dünne Handschuhe aus Baumwolle, an denen die Erde von mehreren Jahren klebte. Dazu eine dreiviertellange kornblumenblaue Baumwollhose, die mit den für Gartenarbeit typischen Grün- und Brauntönen überzogen war. Sie war barfuß, und am Rand des Beets sah er die offenen Pantoletten, die sie abgelegt hatte, bevor sie sich zwischen die Pflanzen gekniet hatte.

Als Kind hatte er sie für unbesiegbar gehalten. Und er hatte geglaubt, sie hätte übernatürliche Fähigkeiten. Sie hatte alles gewusst – ob es man es gewollt hatte oder nicht. Sie hatte immer Antworten gehabt, wenn er sie gebraucht hatte, hatte ihn umarmt und getröstet – und ihm gelegentlich auch eine Tracht Prügel verabreicht, die er nicht immer für verdient gehalten hatte.

Und vor allem war sie immer da gewesen. In den guten Zeiten, den schlechten Zeiten und dazwischen auch.

Jetzt war die Reihe an ihm.

Sie hob den Kopf, als er näher kam, und fuhr sich geistesabwesend mit dem Handrücken über die Stirn. Ihm fiel auf, wie schön sie war, mit dem Hut über ihren Augen und dem ruhigen, gelassenen Ausdruck auf ihrem Gesicht.

»Heute ist es glänzend gelaufen«, sagte sie. »Ich wollte das Beet etwas vergrößern und ein bisschen auflockern. Heute Abend wird es regnen.«

»Ja.« Sein Blick ging zum Himmel. »Hoffentlich kommt einiges runter.«

»Dein Wort in Gottes Ohr.« Sie blinzelte in die Sonne, während sie ihn ansah. »Was machst du denn für ein ernstes Gesicht? Setz dich endlich hin, oder willst du, dass ich mir Genickstarre hole?«

Er ging neben ihr in die Hocke. »Ich muss mit dir reden.«

»Das musst du fast immer, wenn du so ein ernstes Gesicht machst.«

»Hayley ist schwanger.«

Sie legte langsam ihre Pflanzkelle weg. »Ach nein«, murmelte sie.

»Sie hat es heute erst herausgefunden und glaubt, dass sie in der sechsten Woche ist. Sie hat die Symptome – falls man das Symptome nennt – auf das zurückgeführt, was hier passiert ist.«

»Das wundert mich nicht. Wie geht es ihr?«

»Sie ist ein bisschen durcheinander. Glaube ich wenigstens.«

Sie streckte die Hand aus und nahm ihm die Sonnenbrille ab, um ihm in die Augen sehen zu können. »Und wie geht es dir?«

»Ich muss mich erst daran gewöhnen. Ich liebe sie, Mutter.«

»Das weiß ich. Bist du glücklich, Harper?«

»Mir geht gerade so vieles durch den Kopf, und Glück ist auch dabei. Mutter, ich weiß, dass du das so nicht erwartet hast.«

»Harper, es ist nicht wichtig, was ich erwartet oder erhofft habe.« Sie wählte eine blaue Aster aus und setzte sie in das Loch, das sie bereits gegraben hatte. Ihre Hände arbeiteten weiter und drückten die Erde fest, während sie sprach. »Wichtig ist, was ihr beide wollt. Wichtig ist Lily, wichtig ist das Kind, das ihr bekommen werdet.«

»Ich will Lily. Ich will Hayley heiraten und Lily zu meiner Tochter machen, sie adoptieren. Und ich will dieses Kind. Ich weiß, dass es so aussieht, als wäre ich aus heiterem Himmel zu einer kompletten Familie gekommen, aber … Oh, nicht weinen. Bitte nicht weinen.«

»Ich habe ein Recht darauf zu weinen, wenn mir mein Ältester sagt, dass ich Großmutter werde. Ich habe verdammt noch mal das Recht auf ein paar Tränen. Wo zum Teufel ist mein Halstuch?«

Er zog es aus ihrer hinteren Hosentasche und gab es ihr.

»Ich muss mich jetzt erst einmal hinsetzen.« Sie ließ sich zwischen die Astern fallen. »Man weiß immer, dass dieser Tag einmal kommen wird. Von dem Moment an, in dem man sein Kind in den Armen hält. Es ist nicht der erste Ge-

410

danke, und es ist auch kein bewusster, aber er ist da. Das Wissen darüber, dass der Faden weitergesponnen wird. Lebenszyklen. Frauen kennen sich damit aus. Und Gärtner.«

Sie breitete die Arme aus. »Harper, du wirst Vater.«

»Ja.« Er vergrub sein Gesicht an ihrem Hals.

»Und ich werde Großmutter. Und das gleich zweimal.« Sie lehnte sich zurück und küsste seine Wangen. »Ich liebe Lily. Sie gehört schon jetzt zu uns. Ich möchte, dass ihr beide wisst, was ich für die Kleine empfinde. Und dass ich mich so für euch freue. Obwohl ihr es fertig gebracht habt, die Geburt ausgerechnet in die Zeit zu legen, in der im Gartencenter am meisten los ist.«

»Ups. Daran haben wir nicht gedacht.«

»Es sei euch verziehen.« Sie lachte und zog ihre Handschuhe aus, damit sie die Wärme seiner Hände spüren konnte. »Hast du sie gefragt, ob sie dich heiraten will?«

»So in etwa. Eigentlich habe ich ihr nur gesagt, *dass* sie mich heiraten wird. Jetzt sieh mich nicht so an.«

Ihre Augenbrauen blieben, wo sie waren, und ihr Blick hätte Stahl zum Schmelzen bringen können. »Das ist genau der Blick, den du verdienst.«

»Ich mach es wieder gut. Versprochen.« Er sah auf ihre ineinander verschlungenen Finger hinunter. Dann zog er ihre Hände eine nach der anderen an seine Lippen und küsste sie. »Ich liebe dich, Mutter. Du hast die Messlatte sehr hoch gesetzt.«

»Was für eine Messlatte?«

»Für mich kam immer nur eine Frau in Frage, die ich genauso liebe und respektiere wie dich.«

Ihre Augen schwammen wieder in Tränen. »Wenn das so weitergeht, brauche ich gleich was Größeres als mein Halstuch.«

»Ich werde ihr das Beste geben, das ich habe. Und um gleich damit anfangen zu können, hätte ich gern Großmutters Ringe – ihren Verlobungsring und ihren Ehering. Du hast einmal gesagt, wenn ich heirate …«

»So gefällst du mir.« Sie gab ihm einen Kuss. »Das ist der Mann, zu dem ich dich erzogen habe. Ich werde sie dir holen.«

Er hatte noch nie darüber nachgedacht, wie er einer Frau einen Heiratsantrag machen sollte. *Der* Frau. Ein romantisches Essen und Wein? Ein gemütliches Picknick? Ein riesiges WILLST DU MICH HEIRATEN? auf der Anzeigetafel eines Baseballspiels?

Wie einfallslos.

Das Beste, beschloss er, waren der Ort und die Atmosphäre, die zu ihnen beiden passte.

Und daher ging er in der Abenddämmerung mit ihr im Garten von Harper House spazieren.

»Ich habe so ein schlechtes Gewissen, dass Roz schon wieder auf Lily aufpasst. Ich bin nicht krank, nur schwanger.«

»Sie passt gern auf die Kleine auf. Und ich wollte eine Stunde mit dir allein haben. Nein, sag es nicht. So langsam weiß ich, was in deinem Kopf vorgeht. Ich bin verrückt nach Lily, und ich werde meine Zeit nicht damit verschwenden, dir etwas zu sagen, was man mir auf den ersten Blick ansieht.«

»Ich weiß. Ich weiß, dass du sie furchtbar gernhast. Aber

ich habe mich immer noch nicht daran gewöhnt. Ich habe mich nicht durch die Betten geschlafen. Trotzdem bin ich jetzt zum zweiten Mal schwanger.«

»Nein, dieses Mal ist es anders. Dieses Mal ist es das erste Mal. Siehst du die Blutpflaume dort drüben?«

»Ich erkenne Bäume nur, wenn sie gerade blühen.«

»Diesen hier haben meine Eltern gepflanzt, gleich nach meiner Geburt.« Er blieb stehen und berührte eines der glänzenden Blätter. »Wir werden einen Baum für Lily pflanzen, und einen für das Baby. Aber dieser ist jetzt fast dreißig Jahre alt, und die beiden haben ihn für mich gepflanzt. Das hat mir immer gefallen. Ich hatte immer das Gefühl, als würde dieser Ort hier zu mir gehören. Wir werden andere Orte schaffen, du und ich, aber wir fangen mit dem hier an, mit einem, den es bereits gibt.«

Er zog die Schachtel aus der Tasche. Ihre Lippen fingen an zu zittern, ihr Blick wanderte über sein Gesicht. »O mein Gott.«

»Ich gehe nicht vor dir auf die Knie. Schließlich will ich mich dabei nicht lächerlich machen.«

»Ich glaube, das hat etwas damit zu tun, dass er der Frau Treue schwört. Deshalb haben die Männer das mit dem Auf-die-Knie-Fallen angefangen.«

»Du wirst es mir so glauben müssen. Ich will das Leben, das wir zusammen begonnen haben. Nicht nur das Baby, sondern das, was wir zusammen begonnen haben. Du und ich und Lily, und jetzt das Baby. Ich will dieses Leben mit dir führen. Du bist die erste Frau, die ich wirklich liebe. Und du wirst auch die letzte sein.«

»Harper, ich … ich weiß nicht, was ich sagen soll.«

Er machte die Schachtel auf und lächelte, als Hayley die Augen aufriss. »Er hat meiner Urgroßmutter gehört. Die Fassung ist, glaube ich, ein wenig altmodisch.«

»Ich …« Sie musste schlucken. »Ich sage lieber klassisch dazu, oder Erbstück. Harper, Roz muss …«

»Sie hat ihn mir versprochen. Ich sollte ihn der Frau geben, mit der ich den Rest meines Lebens verbringen will. Ich möchte, dass du ihn trägst. Heirate mich, Hayley.«

»Er ist wunderschön, Harper.«

»Ich bin noch nicht fertig.«

»Oh.« Sie lachte nervös. »Ich kann mir nicht vorstellen, was jetzt noch kommen soll.«

»Ich möchte, dass du meinen Namen trägst. Und Lily auch. Ich will euch beide. Mit weniger werde ich mich nicht zufriedengeben.«

»Weißt du, was du da sagst?« Sie legte ihm die Hand auf die Wange. »Was du da tust?«

»Ich bin mir noch nie so sicher gewesen. Und wenn du jetzt nicht gleich antwortest, werde ich diesen romantischen Moment ruinieren, indem ich dich zu Boden werfe und dir diesen Ring auf den Finger schiebe.«

»Dazu wird es nicht kommen.« Sie schloss für einen Moment die Augen und dachte an Blutpflaumen und jahrhundertealte Traditionen. »Ich wusste, dass du mir einen Heiratsantrag machen würdest, als ich dir gesagt habe, dass ich schwanger bin.«

»Darum geht es doch …«

»Du hast gesagt, was du sagen wolltest.« Sie schüttelte

energisch den Kopf. »Und jetzt bin ich dran. Ich wusste, dass du mich fragen würdest, und vielleicht ist es mir auch deshalb so schlecht gegangen, weil ich nicht sicher war, ob ich es wissen würde, wenn du mich aus Pflichtgefühl fragst. Aber jetzt weiß ich, dass es nichts mit Pflichtgefühl zu tun hat. Ich werde dich heiraten, Harper, und ich werde deinen Namen tragen. Und Lily auch. Wir werden dich für den Rest unseres Lebens lieben.«

Er nahm den Ring aus der Schachtel und steckte ihn ihr an den Finger.

»Er ist zu groß«, murmelte er, während er ihre Hand an seine Lippen führte und küsste.

»Jetzt geb ich ihn nicht mehr her.«

Er legte seine Finger um ihre Hand, um den Ring an seinem Platz zu halten. »Nur lange genug, um die Größe zu ändern.«

Sie brachte ein Nicken zustande und warf sich ihm in die Arme. »Ich liebe dich. Ich liebe dich. Ich liebe dich.«

Harper lachte und küsste sie. »Na endlich.«

Es war ihr ein wenig unangenehm, mit Harper zusammen ins Haus zu gehen und seiner Mutter und Mitch die Neuigkeiten zu erzählen. David servierte Champagner. Man gestand ihr ein halbes Glas zu. Damit musste sie für beide Trinksprüche auskommen.

Einen auf die Verlobung und einen auf das Baby.

Als Roz sie umarmte, flüsterte sie ihr ins Ohr: »Wir müssen uns mal unterhalten. Aber bald.«

»Oh, natürlich.«

»Wie wäre es mit jetzt gleich? Harper, ich werde dir deine Verlobte für ein paar Minuten entführen. Ich möchte ihr etwas zeigen.«

Ohne auf eine Antwort zu warten, hakte sich Roz bei Hayley ein und ging mit ihr zur Treppe.

»Hast du schon überlegt, wie die Hochzeit sein soll?«

»Ich … nein. Es ist alles ein bisschen viel auf einmal.«

»Das kann ich gut verstehen.«

»Harper hat gesagt, er möchte hier heiraten.«

»Das will ich doch hoffen. Wir könnten den Ballsaal nehmen, wenn ihr etwas Pompöses haben wollt. Oder den Garten und die Terrasse, wenn es in kleinerem Rahmen sein soll. Überlegt es euch und sagt mir, wofür ihr euch entschieden habt. Ich werde mich Hals über Kopf in die Hochzeitsvorbereitungen stürzen, und ich habe vor, meinen Kopf durchzusetzen, also werdet ihr mich wie ein Luchs beobachten müssen.«

»Du bist nicht böse?«

»Es überrascht mich, dass du so etwas zu mir sagst.«

»Ich versuche, so zu sein wie du«, sagte Hayley, während sie nach oben gingen. »Aber ich schaffe es nicht.«

»Das liegt daran, dass du deine eigene Persönlichkeit hast. Und meine würde ich gern behalten.« Sie betrat den Korridor zu ihrem Flügel.

»Ich bin nicht mit Absicht schwanger geworden.«

Roz blieb vor der Tür ihres Schlafzimmers stehen und sah Hayley in die tränenfeuchten Augen. »Geht dir das im Kopf herum? Dass ich glaube, du hättest es darauf angelegt?«

»Nein … du nicht. Aber eine Menge Leute würden das so sehen.«

»Was bin ich froh, dass ich nicht eine Menge Leute bin. Außerdem besitze ich eine hervorragende Menschenkenntnis, die mich bis auf einen bedauernswerten Ausrutscher noch nie im Stich gelassen hat. Hayley, wenn ich nicht so große Stücke auf dich halten würde, würdest du nicht in meinem Haus wohnen.«

»Ich dachte nur … weil du gesagt hast, wir müssten uns unterhalten.«

»Oh, jetzt reicht's aber.« Roz ging zum Bett und öffnete den Karton, der darauf lag. Sie hob etwas heraus, das wie eine blassblaue Wolke aussah.

»Das war Harpers Decke. Ich habe sie für ihn machen lassen, als er geboren wurde. Ich habe für jeden meiner Söhne eine solche Decke machen lassen, und sie gehören zu den Dingen, die ich in der Familie weitergeben möchte. Wenn es ein Mädchen wird, willst du vielleicht Lilys Sachen benutzen oder etwas Neues kaufen. Aber wenn es ein Junge wird, hoffe ich, dass du die Decke hier benutzen wirst. Und egal, ob es ein Junge oder ein Mädchen wird, ich wollte sie dir jetzt schon geben.«

»Sie ist wunderschön.«

Roz hielt die Decke für einen Moment an ihre Wange. »Ja, das ist sie. Harper ist mein Ein und Alles. Ich möchte, dass er glücklich wird. Und du machst ihn glücklich. Für mich ist das mehr als genug.«

»Ich werde ihm eine gute Frau sein.«

»Das hoffe ich doch. Andernfalls bekommst du es mit

mir zu tun. Was hältst du davon, wenn wir uns jetzt aufs Bett setzen und ein paar Tränen vergießen?«

»Gute Idee.«

Als sie neben ihm in der Dunkelheit lag, lauschte sie auf das gleichmäßige Trommeln des Regens draußen.

»Ich weiß nicht, warum ich so glücklich bin und gleichzeitig panische Angst habe.«

»Da bist du nicht die Einzige.«

»Heute Morgen habe ich mich gefühlt, als würde alles über mir zusammenbrechen, als würde mir ein ganzes Bücherregal auf den Kopf fallen. Und jetzt stellt sich heraus, dass es Blumen gewesen sind und dass sie mich mit ihren Blütenblättern und ihrem Duft eingehüllt haben.«

Er nahm ihre Hand, die linke, an der ihr Daumen ständig über ihren Ringfinger fuhr. Der Ring lag in seiner Schachtel auf der Kommode. »Ich werde ihn morgen zum Juwelier bringen.«

»Ich weiß nicht, wie es sein wird, mit jemandem verheiratet zu sein, der meine Gedanken lesen kann.« Sie legte sich auf ihn. »Ich glaube, deine Gedanken kann ich auch lesen. Ich werde dir zeigen, was du jetzt gerade denkst.«

Sie presste ihre Lippen auf seinen Mund.

Sanft und weich, so fühlte es sich mit ihm an. Was auch immer sich wie ein Schatten über ihr Herz zu legen drohte, was auch immer sich in der Nacht zusammenbraute, sie würde es von sich fernhalten und die Zeit mit ihm genießen.

Sicher und geborgen.

Sie konnte sich darauf verlassen, dass er sie halten würde,

so wie jetzt, als ihre warmen Körper zueinander fanden. Sie wusste, dass sie stark sein würde.

Sie liebten sich, langsam und zärtlich, während der Regen draußen auf die Steinplatten der Terrasse trommelte. Ihr Herz klopfte im gleichen Rhythmus. Lust und Vertrautheit. Sie kannte ihn so gut. Freund und Partner, dann Geliebter. Und bald schon Ehemann.

Sie legte ihre Wange auf die seine. »Ich liebe dich, Harper. Ich glaube, ich habe dich schon immer geliebt.«

»Wir haben noch die ganze Ewigkeit vor uns.«

Harper strich mit den Fingern über ihr Gesicht, ihre Wangen, ihre Schläfen, ihr Haar. Er konnte sie im Halbdunkel sehen, ihre Silhouette, das Glänzen ihrer Augen. Geheimnisvoll und rätselhaft im zuckenden Licht des Gewitters draußen. Wenn er sie ansah, hatte er seine Zukunft vor Augen. Wenn er sie berührte, wurde ihm die schlichte Schönheit des Augenblicks bewusst.

Sein Mund schmeckte ihre Lippen, ihre Haut, ihren langen Hals, die sanfte Wölbung ihrer Brust. Harper spürte ihr Herz klopfen, so gleichmäßig und kräftig wie der Regen draußen.

Geführt von ihren Seufzern glitten seine Hände und Lippen über ihren bebenden Körper, der im Halbdunkel schimmerte. Ihre zitternden Muskeln sagten ihm, dass sie bereit war.

Sanft presste er seine Lippen auf ihren Bauch. Dann legte er seine Wange auf die Stelle, nur für einen Moment, voller Ehrfurcht vor dem, was in ihr wuchs. Ihre Hand fuhr über sein Haar und streichelte ihn.

»Der mittlere Name muss Harper sein«, murmelte sie. »Egal, ob es ein Junge oder ein Mädchen wird, und egal, für welchen Vornamen wir uns entscheiden, es ist wichtig, dass wir den Namen Harper weitergeben.«

Er hauchte ihrem Kind noch einen Kuss zu. »Was hältst du von Cletis? Cletis Harper Ashby.«

Er musste an sich halten, um nicht zu lachen, als ihre Hand erstarrte. »Das ist ein Witz, oder?«

»Cletis oder Hermione, wenn es ein Mädchen wird. Heutzutage heißen einfach viel zu wenige Mädchen Hermione.«

Er arbeitete sich küssend an ihr hoch, bis seine Lippen über den ihren schwebten.

»Es wird dir noch leidtun, wenn mir einer dieser Namen gefällt und ich darauf bestehe. Dann wird dir das Grinsen schon vergehen.«

»Vielleicht Clemm«, murmelte er, während er ihre Mundwinkel mit kleinen Küssen überzog. »Oder Gertrude.«

Hayley bohrte ihm ihre Finger zwischen die Rippen. »Es sieht ganz danach aus, als müsste ich darauf achten, die Geburtsurkunde selbst auszufüllen. Vor allem, weil ich finde, dass wir bei Blumennamen bleiben sollten. Zurzeit finde ich Begonia am schönsten.«

»Und wenn es ein Mädchen wird?«

Sie packte seine Ohren und zog, gab aber gleich darauf auf und fing an zu lachen.

Und lachte immer noch, als er in sie eindrang.

Sie hatte sich an ihn gekuschelt und war kurz davor, einzuschlafen. Das Trommeln des Regens war Musik in ihren Ohren, ein Wiegenlied, das sie in den Schlaf begleitete.

Sie stellte sich vor, wie sie auf ihn zuging, während ihr langes weißes Kleid im Sonnenlicht schimmerte und rote Lilien wie ein Kind in der Beuge ihres Arms lagen. Und er würde schon auf sie warten, um ihre Hand zu nehmen und ihr das Eheversprechen zu geben. Um den Bund der Ehe mit ihr einzugehen, der für immer war.

Bis dass der Tod euch scheidet.

Nein. Hayley wälzte sich im Bett herum. Sie wollte an ihrem Hochzeitstag nicht den Tod erwähnen. Kein Versprechen geben, das sich darauf bezog.

Der Tod brachte Schatten, und Schatten sperrten die Sonne aus.

Leere Versprechungen. Auswendig gelernte Worte, die man sowieso nie halten würde. Wolken, die sich vor die Sonne schoben, und Regen, der aus dem Weiß ihres Gewands ein schmutziges, trübes Grau machte.

Es war kalt. Doch in ihr brannte eine solche Hitze. Hass war wie ein Ofen, und das Feuer darin wurde von ihrer Wut geschürt.

Wie seltsam, dass sie sich jetzt so lebendig fühlte, so ungeheuer *lebendig*.

Das Haus lag im Dunkeln. Es war ein Grab, und alle darin waren tot. Nur ihr Kind lebte. Es würde für immer leben. Bis in alle Ewigkeit. Sie und ihr Sohn würden für immer leben, sie würden bis ans Ende ihrer Tage zusammen sein, während die anderen verfaulten.

Das war ihre Rache. Ihre einzige Aufgabe.

Sie hatte Leben gegeben. Es war in ihrem Leib gewachsen und unter Schmerzen, großen Schmerzen in diese Welt gekommen. Sie ließ es sich nicht nehmen. Es gehörte ihr. Für immer.

Sie würde im Haus den rechten Augenblick abwarten, zusammen mit ihrem Sohn. Und dann würde sie die wahre Herrin von Harper House sein.

Nach dieser Nacht würden sie und James nie wieder getrennt sein.

Der Regen durchnässte sie, während sie leise summend durch den Garten ging und der Saum ihres Nachthemds durch den Schlamm schleifte.

Im Frühling würden sie im Garten spielen. Und ihr Sohn würde lachen. Blühende Blumen, singende Vögel, nur für sie. Tee und Kuchen für ihren Jungen.

Bald, sehr bald, ein endloser Frühling für sie.

Sie ging durch den Regen und suchte sich ihren Weg durch die Nebelschwaden hindurch. Hin und wieder meinte sie, Geräusche zu hören – Stimmen, Lachen, Weinen, Geschrei.

Und manchmal glaubte sie, aus den Augenwinkeln heraus eine Bewegung zu sehen. Spielende Kinder, eine alte Frau, die in einem Sessel schlief, einen jungen Mann, der Blumen pflanzte.

Doch sie gehörten weder in ihre Welt noch in die Welt, die sie suchte.

Ihre Welt war voller Schatten.

Mit nackten schmutzigen Füßen ging sie über die schmalen Wege und mitten durch die kahlen Winterbeete. Ihre Augen leuchteten wie die Strahlen des Mondes.

Sie sah die Ställe vor sich aufragen. Dort würde sie finden, was sie brauchte, aber sie würde dort nicht allein sein. Bedienstete, lüsterne Stallburschen, schmutzige Pferdeknechte.

Sie tippte sich mit dem Finger auf die Lippen, als wolle sie sich zum Schweigen ermahnen, doch stattdessen brach schallendes Gelächter aus ihr heraus. Vielleicht sollte sie die Ställe anzünden, ein Feuer entfachen, dessen Flammen in den Himmel züngelten. Oh, wie die Pferde schreien und die Männer rennen würden.

Ein Höllenfeuer in der eiskalten Nacht.

Sie spürte, dass sie ein Feuer mit ihren Gedanken entfachen konnte, und drehte sich nach Harper House um. Sie konnte es mit der Kraft ihrer Gedanken niederbrennen. Die Räume würden vor Hitze bersten. Und er, der große Reginald Harper, und mit ihm alle, die sie betrogen hatten, würden in der Hölle umkommen, die sie geschaffen hatte.

Aber nicht das Kind. Nein, nein, nicht das Kind. Sie presste beide Hände auf ihren Mund und verbannte den Gedanken daran, damit nicht noch ein Funke entstand. Ihr Sohn sollte nicht so enden.

Er musste mit ihr kommen. Bei ihr sein.

Sie ging auf das Kutscherhaus zu. Ihr wirres nasses Haar hing ihr ins Gesicht, doch sie ging unbeirrt weiter.

Keine Schlösser, dachte sie, als sie vor den breiten Türen stand. Wer würde es wagen, einen Fuß auf das Land der Harpers zu setzen?

Sie.

Die Tür knarrte, als sie sie aufzog. Selbst in der Dunkelheit konnte sie die auf Hochglanz polierten Kutschen glänzen sehen. Keine matten Räder für den Herrn. Große, blitzende Kutschen, die ihn und die Hure, die seine Frau war, mitsamt seiner quäkenden Töchter dort hinfuhren, wo er hinwollte.

Während die Mutter seines Sohnes, die Frau, die *Leben* geschenkt hatte, mit einem gestohlenen Pferdekarren vorliebnehmen musste.

Oh, er würde dafür bezahlen.

Sie stand in der offenen Tür, während ihr Verstand sich im Kreis bewegte, in glühenden Bahnen aus Wut, Verwirrtheit und grenzenloser Liebe. Sie vergaß, wo sie war, wer sie war, warum. Doch dann fiel es ihr wieder ein.

Konnte sie es wagen, eine Lampe anzuzünden? Sie musste. Sie konnte im Dunkeln nicht sehen.

Noch nicht.

Ihre Finger zitterten vor Kälte, als sie eine Lampe entzündete, doch sie spürte es gar nicht. Die Hitze in ihr brannte immer noch und brachte sie zum Lächeln, als sie das aufgerollte Seil sah.

Das würde genügen für das, was sie vorhatte.

Sie ließ die Lampe brennen und die Tür offen, als sie wieder in den Regen hinausging.

Als Harper sich umdrehte und die Hand nach ihr ausstreckte, war sie nicht da. Schlaftrunken tastete er im Bett herum und erwartete, irgendwann auf warme Haut zu treffen.

»Hayley?«

Er murmelte ihren Namen und stützte sich auf den Ellbogen. Sein erster Gedanke war, dass sie nach Lily sah, aber aus dem Empfänger des Babyfons kam kein Geräusch.

Erst nach ein paar Sekunden wurde ihm klar, was er hörte.

Der Regen war zu laut. Als er sich aufsetzte, sah er, dass die Balkontüren offen standen. Er rollte sich aus dem Bett und griff sich seine Jeans.

»Hayley!« Er zog die Jeans an und rannte zur Tür. Doch draußen sah er nur Regen und Dunkelheit.

Der Regen prasselte auf ihn herab, und das Herz in seiner Brust wurde zu einem Eisklumpen. Mit einem Fluch auf den Lippen stürzte er wieder hinein und rannte in Lilys Zimmer.

Das Kind schlief friedlich. Seine Mutter war nicht da.

Er lief wieder ins Schlafzimmer und nahm den Empfänger des Babyfons. Dann steckte er ihn in die hintere Tasche seiner Jeans und ging nach draußen, um Hayley zu suchen.

Ihren Namen rufend, stürzte er die Treppe hinunter. Das Kutscherhaus, dachte er. Er hatte immer geglaubt, dass Amelia dort hingegangen war. In der Nacht, in der er sie im Garten gesehen hatte, als er noch ein Kind gewesen war, war er sicher gewesen, dass sie dort hinwollte.

Ihr Nachthemd war nass und schmutzig gewesen, erinnerte er sich im Laufen. Als wäre sie im Regen gewesen.

Er kannte jede Biegung des Weges, sogar im Dunkeln. Als er sah, dass die Eingangstür des Kutscherhauses offen stand, atmete er erleichtert auf.

»Hayley!« Er machte das Licht an, während er hinein-ging.

Der Boden war nass, und schmutzige Fußabdrücke führten quer durch den Raum zur Küche. Doch er wusste, dass das Haus leer war, noch bevor er noch einmal ihren Namen gerufen und es mit wild klopfendem Herzen durchsucht hatte.

Dieses Mal griff er sich das Telefon und drückte auf die Schnellwahltaste, während er hinausrannte.

»Mama, Hayley ist verschwunden. Sie ist irgendwo hier draußen, aber ich kann sie nicht finden. Sie ist … o Gott, ich sehe sie. Im zweiten Stock. Sie ist auf dem Balkon im zweiten Stock.«

Er warf das Telefon weg und rannte weiter.

Sie drehte sich nicht um, als er ihren Namen brüllte, und ging wie ein Gespenst weiter über den Balkon. Seine Füße rutschten auf nassen Steinplatten aus, Blumen wurden zerdrückt, als er den Pfad verließ und zwischen Blumenbeete sprang, um eine Abkürzung zur Treppe nach oben zu nehmen.

Mit brennenden Lungen rannte er die Treppe hinauf.

Den zweiten Stock erreichte er in dem Moment, in dem sie eine Tür aufstieß.

Hayley zögerte, als er wieder ihren Namen rief, und drehte sich langsam um. Sie lächelte. »Tod für Leben.«

»Nein.«

Harper rannte auf sie zu, packte sie am Arm und zerrte sie aus dem Regen heraus ins Zimmer. »Nein«, sagte er noch einmal und nahm sie in die Arme. »Spüre mich. Du weißt, wer ich bin. Du weißt, wer du bist. Spüre mich.«

Als sie sich wehrte, hielt er sie fest. Er presste sie an sich und wärmte sie, sogar dann noch, als sie den Kopf hin und her warf und nach ihm schnappte wie ein tollwütiger Hund.

»Ich will meinen Sohn!«

»Du hast eine Tochter. Du hast Lily. Lily schläft. Hayley, bleib hier.«

Und fing sie auf, als sie zusammenbrach.

»Mir ist kalt, Harper. Mir ist so kalt.«

»Es ist alles wieder in Ordnung.« Er trug sie durch den riesigen Ballsaal mit den geisterhaft wirkenden Laken auf den Möbeln. Der Regen klatschte an die Fenster.

Bevor sie an der Tür waren, wurde diese von Mitch aufgestoßen. Nach einem schnellen Blick auf Hayley atmete er hörbar aus. »Roz sieht nach Lily. Was ist passiert?«

»Nicht jetzt.« Mit der zitternden Hayley auf den Armen schob sich Harper an Mitch vorbei. »Darum kümmern wir uns später. Ihr muss jetzt erst einmal wieder warm werden. Alles andere muss warten.«

19. Kapitel

Harper, der sie von Kopf bis Fuß in eine Decke gewickelt hatte, saß hinter ihr auf dem Bett und trocknete ihr mit einem Handtuch die Haare.

»Ich kann mich gar nicht daran erinnern, dass ich aufgestanden bin. Und dass ich hinausgegangen bin, weiß ich auch nicht mehr.«

»Ist dir warm genug?«

»Ja.« Bis auf das Eis, das in ihren Knochen steckte. Sie fragte sich, ob es ihr je wieder richtig warm werden würde. »Ich weiß nicht, wie lange ich draußen war.«

»Jetzt bist du ja wieder da.«

Sie legte eine Hand über die seine. Wärme und Trost brauchte er ebenso sehr wie sie. »Du hast mich gefunden.«

Er drückte ihr einen Kuss auf das feuchte Haar. »Ich werde dich immer finden.«

»Du hast das Babyfon mitgenommen.« Und das, so dachte sie, bedeutete noch viel mehr. »Du hast daran gedacht, den Empfänger mitzunehmen. Du hast sie nicht allein gelassen.«

»Hayley.« Er schlang die Arme um sie und presste seine Wange auf die ihre. »Ich werde keinen von euch allein lassen.« Dann legte er eine Hand auf ihren Bauch. »Keinen. Das schwöre ich.«

»Das weiß ich. Amelia glaubt weder an Versprechen noch

an Liebe. Ich schon. Ich glaube an uns.« Sie wandte den Kopf und küsste ihn. »Das war nicht immer so, aber jetzt tue ich es. Ich habe alles. Sie hat nichts.«

»Tut sie dir etwa leid? Nach dem, was gerade passiert ist? Nach allem, was passiert ist?«

»Ich weiß nicht, was ich von ihr halten soll.« Es war so schön, sich an ihn zu lehnen und den Kopf an seine starke Schulter zu legen. »Ich dachte, ich würde sie verstehen, zumindest ein bisschen. Wir sind in einer ähnlichen Situation. Ich meine, wir sind beide schwanger geworden und wollten das Kind zuerst nicht.«

»Du bist ganz anders als sie.«

»Harper, du musst das Ganze objektiv sehen – wie bei deiner Arbeit. Wir waren beide nicht verheiratet, als wir schwanger geworden sind. Wir haben den Vater nicht geliebt, wollten nicht, dass sich unser Leben ändert, haben das Kind sogar als Last empfunden. Und dann haben wir unser Kind gewollt. Auf unterschiedliche Art, aus unterschiedlichen Gründen, aber wir haben beide unser Kind gewollt.

»Unterschiedliche Art, unterschiedliche Gründe«, wiederholte er. »Aber gut, mir ist klar, dass es – zumindest oberflächlich gesehen – ein Muster gibt.«

Die Tür ging auf, und Roz kam mit einem Tablett herein. »Ich will euch nicht stören. Harper, du sorgst dafür, dass sie das hier trinkt.« Nachdem sie das Tablett am Fußende des Betts abgestellt hatte, ging sie um das Bett herum und küsste Hayley auf die Wange. »Ruh dich aus.«

Harper streckte den Arm aus und nahm für einen Moment Roz' Hand. »Danke, Mutter.«

»Meldet euch, wenn ihr etwas braucht.«

»Sie hatte niemanden, der sich um sie kümmerte«, sagte Hayley leise, als Roz die Tür hinter sich zuzog. »Niemanden, dem etwas an ihr lag.«

»Und an wem lag *ihr* etwas? Um wen hat *sie* sich gekümmert? Für mich ist Besessenheit nicht gerade eine fürsorgliche Eigenschaft«, fügte er hinzu, bevor Hayley etwas sagen konnte. Er stand auf und goss den Tee ein. »Was sie ihr angetan haben, war schrecklich. Keine Frage. Aber weißt du was? In ihrer traurigen Geschichte gibt es keine Helden.«

»Das sollte es aber. Es sollte immer Helden geben. Aber du hast Recht.« Sie nahm die Tasse. »Sie war nicht heldenhaft – nicht einmal tragisch, wie Julia. Sie war nur traurig. Und verbittert.«

»Berechnend«, fügte er hinzu. »Und verrückt.«

»Das auch. Dich hätte sie nicht verstanden. Ich glaube, ich kenne sie inzwischen gut genug, um das sagen zu können. Sie hätte nicht verstanden, dass du warmherzig und ehrlich bist. Und das ist auch traurig.«

Er ging zu den Balkontüren. Der Regenguss, den er sich gewünscht hatte, war gekommen, und er hätte stundenlang dort stehen und zusehen können, wie die Erde den Regen trank.

»Sie ist immer traurig gewesen.« Er unterdrückte seinen Zorn auf Amelia und dachte an früher zurück. Und konnte plötzlich wieder Mitleid mit ihr haben. »Das ist mir schon als Kind aufgefallen, wenn sie in meinem Zimmer war und gesungen hat. Traurig und verloren. Trotzdem fühlte ich mich bei ihr sicher, wie bei jemandem, von dem man weiß, dass er sich um einen sorgt. Sie hat sich um mich und meine Brüder gesorgt. Ich glaube, das muss man ihr zugestehen.«

»Sie tut es immer noch, das kann ich spüren. Sie bringt nur vieles durcheinander. Harper, ich kann mich nicht erinnern.«

Sie ließ die Tasse sinken und kämpfte gegen ihre Tränen an. »Nicht so wie bei den letzten Malen, als es passiert ist. Da habe ich sehen können – zumindest ein Teil von mir konnte sehen. Ich weiß nicht, wie ich das erklären soll. Aber dieses Mal war es anders. Ich konnte nicht sehen, jedenfalls nicht alles. Warum ist sie in den Ballsaal gegangen? Was hat sie dort gemacht?«

Harper wollte ihr sagen, dass sie sich entspannen sollte, dass sie sich keine Gedanken mehr machen sollte. Aber er wusste, dass sie das jetzt nicht konnte. Er ging wieder zum Bett und setzte sich neben sie. »Du bist zum Kutscherhaus gegangen. Es muss so gewesen sein. Die Tür war offen, und an den Fußspuren konnte ich sehen, dass du in die Küche gegangen bist. Der Boden war nass.«

»In jener Nacht ist sie dort hingegangen, in der Nacht, in der sie gestorben ist. Sie muss in dieser Nacht gestorben sein. Alles andere ergibt keinen Sinn. Und wir haben sie gesehen, du und ich. Sie stand in ihrem nassen, schmutzigen Nachthemd draußen auf dem Balkon. Sie hatte ein Seil in der Hand.«

»Im Kutscherhaus hätte sie so etwas finden können.«

»Aber warum braucht sie ein Seil, um ihr Kind zu holen? Wollte sie das Kindermädchen fesseln?«

»Ich glaube nicht, dass sie das Seil dafür gebraucht hat.«

»Sie hatte auch eine Sichel in der Hand.« Hell und schimmernd, erinnerte sie sich. Scharf. »Vielleicht wollte sie damit alle töten, die versuchten, sie aufzuhalten. Aber das Seil? Was macht man mit einem Seil, wenn man niemanden fesseln will?«

Ihre Augen weiteten sich, als sie den Ausdruck in seinen Augen sah. Mit einem lauten Klirren setzte sie die Tasse ab.

»O mein Gott. Sie wollte sich umbringen? Sie wollte sich erhängen, denkst du das? Aber warum? Und warum tut sie das ausgerechnet hier? Warum schleppt sie sich durch den Regen und erhängt sich im Ballsaal?«

»Das Kinderzimmer war damals noch im zweiten Stock.«

Das bisschen Farbe, das in ihre Wangen zurückgekehrt war, verschwand. »Das Kinderzimmer.«

Nein, dachte sie, als ein Bild vor ihren Augen entstand. Ihr würde nie wieder richtig warm werden.

An Hayleys freien Tagen verging die Zeit immer im Flug. Sie hatte so viel zu tun – einkaufen, Wäsche waschen, das organisieren, was an den Arbeitstagen liegen geblieben war, sich um Lily kümmern, zahllose andere Aufgaben erledigen –, dass sie sich kaum noch daran erinnern konnte, wie es war, das zu haben, was Leute ohne Vollzeitjob und Kleinkind Freizeit nannten.

Aber wer hätte ahnen können, dass es besser so war?

Als sie jetzt plötzlich Zeit hatte, stellte sie fest, dass sie nachdenklich und unruhig war. Aber wenn einem die Chefin befahl, einen Tag freizunehmen, gab es keinen Widerspruch. Jedenfalls nicht, wenn die Chefin Rosalind Harper hieß.

Sie hatte Hayley ohne Lily in Stellas Haus verbannt und ihr gesagt, sie solle sich erholen. Das versuchte sie auch. Sie gab sich alle Mühe. Doch obwohl sie sonst immer gern las, fand sie jetzt keine Ablenkung in ihren Büchern. Der Stapel mit DVDs, den Stella ihr in die Hand gedrückt hatte, konnte sie nicht unterhalten. Und das ruhige, leere Haus ließ sie die Minuten zählen, anstatt sie in den Schlaf zu wiegen.

Um die Zeit totzuschlagen, ging sie durch die einzelnen Räume, bei deren Anstrich sie geholfen hatte. Stella und Logan hatten aus dem Haus ein gemütliches Zuhause gemacht, wobei Stellas Sinn für Dekoration und Stil hervorragend von Logans Gefühl für Raum und Tiefe ergänzt wurde. Und natürlich auch die Jungs, dachte sie, als sie vor dem Zimmer mit den zwei Stockbetten und Regalen voller Spielzeug und Comicbüchern, das die beiden sich teilten, stehen blieb. Das Haus war für Kinder eingerichtet worden – viel Licht und Farbe und ein großer Garten, der an einen Wald angrenzte. Trotz der eleganten Gartengestaltung – was bei zwei Profis auch gar nicht anders zu erwarten war – war es ein Garten, in dem Kinder und ein Hund spielen konnten.

Sie nahm Parker auf den Arm – der Hund war der Einzige, der ihr Gesellschaft leistete – und streichelte ihn, während sie wieder nach unten ging.

Würde sie genauso geschickt sein wie Stella, wenn es um ihr Zuhause und ihre Familie ging? So liebevoll, so klug und vernünftig?

Hayley hatte es nicht so geplant. Stella war diejenige, die ständig Pläne machte. Sie selbst hatte einfach nur einen Tag nach dem anderen gelebt, sie war glücklich gewesen mit ihrem Job in der Buchhandlung und ihrem Vater, dem sie half, ihr kleines Haus in Ordnung zu halten. Hin und wieder hatte sie daran gedacht, ein paar Kurse in Betriebswirtschaft zu machen, für den Tag, an dem sich ihr Traum verwirklichte und sie ihre eigene Buchhandlung eröffnete. Irgendwann einmal.

Sie hatte auch daran gedacht, dass sie sich verlieben würde – irgendwann einmal. Aber sie hatte es nicht eilig gehabt mit der großen Liebe und allem, was damit zusammenhing. Stabilität, ein Haus, Kinder. Das ganze Drumherum mit dem Minivan und dem Kinder-in-der-Gegend-Herumfahren war so weit entfernt wie der Mond gewesen. Jahre entfernt. Lichtjahre entfernt.

Doch inzwischen hatte ihr Leben eine Wendung genommen, mit der sie nie gerechnet hätte. Sie war mit noch nicht ganz sechsundzwanzig Jahren schwanger mit ihrem zweiten Kind und arbeitete in einer Branche, von der sie noch vor zwei Jahren keine Ahnung gehabt hatte.

Und sie war so maßlos verliebt, dass es ihr die Luft zum Atmen raubte.

Und die Krönung des Ganzen war, dass ein geheimnisvoller und mit Sicherheit psychopathischer Geist beschlossen hatte, sich hin und wieder ihren Körper zu leihen.

Als Parker unruhig wurde, setzte sie ihn ab und folgte ihm in die Küche, wo er sich vor die Hintertür setzte und den Türknauf zu hypnotisieren versuchte.

»Okay, dann raus mit dir. Ich weiß ja, ich bin heute nicht gerade eine Stimmungskanone.«

Sie ließ ihn hinaus, und er rannte durch den Garten in den Wald, als hätte er dort eine dringende Verabredung.

Auch Hayley wollte an die frische Luft. Es war so schön draußen. Der Regen hatte für etwas Abkühlung gesorgt. Sie könnte einen Spaziergang machen oder ein wenig jäten. Oder sich auf den Liegestuhl auf der Terrasse legen und herausfinden, ob die frische Luft einem Nickerchen vielleicht zuträglicher war.

Ohne viel Hoffnung kippte sie die Lehne des Stuhls zurück, überlegte, ob sie noch einmal ins Haus gehen und sich ein Buch holen sollte, und war innerhalb kürzester Zeit eingeschlafen.

Hayley wachte ein wenig benommen auf, als sie ein lautes Schnarchen hörte. Verwirrt presste sie eine Hand auf ihren Mund, doch das Schnarchen ging weiter. Auf ihren Beinen lag eine leichte Baumwolldecke, und der große Sonnenschirm war so gekippt worden, dass sie im Schatten lag.

Das Schnarchen kam von Parker, der neben dem Liegestuhl auf dem Rücken lag und alle viere in die Luft streckte, sodass er aussah wie ein Plüschhund, den jemand vom Regal gestoßen hatte.

Im Moment war ihr Leben zwar etwas sonderbar, aber sie glaubte trotzdem nicht, dass ein Hund den Sonnenschirm bewegt oder ihr eine Decke gebracht hatte.

Als sie sich den Schlaf aus den Augen gerieben hatte und aufstehen wollte, kam Stella mit zwei Gläsern Eistee in der Hand auf die Terrasse heraus.

»Hast du gut geschlafen?«, fragte sie.

»Ich weiß nicht. Ich habe jedenfalls durchgeschlafen. Danke«, fügte sie hinzu, als Stella ihr den Eistee gab. »Wie spät … Du meine Güte.« Sie blinzelte erstaunt, als sie die Uhrzeit auf ihrer Armbanduhr sah. »Ich habe fast zwei Stunden geschlafen.«

»Das freut mich. Du siehst schon viel besser aus.«

»Das hoffe ich. Wo sind die Jungs?«

»Logan hat sie nach der Schule abgeholt. Sie gehen so gern mit, wenn er einen Auftrag erledigt. Es ist schön hier draußen, nicht wahr? Ein perfekter Tag, um Eistee auf der Terrasse zu trinken.«

»Ist im Gartencenter alles in Ordnung? So ein Wetter lässt die Kunden in Scharen herbeiströmen.«

»Du sagst es. Wir hatten ganz schön zu tun. Sieh dir an, wie diese Kreppmyrten blühen. Ich liebe diesen Garten«, sagte sie mit einem Seufzer.

»Du und Logan habt hier etwas ganz Erstaunliches geschaffen. Gerade vorhin habe ich gedacht, was für ein tolles Team ihr doch seid.«

»Tja. Wer hätte gedacht, dass ein launischer, schusseliger Besserwisser und eine krankhaft ordnungssüchtige Karrierefrau wahre Liebe und Glück beieinander finden würden?«

»Ich. Von Anfang an.«

»Na klar. Meine kleine Klugscheißerin. Hast du schon was gegessen?«

»Ich hatte keinen Hunger.«

Stella drohte ihr mit dem Finger. »Aber jemand da drin vielleicht schon. Ich schmier dir ein Sandwich.«

»Jetzt mach doch nicht so ein Getue, Stella.«

»Erdnussbutter?«

Hayley schüttelte den Kopf und streckte die Waffen. »Das ist nicht fair. Du weißt genau, wo meine Schwachstellen liegen.«

»Bleib schön hier liegen. Die frische Luft tut dir gut. Ich bin gleich wieder da.«

Kurz darauf war Stella wieder da und hatte nicht nur das Sandwich, sondern auch noch rote Trauben und in Häppchen geschnittenen Käse dabei. Und ein halbes Dutzend Schokoladenkekse.

Hayley starrte zuerst den Teller auf ihrem Schoß und dann Stella an. »Willst du meine Mutter werden?«

Stella lachte und setzte sich auf das Fußende des Liegestuhls. Und dann fing sie an, Hayley die Füße zu massieren, sodass jeder Muskel in ihrem Körper vor Erleichterung seufzte. »Schwanger sein hat unter anderem den Vorteil, dass man hin und wieder so richtig verwöhnt wird.«

»Das habe ich bei meiner ersten Schwangerschaft leider verpasst.«

»Dann wird es Zeit, dass du es bei dieser nachholst.« Stella tätschelte Hayleys Bein. »Wie fühlst du dich – ich meine, schwangerschaftstechnisch gesehen?«

»Gut. Ich bin müde, und mein Hormonhaushalt fährt anscheinend Achterbahn, aber es geht mir gut. Und jetzt noch besser«, fügte sie nach einem Biss in das Sandwich hinzu. »Ich geb es zwar nicht gern zu, aber das Nickerchen und die Erdnussbutter haben ganze Arbeit geleistet. Stella, ich werde auf mich aufpassen, das verspreche ich dir. Bei

Lily war ich sehr vorsichtig, und dieses Mal werde ich es auch sein.«

»Ich weiß. Außerdem lassen wir dir sowieso keine andere Wahl.«

Hayley rutschte unruhig auf dem Liegestuhl umher. »Warum macht ihr nur alle so ein Getue um mich?«

»Du wirst dich daran gewöhnen. Nach allem, was passiert ist, können wir gar nicht anders. Und das weißt du auch.«

»Das gestern Abend war so … sonderbar, bizarr, eindringlich. Ich weiß gar nicht, wie ich es beschreiben soll. Dieses Mal war es besonders intensiv. Stella, ich habe Harper nicht alles gesagt. Ich konnte einfach nicht.«

»Was meinst du damit?«

»Ich habe ihm nicht gesagt, was ich gespürt habe. Er würde ausflippen, und ich hoffe nur, dass du anders reagierst.«

»Sag mir, was los ist.«

»Es ist nur so ein Gefühl – und ich weiß nicht, ob es nur Stress oder real ist. Stella, sie will das Baby. Dieses Baby.« Hayley legte eine Hand auf ihren Bauch.

»Wie …«

»Aber sie wird es nicht schaffen. Keine Macht auf dieser Erde ist stark genug, um mich beiseitezudrängen. Du weißt das, weil du auch ein Kind geboren hast. Aber Harper würde ausrasten.«

»Erklär's mir, damit ich nicht gleich hysterisch zu kreischen anfange.«

»Sie bringt so viel durcheinander. Anders kann ich es

nicht erklären. Gegenwart und Vergangenheit vermischen sich bei ihr. Sie wechselt immer hin und her. Wenn sie in der Vergangenheit ist, ist es so, als würde es gerade geschehen. Dann ist sie wütend und rachsüchtig und will, dass jemand für das bezahlt, was man ihr angetan hat. Oder sie ist traurig und Mitleid erregend, dann will sie, dass es aufhört. Sie ist müde. Harper glaubt, dass sie Selbstmord begangen hat.«

»Ich weiß. Ich habe mit ihm geredet.«

»Er glaubt, dass sie sich im Kinderzimmer erhängt hat. Während das Kind dort geschlafen hat. Es wäre möglich. Sie war so verrückt, dass sie es getan haben könnte.«

»Ich weiß.« Stella stand auf und ging zum Rand der Terrasse, um auf den Garten hinauszusehen. »Ich träume wieder von ihr.«

»Was? Wann?«

»Nicht hier, nicht nachts. Tagträume, könnte man sagen. Bei der Arbeit. Auf dem Grund von Harper House. Bilder wie vorher, von einer Dahlie. Eine blaue Dahlie. Aber sie ist riesengroß. Blütenblätter wie Rasierklingen, die nur darauf warten, einem die Finger zu zerschneiden, wenn man sie berührt. Und dieses Mal wächst sie auch nicht in einem Garten.« Sie drehte sich um und sah Hayley an. »Sondern aus einem Grab. Ein Grab ohne Grabstein. Die Dahlie ist das Einzige, was dort wächst.«

»Wann hat es angefangen?«

»Vor ein paar Tagen.«

»Glaubst du, Roz hat den gleichen Traum?«

»Wir müssen sie fragen.«

»Stella, wir müssen in das alte Kinderzimmer.«

»Ja.« Sie ging wieder zum Liegestuhl und nahm die Hand, die Hayley ihr entgegenhielt. »Es wird uns nichts anderes übrig bleiben.«

Es gab ein todsicheres Mittel, um sich ohne Männer unterhalten zu können: Man brauchte nur anzukündigen, dass es um die Hochzeitsvorbereitungen ging. Männer, so war Hayley schon aufgefallen, nahmen Reißaus wie ein Karnickel, wenn man Worte wie Gästelisten und Blumendekoration aussprach.

Und daher war es jetzt auch eine reine Frauenrunde, die am Abend auf Stellas Terrasse saß und Lily von Arm zu Arm wandern oder mit Parker im Gras spielen ließ.

»Ich hätte nicht gedacht, dass es so einfach ist, Harper zu verscheuchen«, beschwerte sich Hayley. »Eigentlich hätte ich erwartet, dass er eine eigene Meinung dazu hat. Schließlich ist es doch auch seine Hochzeit.«

Roz und Stella wechselten einen amüsierten Blick, bevor Roz den Arm ausstreckte und Hayleys Hand tätschelte. »Mein armes unwissendes Kind.«

»Es ist sowieso egal, da wir ja nicht über die Hochzeit sprechen werden. Trotzdem.« Wütend auf sich selbst, warf Hayley die Hände in die Luft. »Zurück zum Thema – Amelia hat Kontakt mit euch aufgenommen, stimmt's?«

»Zweimal«, bestätigte Roz. »Beide Male, als ich allein im Anzuchthaus war. Ich habe gearbeitet, und dann war ich plötzlich woanders. Es ist dunkel, ich kann nichts erkennen. Und kalt, sehr kalt. Ich stehe an einem offenen Grab.

Als ich hinunterschaue, sehe ich sie – und sie sieht mich an. Ihre Hände umklammern den Stängel einer schwarzen Rose. Jedenfalls sieht sie in der Dunkelheit schwarz aus.«

»Warum hast du uns das nicht gesagt?«, wollte Stella wissen.

»Das könnte ich dich auch fragen. Ich wollte es euch ja sagen – und Mitch hab ich davon erzählt. Aber es gab da ein paar Zwischenfälle.«

Hayley setzte Lily auf ihren Schoss und bewunderte das dicke Plastikarmband, mit dem sie spielte. »Als das mit Amelia angefangen hat und ich eine Séance vorgeschlagen habe, haben das alle für einen Witz gehalten. Aber vielleicht sollten wir es wirklich versuchen. Wir drei haben eine Verbindung zu ihr. Und wenn wir wirklich versuchen würden, mit ihr zu kommunizieren, erzählt sie uns vielleicht, was sie will.«

»Du wirst mich nicht so schnell dazu bringen, einen Turban aufzusetzen und in eine Glaskugel zu starren«, sagte Roz energisch. »Jedenfalls glaube ich, dass sie gar nicht weiß, was sie will. Ich meine, sie will gefunden werden – und ich glaube, sie meint ihr Grab oder ihre sterblichen Überreste. Aber sie weiß nicht, wo das Grab ist.«

»Wir können nicht hundertprozentig sicher sein, dass es auf dem Grund und Boden von Harper House liegt«, wandte Stella ein.

»Du hast Recht. Mitch sucht in Sterberegistern und Beerdigungslisten nach ihr. Aber er glaubt nicht, dass er etwas finden wird.«

»Ein geheim gehaltenes Begräbnis.« Hayley nickte. »Aber

sie will doch immer, dass wir erfahren, was mit ihr geschehen ist. Sie ist immer noch stocksauer.« Sie zuckte mit den Achseln. »Das kommt jedenfalls von ihr rüber, und zwar ganz deutlich. Wenn sie im Haus getötet wurde oder sich dort umgebracht hat, müssen wir das herausfinden.«

»Das Kinderzimmer«, meinte Roz. »Als ich geboren wurde, wurde es noch benutzt.«

»Du hast dort oben geschlafen, als du ein Kind warst?«, fragte Hayley.

»Das hat man mir jedenfalls gesagt. Zumindest für die ersten paar Monate, mit einem Kindermädchen zusammen. Meine Großmutter war dagegen – offenbar wurde das Kinderzimmer nur noch benutzt, wenn sie viele Gäste hatten. Sie hat so lange auf meine Eltern eingeredet, bis diese ein Zimmer im ersten Stock als neues Kinderzimmer herrichten ließen. Meine Söhne haben nie im alten Kinderzimmer geschlafen.«

»Warum nicht?«

Roz spitzte die Lippen und überlegte. »Zum einen wollte ich sie nicht so weit von mir weg haben. Außerdem hat mir die Atmosphäre in dem Zimmer nie so richtig gefallen. Es war einfach nur ein Gefühl, etwas, das ich nicht erklären konnte, und damals habe ich auch nicht groß darüber nachgedacht.«

»Die Möbel in Lilys Zimmer sind von dort.«

»Ja. Als Mason für das Kinderbett zu groß geworden war, ließ ich die Möbel wieder nach oben bringen. Dann gewöhnte ich mir an, die Sachen der Jungs dort aufzubewahren, wenn sie aus ihnen herausgewachsen waren. Den zwei-

442

ten Stock nutzen wir eigentlich gar nicht. Der Unterhalt ist zu teuer, außerdem haben wir unten Platz genug. Allerdings haben wir manchmal Feste im Ballsaal gegeben.«

»Ich bin noch nie oben gewesen«, warf Hayley erstaunt ein. »Jetzt, wo ich darüber nachdenke, kommt mir das sehr sonderbar vor, denn ich sehe mir gern Häuser und ihre Einrichtung an. Aber in der ganzen Zeit, in der ich jetzt schon in Harper House wohne, bin ich kein einziges Mal auf die Idee gekommen, nach oben zu gehen. Wie ist das mit dir, Stella?«

»Du hast Recht. Es ist wirklich merkwürdig. Die Jungs haben über ein Jahr dort gewohnt. Eigentlich hätte ich sie irgendwann einmal oben erwischen müssen. Aber ich glaube, sie sind nie im zweiten Stock gewesen. Und selbst wenn sie heimlich dort gewesen wären, hätte Luke mir irgendwann davon erzählt. Er kann kein Geheimnis für sich behalten.«

»Ich glaube, wir sollten nach oben gehen.« Hayley sah von einer zur anderen. »Ich glaube, wir *müssen* nach oben gehen.«

»Heute Abend?«, fragte Stella.

»Ich glaube nicht, dass ich noch länger warten kann. Es macht mich wahnsinnig.«

»Wenn wir es machen, dann alle zusammen. Wir sechs«, sagte Roz. »Ohne die Kinder. David kann unten auf sie aufpassen. Aber du musst dir ganz sicher sein, Hayley. Zurzeit sieht es so aus, als wärst du von uns diejenige, die ihr am nächsten steht.«

»Ich bin sicher. Aber sie steht nicht nur mit mir in Kontakt. Mit Harper auch.« Hayley fröstelte ein wenig und rieb sich die Arme. »Ihre Gefühle für ihn sind sehr zwiespältig und sehr stark. Sie liebt ihn – das Kind ihres Kindes ihres Kindes, diese Geschichte. Und sie hasst ihn – als Mann, als Harper, als Reginalds Nachfahre.«

Sie sah Stella und Roz an. »Die Kombination dieser Gefühle ist sehr stark. Und ich glaube, sie wird noch stärker durch das, was Harper und ich füreinander empfinden.«

»Liebe, Sex, Verwandtschaft, Rache, Kummer.« Roz nickte. »Und Wahnsinn.«

»Seine Gefühle ihr gegenüber sind auch sehr zwiespältig. Ich weiß nicht, ob es wichtig ist, aber ich glaube, inzwischen ist alles wichtig. Ich glaube, wir nähern uns dem Ende.«

»Halleluja«, rief Stella.

»Ich weiß. Ich will auch, dass es endlich vorbei ist. Ich will meine Hochzeit und die Babyparty planen. Ich will mit euch beiden hier sitzen und über Blumen und Musik und mein Hochzeitskleid reden.«

Roz legte ihre Hand auf die ihre. »Das werden wir.«

»Gestern Abend, bevor es passiert ist, habe ich mir ausgemalt, wie es sein würde. Ich habe mich in einem langen weißen Kleid gesehen, mit einem Blumenstrauß in der Hand … Aber das kommt wohl nicht in Frage.« Sie zuckte mit den Achseln und tätschelte ihren Bauch. »Ich glaube nicht, dass ich ein Recht auf ein langes weißes Kleid habe.«

»Hayley.« Roz drückte Hayleys Hand. »Jede Braut hat ein Recht auf ein langes weißes Kleid.«

Zuerst aßen sie zusammen, wie immer. Es war eine Art Ritual, das sie alle an einem blumengeschmückten Tisch zusammenbrachte. Roz sagte immer, dass solche Dinge wichtig seien, und jetzt verstand Hayley auch, was sie damit meinte.

Das sind wir, schien dieses Ritual zu sagen. Und das werden wir auch trotz aller Probleme sein. Vielleicht gerade deshalb.

Das war jetzt ihre Familie. Eine Mutter, eine Schwester, ein Mann, Brüder und Freunde. Ein Kind, das von allen geliebt wurde, und ein zweites Kind, das auf dem Weg war.

Sie würde alles tun, damit ihrer Familie kein Leid geschah. Alles.

Und daher aß sie. Sie redete und hörte zu, half, die kleinen Missgeschicke der Kinder wegzuwischen, und begrub ihre Nervosität unter diesem Mantel aus Normalität.

Sie redeten über Blumen und Bücher, über die Schule und Bücher. Und die Hochzeit.

»Hayley hat dir, glaube ich, schon gesagt, dass wir hier heiraten wollen, wenn dir das recht ist«, sagte Harper zu seiner Mutter.

»Genau darauf habe ich gewartet.« Roz legte ihre Gabel weg. »Im Garten? Wir sorgen dafür, dass es schönes Wetter gibt, und ich lasse für alle Fälle ein paar Zelte aufstellen. Und was die Blumen angeht, so bin ich fest entschlossen, in die Vollen zu gehen. Ich bestehe darauf, dass du mir dabei völlig freie Hand lässt. Hayley, ich gehe davon aus, dass du Lilien möchtest?«

»Ja. Ich möchte rote Lilien als Brautstrauß.«

»Dann also kräftige Farben, nichts Pastelliges. Damit kann ich arbeiten. Ich weiß, dass es nicht zu steif werden soll, und da wir dieses Jahr schon zwei Hochzeiten hatten, werden wir die Details im Handumdrehen festgelegt haben.«

»Jetzt ist der Zeitpunkt gekommen, um die Frauen ans Ruder zu lassen«, sagte Logan an Harper gewandt. »Erspar dir die Qual. Sag einfach immer ja. Und wenn sie dir die Wahl lassen, geh ihnen nicht in die Falle. Sag einfach, dass beide Vorschläge großartig sind und Hayley entscheiden soll.«

»Er hält sich für ungemein witzig«, sagte Stella trocken. »Und wenn er nicht Recht hätte, würde ich ihn jetzt unter dem Tisch treten.«

»Warum heiraten eigentlich alle?«, wollte Gavin wissen. »Und warum müssen wir uns immer Krawatten umbinden?«

»Weil sie uns gerne quälen«, erklärte ihm Logan. »Frauen sind eben so.«

»Dann sollten sie auch Krawatten tragen.«

»Ich werde mir eine Krawatte umbinden«, bot Stella an. »Aber dann trägst du hochhackige Schuhe.«

»Ich weiß, warum Leute heiraten«, meldete sich Luke. »Damit sie im selben Bett liegen und Babys machen können. Haben du und Mitch auch schon ein Baby gemacht?«, fragte er Roz.

»Wir haben unser Kontingent schon vor einer Weile produziert. Und in diesem Sinne …« Roz stand auf. »Ich glaube, für euch Jungs wird es jetzt Zeit, David beim Aufräumen zu helfen, damit ihr später noch ein Eis essen könnt.«

»Alle Mann antreten, mit dem Gesicht zu mir. Du auch, Soldat.« Bevor Hayley sich darum kümmern konnte, hatte David schon Lily aus dem Hochstuhl genommen. »Nur weil du so kurz bist, heißt das noch lange nicht, dass du dich vor dem Küchendienst drücken kannst. Am liebsten hilft sie mir beim Einräumen des Geschirrspülers«, sagte er an Hayley gewandt. »Wir kommen schon zurecht.«

»Ich muss nur schnell mit dir reden – in der Küche.«

»Meine Herren, Tisch abräumen und Geschirr stapeln«, befahl er, dann trug er Lily aus dem Esszimmer. »Ich habe alles im Griff. Du brauchst dir keine Sorgen zu machen.«

»Darum geht es doch gar nicht. Ich weiß, dass Lily bei dir gut aufgehoben ist. Es geht um die Hochzeit. Ich wollte dich um etwas bitten.«

Er setzte Lily auf den Boden und gab ihr einen Topf und einen Löffel zum Spielen. »Was brauchst du?«

»Ich weiß, dass das jetzt ein bisschen sonderbar klingt, aber ich glaube, der Hochzeitstag sollte so sein, wie man sich das immer vorgestellt hat, meinst du nicht auch?«

»Wenn nicht dieser Tag, welcher dann?«

»Genau. Also habe ich mich gefragt, ob du mich nicht vielleicht weggeben würdest.«

»Was?« David starrte sie fassungslos an. »Ich?«

»Ich weiß, dass du gar nicht alt genug bist, um mein Vater zu sein. Aber so sehe ich das auch gar nicht. Du bist einer meiner besten Freunde. Und bei Harper ist es genauso. Du gehörst zur Familie. Und an einem Tag, an dem es um Familie geht, ist weder mein Vater noch jemand anderes aus meiner Verwandtschaft da, den ich so gernhabe wie dich. Und daher möchte ich, dass du mich zum Altar führst – sozusagen – und mich an Harper weggibst. Es würde mir sehr viel bedeuten.«

Seine Augen wurden feucht, als er sie in den Arm nahm. »Das ist süß«, murmelte er. »Das ist ja so süß.«

»Machst du's?«

David ließ sie los und trat einen Schritt zurück. »Es wäre mir eine Ehre.« Dann nahm er ihre Hände, drehte sie um und küsste die Handflächen. »Eine ganz große.«

»Puh. Ich dachte schon, du hältst es für eine Schnapsidee.«

»Nicht im Geringsten. Ich bin so stolz. Und gerührt. Und wenn du jetzt nicht sofort verschwindest, werde ich mich vor den Augen meiner Männer lächerlich machen.«

»Ich auch.« Sie schniefte. »Wir reden später noch einmal darüber.« Sie ging in die Hocke, um ihrer Tochter einen Kuss zu geben, wurde jedoch weitgehend ignoriert. »Schön brav sein, Lily.«

»Hayley.« David holte tief Luft, als sie an der Tür stehen blieb. »Dein Daddy wäre auch sehr stolz gewesen.«

Sie konnte nur nicken, als sie ging.

Sie wischte sich die Tränen weg, als sie den Stimmen der anderen ins Wohnzimmer folgte, blieb aber stehen, als ihr auffiel, dass Harper wütend war.

»Das gefällt mir nicht. Das gefällt mir überhaupt nicht. Und es gefällt mir noch weniger, dass ihr drei euch davongemacht habt und das allein ausgeheckt habt.«

»Ja, ja. Das Weibervolk«, sagte Roz, deren Stimme vor Sarkasmus förmlich triefte.

»Dafür, dass ihr Frauen seid, kann ich nichts«, fuhr er sie an. »Dafür, dass *meine* Frau schwanger ist, aber schon. Ich werde kein Risiko dabei eingehen.«

»Dein Einwand ist berechtigt. Aber was willst du denn die nächsten sieben, acht Monate mit ihr machen, Harper?«

»Ich werde sie beschützen.«

»Du machst es mir wirklich sehr schwer, mit dir zu diskutieren.«

»Diskutieren bringt uns nicht weiter«, hörte sie Mitch sagen. »Wir können endlos darüber diskutieren, und trotzdem werden wir nie in allen Punkten einer Meinung sein. Aber wir müssen jetzt ein paar Entscheidungen treffen.«

Hayley drückte die Schultern durch und betrat das Wohnzimmer. »Tut mir leid, aber das war nicht zu überhören. Harper, eigentlich wollte ich dich bitten, mit mir hinauszugehen, damit ich mit dir reden kann, aber ich glaube, was ich zu sagen habe, geht alle an.«

»Und ich habe dir einiges zu sagen, was du dir mit Sicherheit lieber unter vier Augen anhören willst.«

Sie lächelte nur. »Du wirst später noch Gelegenheit haben, mich unter vier Augen anzuschreien. Ein ganzes Leben lang. Ich weiß, dass du dich wegen der Kinder bis jetzt beherrscht hast. Aber lass mich bitte ausreden, bevor du noch etwas sagst.«

Sie räusperte sich und ging noch ein paar Schritte weiter bis in die Mitte des Raums.

»Ich habe mir heute, als ich den ganzen Tag allein war, die Frage gestellt, wie ich eigentlich hierhergekommen bin. Ich hätte mir nie vorstellen können, einmal von dort, wo ich aufgewachsen bin, wegzuziehen und zwei Kinder zu haben, bevor ich weiß, was ich aus meinem Leben machen möchte. Heiraten, Kinder bekommen, das hätte alles später stattfinden sollen, nachdem ich beruflich weitergekommen bin. Und jetzt lebe ich in einem anderen Staat, habe eine Tochter, die noch nicht ganz zwei Jahre alt ist, und erwarte mein zweites Kind. Ich werde heiraten. Ich habe einen Job, den ich mir nie hätte vorstellen können. Wie bin ich hierhergekommen? Was mache ich hier?«

»Wenn du hier nicht glücklich bist …«

»Bitte, hör mir einfach zu. Das habe ich mich gefragt. Ich habe immer noch die Möglichkeit, mich anders zu entscheiden. Man hat immer eine Wahl. Also habe ich mich gefragt, ob es das ist, was ich will. Ob das hier der Ort ist, an dem ich leben will. Ob meine Arbeit das ist, was ich machen will. Und all diese Fragen habe ich mit Ja beantwortet. Ich liebe dich. Ich habe gar nicht gewusst, dass ich so viel Liebe in mir habe.«

Sie sah Harper an und legte ihre Hände auf ihr Herz. »Ich habe nicht gewusst, dass ich ein Kind einmal so lieben könnte wie Lily. Ich habe nicht gewusst, dass ich einen Mann einmal so lieben könnte wie dich. Und selbst wenn ich alle Möglichkeiten dieser Welt hätte, ist das hier genau das, was ich mir aussuchen würde. Bei dir zu sein, bei unseren Kindern, hier, an diesem Ort. Da ist nämlich noch was, Harper. Ich liebe dieses Haus. So sehr wie du. Was es ist, für was es steht, was es für unsere Kinder sein wird und für die ihren.«

»Ich weiß. Ich habe genau das Gleiche gedacht. Und deshalb bist du die Frau, die ich bis in alle Ewigkeit lieben werde.«

»Ich kann nicht von hier weggehen. Verlang das bitte nicht von mir. Ich kann dieses Haus, meine Familie, meine Arbeit nicht einfach im Stich lassen. Aber ich kann nur bleiben, wenn ich es versuche, wenn ich versuche, alles zu einem Ende zu bringen. Wenn ich ein Unrecht wiedergutmache oder zumindest versuche, es zu verstehen. Vielleicht ist mir das bestimmt. Vielleicht haben wir beide uns gefunden, weil *wir* dazu bestimmt sind. Ich weiß nicht, ob ich es ohne dich schaffe.« Sie sah die anderen an. »Ohne euch.«

Ihr Blick ging wieder zu Harper. »Vertrau mir, Harper. Vertrau darauf, dass ich das Richtige tue. Dass wir das Richtige tun.«

Er ging zu ihr und legte seine Stirn an die ihre. »Ich vertraue dir.«

20. Kapitel

»Es gibt keine Garantie dafür, dass etwas passieren wird.« Mitch steckte ein Band in seine Tasche.

»Ich glaube, ich kann dafür sorgen, dass etwas passiert. Ich meine …« Hayley fuhr sich mit der Zunge über die Lippen. »Ich glaube, ich kann sie rufen. Sie sehnt sich danach, ein Teil von ihr sehnt sich danach, und das seit einem Jahrhundert.«

»Und der andere Teil?«, fragte Harper.

»Will Rache. Wenn es hart auf hart kommt, wird sie dir vermutlich eher etwas tun als mir.«

»Uns könnte sie auch verletzen«, meinte Roz. »Das haben wir schon erlebt.«

»Also gehen wir jetzt mit Kameras und Kassettenrecordern bewaffnet nach oben.« Logan schüttelte den Kopf.

»Ein kleines Häuflein Getreuer«, bemerkte Mitch.

»Amelia spielt um einen hohen Einsatz.« Logan nahm Stellas Hand. »Und da offenbar keiner kneifen will, halten wir jetzt dagegen.«

»Wir bleiben zusammen«, sagte Roz, als sie die Treppe nach oben gingen. »Egal, was passiert. Wir sind ihr eigentlich noch nie als Gruppe gegenübergetreten. Ich glaube, das macht uns stärker.«

»Sie hatte immer die Oberhand, und sie hat auch immer

als Erste gehandelt.« Harper nickte. »Wir bleiben zusammen.«

Als sie den zweiten Stock erreicht hatten, ging Roz auf den Ballsaal zu. Einem plötzlichen Impuls folgend, stieß sie die Doppeltür auf.

»Früher gab es hier immer rauschende Feste. Ich kann mich noch daran erinnern, wie ich dann nachts heraufgeschlichen bin, um beim Tanzen zuzusehen.«

Sie tastete nach dem Lichtschalter und legte ihn um. Das Licht ergoss sich auf die mit Laken verhüllten Möbel und das schöne Muster des Ahornparketts. »Die Kronleuchter hätte ich einmal fast verkauft.« Sie sah zu den drei glitzernden Leuchtern hoch, die von der mit Stuckmedaillons verzierten Decke hingen. »Ich habe es einfach nicht über mich gebracht, obwohl es mir das Leben erheblich leichter gemacht hätte. Früher habe ich hier selbst Feste veranstaltet. Ich glaube, es wird Zeit, dass ich wieder damit anfange.«

»In jener Nacht ist sie hier hereingekommen. Ich bin mir absolut sicher.« Hayley, deren Hand in der Harpers lag, verstärkte ihren Griff. »Nicht loslassen.«

»Nicht um alles in der Welt.«

»Sie ist durch die Balkontüren hereingekommen. Sie waren nicht abgeschlossen. Wenn sie es gewesen wären, hätte sie das Glas eingeschlagen. Sie ist hereingekommen, und … Gold und Kristall, der Geruch nach Bienenwachs und Zitronenöl. Der Regen tropft von der Dachtraufe. Das Licht.«

»Das Licht ist an«, sagte Roz.

»Nein, sie macht das Licht an. Harper.«

»Ich bin direkt neben dir.«

»Ich kann es sehen. Ich kann es sehen.«

Hinter ihr drang der Nebel durch die offenen Türen herein und legte sich feucht auf den glänzenden Boden. Ihre
Füße waren mit Schlamm verschmiert und bluteten, weil
sie auf ein paar Steine getreten war. Sie hinterließen schmutzige blutige Abdrücke auf dem Parkett.

Sie war noch am Leben. Ihr Herz pumpte Blut durch
ihren Körper.

So lebten sie also in Harper House. Prachtvoll ausge-
stattete Räume, die durch funkelnde Kronleuchter erhellt
wurden. Vergoldete Spiegel an den Wänden, lange, glänzend polierte Tische und getopfte Palmen, die so groß waren, dass es nach Tropen roch.

Sie war noch nie in den Tropen gewesen. Eines Tages
würden sie und James dort hingehen und auf feinem Sand
an einem warmen blauen Meer spazieren gehen.

Aber nein, nein, ihr Leben war doch hier, in Harper
House. Sie hatten sie hinausgeworfen, doch sie würde hier
sein. Für immer. Um in diesem Ballsaal zu tanzen, der mit
Kristalltropfen beleuchtet wurde.

Sie drehte sich in einem partnerlosen Walzer, den Kopf
kokett zur Seite geneigt. Die Sichel in ihrer Hand reflek-
tierte das Licht

Sie würde für immer hier tanzen, Nacht für Nacht.
Champagner trinken, kostbaren Schmuck tragen. Sie würde
James beibringen, Walzer mit ihr zu tanzen. Wie stattlich er
aussehen würde, eingewickelt in seine weiche blaue Decke.
Was für ein schönes Bild sie abgeben würden. Mutter und
Sohn.

454

Sie musste jetzt zu ihm, sie musste zu James gehen, damit sie für immer zusammen sein konnten.

Sie verließ den Ballsaal. Wo wohl das Kinderzimmer war? Im anderen Flügel natürlich. Natürlich. Kinder und die Bediensteten, die sich um sie kümmerten, gehörten nicht in die Nähe von prächtigen Ballsälen und eleganten Salons. Oh, wie gut es hier roch. Das Haus ihres Sohnes. Und jetzt auch das ihre.

Der Teppich unter ihren Füßen fühlte sich so weich wie Pelz an. Und selbst so spät noch brannten die Gaslampen auf kleiner Flamme, obwohl doch schon alle in ihren Betten lagen.

Es wurden keine Kosten gescheut, dachte sie. Hier wurde das Geld verbrannt.

Oh, sie könnte sie alle verbrennen.

An der Treppe blieb sie stehen. Sie schliefen sicher dort unten, der Lump und seine Hure. Schliefen den Schlaf der Reichen und Privilegierten. Sie könnte jetzt nach unten gehen und sie töten. Sie in Stücke hacken und in ihrem Blut baden.

Müßig fuhr sie mit dem Daumen über die gekrümmte Klinge der Sichel, bis ein roter Streifen auf ihrer Haut erschien. Würde ihr Blut blau sein? Das Blut der Harpers. Sie hätte gern gesehen, wie es aus ihren weißen Kehlen spritzte und auf den Bettlaken eine blaue Lache bildete.

Doch das hätte vielleicht jemand gehört. Ein Bediensteter. Der sie aufhielt, bevor sie ihre Pflicht getan hatte.

Leise. Sie tippte sich mit dem Finger auf die Wange und unterdrückte ein Lachen. So leise wie eine Maus.

So leise wie ein Geist.

Sie ging in den anderen Flügel und öffnete sachte Türen, wenn diese geschlossen waren. Warf einen Blick hinein.

Als ihre zitternde Hand nach dem Knauf der nächsten Tür griff, wusste sie es. Es war ihr Mutterherz, das zu ihr sprach, dachte sie. Sie wusste, dass James in diesem Raum schlief.

Ein schwaches Licht brannte, und in seinem flackernden Schein konnte sie die Regale mit Spielzeug und Büchern sehen, den Schaukelstuhl, die kleinen Kommoden.

Und da, das Kinderbett.

Tränen liefen ihr über die Wangen, als sie zu dem Bett ging. Dort lag schlafend ihr kleiner Sohn, das dunkle Haar frisch gewaschen und süß duftend, die Wangen rosig glänzend.

Nie hatte es ein schöneres Baby gegeben als ihren James. So hübsch, so allerliebst in seinem Bettchen. Er musste geschaukelt und in den Schlaf gesungen werden. Ein Wiegenlied für ihren Sohn.

Sie hatte seine Decke vergessen! Wie hatte sie nur seine Decke vergessen können. Jetzt würde sie nehmen müssen, was ein anderer für ihn gekauft hatte, wenn es Zeit war, ihn mitzunehmen.

Zärtlich strich sie ihm mit den Fingern über das weiche Haar und sang sein Wiegenlied.

»Wir werden immer zusammen sein, James. Nichts wird uns je voneinander trennen können.«

Sie setzte sich auf den Boden und machte sich an die Arbeit.

456

Mit der Sichel hackte sie durch das Seil. Es war nicht leicht, eine Schlinge zu formen, doch sie fand, dass sie es recht gut machte. Gut genug. Sie legte die Sichel zur Seite und trug einen Stuhl unter die Deckenlampe. Während sie das Seil an die Arme des Leuchters band, sang sie leise vor sich hin.

Mit einem kräftigen Ruck an dem Seil vergewisserte sie sich, dass es hielt.

Sie holte das Gris-Gris aus dem Beutel, den sie sich an einem Band um den Hals gehängt hatte. Sie hatte die Zauberformel auswendig gelernt, die die Voodoo-Priesterin ihr verkauft hatte, doch jetzt kamen ihr die Worte nur stockend über die Lippen, während sie das Gris-Gris in einem Kreis um den Stuhl streute.

Mit der Sichel schlitzte sie sich den Handballen auf. Und ließ das Blut aus ihrer Hand auf das Gris-Gris tropfen, um den Zauber zu binden.

Ihr Blut. Amelia Ellen Connor. Das gleiche Blut, das auch in den Adern ihres Kindes floss. Das Blut einer Mutter, ein starkes Zaubermittel.

Ihre Hände zitterten, doch sie sang weiter, als sie zum Bett ging. Zum ersten Mal, seit sie ihn geboren hatte, nahm sie ihr Kind in den Arm.

Beschmierte seine Decke und seine rosige Wange mit ihrem Blut.

So warm, so süß! Vor Freude weinend drückte sie ihr Kind an ihr feuchtes schmutziges Gewand. Als es zusammenzuckte und zu wimmern begann, hielt sie es nur noch fester.

Sch, mein Liebling. Mama ist jetzt hier. Mama wird dich nie wieder allein lassen. Sein Kopf bewegte sich, sein kleiner Mund machte ein saugendes Geräusch, als würde er nach einer Brustwarze suchen. Doch als sie mit einem freudigen Seufzer den Stoff ihres Nachthemds unter ihre Brust schob und ihn dort an sich drücken wollte, wich er zurück und stieß einen Schrei aus.

Sch. Nicht weinen. Mein Schatz. Mein Liebling. Sie schaukelte ihn auf ihren Armen hin und her und ging zum Stuhl. Mama hält dich fest. Sie wird jetzt nie wieder loslassen. Komm mit Mama, mein kleiner James. Komm mit Mama an einen Ort, an dem du nie wieder Schmerz oder Kummer empfinden wirst. Wo wir im Ballsaal Walzer tanzen werden, wo wir im Garten Tee trinken und Kuchen essen werden.

Sie kletterte unbeholfen auf den Stuhl, behindert durch das Gewicht des Kindes und seine heftig strampelnden Arme und Beine. Selbst als es aus Leibeskräften schrie, lächelte sie es noch an. Dann legte sie sich die Schlinge um den Hals. Leise singend legte sie die kleinere Schlinge um den Hals ihres Kindes.

Jetzt sind wir zusammen.

Die Verbindungstür öffnete sich. Als Licht ins Zimmer fiel, drehte sie den Kopf und fletschte die Zähne wie eine Tigerin, die ihr Junges beschützt.

Das schlaftrunkene Kindermädchen schrie auf und schlug die Hände vors Gesicht, als es eine Frau in einem schmutzigen weißen Gewand und das Kind in ihren Armen sah, das vor Angst und Hunger brüllte, mit einem Seil um den Hals.

Er gehört mir!

Als sie den Stuhl wegstieß, machte das Kindermädchen einen Satz nach vorn.

Schreie. Dann Kälte, und schließlich Dunkelheit.

Hayley saß auf dem Boden des Raums, der früher einmal das Kinderzimmer gewesen war, und weinte in Harpers Armen.

Hayley fror immer noch, trotz der Decke über ihren Beinen und dem flackernden Feuer, das Mitch im Kamin entfacht hatte.

»Sie wollte ihn töten«, sagte sie ihnen. »Sie wollte das Kind töten. Mein Gott, sie wollte ihr eigenes Kind erhängen.«

»Um ihn zu behalten.« Roz stand auf und starrte ins Feuer. »Das ist mehr als nur Wahnsinn.«

»Wenn das Kindermädchen nicht hereingekommen wäre, wäre es ihr gelungen. Wenn das Kindermädchen ihn nicht schreien gehört hätte und nicht sofort aufgestanden wäre, hätte sie es getan.«

»Was für eine selbstsüchtige Frau.«

»Ich weiß, ich weiß.« Hayley rieb sich die Arme. »Aber sie hat es nicht getan, um ihm zu schaden. Sie hat geglaubt, sie würden für immer zusammen sein. Sie war gebrochen, in jeder nur möglichen Hinsicht. Und als sie ihn dann wieder verloren hat …« Hayley schüttelte den Kopf. »Sie wartet immer noch auf ihn. Ich glaube, sie sieht ihn in jedem Kind, das hier ins Haus kommt.«

»Eine Art Hölle, oder nicht?«, fragte Stella. »Für Wahnsinnige.«

459

Sie würde es nie in ihrem Leben vergessen, dachte Hayley. Nie. »Das Kindermädchen – es hat das Kind gerettet.«

»Ich habe sie nicht finden können«, meldete sich Mitch; »Sie hatten für den Jungen mehrere Kindermädchen, aber es wäre möglich, dass es ein Mädchen namens Alice Jameson gewesen ist – was auch zu dem Namen in Mary Havers Brief an Lucille passen würde. Alice hat Harper House im Februar 1893 verlassen, und danach habe ich nichts mehr über sie finden können.«

»Sie haben sie weggeschickt.« Stella schloss die Augen. »Ich bin mir sicher, dass sie sie weggeschickt haben. Vielleicht haben sie ihr Geld gegeben, aber es wäre genauso gut möglich, dass sie ihr gedroht haben.«

»Vermutlich beides«, warf Logan ein.

»Ich werde sehen, ob ich noch etwas über sie finden kann«, versprach Mitch. Roz drehte sich um und lächelte ihn an.

»Danke, Mitchell. Ohne sie wäre ich jetzt nicht hier. Und meine Söhne auch nicht.«

»Aber das war es nicht, was sie uns sagen wollte«, sagte Hayley leise. »Oder nicht alles. Sie weiß nicht, wo sie ist. Wo sie begraben ist. Was sie mit ihr gemacht haben. Sie kann nicht gehen, in Frieden ruhen, hinübergehen, wie auch immer man das nennt, bevor wir sie gefunden haben.«

»Aber wie?« Stella hob hilflos die Hände.

»Ich habe eine Idee.« Roz sah die anderen an. »Die unsere Gruppe vermutlich in zwei Lager spalten wird.«

»Wozu?«, protestierte Harper. »Damit Hayley noch einmal sieht, wie sie versucht, ihr Kind zu erhängen?«

»Damit sie, oder eine von uns, sieht, was danach passiert. Hoffentlich. Und mit uns meine ich mich selbst, Hayley und Stella.«

Zum ersten Mal, seit sie nach oben gegangen waren, ließ Harper Hayleys Hand los. Er sprang auf. »Das ist eine verdammt schlechte Idee.«

»Harper, sprich nicht in diesem Ton mit mir.«

»Was soll ich denn sonst tun, wenn meine Mutter verrückt wird? Hast du eigentlich gesehen, was da oben gerade passiert ist? Wie Hayley vom Ballsaal in das alte Kinderzimmer gegangen ist? Wie sie geredet hat, als würde sie zusehen, wie es geschieht, und wie sie ein Teil von dem war, was geschehen ist?«

»Ich habe es sehr gut gesehen. Und deshalb müssen wir noch einmal nach oben.«

»Roz, ich muss Harper Recht geben«, sagte Logan mit einem entschuldigenden Achselzucken. »Ich für meinen Teil werde jedenfalls nicht hier unten sitzen bleiben, während diese drei Frauen hier allein nach oben gehen. Und es ist mir völlig schnurz, ob das sexistisch ist.«

»Das hatte ich erwartet. Mitch?« Ihre Augenbrauen schossen nach oben, als er sich wortlos setzte und ihr einen finsteren Blick zuwarf. »Du bringst es immer wieder fertig, mich zu überraschen.«

»Du bist doch wohl nicht einer Meinung mit ihr? Das kann nicht dein Ernst sein.« Harper sah seinen Stiefvater wütend an.

»Harper, ich sage es verdammt noch mal nicht gerne, aber es ist tatsächlich mein Ernst. Es gefällt mir nicht, aber ich verstehe, worauf sie hinauswill – und warum. Und bevor du mir jetzt den Kopf abreißt, solltest du eins bedenken: Sie werden es auf jeden Fall tun, irgendwann, wenn keiner von uns im Haus ist.«

»Wie war das vorhin mit ›zusammenbleiben‹?«

»Es war ein Mann, der sie benutzt hat, der ihr Kind gestohlen hat, der sie verstoßen hat. Sie sucht wieder Kontakt zu mir und Stella. Sie wird dir nicht trauen. Aber vielleicht können wir sie davon überzeugen, uns zu trauen.«

»Und vielleicht wirft sie euch vom Balkon im zweiten Stock.«

»Harper.« Roz ging zu ihm. »Wenn hier jemand aus dem Haus geworfen wird, dann sie. Darauf kannst du Gift nehmen. Mit mir hat sie es sich verscherzt. Du hast immer noch Mitleid mit ihr.« Sie sah zu Hayley. »Und das ist vermutlich sogar ein Vorteil für uns. Aber meine Geduld ist zu Ende. Was sie getan hätte, wenn das Kindermädchen nicht gekommen wäre, kann ich ihr nicht verzeihen. Ich will, dass sie aus diesem Haus verschwindet. Kannst du noch einmal nach oben gehen?«, fragte sie Hayley.

»Ja. Ich will, dass es ein Ende hat. Ich glaube, vorher werde ich keinen ruhigen Moment mehr haben.«

»Du verlangst also von mir, dass ich dich wissentlich einer Gefahr aussetze?«

»Nein.« Hayley stand auf und ging zu Harper. »Ich verlange von dir, an mich zu glauben.«

»Im Kino geht die strohdumme, in der Regel nur spärlich bekleidete Blondine immer allein in den Keller, wenn sie ein Geräusch hört, und ganz besonders dann, wenn gerade ein psychopathischer Serienmörder mit einem großen Messer in der Hand in der Nachbarschaft herumläuft.«

Roz lachte, als sie auf dem Treppenabsatz im zweiten Stock standen. »Wir sind nicht dumm.«

»Und keine von uns ist blond«, ergänzte Stella. »Fertig?«

Sie hielten sich an den Händen und gingen den Korridor hinunter.

»Was ich mir schon überlegt habe«, sagte Hayley mit einer Stimme, die in ihren Ohren ganz blechern klang. »Wenn sie nicht weiß, was danach mit ihr passiert ist, wie sollen wir es dann erfahren?«

»Ein Schritt nach dem anderen.« Roz drückte Hayleys Hand. »Wie fühlst du dich?«

»Mein Herz stellt gerade einen neuen Rekord im Schlagen auf. Roz, wenn das hier vorbei ist, können wir den Raum dann wieder nutzen? Vielleicht ein Spielzimmer daraus machen? Mit viel Licht und Farbe.«

»Das ist eine großartige Idee.«

»Los geht's«, murmelte Stella. Sie gingen gemeinsam hinein.

»Wie hat es vorhin hier ausgesehen?«, fragte Roz.

»Das Bett stand da drüben.« Sie wies mit dem Kinn hinüber. »An der Wand. Die Lampen waren alle heruntergedreht. Gaslampen, wie in dem Film mit Ingrid Bergman. Dem, in dem Charles Boyer versucht, sie in den Wahnsinn zu treiben. Dort drüben stand ein Schaukelstuhl, und ein zweiter, mit einer gerade Lehne – den Stuhl, den sie benutzt hat –, hier drüben. Regale mit Spielzeug und Büchern – da. Und ein …«

Ihr Kopf wurde zurückgerissen, und sie verdrehte die Augen. Als sie nach Luft schnappte, gaben ihre Beine unter ihr nach.

Durch das Rauschen in ihren Ohren hörte sie, wie Roz schrie, dass sie hier rausmüsste. Doch sie schüttelte den Kopf.

»Wartet, wartet. Gott, tut das weh. Das Kind schreit, und das Kindermädchen auch. Lasst mich nicht los.«

»Wir bringen dich hier raus«, sagte Roz.

»Nein, nein. Aber lasst meine Hand nicht los. Sie stirbt – es ist so grauenhaft –, und sie ist so furchtbar wütend.« Hayley ließ den Kopf an Roz' Schulter sinken. »Es ist dunkel. Es ist so dunkel, wo sie ist. War. Kein Licht, keine Luft, keine Hoffnung. Sie weiß nicht, wo sie ist. Sie haben ihr das Kind wieder weggenommen, und jetzt ist sie allein. Sie wird immer allein sein. Sie kann nicht sehen, kann nicht fühlen. Alles scheint so weit weg zu sein. Es ist kalt und dunkel. Stimmen, aber sie kann sie nicht hören, nur ihr Echo. Sie versinkt. Sie kann nur die Dunkelheit sehen. Sie weiß nicht, wo sie ist. Sie schwebt einfach davon.«

Hayley seufzte. »Ich kann mir nicht helfen, aber selbst in diesem Raum tut sie mir noch leid. Sie war so kalt und egoistisch, so berechnend. Eine Hure im wahrsten Sinne des Wortes. Aber sie hat dafür bezahlt. Über hundert Jahre lang wusste sie nicht, wo sie ist. Sie hat auf die Kinder anderer Leute Acht gegeben und nur diesen einen, von Wahnsinn bestimmten Moment mit ihrem eigenen gehabt. Sie hat bezahlt.«

»Vielleicht. Alles in Ordnung mit dir?«

Hayley nickte. »Es war nicht so wie sonst. Sie ist nicht gegen mich angekommen. Ich war stärker. Ich brauche das Leben mehr als sie. Ich glaube, sie ist müde. Fast so müde wie wir.«

»Das mag sein, aber wir bleiben auf der Hut.« Stella sah zur Decke, an der einst ein großer Gasleuchter gehangen hatte.

»Wir gehen wieder nach unten.« Stella stand auf und half Hayley auf die Füße. »Du hast getan, was du konntest. Wir haben alle getan, was wir konnten.«

»Das scheint aber nicht genug gewesen zu sein. Es war ein grausamer Tod. Es ging nicht schnell, und sie hat gesehen, wie das Kindermädchen mit dem Baby hinausgerannt ist. Sie hat die Arme nach ihm ausgestreckt, selbst dann noch, als sie stranguliert wurde.«

»Das ist keine Mutterliebe, egal, was sie gedacht hat«, sagte Roz.

»Nein, das ist es nicht. Das war es nicht. Aber es war alles, was sie hatte.« Hayley fuhr sich mit der Zunge über die Lippen, weil sie plötzlich so durstig war. »Sie hat ihn verflucht – Reginald. Sie hat alle Harpers verflucht. Sie … sie hat sich gezwungen, hierzubleiben. Aber sie ist müde. Ein Teil von ihr, der Teil, der Wiegenlieder singt, ist so müde und verloren.«

Sie seufzte, doch als sie Harper sah, der auf dem Treppenabsatz hin und her lief, fing sie an zu lächeln. »Wir haben alle so viel mehr als sie. Uns geht's gut.« Sie ging zu ihm. »Wir haben, glaube ich, nicht bekommen, was wir wollten, aber es geht uns gut.«

»Was ist passiert?«

»Ich habe sie sterben sehen, und ich habe sie im Dunkeln gespürt. Es war furchtbar. Dunkel und kalt. Und sie so allein.« Sie lehnte sich an ihn und ließ sich von ihm nach unten führen. »Ich weiß nicht, was mit ihr passiert ist, was sie mit ihr gemacht haben. Sie ist nach unten geschwebt, in die Dunkelheit und Kälte.«

»Hat man sie begraben?«

»Ich weiß es nicht. Es war eher … als würde sie in der Dunkelheit davonschweben, irgendwohin, wo sie weder sehen noch hören konnte und nicht mehr herausgefunden hat.« Unbewusst rieb sie sich den Hals und dachte daran, wie das Seil auf ihrer Haut gebrannt hatte. »Vielleicht war es ja so eine Art Todeserfahrung – du weißt schon, das Gegenteil des Lichttunnels.«

»Sie hat geschwebt?« Harper starrte sie an. »Kann es sein, dass sie versunken ist?«

»Ja … ich glaub schon.«

»Der Teich«, sagte er. »Wir sind nie auf die Idee gekommen, dass es der Teich sein könnte.«

»Das ist doch Wahnsinn.« Hayley stand im schwachen Licht der Morgendämmerung am Ufer des Teichs. »Es könnte Stunden dauern, wenn nicht noch länger. Er sollte das nicht allein tun. Wir könnten jemanden holen – Feuerwehr, Rettungsdienst, was weiß ich.«

Roz legte ihr einen Arm um die Schultern. »Er will das selbst tun. Er muss das selbst tun.« Sie sah zu, wie Harper Flossen anzog. »Jetzt müssen wir zurückstehen und die Sache *ihnen* überlassen.«

Der Teich sah so dunkel und tief aus, während Nebelschwaden über ihn hinwegzogen. Die Wasserlilien, der Rohrkolben und das Grün der Irisse, die sie immer so reizvoll gefunden hatte, kamen ihr jetzt fremd und bedrohlich vor.

Doch dann dachte sie daran, wie er auf dem Treppenabsatz hin und her gelaufen war, während sie nach oben ins Kinderzimmer gegangen war.

»Er hat mir vertraut«, sagte Hayley leise. »Und jetzt muss ich ihm vertrauen.«

Mitch ging neben Harper in die Hocke und reichte ihm eine Unterwasserlampe. »Hast du alles?«

»Ja. Ist schon eine ganze Weile her, seit ich das letzte Mal mit Geräten getaucht bin.« Er atmete tief ein und aus, um seine Lungen zu erweitern. »Aber das ist so wie beim Sex – wenn man es einmal kann, vergisst man es nicht mehr.«

»Ich könnte ein paar Studenten organisieren, Freunde meines Sohnes, die tauchen können.« Wie Hayley ließ auch Mitch seinen Blick über die weite nebelverhangene Wasserfläche wandern. »Der Teich ist ziemlich groß für einen allein.«

»Amelia war meine Urahnin. Egal, was sie getan hat, sie gehört zur Familie, und daher muss ich das allein tun. Gestern Abend hat Hayley gesagt, dass es ihr vielleicht bestimmt war, sie zu finden. Und mir geht es mit dem Teich genauso.«

Mitch legte ihm eine Hand auf die Schulter. »Behalt deine Uhr im Auge und komm alle dreißig Minuten nach oben. Andernfalls wirft mich deine Mutter gleich hinterher.«

»Verstanden.« Er sah Hayley an und lächelte.

Sie ging neben ihm die Hocke und hauchte ihm einen Kuss auf die Wange. »Viel Glück.«

»Mach dir keine Sorgen. Ich schwimme in diesem Teich schon seit …« Sein Blick ging zu seiner Mutter, und in ihm stiegen vage Erinnerungen herauf, wie er mit seinen kleinen Händchen auf das Wasser patschte, während sie ihn fest hielt. »Jedenfalls schon länger, als ich denken kann.«

»Ich mache mir keine Sorgen.«

Er küsste sie noch einmal und überprüfte dann sein Mundstück. Nachdem er seine Maske zurechtgerückt hatte, ließ er sich in den Teich gleiten.

Er war so oft hier geschwommen, dachte er, während er tauchte und dem Strahl seiner Lampe folgte. Hier hatte er sich an heißen Sommertagen abgekühlt oder war morgens noch schnell vor der Arbeit hineingesprungen.

Oder er war nach einer Verabredung mit einem Mädchen hierhergekommen und hatte es überredet, bei Mondschein mit ihm schwimmen zu gehen.

Er dachte daran, wie er mit seinen Brüdern im Teich geplantscht hatte, während er den Lichtstrahl über den schlammigen Grund gleiten ließ und seine Uhr und seinen Kompass überprüfte. Hier hatte ihnen ihre Mutter schwimmen beigebracht, und er konnte sich noch gut an das Gelächter und die spitzen Schreie von sich und seinen Brüdern erinnern.

Und das war alles über Amelias Grab geschehen?

Nach dreißig Minuten und dann wieder nach einer Stunde tauchte er auf.

Er setzte sich an den Rand des Teichs und ließ die Füße ins Wasser baumeln, während Logan ihm half, die Flasche zu wechseln. »Ich hab jetzt fast die Hälfte. Gefunden habe ich ein paar Bierdosen und Colaflaschen.« Sein Blick ging zu seiner Mutter. »Und du sieh mich nicht so an. Die waren nicht von mir.«

Sie beugte sich vor und fuhr ihm durch das nasse Haar. »Das hätte ich auch nicht erwartet.«

»Wenn mir jemand einen großen Sack gibt, kann ich den Müll gleich einsammeln.«

»Darüber machen wir uns später Gedanken.«

»Es ist nicht sehr tief, vielleicht etwas mehr als fünf Meter am tiefsten Punkt, aber der Regen hat den Schlamm aufgewirbelt, und die Sicht ist sehr schlecht.«

Hayley setzte sich neben ihn, und ihm fiel auf, dass sie nicht einmal ihre Zehen ins Wasser tauchte. »Ich wünschte, ich könnte mit dir hineingehen.«

»Nächstes Jahr bringe ich dir das Tauchen bei.« Er legte ihr die Hand auf den Bauch. »Du bleibst hier und gibst gut auf Hermione Acht.«

Er ließ sich wieder ins Wasser fallen.

Es war mühsam und langweilig, den Teich zu durchsuchen, und das Gefühl von Abenteuer, das er beim Tauchen im Urlaub immer empfunden hatte, fehlte völlig. Die ganze Zeit über durch das trübe Wasser zu starren und den Lichtstrahl im Auge zu behalten war so anstrengend, dass er langsam Kopfschmerzen bekam.

Das Geräusch seines Atems, der Sauerstoff aus der Flasche sog, war monoton und störte ihn immer mehr. Er wünschte, es wäre endlich vorbei, und er würde in der warmen, trockenen Küche sitzen und Kaffee trinken, anstatt hier in dem dunklen Wasser herumzuschwimmen und nach den sterblichen Überresten einer Frau zu suchen, die ihm gerade so richtig auf die Nerven ging.

Er war müde und hatte die Nase voll davon, sein Leben auf eine selbstmörderische Verrückte auszurichten – eine Frau, die ihr eigenes Kind getötet hätte, wenn man sie nicht daran gehindert hätte.

Vielleicht war Reginald ja gar nicht der Bösewicht in dem Stück gewesen. Vielleicht hatte er ihr das Kind weggenommen, um es zu beschützen …

In seinem Magen spürte er ein Brennen, das nicht von Übelkeit herrührte, sondern von seiner Wut, die immer größer wurde. Die Art von Wut, wie Harper schließlich klar wurde, die einen Mann vergessen ließ, dass er fünf Meter unter Wasser war.

Und daher warf er einen Blick auf seine Uhr, achtete wieder etwas mehr auf seine Atmung und folgte dem Lichtstrahl seiner Lampe.

Was zum Teufel war eigentlich mit ihm los? Reginald war ein ausgesprochener Scheißkerl gewesen, daran bestand gar kein Zweifel. Und es war genauso sicher, dass Amelia eine selbstsüchtige, berechnende Frau gewesen war, die einen Sprung in der Schüssel gehabt hatte. Aber das, was aus dieser Verbindung entstanden war, war gut und stark gewesen. Und nur das spielte eine Rolle.

Er musste Amelia finden.

Vermutlich hatte man sie im Wald verscharrt, dachte er. Aber warum sollte man sich die Mühe machen, mitten im Winter ein Loch in die Erde zu schaufeln, wenn man einen privaten Teich vor der Haustür hatte? Seine Vermutung erschien ihm richtig, so richtig, dass er sich fragte, warum sie vorher noch nie daran gedacht hatten.

Vielleicht waren sie vorher noch nicht auf die Idee gekommen, dass Amelia im Teich lag, weil es zu einfach klang. Außerdem war der Teich immer benutzt worden, sogar damals schon. Zum Schwimmen, zum Fischen. Leichen, die ins Wasser geworfen wurden, tauchten häufig wieder auf.

Warum sollte man so etwas riskieren?

Er nahm sich einen anderen Teil vor und ließ den Lichtstrahl darübergleiten.

Bald würde er Schluss machen müssen, dachte er. Er musste die Flaschen auffüllen lassen und konnte daher erst morgen weitermachen. Außerdem würden bald die Kunden kommen, und es gab nichts Schlimmeres für den Umsatz als das Gerücht, dass jemand auf dem Gelände nach einer Leiche suchte.

Harper ließ den Lichtstrahl durch die Wurzeln seiner Wasserlilien streifen und überlegte flüchtig, ob er es nicht vielleicht mit der Kreuzung einer roten versuchen sollte. Er musterte die gesunden, kräftigen Wurzeln und war mit seiner Arbeit zufrieden. Und beschloss, wieder nach oben zu gehen.

Der Lichtschein erfasste etwas unter ihm, in leicht südlicher Richtung. Als er einen Blick auf seine Uhr warf, stellte er fest, dass er schon fast keine Luft mehr hatte, doch er ging noch tiefer nach unten.

Und da sah er sie, oder besser gesagt, das, was von ihr noch übrig war. Mit Schlamm überzogene Knochen, die zwischen den Pflanzen lagen. Und, wie er mit einem Anflug von Mitleid feststellte, beschwert mit Ziegelsteinen, die man ihr vermutlich mit dem Seil, mit dem sie sich erhängt hatte, um Hände, Beine, Taille gebunden hatte.

Das Seil, mit dem sie ihren Sohn erhängen wollte.

Aber wäre sie denn nicht trotz der Gewichte irgendwann einmal nach oben gekommen? Warum war das Seil nicht verrottet, warum hatten sich die Ziegelsteine nicht verlagert? Das war doch einfache Physik, oder nicht?

Doch einfache Physik kalkulierte Geister und Flüche nicht mit ein.

Er schwamm auf sie zu.

Der Schlag ließ ihn die Orientierung verlieren und riss ihm die Lampe aus der Hand.

Er war im Dunkeln, bei den Toten, und hatte keine Luft mehr.

Harper versuchte, nicht in Panik zu geraten und seinen Körper zu entspannen, sodass er zu Boden sinken und sich von dort abstoßen konnte, um wieder an die Oberfläche zu gelangen.

Doch ein zweiter Schlag wirbelte ihn herum.

Er sah, wie sie durchs Wasser schwebte. Ihr weißes Gewand bauschte sich um sie, und ihre Haare trieben wie verworrene Seile um sie. In ihren Augen stand der Wahnsinn, und sie streckte ihre Hand aus, die zu einer Klaue gekrümmt war.

Er spürte, wie sich ihre Hand um seinen Hals legte und zudrückte, obwohl er Amelia immer noch vor sich sah, einige Meter von sich entfernt, über ihren Knochen schwebend.

Harper schlug um sich, doch es gab nichts, gegen das er hätte ankämpfen können. Er versuchte verzweifelt, an die Oberfläche zu gelangen, doch sie hielt ihn fest, so erbarmungslos wie die Ziegelsteine, die sie auf den Grund des Teichs hatten sinken lassen.

Sie wollte ihn umbringen, so wie sie geplant hatte, ihr eigenes Kind zu töten. Vielleicht war das die ganze Zeit schon ihr Plan gewesen, dachte er. Einen Harper mit sich zu nehmen.

Er dachte an Hayley, die oben auf ihn wartete, an das Kind, das sie unter dem Herzen trug. An die Tochter, die sie ihm bereits geschenkt hatte.

Er würde sie nicht aufgeben.

Er sah wieder nach unten, auf die Knochen, und versuchte, Mitleid mit ihr zu haben. Und dann sah er Amelia an, die bis in alle Ewigkeit wahnsinnig sein würde.

Ich kann mich an dich erinnern. Er dachte es mit aller Kraft. *Du hast mir vorgesungen. Ich wusste, dass du mir nie etwas tun würdest. Erinnere dich an mich. Ich bin das Kind deines Kindes.*

Er tastete nach seinem Tauchmesser und schlitzte sich damit den Handballen auf, so wie sie sich einst in ihrem Wahnsinn verletzt hatte. Sein Blut bildete eine rote Wolke zwischen ihm und Amelia und trieb auf die schmutzig braunen Knochen zu.

Das ist dein Blut in mir. Das Blut der Connors genauso wie das Blut der Harpers. Amelia an James, James an Robert, Robert an Rosalind und Rosalind an mich. Deshalb habe ich dich gefunden. Lass mich gehen. Lass mich dich nach Hause bringen. Du brauchst nicht mehr allein zu sein.

Als sich der Druck an seiner Kehle löste, schwamm er mit letzter Kraft nach oben. Er konnte sie immer noch sehen, und fragte sich, ob das Tränen auf ihren Wangen waren.

Ich komme zurück und hole dich. Das schwöre ich.

Als er mit kräftigen Beinschlägen nach oben schwamm, glaubte er sie singen zu hören. Die süße Stimme seiner Kindheit. Er blickte zurück und sah, dass der Strahl seiner Lampe vom Grund des Teichs in einem flachen Winkel zurückgeworfen wurde und auf sie fiel.

Und sah, wie sie verschwand.

Sobald er oben war, riss er sich das Mundstück herunter und sog in tiefen Zügen die Luft ein, die in seiner wunden Kehle brannte. Das Sonnenlicht schien ihm in die Augen und blendete ihn, und durch das Rauschen in seinen Ohren hörte er Stimmen, die seinen Namen riefen.

Harper sah Hayley, die am Rand des Teichs stand und eine Hand auf ihren Bauch presste. An ihrem Handgelenk glitzerten Rubinherze wie die Hoffnung.

Er schwamm durch die Lilien auf sie zu, weg vom Tod, hin zum Leben. Nachdem Logan und Mitch ihn aus dem Wasser gezogen hatten, lag er keuchend auf dem Rücken da und sah Hayley in die Augen.

»Ich habe sie gefunden.«

Epilog

Die Sonne schien durch die Blätter der Platanen und Eichen und warf hübsche Muster aus Licht und Schatten auf das Grün des Rasens. Auf den Ästen saßen Vögel, die die milde Luft mit ihrem Gesang erfüllten.

Grabsteine ragten auf, aus weißem Marmor und grauem Granit, aufgestellt, um der Toten zu gedenken. Auf einigen lagen Blumen, deren verwelkte Blüten sich in der leichten Brise bewegten. Ein Gruß an die, die bereits gegangen waren.

Harper stand zwischen seiner Mutter und Hayley und hielte ihre Hände, während der Sarg in die Erde gesenkt wurde.

»Ich bin nicht traurig«, sagte Hayley. »Nicht mehr. Das hier fühlt sich richtig an. Richtig und barmherzig.«

»Sie hat sich das Recht verdient, hier zu sein. Neben ihrem Sohn.« Roz sah auf die Gräber und die Namen auf den Grabsteinen. Reginald und Beatrice, Reginald und Elizabeth.

Und dort drüben lagen ihre Eltern. Ihre Onkel und Tanten, ihre Cousins, alle Glieder in der langen Kette der Harpers. »Im Frühling«, sagte sie, »werden wir einen Grabstein für sie aufstellen lassen. Amelia Ellen Connor.«

»Das hast du eigentlich schon getan.« Mitch küsste ihr Haar. »Du hast ihr die Rassel ihres Sohnes und ein Bild von ihm in den Sarg gelegt. Hayley hat Recht. Es ist barmherzig.«

»Ohne sie wäre ich jetzt nicht hier. Ohne sie wären Harper, Austin und Mason nicht hier. Und die Kinder, die sie haben werden, auch nicht. Sie hat sich ihren Platz hier verdient.«

»Was auch immer sie getan hat, sie hat etwas Besseres verdient als das, was sie ihr angetan haben.« Stella seufzte. »Ich bin stolz darauf, dass ich ein Teil davon gewesen bin. Dass ich mitgeholfen habe, ihr ihren Namen und, wie ich hoffe, ihren Frieden zu geben.« Sie lächelte Logan an, dann ging ihr Blick zu den anderen. »Wir alle sind ein Teil davon gewesen.«

»Man hat sie einfach in den Teich geworfen.« Logan strich Stella über den Rücken. »Und alles nur, um das Ansehen der Familie zu bewahren.«

»Aber wir haben sie gefunden«, fügte David hinzu. »Roz, es war gut, dass du deinen Einfluss genutzt hast, um sie hier begraben zu lassen.«

»Der Name Harper hat immer noch so viel Gewicht, dass sich einige Bürokraten davon beeindrucken lassen. Um ehrlich zu sein, ich wollte unbedingt, dass sie hier begraben wird, fast ebenso sehr, wie ich gewollt hatte, dass sie aus meinem Haus verschwindet, weg von denen, die ich liebe.« Sie legte Harper die Hand auf die Wange. »Mein tapferer Junge. Das hat sie vor allem dir zu verdanken.«

»Der Meinung bin ich nicht«, widersprach er.

»Du bist zurückgegangen.« Hayley presste die Lippen zusammen. »Obwohl sie versucht hat, dich umzubringen, bist du noch einmal zurückgegangen und hast geholfen, sie aus dem Teich zu holen.«

»Ich hatte es ihr versprochen. Ashbys halten ihr Wort genauso wie die Harpers. Und ich bin beides.« Er nahm eine Hand voll Erde, hielt sie über das Grab und ließ sie auf den Sarg rieseln. »Jetzt ist es vollbracht.«

»Was können wir über Amelia sagen?« Roz hob eine rote Rose. »Seien wir ehrlich – sie war verrückt. Sie ist einen grausamen Tod gestorben, und gelebt hat sie auch nicht viel besser. Aber sie hat mir vorgesungen, mir und meinen Kindern. Ihr Leben hat mir das meine gegeben. Ruhe in Frieden, Urgroßmutter.« Sie ließ die Rose auf den Sarg fallen.

Einer nach dem anderen ließ eine rote Rose in das Grab fallen und trat dann zurück. »Lassen wir die beiden allein«, sagte Roz, während sie auf Harper und Hayley wies.

»Sie ist weg.« Hayley machte die Augen zu und konzentrierte sich. »Ich kann es spüren. Noch bevor du wieder nach oben gekommen bist, habe ich gewusst, dass sie weg ist. Ich wusste, dass du sie gefunden hattest, noch bevor du es uns gesagt hast. Es war, als würde jemand das Seil zerschneiden, das mich an sie gefesselt hat.«

»Das war der glücklichste Tag meines Lebens. Bis jetzt.«

»Was auch immer sie gesucht hat, jetzt hat sie es gefunden.« Sie starrte auf den Sarg und die Blumen, die darauf lagen. »Ich hatte solche Angst, als du im Teich gewesen bist. Ich dachte, du kommst nicht mehr zu mir zurück.«

»Ich war noch nicht fertig mit dir. Noch nicht annähernd.« Er legte ihr die Hände auf die Schultern und drehte sie zu sich, weg vom Grab, hin zum Sonnenlicht. »Wir haben ein Leben zu leben. Jetzt sind wir an der Reihe.«

Er nahm den Ring aus der Tasche und steckte ihn ihr an den Finger. »Jetzt passt er dir. Er gehört dir.« Er küsste sie. »Lass uns heiraten.«

»Das halte ich für eine großartige Idee.«

Hand in Hand gingen sie weg vom Tod, hin zur Liebe und zum Leben.

In den breiten Korridoren und den prächtigen Räumen von Harper House war es still. Die Vergangenheit war zu Ende. Jetzt konnte die Zukunft beginnen.

Niemand sang mehr.

Doch im Garten blühten die Blumen.